ジャン・パウル
恒吉法海［訳］

レヴァーナ

あるいは教育論

［新装版］

九州大学出版会

1810年，47歳のジャン・パウル

目次

第一小巻

第四断編　女性の教育

第五断編

第三小巻

第六断編　少年の倫理的涵養

第一小巻

バイエルンの王妃
カロリーネ
陛下に
深甚なる敬意をもって
捧げる

王妃陛下！

祖国の旗が王妃みずからの聖別で新たな激励を拝受いたしますように、陛下の高貴なる御名によって著者は母親の為のレヴァーナの清祓をとり行ないとう存じます。

ドイツみずからが改訂版を出すことに賛同して国の王妃に奏する献呈の辞をどうぞお納めあれ。陛下御自身の母親としての思い出にまさる心暖まる良き個所をここに供することはかないませぬけれども。

すでにどのように低い身分にあっても母親の心は女性の星形の勲章、太陽で、初めての涙という朝露をやさしく暖めて乾かすものならば、更に一層見る者の心が喜びにみたされるのは、この太陽がますます高く昇ってはるかな未来を暖めるとき、そして高貴な母親がその御心をその美しさ同様に数多くに分かって、その御似姿で遠くの時代、国々に幸せをもたらし給うときでございます。

この喜びは、母親が同時に国の母親であって、王笏を魔法の杖に変えて、陛下の御前の悲しみの涙を、それがまだ乾かぬうちに喜びの涙に輝くようになし給うとき、更になお高まるものでございます。

恐惶謹言せざるべからずとはいえ、この喜びは献呈の辞に申さざるを得ません。

深甚なる敬意を表して

陛下の

忠実なる僕

ジャン・パウルＦｒ・リヒター

第二版の序言

愛と敬意をもって読者諸兄諸姉に教育論の第二版を贈る。第一版が売り切れたということは、戦闘的なヴェスヴィオとエトナの火山が互いに戦火と轟音を打ち込んでいるときに、ドイツの父親と母親はそれでも、まずは子供を水火の難から守って腕に抱くように、子供の世界の諸々の精神的要件に心を砕くだけの落ち着きと思いやり、愛をそなえていたということの一つの証拠といえるであろう。

レヴァーナがこの両親の愛の心に十分応えるものであったことを願わずにはおれない。

この版では小さな改善の他に、随時二誌[1]に掲載された若干の教育論考と他の未掲載の分の割り込みが大きなスペースを占め、更に細かく規定がいくつか一、二の好意的批評家、殊にイエナとハレの批評家に刺激されて決められている。

というのは好意的に考える者、心を同じくする者の非難にまして一考に値するものはないからである。敵の賞讃といえどもこれほど重要ではない。それはしばしば落ちる罠であったり、落下傘であったりする。それに好意的批評家の前では自分の正否ではなく、ただ事柄を正しく論じたいと思うものである。

ただ一人の批判的批評家には何も言うことはない。彼自身何も言っていないからである。その批評がゲッティンゲンの学術書評にまぎれ込んでいなかったら、言及するだけでももったいない代物であろう。この書評は相変らず「学術」のお蔭で名声を保っているばかりか、美学、哲学の論文によって、長い中断のあとまた眠り込んだニコライ文庫[2]の補遺とまぎらわしいものを提供し続けて、それで頭の固い者ですらこの一般ドイツ文庫の後輩にはうんざりしている始末である。

ところで著者は本書を他の著者に頼るより自分の子供に多く頼って更に成長させた。生命は生命を活気づける。

子供はどんな教育者にまして教育者を育てるものである。レヴァーナの第一版以前にそもそも子供（つまり経験）は著者の教師であり、本は時に落第生であった。しかし経験というものは決して一般的証明力をもったものに集約されはしないので、経験から何事かを述べるにはおのずと精神的なもの一般的なものを裏打ちし学びとる心情を介する他ない。それ故教育論は、無数の規則とその時々の選択の厄介さを思えば、ただ両親の愛や特有の力の暖かい鼓舞があってはじめて幸福で創造的な手助けをすることができる。真正な力は何であれ、心の力であれ、頭の力であれ、子供を愛しておれば、通常の方法とは懸け離れていても幸せな教育ができよう。

教育論が多く出回っているのは、世の官職の中で教育職が最も多く有職者をかかえている事情が考えられる。とりわけ対の両性、つまり両親とかいやそれどころか両親でない者によって占められていて、その結果教育者は神学者や法学者その他の学者が自分の専門の為に書くというようなのとは違って、あらゆる人々のあらゆる専門の為に書いている。我々ドイツ人はしかしとりわけ紙に書きつけることによって、一部は過剰な人間愛から、一部は金がなくて、一部は子供の為の中心的会員の不足から、パリならば子供病院が病気の子供達の為に、マドリードならば救援クラブが路地で迷っている子供達の為に物質的になすことを、まさに精神的になしている。我々は彼らの魂を癒し薫陶しようとする。

著者はここでただ自分のものを出版してから読んだ四冊の重要な教育書[3]について引用させて頂く。特殊なものについての説のない一般の説は一般的なもののない特殊の説同様にこの両者を結びつける正しい説からは離れている。この実り多い結合はしかしシュヴァルツの『教育論』、殊に気質の種類についての分類（第三巻の第一章）に豊かに見られる。こうした子供の心についての花カタログは余り多く見られるものではない。それはさながら苗木畑、花畑の植物のささやかなリンネ風番号札である。子供の性格についてのこれまでの木組建築はしかしすべて巨大で分割の少ないもので、あたかも大きな書架をたった二枚の板で分かつようなものである。例えば将来の天才の蕾の図というようなものはほとんど見られない。既に花と実をつけた天才自身によってはじめて描かれる場合を除いて。しかしみずからの後年の思い出よりも他人が早くからそれを観察して描く場合がもっと豊かで純粋なものとなろう。ただ残念なことにどの子が自分よりも偉くなるかは教育者にはほとんど前もって分からない。確かに教育者がこれを知らなかったからといって天才たる者の精神の力が荒廃し畸型化し弛緩することはない。というのは天才は（例えばヴィンケルマン）蛾のように羽化する際にどんなに固くて狭い土くれであっても柔らかい羽を傷めずに昇ってくるからである。しかし心の力というものはしばしばみずから制御するすべを知らず、無細工な手によって容易に永遠の過ちへ歪曲されかねない。したがって最もいいことは、父親にあたる者が常に子供達を出来るだけ（それにこれを望んでいるわけだから容易なことである）天才と見做して運よく育ってからの収穫記録をつけることであろう。

さてシュヴァルツが教育論の中で個別のものに分け入り、高貴な情緒によってむしろ母親達に語りかけているとすれば、ニートハンマーは『博愛主義と人文主義の論争』の中で父親達に訴えている。言葉による形式的教育を正当にも全体的教育とみて部分的な事物による物質的教育よりも高く評価して、内的人間を精神的飼料ではなく精神的活動を通じて強く鍛えようとしているからである。博物誌やベルツーフの絵本(4)やその他の目に珍しいもので教室をアルプスに、つまり小さく痩せた植物でも花だけは大輪に育つようにしてしまう当世の風潮に対する彼の立派な敵愾心に対してはうれしいことに私はつとに早く第七断編の第一章、第二章であらかじめそして今は追って賛意を表している。文献学に教育する力があることは彼の論理的に素晴らしい叙述がおのずと証明している。ただ彼は形式的教育というぶどう畑に働く仲間から、しっかり植え付けをするペスタロッチを除外しているように見えるが、これは不当である。この人はことによると開拓者とさえ見られる人である。ペスタロッチの最初の収穫は目に見えない、つまり取り出して見せるわけにはゆかないただの根であって、それで数学による彼の形式的教育は文献学による人文主義の教育と異ならずただ道具が異なるだけである。両師とも同じ目標に向かって収穫車で進んでいるのだが、ただ両者とも互いに向かいあっていて、反対の道が見えているのである。

グラーザーはその作品『人間形成の神性』の中で神性にまで高めてくれる四つの偉大なものを四福音書さながら正義、愛、真理、芸術もしくは美の四教育要素として挙げている。むろん異国風でこの世の他の「神性」という言葉の代わりに言葉の上でも生活の上でももっと正しい「神のまねび」という言葉を遣って欲しかった。ことにどのような立派な教育であれ、人間の中の神々しい似姿の二番煎じの模造であって、我々は皆、原初の生き生きした宇宙の中心の太陽と比べれば地上の雲よりも高くないもやのかかった冷たい幻日としてしか教育され得ないということを考えてみるとそうである。神性という教育の基本は、神的なものはただ人間にのみ神人として現われることが分かっているので確かに早くから人文主義の間に見られるものであった。しかし純粋な永遠の中に住む理想の輝きは時代の翳りを帯びた人間の現実よりも更に明るく我々の小道を照らすものである。ところでこの本の著者は極く一般的なことに個別を織り込むことは少なくて軽く触れるだけだが、最後に、ある具象的事柄、つまり具体的指示を述べていてうれしい驚きを与えてくれる。それで先の超越的頁は飛ばしてもっと多くをこれに当てて欲しかったと思われる。普通の白紙を多く用意して、それに我々が読みたいと思っているだけの授業実践の続きを書いてもらえないだろうか。

ヘルバルトの『一般教育学』については輝きと魅力に溢れた素晴らしい言い回しにもかかわらず「一般」という表題の特権をこれほど一般的に利用し行使して欲しくなかったという思いを禁じ得ない。読者はこの広すぎる形式に内容を補って考えなければならない。もとより哲学者が教育者になった場合には、世界一周の長い旅行には役に立つけれども短い旅行には役立たない北極星に過ぎない場合がしょっちゅうである。そもそも哲学者というのは、一世紀のことは予言しても自分の死期は知らないユダヤの予言者（あるいは天気占い師）に似ていて、無器用な比喩を許して頂ければ、歴史に於いても神意は数年間のうちには見えず数世紀のうちに見えて、しかもほとんど見えないようなものである。というのはベールを脱ぎつつある世紀はまた次の世紀のベールとなるからである。――しかしヘルバルトが性格という筋肉の腱を鍛えその弓の弦を張ろうとしている個所では、彼は力強く特殊なもの、個別のものに入り込んでいる。それも至極当然である。彼の言葉遣い考え方は彼自身性格を有していることを明らかにしている。確かに教育の場合性格は真の根源的炎である。教育者がそれを有していさえすれば、この炎は点火しないまでも温め能力を引き出してくれるだろう。今の世紀は、燃え上がり震え揺さぶる活火山島のようなものだが、両世紀の両岸に今股をかけて立っている政治的巨人からその右往左往する捕鯨人に対する勝利を見て性格を持つことの意味、内容をやっと学び悟ったといえる世紀であって欲しい。というのは性格というのは座礁した水夫は救い上げるけれども戦い挑む水夫は難破してしまう岩のようなものだからである。昔から幸せな民族の将来を築くには、人差指や筆使い指を精神的に握りしめて拳骨を作る手の持ち主に頼る他なかった。これははるか昔の歴史から言われてきていることであるが、しかし歴史はおしゃべりな巫女シビュラで年ごとに饒舌で少しもやむ気配がない。

この最近の、幾つかの別の収入は考慮に入れなくても豊かな教育書の数は、ドイツ民族をヨーロッパ民族の中で教育する民へと押し上げている。ドイツの学校はフランスのかなりの町が「立派な」という称号を得ているようにそれを得て可笑しくない。いやレッシング[5]が見栄えのしないユダヤ人を人類の教育者と呼んだように我々ドイツ人をことによると将来の教育者と見做していいかもしれない。愛と力、あるいは内面の調和と勇気は教育の二極である。それでアキレスはケンタウロスからリラの演奏と弓術とを同時に習ったのである。

氷原をしばしば陸地と見誤る水夫達の間違いとは逆に将来の陸地を氷原と見做してしまわないうちに、この大地のすべての民族にとって、隷属の民にすら、ましてやそれより自由な民には言わずもがな、教育の子供部屋が太陽の封土、自由の避難所として時代と環境の制約からまぬがれて有り続けるように心して見守りたいものである。

国家が重大な時期にはしばしば禁ずるすべての秘密結社、クラブの中で、洗礼を受けさせるかぎりの多くの子供をかかえた家族クラブだけは何の心配もなく見咎められずにいる。従ってこの短い子供の腕で、つまり長い梃子の腕を用いて未来を築き、動かし、うまずたゆまず時代の善なるものを高め、悪しきものを沈めるように協力しようではないか。いや自分の子供らの果実となっての収穫が待たれ過ぎる者でも「うちの天使も人間に変わりはないさ」とつぶやいて更に生み続けて欲しい。

バイロイト　一八一一年十一月二十一日

ジャン・パウルＦｒ・リヒター

第一版の序言

ノヴェール(1)は立派なバレエの名手になるには、踊りの他にただ幾何学、音楽、文学、美術、解剖学を修めればいいと言っている。それに対して教育について書くことはほとんど一度に万端にわたって書くことに等しい。縮小化されてはいても一つの全世界の成長をこまごました点に於いて（小世界の小世界）気を配り見守らなければならない。諸民族の活力、栄光の源となる力はすべて早い時期に教育者の手許に萌芽として見られたものである。更に詳しく考えれば、どの世紀であれ民族であれ、またどのつまりはどの少年も少女も自分独自の教育方針、初級読本、フランス女性の家庭教師等々を欲しているのである。

したがってこうした事柄についてはただ聖人列伝、正しくは聖人に育てられるべき者の列伝のみが書かれるに値して、――まだ教育学上の列伝は先月のボランディスト（聖人列伝出版人）のもの程に少ない――そして大型の二つ折判も断片でしかないのであれば、まさにそれ故にこうした無尽蔵の題材に対してはどんな本であれ多すぎるとは言えない。最良の本が出版された後であれ、劣悪な本でなければ許されるだろう。そして断片でしか語れないところではただ考えられる限りの断片が全体を成すばかりである。

かく記して著者はみずからの大胆さと貧しさの双方の弁解をしたと思う。両者は国に於いてもそうだがよく隣合せである。著者は教育について書かれたものすべてを読んでいるわけではない。ほんの一つ二つでしかない。ルソーのエミールをまず挙げるがこれにつきる。彼の書に匹敵する本はそれ以前には見られない。その後の転写人、加筆人は彼に似て見えてしまう。全体を損なうことはないけれども多くの不適当な例のみられるルソーの個別の規則ではなくて、全体を貫き生気づけているその教育の精神がヨーロッパの校舎から小さな子供部屋に至るまで震撼し浄化したのである。それ以前の書には理想と観察がこれほど豊かに美しく結合している例はない。彼は一人前の人間となりそれからいとも容易に一人の子供となっている。そのことで子供の性質を明らかにし救っている。バーゼドウ[2]がドイツ、この児童教員養成（子供向きの教育者への教育）と子供愛の国に於いてその精神的出版者、翻訳者となった。そして今やペスタロッチが民族を鍛錬するルソーとなっている。

教育の精神のない個々の規則は文法のない辞書のようなものである。単なる規則だけの書は個々人と状況の無限の多様性を選別、吸収できないばかりではない。よし仮にそれが全く非のうちどころがないものであっても、それは単に病気の個々の症状に対処するだけの、例えば、失神を前にして耳鳴りや目眩いには何か弱める薬を、青ざめて冷たい顔には何か強める薬を、吐き気には下剤の類を処方する治療法に似たものになってしまうだろう。しかしこれは役に立たない。世の教育家のように個々の枝に水をやってはいけない。枝に水を運び枝を育ててくれる根に水を注ぐべきである。英知、道徳は個別の営みが寄せ集められる蟻塚ではない。それは精神的後世の為の有機的両親であって、単に目覚めさせてくれる養分を必要としているのである。ただ育てるしかないものを集めてこようとするならば、銃の火薬を作る代わりに種として播いてしまう無智な未開人の単なる逆を行なうことになる。

確かに教育の精神は、あくまで全体的に言ってであるが、どの子供にも埋め込まれてある理想的人間を自由になった者の手で解き放つ努力に他ならず、そしてまた神的なものを幼少のものに適用するには個々の有用性、時代的な個人的なあるいは手近な目標は見下さなければならないけれども、しかしそれでも精神が姿を見せるときには、極めて明確に具体化されて応用されなければならない。

この点で著者は、哲学的には後れをとることになるが、近頃の教育学黒板に於ける抽象的校長方とは異なる。この御仁達は達者に黒板一面に丸い白墨で書きつけて、それでその冗漫な筆致には必要な技法はすべてみられる。そしてまた二つの単語、強メル、弱メルで済まされる教育学に於けるブラウン主義[3]を導入しているが、ブラウン主義者シュミットの場合は単に一つの言葉、強メルで済む始末である。タンポネ博士は我々の主にもその気になりさえすれば異端を探り出せると言った。当世では逆にどのような異端にも主を見いだせよう。もとよりこのような哲学的無差別（平等）から得られるものは、自分に授けられた子供を育てなければならない母親にとって余りない。それでガルもっともこのように調べが高尚で立派な寄せ集めの作品は響きと盗みの点で常に芸心を見せてはいる。それでガルは全く正当にこのセンスは響きと盗みの兼合いにあるとしたのである。

しかしこうした語りは序言にふさわしくない。それに対象が作品自体にそうした調子を禁じた。それでこの作品は形の上で短い喜劇的付録をまれにしか付けられなかった小生の最も真面目な作品と見做されるかもしれない。

既に印刷に付されていたもののいくつかがここに再録されているのを見つけても読者は寛恕されたい。既版のものは未版のものの結合剤、靭皮紐として不可欠である。ただ、単に木を結ぶかわりに、庭一面が靭皮植物で一杯になってはいけない。しかし更に二つのうまい弁解の理由が考えられる。旧知の教育方針も新しい経験で再び証せられたとき新たに蘇る。著者はこれまで三回、年齢、才能ともども異なる他人の子供に接してそれを経験する機会があった。そして今は三人の子供があって教育学上の三子権利を有している。それで本書に於いてはどのような経験であれみずから経験済みでないものはない。第二に、今では本のインク、印字の墨は隠しインク同様に明らかになるとすぐに色褪せてしまうので、それで古い作品に載っていて読まれることのない昔の考えを最新の本の中で述べることは結構なことである。真理のいくつかは他国の傑作同様五十年毎に新たな翻訳が出されなければならない。いや小生は古ドイツ語の名作でさえ時に現代ドイツ語に訳され、貸出文庫に入って欲しいと願っている。

なぜ詞花集や雑草集は一杯あるのに無数の教育書からのぶどう摘み、果実摘みの選集だけはまだないのであろうか。なぜ独自の良い観察や規則であっても、それが単に厚すぎる本の中にいわば閉じ込められ沈んでいるからとか、一葉の紙、例えば招待状の中でひらひらしているからという理由だけで消えてしまってもかまわないのだろうか。小人や巨人は、本の場合も寿命が長くないのである。われわれの時代、この飛行船と宇宙船の時代は、新しいランプを点し同時に古いバラストを投げ出して一段と高く昇ってきたが、今や投げ出すことをやめて、古いものを投棄するよりも収集した方がよろしかろうと愚考する。

確かにこのようなまとまりのない思考の集禱文を読んでそのまま規則がわかることはないだろうが、規則を指差す教育のセンスは呼び起こされ鋭くされるだろう。それ故母親は誰でも、いや花嫁なら更に結構であるが、何巻も何頁もある（多面的）本、例えばこれと類似のものは他の民族には書けない教育の大監査集(4)を読んで、みずからをそれで宝石のようにすべての面にわたって研磨し加工して、そうして子供の漠とした個性をより容易に見いだし、慈しみ、大事に育て上げられる母親の個性をもつようになって欲しい。

このような高貴な思考の中段付戸棚とかましてや腕に断片をかかえた小生のか弱いレヴァーナとは教育についての整然とした申し分ない体系はいつも趣きを異にしている。こうした体系はこれまで次々に書かれてきたし、これからも書かれることであろう。難しいのは目標であって、手段ではない。著作糊を製本糊よりも先に使って千もの従来の考えを五つの自分の考えでくっつけることはやさしい。先輩諸氏を利用したとただ序言の中でのみ正直に記して、作品ではしかし一人も引用しないで、読者にこのような一巻で収まる縮刷の貸出文庫を精神的写本として売れば済むからである。ここでは穴埋め役よりも穴を出した者がはるかにましであろう。社交的な（つまり仲良く数百人で同じ道を同じ囀り声で進んでゆく）作家はすべて死に絶えてしまって、熱帯地方では（フンボルトによると）われわれの森を単調にしている社交的植物はみられず、どんな木の側にも新しい木が人目を惹いているそうだが、そのようになればどんなにましであろうか。普通の一人の子供についての日記の方が普通の著者の手になる子供達についての本よりましであろう。いやどんな人間の教育論も書き写したものでないものを書きさえすれば重要なものとなろう。社交家と違って著者はただ常に「私は」と言うべきであってそれ以上言わなくていい。

本書の第一小巻は子供の蕾の時期を第二第三小巻の開花期よりもはるかに広範囲に取り扱っている。最初の時期はさながら大学の三年間であって、その後ようやく魂の門、言葉が開かれるが、気配り目配りの対象となる。ここでは教育者は天国の門を開閉するホーラーたちとなる。ここではまだ伸ばしてゆくという正しい教育が可能である。これがあれば第二の長い治癒の教育、反教育は少しで済むであろう。子供にとって、まだ両親が誘惑の蛇とならぬ生まれながらの無垢の状態にあって、物言わずにしゃべるという毒を知らずに、言葉と理屈ではなくただ習慣によって育てられ、それだけに感性の狭く細い頂きで強い刺激を受けやすいこうした人間と猿との境目の時に、そしてまた人間が孤独な胎児という暗い牡蠣の生活の後はじめて社会に出てそこでみずからを作り染め上げてゆくこうした年月に子供にとって最も重要なことが決められる。両親の手が覆うことのできるのは芽生えの核であって伸びた樹ではない。それ故最初の失敗はすべて最大の失敗である。精神の傷は天然痘と違って若いときに受けたものほど災いとなる。どんな新しい教育者も先の教育者ほど影響を及ぼすことはできない。それで全生涯を一つの教育制度と見るならば、世界を股にかけた帆船員といえど結局はあらゆる民族を合わせても自分の乳母から受けた程の多くの教育は受けていないことになる。

少なくとも本書は、小さな者達、このやがて萎れてしまうエデンの園の軽やかな花の子神たちを心から愛して書かれた。昔父親が子供を認めて父親となってくれるようにとの母親の祈りを受けていた女神レヴァーナよ、本書の表題が発している願いを聞き届けて、そうして表題と本書の正しさを証せられんことを。残念なことに国もしくは学問が大半の子供を父親から奪っている。大抵の者の教育は、書斎机の周辺から子供に近づかずに、子供の力を伸ばす為というより自らの静寂を保つ為の規則の集成にすぎない。せいぜい週に何度か怒りを爆発させて、撒き散らせるだけの説教小麦粉をあてがうぐらいのものである。しかし先生方に伺いたい、人間の教育でこの紫檀に似て、木工細工するとき花の香りを発つ無垢な魂の教育ほど即座にうれしい報酬をもたらすものがあるだろうか。あるいは今のこの堕ちゆく世界、多くの高貴なもの古代的なものの廃墟の中で、子供、この純粋なもの、まだ時代と都市に汚染されていないものの他に何が残っているだろうか。ただ子供だけが、昔それに用いられたよりも高い意味で魔法の水晶の中に未来と真理を覗くことができ、まだ目隠しされてはいても幸運の車輪からより豊かな運命を引き当てることができるのである。父親が子供に語る家の中でのひそかな言葉は時代には届かない。しかしそれは反響ドームの中でのように遠くの端では声高くなって後世には届くのである。

それ故二十年後これと同じ程の年の一人の読者が、自分の読んでいる本は両親が読んだものであるとお礼を述べてくれるならば、それが小生には何よりの報酬となろう。

バイロイト　一八〇六年五月二日

ジャン・パウルＦｒ・リヒター

第一断編

第一章

第一節

アレクサンダー大王の将軍アンティパテルがスパルタ人に五十人の子供を人質に要求したとき、彼らはその代わりに百人の高貴な男たちをこれとはちょうど逆の犠牲を強いる世の教育家とは違って差し出した。スパルタ人の考えたことは正しく偉大である。子供は後世のすべてとして我々の前に立っているが、この後世には我々は約束の地を眺めるモーゼのように眺めるだけであって届かない。それと同時に子供は我々がそんな姿をしていたに違いない若返った往時の姿を新たにしている。というのはどんなに洗練された首都の子供も生まれながらのタヒチ人であり、貧民《サンキュロット》の一歳児も最初のキリストであり、この世の最後の子供も最初の両親のパラダイスとともに生まれてきたからである。それで（ブロインによれば）シベリアのサモイエード人の子供の体はきれいであるが、ただ両親の方は醜い。完成された全能の教育術があって、教育者が首尾一貫した教育を他の教育者とも一致して施せたら、次の時代、そしてこれを通じて更に遠くの今はほとんど見ることも摑むこともかなわない未来が、子供たちはすべて世界史を新たに始めるのであるから、はるかに良く我々の意のままになるであろう。我々は他になお世界に対して行為や書物で働きかけることができるが、これはいつもきまって固く定まった世界、我々の類いにぶつかってしまう。ただ教育の場合だけまったく柔らかい大地に毒か蜜のうてなの種をまくことになる。神々が最初の人間のもとに下りてきたように、我々は（肉体的精神的に子供にとって巨人である）小さな者のもとに下りてきて彼らを大きくあるいは小さく育てる。感動的なこと崇高なことではないか、今教育者の前に次の時代の偉大な精神や教師がそのミルク瓶の乳飲児として這い回っていて、教育者は将来の太陽を小惑星として歩行バンドで導いているというのは。しかしまたそれだけにことは一層重要である。目の前にいるのは人類の将来の悪魔なのかそれとも人類の守護燈明の天使なのか、それを育て上げることになるかそれとも育て損なうことになるのか分らないし、また将来のどのような危機に、小さな子供に姿を変えて目の前で遊んでいる魔術師が巨人として立ち上がってくるのか予見できないからである。

第二節

これから先のことは気づかわしい。地球は武器で一杯で、民族大移動の時代に似て、我々の時代は精神と諸国の大移動の準備をしている。あらゆる国有施設、教授席、神殿の下で地球は震えている。自分達の横で花をむしっている小さな子供がいつかそのコルシカ島から戦いの神として激動の地に降り立って、嵐と戯れ、なぎ倒すかあるいは一掃し播種することになるか分かったものではない。教育役の自分達がそのフェヌロン[1]、コルネリア[2]であったか、あるいはデュボア[3]であったかはどうでもいいことだろうか。というのは天才の力を折り、整えることはできないけれども、——海は深いほど海岸は険しい——しかし人生の最初の最も大事な入門の十年間、この感情がすべて芽生える時に、まどろんでいるライオンの力をいかようにも優しい毎日の心遣いと愛の絆で包み込み編み囲むことはできるからである。この断固たる天才を天使が育てるか悪魔が育てるかは、碩学氏かそれともカール素朴氏が教えるかよりもはるかに重要である。

教育論はまず天才のことを考慮に入れなければならないが、というのは天才はまれにしか出現しないけれども、天才だけが魂か肉体もしくは両者の軍司令官として世界史を支配するからであるが、しかしこれでは、大きな精神の影響下にある未来を実際現実に造り上げてゆく大多数の中等精神のことを広範囲に重く、ちょうど天才を集中的に重く見ているように見ようとしないかぎり、宝くじで一等を当てたときどう振舞うべきかという実用的な教示と余りに似通ったものになってしまうであろう。未来に対して乞食女に喜捨を施すときのように子供を通じて渡す一方ではまた子供自身を丸腰のままどんな有毒な空気に覆われているか分かりもしない時代へ送り込まなければならないので、後世の側にとって最も大事なことは、子弟を自ら成長しすべてを発展させる実りある穀物として送ってくれるか、それとも地雷の火薬粉としてであるかであり、子供の側にとっては、自分を守り人知れず導く魔法の石、宝石を持たせてくれるかくれないかである。

一人の子供は仕事と大人の世界の現在よりも大事にしなければならない。労多いけれども、子供を通じて、つまり人類の短い梃子の腕で、どのような大きな弧を描くか今の時代の高低の尺度では分からない長い腕を動かせることになる。しかしまた倫理的成長は、これは知的成長をレッスンというとき教育にあたるが、時代や未来を知らないし、時代や未来に物怖じするものでもないという別のことを御存知であろう。これがあれば、どのような新しい国に将来着いても常に導いてくれる極星付きの一つの天を子供に持たせてやることになる。

第三節

完全な子供は天上的な魂の曙光ともいえるであろう。少なくともその出現は申し分ない男性の出現ほどに幾重も限定され難しいということはない。後者に対してはすべてが、国家から彼自身に至るまでが形成する。しかし新鮮な子供の場合は両親はリュクルゴスやモーゼの立法して薫陶する役割を十分に意のままに再現し、自分の子弟（生徒）をスパルタ人やユダヤ人の国家よりも孤立させ接触なしに作り上げようとする。

それで両親という無上の権力の王国からはもっと多くを期待できる筈である。子供たちは、このサリカ法典(1)のない相続の帝国で、過剰な法と立法家にかこまれていて、それはしばしば臣下よりも君主の数が多いことさえあり、支配の一族は支配される一族よりも大きく、いたるところ内閣の法令、侮辱された大臣、即座の絶対命令が目前にあって、鏡の後には笞という王家の笏、国父は同時に雇用主であり、また厳罰先生、娯楽先生であり、彼に対しては他の力は及ばない、というのも奴隷に対する虐待は（幾多の国で）また家畜に対しても（英国で）処罰されるけれども、しかし子供に対する虐待を処罰するところはないからであって、子供はそんなわけで、野党も反内閣の新聞もなく、代理人もなく無条件に支配されて、それで国家内のこの微小の国家からもっと、大人が最大の教育施設、つまり国家そのものによって教育され供給されるよりもはるかに教育を受けて出現する筈であると思われるであろう。

にもかかわらず両教育の施設あるいは両国家は共に同じ程度の働きをしているように見えるので、教育の重要性の後では次の二つの演説でその可能性について考えることも価値があろう。

第二章

ヨハネス・パウル学院での就任演説、あるいは教育はほとんど効果のないことの証明

第四節

御列席の教育長、校長、副校長、校長補佐、三級クラス教師の御歴々並びに下級クラス教師と臨時教師の皆様。このたび当学院の最下位教師として採用されましたことの喜びを微力を尽くして表現いたしたく、学校教育並びに家庭教育は何ら悪しき影響も他の影響も及ぼさないということを証明いたしましてこの名誉ある職への就任の御挨拶といたします。この無効性につきまして皆様のお心が十分に納得のゆきますように論ずることができますれば、私ども皆が私どもの難しい職責を心安く威張ることなく、確信ありげにたじろぐことなく拝命することにあるいは寄与できるのではないかと存じます。毎日私どもは生徒の後から出入りし、教授席を安楽席として座り、万事自然に運んでいます。

まず誰が教育し育て上げるかということを述べなくてはならないでしょう。と申しますのは、私どもの内部、傍らのものはすべて出来上がったと申しましょうかそうした状態にあるからです。その後で話しはおのずと私どもの

ことになります。そしてこのよくある思い違いを正します。

第五節

何故でしょうか。私どもの時代ほど教育についてかくも議論し、助言し、実行した時代は未だありませんし、またこれがルソーの翼付きの種子がフランスから風に吹かれて飛んできて鋤き込まれたドイツというこの国ほど盛んな国は他にありません。古代の人々がその為に書き、行なったことはわずかでした。学校は子供の為というより青年の為のもので、アテネの哲学派の聴講生はしばしば教師と同じ年か同じ年になってしまうものでした。スパルタは両親と子供双方のストア学派もしくは駐屯学校でした。ローマ人はギリシア人の奴隷を学校の教師としましたがそれで子供がギリシア人になったわけでも奴隷になったわけでもありません。キリスト教と騎士道と自由の偉大な輝かしい業績がきら星のようにヨーロッパの暗い地平線上に昇っていった時代には、学校の建物は単にかび臭い小さな陰気な未開人の小屋、僧庵として散らばっていたに過ぎません。ヨーロッパの政治的母音人、イギリス人は、島が一つの市民学校、七年毎に行なわれる議員選挙は七日間の移動日曜学校という案配ですが、今だに単なる教伴施設の他にましなものはもっていません。子供が両親に最も似ているのは、――実際、自分の似姿の他には、それが平鏡に写るのであれ、凹鏡であれ、凸鏡であれ、教師は生徒を鋳造し磨き上げることはできないししようとしないのでありますが、――まさしく教育者が黙っている所、未開人、グリーンランド人、クエーカー教徒の場合の他に考えられましょうか。時代を更に下って蒼古たる民を覗いてみれば、更に一層教科書や帝王学（キュロス教育[1]）はなくなって、もとよりどんな本もないわけで、夫は一層国にとられてしまい、教育し得た筈の妻は更に学がなかったのです。にもかかわらずどの子も両親の生き写しで、これはどんな最良の民も望み得ない幸せです。神でさえ自分の似姿としての人間には戯画を見ざるを得ないのですから。それで私どもの現在の上等の教育施設というものは、劣った施設から自由に勝手に高いものへ昇格できてその結果同種の他のありとあらゆる施設が生じていることの一つの証左ではないでしょうか。

第六節

民衆と時代の中にあって誰が教育するのでしょうか。両者です。何千もの人間にかこまれ、行為と意見が山積し、二十年、三十年と変わらず、寄せては返す海の波のように人間に迫ってくる現実の生きた時代は、単に一人の人間がただ言葉を話すにすぎない短い教育時代の沈澱物をやがて洗い流すか覆い隠してしまわずにはいません。世紀は人間の精神的風土です。世の教育は温室、植木鉢であって、そこから絶えず人間は外の風土へ出されるわけです。世紀というのはここでは本当に世紀のことで、十年単位のこともあれば千年単位のこともあり、宗教の紀年法と同じくただ偉大な人間によってのみ節目がつきます。

生き生きとして現前する行為に対して死んだ言葉が何の役に立ちましょう。現在の時は新しい行為に対してまた新しい言葉を知っています。教師はお手本という仮死体に対して死んだ言葉を話していたにすぎないのです。

教師自身教育されたのであって、青年から追い出してやろうとか思っている時代精神には、(町中の者が町全体の精神をけなすようなものですが)それと知らず早くから浸っているのです。ただ残念ながら誰もが宇宙の天頂にまっすぐ直角に立っていると思っているので、自分の頭上に諸太陽や諸世代は南中するに違いないと計算し、自分自身は赤道直下の国の者のように自分の内の他には影を投げかけないと思っています。そう思っているのでなければ、どうしてかくも多くの者が、実は小生も次にそうするつもりでありますが、時代精神について話すことができましょうか。時代精神から離れて高くとどまっていることを前提にしなければ一言も話せません。ちょうど干潮満潮を海では感ずることができず、海との境、海岸で始めてそれと感じられるようなものです。それで未開人は教養人程明確に未開人を描くことができません。しかし本当は、時代精神を描くといっても大抵は過ぎ去ってしまったばかりのものを写したのであって、それ以上ではありません。偉大な人間、詩人、思想家でも自分を全く明晰に自覚して、クリスタルガラスの燭台と光とが一つになるような具合になったことは一度もなく、ましてや他の人間には考えられません。誰もが、軽やかに上方に花開いても、まだ根は暗く固い地中に埋め込まれているのです。

第七節

民衆の精神、時代の精神は決定します。それは先生であり同時に先生の演習です。力強い両手、つまり生き生きした行為論とその絶えざる一貫性とで生徒を掴み、形成します。一貫性ということから始めますと、教育が遺言同様に持続行為[1]でなければならない、事が中断するとその効力がなくなるといたしますれば、現在という時にまして堅牢なものはありません。一時も中断することなく、永遠に繰り返し、苦しみ、喜び、都市、本、友人、敵、要するに生命の無数の触手が私どもに迫り、摑みかかってきます。教えを垂れる民衆ほど変わらぬ師はありません。精神は、群れの中に入ると自由な動きを幾分失って、古い、鉄のように固い軌道の上をただ無器用な巨像として進めるにすぎませんが、体の方は群れることによってまさにその反対となるようにみえます。例えば天体、ことによると森羅万象すべてそうかもしれません。と申しますのは、結婚、年齢、殺し、憎しみは個々人にあってはいかにもてんでの自由の掟に服していますが、民衆全体の生誕と死亡のリストを作ってみますと、ベルン州では（スタール夫人によれば）離婚の数は、イタリアでの殺害の数同様にどの十年代をとっても一定しているというのが分かるからであります。さてこのように絶えず同じように働いている生の世界ではちっぽけな人間は軌道上を運行する地球上にあって運ばれるのと同じにならざるを得ないのではないでしょうか。教師が示す個々の方向は、その前にまず地球上にあることから方向がおのずと無意識のうちに決められてしまって、何も出来ないようなものです。それ故まさに、様々な改革者や家庭教師にもかかわらず民衆や草地がみずからの種を蒔くと同じ光沢〔緑〕を帯びるのであって、それ故、おりとあらゆる教科書、教師が、両親でさえ色々と越してくる首都であっても精神は全く変わらないでいるのです。

反復は研究ばかりでなく教育の母でもあります。フレスコ画家のように教育者はすぐ乾く塗り立ての漆喰に着色し、その色が定まり生彩をはなつようになるまで何度も新たに塗ります。例えばナポリで、ある一枚の精神に誰が最も頻繁に色を塗りつけるでしょうか。一人の家庭教師でしょうかそれとも三〇〇〇〇人の弁護士、三〇〇〇〇人の日雇い、三〇〇〇〇人の僧侶の数の方でしょうか、一組の生誕の女神パルカでしょうかそれとも百の百舌鳥でしょうか、この鳥と比べたらヴェスヴィオ火山も聖ヤヌアリウス[*1]（一月にではないけれども）に説得されてしまう静かな火山になってしまいますが。

もとよりまた、家庭にあっても民衆の他に教育集団の人々、少なくとも伯母、祖父、祖母、父、母、いとこ、親しい友人、一年毎の召使い達がいて、教育にあたっていると言えましょうし、そしてその先端には教育係が人差指で指示していて、それでこうした多くの偉い人のもとでは、と更に続けて正論を吐きたくなるでしょう、子供は実際想像以上に主人が変わるたびに異なる焼き印を押されてきたインドの奴隷に似ていると。しかしこの集団は自分たち自身を色付けてきたより高い集団を前にすれば色褪せてしまいます。ちょうど奴隷がどのように熱い焼き印を押されていても熱い太陽によって黒くされた肌にはかなわず、むしろそれを黒い草原での一つの紋章として受け入れているようなものです。

＊1　周知のようにヴェスヴィオ火山に対するナポリ人の守護聖人。

第八節

時代精神、民衆精神が教育し勝利をおさめる糧となる第二の強大な力は現実の行動です。鴨の群れは、鳴き声ではなく一羽の鴨の飛び立つのにつられて後追いをするとある中国の作家は言っています。クセルクセスに対する戦いを現実に体験する方が、コルネリウスやプルターク、ヘロドトスで三度攻撃するよりも、心は全く別により純粋に強く躍ることでしょう。後者の方それに学校言葉の教育はすべて精神的なコルク模造品にすぎず（ベッティガーのギリシア語への再翻訳によればフェロ彫刻）、古代の神殿や壮麗な建物を軽いコルクの模型で広めようとしているにすぎません。いやプルタークやウェストミンスター寺院の圧縮された空間に描かれた昔の英雄達のただの肖像画の方がまことに雄弁な説教壇からの千あるいは数千の説教集よりも心に深く神的言葉の種を蒔いてくれるものであります。言葉が行為へと凝縮されるものであれば、千の言葉が一つの行為になりさえすれば、誓って、この地上においても、説教壇や教授席、あらゆる時代の書架から絶えずことさらに冷たい警告の雪片が降りしきるこの地上においても、火山の火柱を上げる激情が一つまだ見られるのではないでしょうか。そうなれば周りの歴史はただの雪に覆われた噴火口、雪山となってしまうのではないでしょうか。いや教師の皆様、私ども自身が数十年説教できる強力な高校図書を持ちながら、一カ月もいやわずか一週間も聖人でいられたことがないのでありますから、私どもが授業中に放つごく数巻の言葉から何を期待できましょうか。家で両親はそれ以上に何を期待できましょう。

言葉が教育上無力であることは、私どもの誰もが毎日新たに経験しているある事例を考えれば痛感させられます。どの自我もつまり教師と生徒もしくは教授席と生徒椅子とに分割されます。しかし皆様、この四頭脳室の永遠の家庭教師、この同居人や博愛主義者、年金生活者に毎日特別講義を施す者、この早朝、夕刻、晩方の説教師、この会話、復習をやめようとしない者、この自分と同じように愛し、愛されている教え子や教えを必要としている者にどこまでも付いてゆく家庭教師、この旅の途上、情事の床、酒屋の椅子、王座等の席、講座と便座での家庭教師、この頭蓋内で最も自由な教授陣として学生と常にベッドを、新兵と寝る募集係さながら、共にする者、そして人間が忘れたらそれを時々思い出させる者、要するに皆様、かくも稀なる師傅メントール[1]、高い光への桟敷席としての松果体[2]から永遠に教えを垂れる者が五十以上の諸決定をし歳月を経てもそれでも自分の教え子テレマック[3]からは何ら向上を引き出せず、それは結局ただ純粋なミネルヴァ（テレマックに於ける御存知覆面の師傅）が、この世で最も偉大な、つまりジュピターの頭[4]に由来する純潔をすべて傾けても経験せざるを得なかったこと、即ち自分の教え子が獣に変身するのをただの一度も防げなかったという経験と変わるところがないというようなことが信じられましょうか。このようなことは私どもが毎日これの最もみじめな例を他ならぬ自分の内に見ることがなければ、とても信じられないことでありましょう。それで例えば学者の生活を見てみますと立派な男達が数十年間も朝早く起きようと決意しながら、最後の審判の日にでもその習慣を破るのでなければ、一向にそれで成果を上げることがないということがよくありますが何かさえない話です。

第十節[1]

話を戻しまして、人間は千もの他人の言葉を聞いても自分の内部の一兆もの言葉を聞いて変わった程に幸い改心してくれるものかどうかのたやすい疑問を済ませた以上、青年を世間の海へ送り出すときに、うまく渡れるようにと乗せてやる言葉の奔流が四方八方からの波と風にあってくだけてしまうことに何の不思議もありません。しかし多くのことが学校の教室、つまり言葉のお蔭とみなされているのには注目させられます。それらは単に行為という有機的に組織してゆく共通の土壌で育ったもので、この見当違いは昔ペストの一般的流行をユダヤ人が毒を偶然井戸に投げ込んだせいにしようとしたのと変わりありません。若者にとって学校の建物は単に講義室や教室ばかりでなく、また校庭や寝室、下男部屋、遊び場、階段その他どんな場所にでもあるのです。いやはや。別な影響を混同していつも教育の利点、先入観とされることといったら。生徒は体が大きくなるにつれて精神も育ってくるのです。にもかかわらず精神の方は教育学的樹皮末温床のせいにされます。同時には賢くなり大きくなることができないというようなものではありませんか。これでは歩けるようになっても筋肉のせいではなく歩行手引きのひものお蔭ということになりましょう。両親はよく他人の子供であればただ人間的成長の結果と思うようなことを自分の子供の場合は勉強の成果と素質のせいと見做しがちです。間違いはこれにとどまりません。偉大な男が学校を卒業するときまって次のような説明がなされます。学校に同調していなかった場合、学校は反面教師として寄与した、同調しないのではなかった場合、学校は魅力教師だったというわけです。それでもちろん青色文庫[2]のことを、そのカバーで司書デュヴァル[3]がはじめて算術例を習ったというので、算数本とか算数教室と呼んでかまわないことになります。両親、あるいはそもそも人間が教育の手だてを尽くして求め得るものが結局、肉体上の生き写しをますます精神的生き写しに近づけ、そしてこの模写に色褪せた原像の光沢のワニスをかけることでしかないのであれば、いとも容易に生まれつきの類似を教え込まれた類似に、肉体上の父を精神上の父に、自然を自由に思いなす錯誤に陥るに違いありません。子供についてはしかし、民族についていえることが、この点や先に述べたことを考えてみますといえます。新しい世界に於いて十の古い世界の慣習が、――ペルーに六つの中国のものが、西アフリカに四つのホッテントット族のもの[4][*1]が――見つかっています。しかしこうした類似を伝えているのはアダムとか人類という一般的由来に他なりません。

＊1　ツィンマーマン『人類の歴史』第三巻。

第十一節

御同業の皆様、教育の効果は皆無かほとんど無いに等しいという命題の正しさが分かれば、人類に対する貢献や大なるものがあると自負できましょう。力学の世界ではもしも摩擦の抵抗がなくなれば運動はどれも絶え間なく永続し、変化はどれも永遠の変化となりますが、そのように精神世界でも生徒が教師に対して逆らい負かす勇気がなくなってしまえば、まだ経験したこともないような擦り切れた人生が永遠に反芻されることになりましょう。言いたいことは次のことです。もしもこの大地の路地という路地、時代という時代が、教育学的君主の鑑、シュヴァーベン法鑑からの生気のないしゃちこばった似姿で、つまり学校教師のそっくりさんで一杯になって、その結果来る時代来る時代が一点一画にいたる翻刻[*1]となってしまえば、いやはや更にこの嘆かわしい退屈に加えて、教育が予期以上の成果を上げ、宮中や学校の教師がいたる所で自分の頭を侯爵として売り出せるようになったらこれ以上の退屈がありましょうか。騎士代表の一団が、前もって物静かな市民を手本としてよく学んだというので馬上試合の有資格者の集まりということになってしまったら。

しかしこの逆が現実には期待できます。相変わらず学校教師や家庭教師は貴族の子弟とは後に、神が自然に対して振舞うようにつき合っています。この神はセネカが正しく記していることで、一度命令シタキリデ永遠ニ従ウのです。つまり家庭教師の部屋はすぐに閉ざされて、控えの間や謁見室が開けられるようになります。

不死鳥と月の男は女なしで済むと思っている人々の誤りを避ける為に、ここで少女のことも触れておきます。少女は、鳩やカナリアと同じく最初の雨期、換羽期で消えてしまう羽毛に見知らぬ色が家庭教師や女教師によって塗られます。しかし、今述べたように、どんな女性も後になにか特殊なもの、多様な田舎言語の素晴らしい方言辞典となります。

＊1　第二版に於いて第一版と同じ復刻をそう呼んでいる。これは無論この追加文が証しているように、この第二版ではそうではない。

長いこと教えて、生徒がどんなに歩いても規則正しく見えなくてそれで分別ある教師としては疑問が生ずることでしょう。「このかわいそうな生徒は教師の指導がなければ一体どういうことになるか、そばにいても間違うというのに」。そして願いが生ずるでしょう。「神様この子を天体の運行時計のように合わせてねじ巻き出来るように計って下さい。私どもの死後も長く時を刻み星の位置や万事を正しく告げられますように」。そして次のように考えることでしょう。「自分たちは本当にこの子の内なる魂であって、手足を動かせてやらなければいけない。あるいはギブス包帯というところ、この子は折れた腕を軽く包帯で巻くばかりでなく、ちゃんと固定させて股も頭も腸も支える必要があるのだから」。しかしこの師が若い弟子について大学へ行けば、この若殿はもう師なしで立派な社交界に出入りし、二人がその上旅に出れば、若殿はあやしげな所に出入りし、そこで師の心配は消えます。この心配というのは、母親がこの無毛の裸の胎児は母胎を離れて世間の冷たい風に吹かれるようになったら果たして露命をつなぐことが出来るものだろうかと案ずるようなものです。

もちろん皆様の弟子鳥は夜になっても皆様にさえずりかけてきます。夜の明かり、つまり時期はずれの教育で、本当の昼の明かりを詐っているのですから。しかし一度野外に飛んで行けば、その声をただ普通の昼に合わせて歌うようになりましょう。

またなお別な高みに立って教師の為すこと恐れること強いることを見てみますと、そこから見下ろして叱責したい、殊に厚かましく自惚れている点をしかりつけたい気になります。つまり広大な宇宙の理念を学校行事よりも、万物の師を片隅の教師、人間よりも大事に思わないで、この無限なる教育第一人者（教育者の大君）、日輪を運行させ子を父に従わせ、従って子の父であり同時に父の父であるこの師に対してこせこせとつまらぬ料見で加勢しようとしていて、それでこうした片隅の創造者にとっては数千年前からなおざりにされていた人間が単になま温かいラッカーとして置かれているようなものでそのラッカーで自分達の個々の硬化を後の世代の硬化へと引き写そうとかかり、そして再創造主として自分たちの紋章や頭部の生きた封印と石膏模写の陳列をお目にかけて創造主を時々びっくりさせます。長い循環文〔総合文〕ですが、まさに長い循環には反対であります。

第十三節

聴集者の皆様の唯一人として、小生が最も近くの聞き手ですが、忘れた方はございますまい。小生は最初に何故かくも今ドイツでは盛んに教育について書かれ教育が信用されているかと問うわけですが、その点に関しましては一つみずからも考えをまとめて本にして御紹介しようと思っている程でございます。小生の答はこうです。文化によって人間全体が今では言語器官となった、肉は再び言葉となったというものです。教養が増えれば一層概念が多くなり、行為が少なくなれば一層言葉が多くなります。人間は、昔口先だけのキリスト教徒がいたように口先人間となって、耳が中枢神経となっています。例えば都会人のそばを乞食が通り過ぎますと、単に物とみなされるばかりでなく物から言葉へと揮発していまして、戦争やペスト等々が単に音声として軽く飛び過ぎて行くようなものです。詩はそれ故文化の釣合いとして重きをなしています。それは影の薄くなった生の周りに再び人為的生をもたらし、感性的観照をさまざまに戦わせて美化された観照を築くからです。

ドイツ人というものはしかし熟慮の猶予期間を最も好みますので、自分の踏み出した行為で最大の行為、つまり生まれる時にはそれこそ永遠の猶予期間をとっておきますが、それであちこち軽くざわめいて消えてゆく陳述よりも確実にゆっくり記述する方を採ります。南国の民とは違ってドイツ人は話しよりも書くのに夢中になります、文書保管室や書架の証する通りです。男に二言なしは今では男に二文なしです。文と物、あるいは衣服と肉体は単に靴（シュー）と足（フィート）の違いであって、それは長さの単位としてはドイツでは同じことです。キリストが神であるかないかは一つの短い横線にかかっています。つまり、アレクサンドリア古写本の周知の個所[(1)]Ｉ・ティモテウス（三、一六）で裏面の小線で関係代名詞のOCがΘC（神）に変わっています。また絞首刑になるかならないかはカロリナ刑法[*1][(2)]では一つの「乃至」にかかっています。

さてしかし完成された者たちの内的人間が、図案に二、三見られるようにただ文字と言葉だけで合成されているのであれば、教育について教育の中でどんなに話しても話し足りないでしょう。内部の生を概念に、つまり言葉に分解したという思いは、この分解した部分を再び伝達し得る、つまり言葉で伝えられるという確信を生みます。要するに、話しによる、筆と舌による教育ということになります。ドナテルロは彫刻家達に言いました。「描きなさい、残りは出来るでしょう」。教育家達には言いましょう。「話しなさい、人間形成が出来るでしょう」。

どの生もただみずからを通じて伝播していきます。例えば行為はただ行為を通じて、言葉は言葉を通じて、教育は教育を通じて。それで御同業の皆様、励みとし頼みとする希望を抱くことにしましょう。私どもの教育も弟子を晴れて教育者に育てて、然る後にまた他の者に話しを伝えてもらう、そのことに精神的報奨を見いだせますよう、そして私どものヨハネス・パウル学院が幾つかの学校の中の学校として栄えますよう祈念いたしましょう。私どものシュールプフォルタ〔学校門〕(3)から家庭教師、学校教師、教理教師を十分に仕込んで送り出し、彼らがまた自分達と同じような者を立派な校舎で生み出して欲しいと思います。キュロス王ではなく、キュロス養成者、キュロス養成第一人者を。

＊1　一五九条

第十四節

更に町の御歴々、師範、校長方々に謝辞ばかりではなく請願も述べさせて頂きます。どのように非現実的な人間、話し手でありましても何か生のもの現実のものが巣くっておるわけでありまして、むき出しに言えば胃のことですが、舌先ではこれは利己心から出て行くものより入ってくるものを有り難がる代物です。誰もが十分にこの手足を持っています。この為、私どもの学校がそこで給料を貰っている者すべてにとってもっと重商学校、あるいは営利学校となって、ここで生徒として学費を払っている者誰もが、また教師となって給料を頂きに喜んで入ってくるというようになって欲しいと願わずにはおれません。私どもの学校の本屋（図書館は少なくて結構です）、学校会計課、いや学校寡婦共済にも強力な支援を切望いたします。その他もすべてそうです。教師のかかっている唯一の病いは炎熱飢餓症で、この疾病には是非とも国が俗な民間薬、あるいは所謂家庭料理を処方して下さいますように。

私どもは皆、殊に青少年の教育者として、昼に臓物シチューを食べてその活力で一日中存分に私誅を加えることよりももっと何か素晴らしいこと悠久なことの為に生きたいと思っています。それで敢えて臆することなく誇りをもってお願いします。三級教師や合唱指揮者、及び小生が講義いたします演壇を新たに塗りかえて、それもただ本のようにあるいはプロシアの哨舎のように白地に黒く塗って欲しいこと、そして私立学校（リュツェーウム）に高等学校（ギムナジウム）の名前ではなくても名前を付けて顕彰して欲しいこと、出来れば私どもすべてに教授の称号を賜わりたいということであります。さすれば今まで単に生徒間だけにみられた学校での友情がことによると教師達にも広まるかもしれません。威令の行なわれんことを。以上。

第十五節

著者がこの人知れず書き上げていた就任演説を読み上げると、退官演説にふさわしいものが多く指摘され、それで数日後罷免退官させられて、本当に退官演説をもっと詳しく論ずるという素晴らしい機会を贈られた。このおかげで公式に受けとった退官を同じく公の演説という形で飾って同僚と別れることができ、同時に二度目にして最後となった教職の重要性について出来るだけ熱心に論じて、短い退官演説の内容とすることができた。

第三章　教育の重要性

第十六節

御同輩の皆様、短かった官職を去るに当たりまして、後輩の者が誰一人として教授法が間違っているの、講義をさぼったのと小生に難癖をつけることのないよう安らかな気持で去るには、お別れの挨拶としてまさにいかに立派な教育は時代に強い影響を及ぼすかという考察をテーマとして選ぶに如くはないと思うに至りました。そういたしますれば、小生の前任者がこの講壇で、就任演説者のことですが、それ以外には首になった後では自分のことを引用しかねますので、数日前に述べた幾多のことを今日別の光を当てて考察できますだけに一層好都合かと思われます。

前任者はただ詭弁を弄したのだ、それは元々はライプニッツによれば英知の訓練を意味していたに過ぎないということをはっきりと証してみましょう。

「なぜ（と彼は尋ねます）今日かくも多くのことが教育について書かれるのか、我々の行為はすべて言葉に転移し、言葉は容易に、ただ舌と耳を通じて心に転移するからである（と彼は答えます）」。しかしこれは小生自身が主張していることと別のことでありましょうか。さりながら、

第十七節

書籍印刷の発明以来今日の時代、民族と比べられるようなものはそれ以前にはありません。というのはこの発明以来もはや鎖国の国はなくなって、従って国がその構成要員に鎖国の影響を及ぼすこともなくなったからです。リュクルゴス[1]が自分の共和国からそのドラマ的統一を保つ為にエピソードや機械仕掛の神として排除した他所者や帰省客が今では見本市書籍や反古紙の名の下にどの国にも出回っています。今では鎖国の国はありません。どんな遠く離れた海の孤島であってもそうは行きません。それ故今日ではいくつかの国々の連衡が問題となって、一つ天秤ざおの下に集まることになります。ヨーロッパは蔓植物の繁茂する森で、この森に他の大陸は寄生植物としてからみついては力なく吸い出しています。本は万国の共和国、諸国民同盟、あるいはいい意味でのイエズス会、奴隷解放協会を築きそこからまた第二乃至は複製のヨーロッパが生じ、ロンドンと同じくいくつかの州と裁判所管轄区に分かれています。さて一面に於いてはいたるところに飛びかっている本の花粉は欠点をもたらしていて、もはや純血の他所の色のまじっていない花の種を育てることはどの民族にもできません。今ではどの国も昔のように自らの内から純粋にゆっくりと段を追っては形成されず、インドの、動物の体から合成された神々の像のように、近隣諸国のさまざまな手足がまぎれ込んで出来上がっています。

また他面に於いては本の世界という全居住域の公会議によってもはや精神が自分の民族の地方会議に隷属させら

れるということはなくなりました。目に見えない教会が精神を目に見える教会から連れ出します。それ故にこそ時代に反しての教育が可能となりましょう。ドイツ人教師の話す言葉は書かれた言葉のこだまであって、万国の共和国の監査の下では世界市民が一つの背徳の国の市民に落ちることはないという理屈ですから。本が変容した故人であればそれを学ぶ者は常にその生きた縁戚の者になるだけになおさらです。

　教育について大いに書かれる時代であるということは、教育がはなはだ損なわれていること及び教育を大事に思う気持があることを物語っています。ただ紛失物だけが路上で大声で呼ばわり求められます。ドイツの国みずからがもはや十分に教育しなくなってそれで教師が子供部屋で、演壇で、写字台で教育せよというわけです。ローマとスパルタの温床は壊れてしまって、中国とアラブの砂漠にまだ若干残っていますが、国が教育の前提にあって教育を形成し、そしてまた教育が国を形成してゆくという昔の循環は今でも印刷業の為にははなはだ蒸留化されたというか二乗化されています。つまりあらゆる国家の上にいる人間、例えばプラトンといった死者が諸国を教育するようになるからです。伝説によればはるか昔地球が出来たばかりの頃に、天使が微光を放ちながらやってきて瓦礫の地に新たに生まれ出たばかりの人間を子供として導き、授業が終わった後天に戻っていったそうですがそのようなものです。ツァッハ[2]の天才的考えによれば地球は月がいくつか落ちてきて団子になったそうです。裏側のアメリカに落ちてきた月は旧世界にノアの洪水を惹起しました。角ばって荒々しく屹立し深い峡谷をともなったスイスはかつて軽やかなエーテルから地球に落ちてきた目に見える月に他なりません。が同じく精神的ヨーロッパについても、印刷物をもたない他のどんな大陸や時代よりもはるかに、天からの使者や堕天使の霊世界もしくは世界霊がただ雲霞のごとく集積しているといえます。今日偉大な人間は以前より高い王座に座り、その王冠の輝きはより遠くまで届きます。単に行為によるばかりではなく文を通じて、単に言葉に頼るのではなく雷のように反響をともなって影響を与えるからです。そのように一つの精神は傍らの精神を変えてそしてこれらと共に大衆を変えてゆきます。多くの小船が大きな船を港に曳航するように、下位の精神は大きな精神が荷を降ろすようにと岸へ曳いてゆきます。

しかし小生の前任者は多くを喜んで認めるか付け加えるでしょう。個々に区分けされた生きのいい民族の代わりに作家達の大国家が形成され登場しても、単に教育に係わる集団が変化し大きくなってゆくだけで、この集団は子供時代に教わったささやかな有り難い教えを跡形もなく海の藻屑としてしまう。「だって本の山や二年毎の書籍市が、後真似のフランクフルトは数えなくても、二、三冊の学校教科書とその教師の声をかき消してしまうと思うよ」と就任演説者は述べるでしょうし、そう述べているようです。しかしここに看過できない重要な点があります。

つまりあらゆることが人間に影響を及ぼして教化薫陶するのは確かでありますけれども、即ち人間は群衆や本の山、赤道上の天体の大放電で砕かれるばかりでなく湿った天気で和らげられることもあって、従って散歩をしても永遠性に対する影響を受けずには家に帰れないということは確かで、拍車をかけるたび、空の星、勲章の星、かぶとむしを見るたび、歩くたび、握手のたびに、花崗岩の峰に露が一滴滴り落ち霧がかかるように心に染み込むのは確かなのでありますけれども、また他方では次のように見ることも確かに必要であります。「それぞれはただ昨日今日明日の状況に応じた影響力しかもたない」。と申しますのは人間は精神的なものをまだ持つことが少なければ少ないほど一層多くそれを身に付けるのでありまして、胎児の時にまして摂取量とは無関係にとほうもなく大きくなることはないのと同じです。しかし後には飽和度に従ってますます受け入れなくなってゆきます。それで個々人の青春が大衆とか人類の永遠の青春を通じて代替されるのは幸いであります。その飽和度を示す目盛りはただ数世紀とか民衆を定規の単位としているからです。

それ故最初の幼年時代が最も大事であるという教育上の助言がなされます。この時期ですと半分の力で八歳の時に倍の力を使うよりも、この頃にはもう自由を覚えていますし、事情がすべて複雑になっています、もっと教育の効果を上げられます。農業人が霧の時に種蒔きするのが最も実りがあると思っているように、最初の播種は人生の最初の濃い霧の中へなされます。

まず道徳心のことを考えてみましょう。内なる人間は黒人と同じく白く生まれて人生によって黒く染まります。年をとってからは倫理的な面での偉大な範例を見ても彗星が地球の近くを飛び過ぎてゆくようなもので自分の生の軌道に変化はなく過ぎてゆきます。これが幼年時代の低い段階の時には愛や不正等にはじめて内的外的に接するとそれが後年にいたるまで果てしなく光や影を投げかけることになります。ちょっと昔の神学者達によると私どもに遺伝しているのはアダムの最初の原罪だけであってそれ以外の罪は伝わっていない、一度堕ちた時に他の堕落をことごとく模倣したからだそうですが、そのように最初の堕落、最初の飛翔は長い全生涯を決定します。この早い時期に無限なるものは第二の奇跡を行なうのです。生命を第一の奇跡とします。即ち人間に神人がみごもられ生まれます。かの自己意識、つまりある自我、ある良心、ある神をまず出現させる源となるもののことを大胆にこう呼ぶことにしましょう。この受肉が無原罪の御やどりではなく、これの生誕のときに救世主とそのユダとがかち合うようならば、それは不幸な時です。この唯一の時、この時の周囲や実りに対する注意がまだ余りにも少な過ぎます。深くこの時の境にまで思いを潜め、はじめて自我が突然太陽のように雲の裂けめから現われて燦然と輝く世界を啓示した時のことを考える人々がいるものです。

人生は、殊に倫理的生は飛翔、それから跳躍、それから歩行、最後には停止となります。年を追って人間は回心しなくなります。邪悪な六十代には宣教師よりも宗教裁判の判決が効きめがあります。

第十九節

内部の人間の心について言えることは、その目についても言えます。心が昔のキリスト教の教会のように幼年時代という東雲に向かっていなければならないとすれば、目はギリシアの神殿のように最大の明かりを入口つまり上方からだけ採り入れます。というのは子供は後には二度と見られないある性質をもって知的に発展してゆくからです。この性質というのはまだ春の芽を隠した冬の砂漠というところで、光の射し込むところに（教授というのはすべて播種というよりも温情ですから）芽立ってきて、そうして幼年時代はすべて熱い創造の日々となります。二つの力が働きます。子供の信頼〔信心〕で、吸収する能力です。これがなければ教育も言葉も成らず、子供は嘴を開けてえさを貫わないので餓死してしまい後から巣から取り出さざるを得ない若鳥になってしまうでしょう。この信頼はどの信頼もそうですが少数を前提としていて、人間が多数となり年を重ねると萎えてゆきます。第二の力は刺激反応力です。これは体の面に於いても精神の面に於いても肉体的精神的に明け方である幼いときに最も強いもので年とともに弱くなってゆきついにはこの空しい世界で消耗した人間を動かすものは来世の他なくなります。従いまして人間は最初どの天体も自分自身の体もそうですが流動的状態にあって、この極く早い時期に主要な形が決まります。後にはただ仕上げがなされるだけです。後から世界全体が人間に作用しその刻印を押そうとしても、冷却化してゆく物体には色褪せた印しか押せません。絶えず時代精神や民衆精神が子供に押し寄せもみくちゃにしようとも、最初はしかし子供にとってはその教師だけが時代であり国家なのです。ヘルンフート派やクェーカー教徒、大抵のユダヤ人は周囲のさまざまな時代や民衆よりも教育は力があることを証しています。彼らに対してもすべてを包み込む時代精神や群衆精神は影響を及ぼしますが、しかし彼らは別の教育を受けた大衆よりも弱い影響しか受けません。たとえどのように時代精神が心、このささやかな天球を動かし回そうとも、自転する球ならいずれもそうであるように心は一つの生来の不動の極をもっているのです。善と悪の二極を。

第二十節

更にまた民衆全体が直に、小生の前任者はそう主張しているように見えるのですが、人間に押し寄せてくることはありません。ただ個々人だけが私どもの後年においても最初期同様心を打ち範となります。大衆は遠くの軍勢として通り過ぎるだけです。一人の友人、一人の師、一人の恋人、一つのクラブ、一回の酒席、一回の会議、一軒の家が私どもの時代の個々人にとっては影響を及ぼす国家、国民精神です。他の大群は傍を何の痕跡もなく去ってゆきます。しかしこの個々人が私どもの心にせまり心をとらえるのに幼年時代にまして圧倒的なときがありましょうか。あるいはまたまさにこの最初の十年間にまして、というのは教育に於いては法学[*1]と同じく十年間が長いという意味ですので、長い期間がありましょうか。子供の前でも世俗の海の波は四つの壁に当たって砕け、教育水や結晶水として封じこめられてしまいます。父親、母親、兄弟姉妹、二、三の身近な人々が子供を育ててゆく世界であり形式であります。このようなことすべてはさておいても、教育の場合には教育の力というものは時代精神の力と同じく個々人について計ってはならず、寄せ集めた大群、多数について計るべきである、同じく現時点ではなく、将来について計るべきであるということを念頭に入れていなくてはいけません。同じ風に教育された民衆や世紀は天秤皿ではたった一人を見る場合とは全く違っています。しかし私どもは運命や時代精神が私どもの問いかけに折りかえし返事を書いて欲しいと願いがちです。

＊1　長イ期間ハ十年ヲ指ス。ホンメル『法律の貯蔵庫』。

第二十一節

さてかく論じまして小生は小生の論敵兼前任者に対し、学者の世界では論敵の論敵の多くが信じているようにまれにしか見られない尊敬の念をもって彼及び小生の意見を述べたのではないかと思います。全体の中に個人が呑み込まれてしまうという多少なりとも彼の論じたことは、反駁の必要はなくただ肯えばいいことです。群衆は均一であっても個々人には多種多様性が許されます。死亡リストに間違いはなくても、しかし個々人は死亡リストだけに目をとめて恐怖や希望を抱いているわけではありません。山々は天体では見えなくなり、石ころ道は遠くの山の端で消えてゆきます。しかし道をゆく人はそれが良く見えています。更にかの好漢は良い教育をしても効果が上がらないと不平を述べる横から悪い教育の及ぼす影響を嘆いていますが、育て損なうということは育てうることを明らかに前提にしています。従って教育を悪しざまに言うとすれば、ただ近くの諸惑星の公転が小惑星に及ぼす摂動(干渉)についての細かい計算表が欠けていると非難できるくらいのものでしょう。しかしこれは皆が大目に見ていることではないでしょうか。

以上をもちましてこの名誉ある職で申し上げるべきことは申したかと存じ御挨拶といたします。

第二断編

第一章

第二十二節

目標は道よりも早く知っていなければならない。教育の手段とか技法はすべて教育の理想とか原像によってはじめて決まるものである。世の両親はしかし一つの原像の代わりに全く様々な理想像を収めた陳列室を思い浮かべて、それらを一つずつ子供に出しては銅版腐刻の入れ墨をさせている。例えば世の常の父親が倫理的教育の一つの勉強計画、教程目録として陰でどんなに不揃いなことを言っているかを明るみに出して並べてみれば、かくのごときものになるであろう。一時間目は子供に純粋な道徳について講義しなければならない自分か家庭教師かが、二時間目は自分の得となる不純もしくは応用道徳。三時間目は「お父さんのするようにするんだぞ」。四時間目「おまえはまだ小さい。これは大人のすることだ」。五時間目「大事なことはおまえがいつか世に出て国で一廉のものになることだ」。六時間目「この世のものではなく永遠のものが人間の品位を決める」。七時間目「だからむしろ不正に耐えそして愛せ」。八時間目「誰かに攻撃されたら勇敢に身を護れ」。九時間目「おいおいそんなに暴れるな」。十時間目「子供はそんなに静かに座っていてはいかん」。十一時間目「もっと両親のいうことをききなさい」。十二時間目「自ら修業をつめ」。このように父親は時間の変わる毎に原則の駅馬を変えてそれで自分の原則が合わず一面的であることを隠してしまう。その妻となると、これは夫にもあのハーレキンにも似ていなくて、この道化師ときたら両腋の下に文書の束をかかえて宮廷劇場に登場し、右腋に何を持っているのかという問いに命令と答え、左腋のには反対命令と答えたのであるが、それよりも母親は百の腕を持っていてそれぞれの腋に書類をかかえているという巨人ブリアレウスに似ているといえよう。

かくも頻繁にかつ迅速に変わる半神達の摂政政治を見ていると至高の神の不在ばかりでなくその必要性、正当性も明らかになる。というのは普通の魂の場合、理想は、これなくしては人間は四つ足の動物に堕ちてしまうのであるが、調和よりも内的不統一から、自分よりも他人について判断を下すうちに見えてくるからである。しかし子供がそれでどうなるかは既によく見られる通りで、てんでに色付けされた生徒になって（まれにみる独特な性格で不撓不屈の精神を備えていないかぎり）時代精神やその時々の苦しみや喜びの巡るがままにその車輪に轢かれたりいや巻き付けられたりしている。大抵の文化的人間はそれ故今では雨の中で打ち上げられる花火になっていて、まとまりがなく、くずれた形で輝いて、絵文字は半分しか描けない。

しかし教育の邪悪にして不純な精神は更に別の部門に見られよう。多くの両親が子供を単に両親の為に育てて、つまり素敵な据置き機械、魂の目覚時計にしていて、静かにしていて欲しいときには役目がなくて鳴らないようにしている。子供はいつでもただ教育者が最も寝心地よく眠れるものか最も甲高くたたけるものでなくてはならない、従ってまたいつまでも教育者には教育の成果だけが恵まれて教育の苦労はしなくて済むのでなくてはならない、もっと仕事があるし楽しまなくてはいけないのだからというわけである。それ故こうした静かな怠け者はしばしば、子供がまだ自分達よりも賢く、筋の通った話をし、穏やかになっていないといって腹を立てる。頼もしい子供好きの者でさえしばしば、政治家がそうであるように可燃性の空気に似ていて、自ら明かりを出すときには同時に別の明かりをすべて消してしまう。彼らにとって子供は、大臣が重宝して使っている若者のように、あるときは全く自分の口述するがままに書き、あるときは自分より知恵のある者でなくてはならない。

機械長でありたいと願っている学校教師に似て、両親は外面を気にし実用性を重んじている。この原理は純粋に実行されたらただ何でも言うことをきく骨のない調教済みの柔順な児童や乳飲児を生み出すことだろう。固くて緊密な人間の核は、甘く柔らかい果肉に変化してしまい、大きく育つにつれ神の息吹の吹きこまれる筈の子供という土くれは単に穀田と低く見られこやしがかけられることだろう。国の建物に住むのは生命のない紡績機械、計算器、印刷機、吸い上げポンプ、搾油所とか製粉所吸い上げポンプ、紡績機械のモデル等々になるだろう。過去も未来もなく生まれてきた子供がそれぞれいつも紀元元年からはじめて、最初の新年を迎えるということはなくなって、今や国は、国の身も心も若返らせるような後世の代わりに、国の車輪を妨げ、氷のように固く車輪を取り巻く後世に甘んじなくてはならない。

にもかかわらず人間は市民より古く、世界の背後のそして我々の内にある未来は世界と我々の双方よりも大きい。子供の内なる人間にすぐに従者の服を着せて、例えば関税官、コック長、法学者等にして人間を縛ってしまう両親はいったいどこから肉体的胎児を生むという権利の他に精神的胎児を生むという権利を得ているのか。体の面倒を見ているからといって精神的に締めつける権利があろうか。享楽の為にさながら魂が悪魔に売り渡されていいものだろうか、体は精神に及ばない、問題にならないというのに。肉体的に弱い子供を殺してしまう古代ドイツのスパルタ的習俗は、心の弱い子供を伝えてゆく習俗よりも余り酷なものではない。

第二十三節

他人にとって実用的であることと単に自分自身にとって実用的であることとの違いは不名誉と不愛想の違いくらいのもので、両者とも利己的であることに帰着する。よりましな質の国境遮断機の棒やヘラクレスの柱〔ジブラルタル海峡〕でさえもそれらが未来の人間の自由な世界を矮小化するなら非難に値する。メングスが息子のラファエル・メングス(1)の心と体を農奴にして画家に仕上げたとき、ヴィンケルマンによればギリシアの国々はただ自由の為に自由の産物として芸術を戦いとってきたというのに、これでは息子が父親の手職を継がなければならなかったエジプトの慣習を単に品のいい部分で行なったにすぎないことになる。

こうしたことの多くが家庭内での孤児院説教師についても言える。彼らは子供の躾をすべて教会の躾、聖書教育に変えて、自由に快活に生まれてきた子供の心を屈みこんだ修道士見習にしてしまう。人間は単に植物や鹿の枝角のように上に伸びるのではなく、また単に羽毛や歯のように下に伸びるのではなくて、筋肉のように同時に両端が伸びるように育てるべきで、ベーコンの王に対する二重の教え、人間であることを忘れるな、神もしくは神に次ぐものであることを忘れるなは子供についても大事であろう。

教育の本質は単なる発展とか、もっと細かく言って刺激反応などというものにはない。どのような生存も発展するし、どのような悪しき教育も反応を惹き起こすからで、ちょうど酸素が絶対的に刺激を与えるようなものである。また一度には総合力を高めることはできないし、同じく肉体の感受性や自発性、あるいは神経組織や筋肉組織を同時に強めることもできないので、すべての力の発展ということにもない。

第二十五節(1)

外見的に見る限りでは全く消極的であるルソーの(2)教育は、刺激なくして大きくなる有機体のようなもので、自らと現実の双方に矛盾しよう。数少ない野性の収容された森の孤児でさえ周りの猛獣や禽鳥から積極的な教育を受けたのである。ただ子供の棺だけが消極的な私塾、藩校、シュールプフォルタに近いものであろう。全く自然な人間、これをルソーは時折あるいは時々理想の人間と、両者とも同じようにきれいに世俗の人間とは離れているので、混同するのであるが、これは全く刺激を受けて大きくなる。ただルソーは子供をまず人間よりは事物で説得よりは印象で目覚めさせて力づけ、次に順序を踏んでより健康で後々の為になる刺激剤を処方しているだけの話であって、これが彼以前の教師となると子供はこれほど敏感な性質をしているというのに最も強い刺激、例えば神とか地獄、棒といったものでいつも先回りしている。父親達と子供達の孩所[*1]から子供の心を本当に解き放ちさえすれば、自然はおのずと（そう彼は考えているように見える）発展しよう。事実自然はいたるときいたるところでこのことをなしている。しかしただ生まれつきの性質、つまり諸時代や国々、人々の個性を通じてである。

＊1　昔のカトリック教によれば洗礼を受けていない無垢の者が死後行くことになっていた所。

第二十六節

こうした様々に交錯する路線、光線の中心点、重点、焦点には次の観点に立てば一致するかもしれない。現在のギリシア人が偉大な過去について何の予備知識もなしに隷属状態の己が民族の現状を描くとしよう。彼はこの民族が教養といい道徳性といい他の長所でも最高の段階の間近にいると思うだろう。しかし魔法の杖の一振りさながら忽然とペルシア戦争のギリシア、花と咲くアテネ、実のなるスパルタとかが黄泉の国、極楽のように姿を現わし凝然とした目の前に漂ったら、同じ民族が何という違いであろう、神々と人間の違いのように思われるであろう。にもかかわらずかの神々は天才でもなければ別に例外なのでもない。民族なのであって、従って大多数とかの中間数の素質である。歴史の中で一わたり神々しい民族の住む頂上や山の背を見上げ、その後鎖につながれた民の住む深い谷を見下ろしてみると、多くの者が登った上の方には自分も行ける筈だ、下の方には行けなくともとつぶやくものである。ある民族、大多数が肉体を脱し、神々しい姿をみせた内なる人間はどの個人にも住んでいて息をしているのに相違ない。さもないと個人が内なる人間を自分に親しい者として認めることは決してないであろう。

事実そう認めている。我々の誰もが自分の内に理想的栄光の人間[1]をもっていて、密かに青年の時からこの人間を解き放とうとしたり鎮めようとしたりしている。誰もが最もはっきりとこの聖なる霊的精神を見るのはすべての力が開花する青春時代である。当時何になりたいと思っていたか、どんなに別のもっと高い道や目標をまさに開花したばかりの眼は後の枯れゆく眼とは違って見上げていたかを誰もがはっきり自覚してくれさえしたら。というのは人間は体の方も精神の方も何か一緒に組み合わさって同時に成長してゆくということを信じたら、この双方の開花期も同じにせざるを得ないからである。従って人間にとってその個人の理想的人間が最もはっきりと見えるのは、(たとえ願望や夢の像にすぎなくても）青春の花盛りのときである。これはどのように卑俗な輩であっても経験しないだろうか。例えばこうした時の経過の前後に官能的な利己的な愛に耽るものでも一度は気高い愛が南中して天の真直中に立ったことがないだろうか。後には大多数の理想的人間は日に日に萎れてゆく。そして人間は、倒れ打ち負かされながらただ現在の欲求に汲々とし、苦しみと近所づきあいが生まれる。しかし誰もがこぼす「なんでああなれなかったんだろう」という嘆きは年取ったアダム以前にあるいはその傍らに最も古い楽園のアダムがいることと乃至はいたことを証している。

しかし石化人間としてこの世に理想的人間はやってくる。肢体から多くの石の殻を剥ぎ取って他の部分が伸び伸びなるようにすること、これが教育であり、教育はこうなくてはいけない。皆の立派な心の中で常勤している家庭教師であり黙って教えを垂れるこの同じ規範人間が外に向かっては子供らしい心を代弁し、自分特有の理想人間を解き放ち強めるよう心掛けるべきである。ただ前もってこの人間は推測して当てなければならない。フェヌロンの理想的人間、これは愛情深く剛毅である、これと小カトーの理想的人間、これは剛毅で愛情深い、とはにもかかわらず精神の自殺でもなければ互いに取り換え得るとか輪廻するということは考えられない。従って次章の教育は

第二章　理想的人間の個性（を）

第二十七節

究め尊重しなければならない。ここで息抜きの要あり許されたい。大抵の言葉において何か象徴しているかのように善と存在の主要単語、基幹単語は不規則である。肉体的な力でさえも過剰であることを多種多様な種属という形で表現している。それ故温帯には一三〇種の四足獣しかいないのに、熱帯では二二〇種いる。上等な生命は(ツィンマーマンによれば)種も多くに分かれるそうである。鉱物界の五〇〇種の後には七〇〇〇万種の動物界があって、精神界も同様にそうなっている。時代や国は様々に異なっても未開の民族、例えばは土着のアメリカ人や古代ドイツ人は一様であるのに対し、一つの風土、時代であっても洗錬された民族は多岐に分かれて育ってくる。園芸で花の品種が多彩に倍増するようなもの、時とともに海に囲まれた一つの長い陸がばらばらの島になるようなものである。その限りではどの天使もそれぞれ独自の種属であるというスコラ学者の主張にも意味がないわけではない。

第二十八節

このことはどの教育者も、極めて凡庸な教育者ですら認めていて、独自性、例えば教師自身の独自性に対する敬意を教え子に吹きこんでいる。ただ同じ時にしていることはといえば自分の腹違いの自我、妾腹の自我になるよう再び強くたきつけているだけである。出来る限り自分の個性は大目に見て、他人の個性をつぶし自分の個性を植えつけようとする。そもそも人間は誰でも密かに自分自身の複写機であって、それを他人にかけようと思っているのであれば、そして例えばホーマーが世界をホーマー流派やホーマー主義者にルターがルター教徒に変えたがっているように、すべての人を自分の宗教的精神的親族圏に心の縁者として引き入れたがっているのであれば、教育者はなお更のこと、無防備で形の定まらない柔らかな子供の精神に自分を刷り上げ再版しようとするであろうし、子供の父親はまた精神の父親たらんとするであろう。このことがうまくゆきませんように。幸いなことに実際うまくゆかない。ただ凡庸なものが自らの凡庸性で他人の凡庸性を、つまり目だたない個性で目だたない個性を駆逐しているだけである。それ故模倣者の模倣者がおびただしい。木版からは容易に数千枚刷れるけれども、銅版からはわずか十分の一である。

ティティウス程(1)のものなら誰でも密かに願っているかもしれないが、ヨーロッパがティティウスだらけになったら、あるいはセンプロン達が欲しているようにセンプロンで一杯になったら、それもみじめなものだろう。教師と教え子のそっくりさんがはびこったら何と厚い死の海の漂流になってしまうことだろう。

第二十九節

しかしどんなに融通のきかない教育者でも人の倍ある屈強の個性を高く評価するといい、つまりそれは自分を造った時代遅れの個性と自分の個性のことであって、しかもそれを下々に河やテンペの谷(1)をもたらす二つの山脈とみずからみなしており、それにいずれにせよ独学の教師や生徒はこの世ですべて重要なことは単に一代限りの個性によって成され、個性の引き継ぎによっては成されないと主張するので、他人の独自性をこのように無視することの裏に何があるかを見てみると単なるうぬぼれの他に更に別の間違いが決まってみつかる。

第三十節

それは理想を理想のコピーと取り違えるやむを得ない間違いであって、天地創造の週に生きていたら、ただ天使だけ、あるいはイヴだけあるいはアダムだけを造っていたかもしれない。しかし詩の精神は一つしかないけれどもその精神を具体化させる形式は全く様々で、喜劇、悲劇、頌歌、細い蜂の体の寸鉄詩とあるように、同じ道徳的天才もここではソクラテスかしこではルター、ここではフォキオン(1)かしこではヨハネとして人間化される。有限なものは無限の理想を繰り返すことはできず、ただ部分として限定された形でしか反映できないので、このような部分が無限に様々に生ずることになる。露の一滴も、鏡も、海も太陽の大きさを再現しないけれども、それらはすべて丸くて明るい太陽を写すのである。

第三十一節

自我は、神、この根源の自我にして根源の汝であるものを除いて、言葉の知る限り我々の見る限り最高のものであり最も不可思議なものである。それは突如としてあり、同じく自我なくしては無と化す真実と良心の全土もそうである。自分の存在、他者の実在を考えようとするとき、この自我は神あるいは意識のない者の所為にせざるを得ない。にもかかわらず第二の自我は別の観点からみて第一の自我よりも更に捉えがたいものである。

自我はそれぞれ人格を持っていて、従って精神的個性である。というのは肉体的個性の広がりは大きく、それには体同様、気候、土壌、都市まで含まれるからである。この人格というのはフィヒテ的自我の客‐主観化、つまり見せかけと見かけを交替させて、いつでも繰り返しながら数字や時代を排除してゆくことにあるのではない。鏡と鏡を合わせても何にも明らかにはならない。更にまた個々の力を気ままに前後に計量することでもない。というのはまず第一に一軍の力を取り出してもそれには別の統治しまとめる上位精神が必要であり、第二に有機的関係に組み込まれた力はすべて晴雨計や年齢等々に応じて固定的な個性の傍らを上下するものであるからである。

そうではなくて人格というのはあらゆる感覚器官を統べる内なる感覚である。感情が四つの外的感官をとりまとめているように。人格はそれを頼りに他人を信頼し他人と友になったり敵対したりするものであり、文芸や思索に永遠に縁がないかその能力があるか決めるものである。これと同じ計りがたい有機的統一が、ばらばらの物体をまとめつつ、植物では別様に動物では別様にまたどのような異種であれ別様に統治し浄化して様々な有機的人格となっているけれども、上位の精神的統一もそのような具合である。神人は女として動物としてかぼちゃとしても出現できたのではないかというスコラ学者の疑問は、神的なものが姿を見せる個性の多様性という観点から比喩的に肯定される。人格はすべての美学的、倫理的、知的力を一つの心にまとめるものであり、光の物質に似て姿を見せずに目に見えるものを色とりどりに出現させ決定するものである。人格があってはじめて哲学的に極北をなす言葉、「実践的理性、純粋自我」は単に天頂に北極星として位置するだけで北も示さなければ方角も示さないというようなことがなくなる。

この生の精神、この個性が天才の場合と同じ程にどこでも強く現われたら、もっとこれに注意を払いこれを大事にする術を心得ることであろう。例えばカント、ラファエロ、モーツァルト、カトー、フリードリヒ二世、カール十二世、アリストファネス、スウィフト、タッソー等々が同じような鋳型、圧搾器にはめこまれたら、精神はどのような痛手を受動的な戦乱で蒙るものか誰しも得心がいこう。天才ですら他の天才に対しては個性を取り換えるとか調停するとなるとただ二匹のくらげが互いに激しくからみ合うような具合になってしまうだろう。これが凡庸な者のその根源の力が折られるということになったらいったいどういうことになるか、ただ自らのうちでの永遠の迷妄、自ら進んで鑑とするのではなく自らに逆らう中途半端な模倣、他人に寄生する虫、新しい手本のたびの後真似、命じられるたびに応ずる下僕となってしまうだろう。人間は一度自分の個性から他人の個性へ投げ出されたら、自分の内的世界をとりまとめていた重点がゆらいで、あちこちさまよい、収拾がつかなくなる。教育者はしかし成長するにまかせる個性と、折り曲げたり御したりしなければならない別の個性とは区別しなければならない。前者は頭の個性であり、後者は心の個性である。知的な独自性はどれも、例えば数学であれ芸術であれ哲学であれ、脈打つ心臓であって、これには何を教え何を贈っても、動脈が消化し運動する為の物質を送り込むようなものでかまわない。この場合にだけは素質が超過重量であっても更に重くしてやっていい。教育者は例えば芸術的個性に対して人生の明け方に既に眠り薬を飲ませることをしてはならない。しかし道徳的個性は全く別である。知的なものが旋律《メロディー》なら、道徳的なものは調和《ハーモニー》だからである。数学者のオイラー(1)に対してペトラルカを、あるいは後者に前者を接種して力を殺いではならない。知的力というのは大きくなりすぎてはいけないということはなく、偉大すぎる画家がいてはいけないということもない。しかし道徳的な独自性はそれに向かいあう対極の力を育てて境界を修正する必要がある。フリードリヒ大王にはフルートをナポレオンにはオシアンを手にして貰わなければならない。ここで教育は例えば英雄的性格の者には平和の教えを説けばよく、ジークヴァルト(2)のような女女しい性格の者には若干雷電気を加えればよい。それで少女の場合、頭と心は相互に関係しているので、才媛には調理スプーンをときどき手に取らせればよく、生まれながらの料理女には詩人の翼から一、二のロマンチックな羽を与えればよいであろう。ちなみに気をつけるべきことは、どの力も神聖なものなので、それ自体の力は弱めないようにして、その力が全体との調和を保つようにただそれと向かい合った力を目覚めさせるということである。それで例えば過度に柔和なやさしい心の持ち主は剛直な者に変えられてはならず、名誉、明晰を重んずる気持がただ強化されるのでなくてはならない。同じく大胆な性格の者は臆病者になってはならず、ただ優しく分別のある者にされるべきである。……ここでどういう条件の下で子供の性格やこの性格の範となる褒賞人間、高尚人間は見つかるのかと質問が出されるかもしれない。しかしことは無限に多種多様であって一冊の本では足りず多くの本が必要であり、更にこの本に加えて幼く隠されている子供の性格を予言する夢占いの特殊な才がなくてはならないだろう。この性格は子供にあってはすでに成熟した大人と違ってすべてまだつぼみであって、昆虫学者のスウァメルダム(3)でない以上さなぎの形で蝶を分類せよといわれても出来ないように弁別しがたい。遺憾ながら次の三点は見いだし難く与え難い。一つの性格を持つこと、一つの性格を描くこと、一つの性格を推し当てること。世の教育家にあっては不作法が既に邪悪な性質に見えており、瘤は体であり、痘痕は顔の確たる一部である。

　ところでこの褒賞人間、理想人間を言葉に訳してみれば、すべての個人の素質をまとめた調和的な最大値というふうに言えるであろう。それはそれ故響きが良くてよく似ているけれども個人と個人は一つの調べと別の調べの違いがある。そこで例えば音楽的なアー　ベー　ツェー　デー　エー　エフ　ゲーから一つのアー（イ短調）の作品をベー（変ロ短調）に移してしまう者がいたら、作品をかなり損なってしまうだろうが、しかし様々に調性された子供の性格をことごとく同一の調べに移しかえてしまうような教育者に較べたらましであろう。

第三十二節

教育の目標は、それに到る道をいろいろと具体的に測る前に前もって明確に捉えられていなければならないが、その為には時代精神を越える必要がある。現在の為に子供を教育してはならない。そうでなくても現在は絶えず圧倒的に教育するからで、そうではなく未来の為に、いや近未来もまだいけない場合が多いことを銘記して教育しなければならない。しかしこの逃げようと思う精神のことを知っておく必要があろう。それ故次章を許されたい。

第三章　時代精神について

第三十三節

安易にそして大胆に諸君は時代精神を引用する。しかし一度自分の言葉で具体的に説明し答えて欲しい。時代は様々な時に、ちょうど虹が滴り落ちる雨粒に細分されるように砕かれるので、まず精神が宿っているという時代の大きさを述べてみ給え。時代身体は一世紀の長さであるのか、どのような時代暦によって始まっているのか、ユダヤ暦か、トルコ暦か、キリスト教暦か、フランス暦か。世紀の精神という表現を人間がふと洩らしやすいのは、ある世紀に生まれた人間は一つの世紀を自分の生涯で部分的に測って、ただ永遠の太陽が彼の人生の明け方から夕方まで描く小さな一日のアーチにすぎないのにそれを時代と思い込むからではないか。あるいは時代身体はある大事件（例えば宗教改革）から次の大事件までの長さで、次の事件が生ずるやその精神は消えてしまうのではないか。しかしどのような驚天動地が時代を刻印するものか、哲学的、倫理的、詩的あるいは政治的事件か。

更に、時代精神というのはいずれもつかの間のものというよりは飛び去ってゆくもの、いやむしろ最も近い前時代の精神と呼びたい過ぎ去った精神ではないか。というのはそれの痕跡が感じられるのはまさに精神が行った、従って更に遠くへ行ってしまったことを示しているからである。そしてただ高みに登ったときだけ来し方、行く末の道の眺望がなされるのである。

しかし同一の時代が別の精神を今日土星で、そしてその惑星上で、その輪の中で、現在という無数のありとあらゆる世界で、それからロンドン、パリ、ワルシャワで育てており、従って同一のはかりがたい今ただいまの時は、数百万の様々な時代諸精神をもっていなければならないことになるので、それでお尋ねしたい。どこでその口にする時代精神ははっきりと出現するのか、ドイツかフランスかそれともどこかと。先にその時代身体が測りがたかったように今度はその空間身体が定めにくいと思われるであろう。

誰しも、つまり諸君も免れえぬ大きな問い、同一の時代に皆まきこまれているけれども、どのようにして時代の波から身を持ち上げて、その暗い流れを感ずるばかりでなく見ることが出来るようになるかという問いは半ば免じて差し上げよう。それに諸君をさらってゆく流れは海にあって、それで岸辺がなくて流れの動きを測れないのではないか。

第三十四節

われわれが時代精神と呼ぶもの、それを昔の人は世も末とか、末世、最後の審判の兆し、悪魔の国、反キリストの国と呼んでいた。全く陰気な名前である。黄金時代とか無垢の時代と称してきた黄金時代はなく、ただそうした時代を待ち望んでいた。鉛の時代は砒素の時代になると思っていた。ただ過去だけが、海上を行く船が輝かしい航路を時に残すように光って見えるものである。しかし現在に対する昔の夢占いや予言を見てみると、――昔の偉い人達のこのような予言の本を集めてみるとよい――今の時代のものが当てにならないことを教えてくれる。人間は三大陸を知っていても四番目の大陸を前もって明らかにすることはできなかったのであるから、物体の組み合わせよりも更に複雑な精神の操作をして未来が予知できるようになるとは思えない。人間は狭く貧しい。その未来の星占いは、単に現在の補強か衰弱かであって、下弦か上弦かの天の月の周期を見ていて太陽は見ていない。誰もが自分の人生を時代の大みそかの夜と見做していて、そして迷信深い者のように、その夜の夢を、実は思い出の綴合わせであるが、その年一年の予言と信じている。それ故いつも、予言されていた善や悪とかその逆といったものではなく、何か別なことが生じて、それが川を呑み込む海のように予言やその対象を受け入れ波の間に消滅させている。砂漠で予言している時にも樫の木の小さな種子が大地に飛んできて、一世紀後には杜となるかもしれないのである。後の時代のことをすべて承知し持参しているわけではない人間がどうして未来をそれが近いものであれ当てることができよう。例えば現在の風、雲、惑星の動きと位置から一学期間、次の天候をきれいに当てた者がいたら、この者は予測された状況からまた三番目の天候をそしてこれから更に次の天候を読み解くことが、その間につまり何も生じなければ、出来るであろうし出来るに違いない。しかしまさにその間に予測していなかった彗星や地震、森の荒蕪や繁茂その他全能の神の業が一杯見られるのである。同じように予言者の眼の前でも世紀が次々に順を踏んで生起し、その結果数千年が遂には考えられる限りの地上の全時代が、もしもつまりその間に先に考えたように何も生じなければ、展開されるに違いない。しかし誓って。その間には更にいろいろな事が生ぜずにはいない。予言者自身を含めて、自由な精神界、それに全能の神、この神はこちらでは諸精神や太陽を撤退させ、あちらではこれを派遣する。それ故誰でも精神的にかわたれたそかれと決めかねる薄明かり（微光を指すいい言葉）の状態にあって、それでどちらの側の明かりが勝るかは、太陽か月かの新たな光で天の神に決めてもらう他ない。人間は二つの明かりを混同してばかりである。

第三十五節

にもかかわらず先の第三十四節が記され解されているのは、まだこれを越えるもの、つまりこれに続く第三十五節が考えられるからに他ならない。地球は年をとるにしたがって、老婆として予言をしやすくなって、予言するものである。前代から一つの精神が古い言葉を我々に話しかけてくれる。それは我々におのずと備わっているのでなければ理解できない言葉であろう。それは永遠の精神であって、この精神が時代の精神をことごとく裁き見張っている。これは今の時代について何と言うだろうか。極めて厳しいことを言っている。この精神は言う。「今の時代は一人の偉大な人間よりも一つの偉大な民族を産みやすくなっている。文化と権力が人々を一つの精神という巨大な蒸気機関の蒸気にまとめてしまっているからで、それで戦争でさえ今では単に二者間の兵棋にすぎない」。更に言う。「何かが我々の時代には滅びたに違いない。革命という大地震でさえ、この前にはいつの世紀でも本当の地震の時のように無数の虫が大地から這い出してきて地面を埋め尽くしていたのに、何ら偉大なことをもたらさず、ただこの虫に羽が生えて、袖が流行《はや》っただけである」。心と世界を裁く永遠の精神は厳しく言い渡す。「どの精神が今官能にのぼせ、情熱のとりこになっている輩に欠けているか、それは現世を越える聖なる精神である」。この神殿の廃墟は今の大地の底にますます深く沈みかけている。祈っていると妄想の鬼火が近づくと思われている。この世の外のものに対する感覚、信仰は、昔どんなに汚れた時代であってもその根を伸ばし続けていたのに、空気ばかりでは実をつけることがない。昔は戦争には宗教が見られたのに、今では宗教に戦争はない。世界は一つの天体となり、エーテルは一つのガス、神は一つの力、第二の世界は一つの棺桶となってしまった。

遂にはこの永遠の精神は我々に我々の破廉恥を取り出して見せてくれる。我々が怒りや愛欲、貪欲の炎のとりことなっているのに、またこうしたものはすべての宗教、古代の民、偉大な人々が押さえ恥じてきたものであるのに、思い上がって名誉の花火として打ち上げているからである。精神に言わせれば、我々は単に憎しみと空腹感で生き続けているだけで、他の朽ちゆく死体が歯だけは変わらずに残しているようなもの、まさに復讐と享楽の双方の器官にすぎない。情熱はまさしく時代の長わずらいといえよう。自分自身に対する憤慨、情状酌量、涙もろさ、そして他人に対する仮借ない我欲がかくも多く見られるのは病床をおいてない。この病床にしかしこの世紀はある。スパルタの男達は高くて厚い胸は女性的だというので切り取ったそうだが、[*1]今では同じことが同じ口実で精神的胸について行なわれている。心はその上の胸腔ほどに硬くなければならないとされる。遂には、教養ある人士で、別別の方向、天国と地獄に引き裂かれる者が出てくる。二つに切られたイモリよろしく前半分では前に後半分では後に走っている。

＊1　数年前ロシアで、男達の間でチョッキの下に高いパットを付けることが流行った。

第三十六節

　このように我々のうちの厳しい精神、永遠の精神は語っている。しかし言い分を聞いてやると、静まるものである。

　ある時代についての高い調子の訴えや涙はすべて、泉のある山のように、比較的高い山や峰であることを物語っている。ただ何世紀もだらしなく暮らしてきた民族だけが、自分等のことを嘆かず、他の民族の不平を述べて沈滞したままでいる。フランス哲学の精神的癲癇症者達は、身体の癲癇症者と同じく、病いの意識はなく、ただ力を誇っているだけである。精神的悲痛はギリシア人にとって夜がそうであったように神々を産む母である。身体的悲痛は毒や死体をもたらす暗い霧でしかないが。神もまた祈るというタルムード学者の大胆で放恣な考えは、――ジュピターは運命の下にあるというギリシア人の考えに似ているが――しばしば破れた崇高な精神達の願い、しかし無限なる者みずからによって我々の心に置かれた願いというものを考えるとき納得のゆく考えとなる。

　宗教は次々に消えてゆく。しかしそれらをすべて創ってきた宗教的感覚が人類に消滅することはあるまい。それでただもっと純化された形で将来の宗教的感覚は現われ営まれることだろう。ティレウス[*1]が、神は最初人間に神の姿で現われ、それから声となって、後にはただ夢と啓示の中にだけ現われると述べるとき、これは我々の時代や後の時代にとって素敵な意味を持っている。夢を詩に、啓示を哲学に解してみるとよい。神という言葉がまだある言語に残っていて響くかぎり、この言葉は人間の目を上に向けさせる。この世ならぬものは太陽と同じで、蝕にあってもその縁が少しでも蔽われずに残っているかぎり、明かりを保ってみずから円い姿を暗い小部屋に写すものである。しばらくの間皆既日蝕のみられたフランスでさえも、シャトーブリアン[1]やサン・マルタン[2]、彼らの崇拝者が現われてこうした状況が見られた。我々の今の時代は確かに批評がましく非常な時代で、信じようと願いながら信じられず、互いに逆らう時代同士の混沌の状態にあるが、しかし混沌の世界といえども一つの要点とその要点を芯にした運行、その為のエーテルというものを持っている筈である。単なる無秩序、争いというものはなくて、そもそもそうなるにはその反対のものがまずなくてはならない。紙上と頭脳内の今の宗教戦争は、前の時代の灼熱、嵐、壊滅、受精で一杯の暴風雨の戦争とは違って、むしろオーロラ（もっと高くもっと寒くなった空の一帯での雷雨）に似ていて、雷鳴の轟かぬ稲光の連続、冷たく多様であるが、暗い夜で雨は降らない。つまり生意気な自己意識というものは――これはこの時代の正体である――根源的な人間の性格、人間の精神を更に一層敷衍し大胆なものにしてゆくのではないか。そして人間の性格、精神の目覚めはいつか過ぎたる程に目覚めることがあるのではないか。ただ、今は十分には目覚めていない。というのは、思慮の為には思慮の対象が必要で、無思慮の為には対象は無くて済むけれども、今の時代の人々の心ときたら貧しすぎて、思慮に十分な場を取れずにいるからである。しかし奇妙な、再三再四見られる現象であるが、どの時代であっても新たな光がほのみえるとそれを道徳に災いある火とみなして、そのくせ自分の時代は前の時代より一等級明るくて、心に災いはもたらしていないと思っている。ことによると光は熱よりも速く伝わり、頭の回転は心の回転よりも速いので、光の兆しはいつも突然でそれで予め用意のなかった心には敵意をもったものに見えるのであろうか。

今の時代では意見は様々に変わるけれども有益と見做される一方同時に意見は無視されてもいる。しかし無視する心から有益と思う心が生じたのではない。堕落した全ヨーロッパの人間であっても誰一人真理それ自体に無関心なものはいない。真理が土壇場では結局生涯のことを決するからである。ただ誰もが真理についての無数のいかさま教師、説教師のお蔭でとうとう真理に対して冷たく臆病になってしまったのである。どこかの都会で枯れてゆく心と頭を、それがどんなに干からびていても拾い上げ、そして来たるべき精神が人生牢獄、死、天国という重要な門の出入口の鍵を永遠から下界へ手渡してくれると請け合いさえすれば、この乾燥した人間はおそらく、まだ不安と願望を持っているかぎり、その精神を明らかにしてくれる真理を求めようとするに違いない。

現在の光明の過程は少なくとも静止状態ということにはならない。ただこうした状態にのみ毒が生じ蔓延する。よどんだ大気には雷雨と嵐が押し寄せるようなものである。もとより、どのようにしてこの薄暗い発酵状態からもっと明るい未知の時代が生ずるかは、我々にはほとんど分からない。変貌した時代はどれも、つまり我々の時代は、次の精神の種子にとってはただもう新しい精神の風土である。天がどのように珍しい種子をこの風土に蒔くのか、我々には知りようがない。

罪業はすべて我々には目新しく間近なものに思える。絵画で黒が最も前にせり出して間近に見えるようなものである。愛の反復には慣れてしまうけれども不正の反復には慣れない。従って誰にとっても自分の時代は実際よりも道徳的には劣って、そして知的には勝って見えてしまう。学問では新しいものは進歩であるが、道徳では新しいものは内部の理想、歴史的神像との矛盾であってつねに退歩を意味する。それで過去の民族の無智蒙昧は、障壁画とは違って、離れてしまうとそのもっと細かい本当の内実が見失われて、更に一層ゆがんで不恰好に広がってしまうが、逆に過去の黒い汚辱、例えばローマ人、スパルタ人の罪業は丸く鎮静されて見え、ちょうど上の月を見るときのように、往時のごつごつした地球の陰は現在では丸く透明に見えることになる。例えば戦争、この最古からの人類の蛮行によって時代を測れば、殊に戦争でどんなに酷い改新が見られたかで見れば、時代精神はこの殺人松明の明かりで残虐にゆがんで輝く。しかし戦争を道徳に対する総突撃、言葉と心を紊乱させる肉体界のバベルの塔としてみれば、戦争はいつの時代でもただ不正なことを繰り返してきただけであって、これがそのたびに新しく見えたのは、どの時代も別の時代についてはただ処刑された軍や町の数を知っていたにすぎないのに、自分の時には拷問具の数を数える目に合うからである。これに対してまさしく我々の時代はどの前時代にも先駆けて、戦争で生命を慮るある種の人間性の他に、更に戦争の不正義について洞察を深めつつあるといえよう。

しかし昔から民族の場合しばしば頭が心よりも数世紀先んじていて、奴隷貿易の場合に等しく、いやことによると戦争の場合のように数千年先んじているかもしれない。

＊1　ティレウス『神の僕について』第十七章〔一五八二年〕。

第三十七節

生活様式が思考様式を生み、逆に意見が行為を生んで、頭と心は互いに肉体的精神的に実らせたり不毛にしたりしているわけで、それでこの両者を同時に癒さなければならないとなれば、運命の処方する治療は一つしかないがしかし長くかかる。苦悩の〔アル中退治の〕反吐治療、〔肺病の〕まむし治療である。不幸が人間を鍛えるとすれば、民族も同じであろう。もとより、これについては理解は少ないが、人間の場合傷や閏日が改善をもたらすとすれば、民族の場合は戦場や閨の世紀がそれをもたらして、それで各世代は喜ばしく礎として暗く蒼ざめて倒れてゆかなければならない。号砲を伴う立派な戦士の葬式ではなく、会戦を通じて天は青く地は豊かになる。しかし歴史では、暦と同じく、暗く湿っぽい聖トマスの祝日〔冬至〕は、明るく暖かい聖ヨハネの祝日〔夏至〕より短い。両日とも新たな季節を告げるけれども。

我々の子供そして子供の子供が冬の数世紀をくぐりぬけること及びくぐりぬけるまでが我々と教育の使命である。大規模な錯綜に対して部分的な発展で応じなければならない。未来に対して、いや迫りくる時代に対して子供はそれに対抗する三つの力、つまり意志と愛と宗教の三反駁力をつけて防衛させるべきである。我々の時代が持っているのはただむやみやたらの欲求だけで、動物、鳥瞰、病人それに虚弱児なら誰でも持っている類いで、かの意志力、スパルタ、ローマ、ストア派、最初の教会に最も荘重に現われた意志力はみられない。それで人為的に、昔国家がしていたように、若い精神と意志を強固にしてやる必要がある。熱に浮かれた色とりどりの虎斑や蛇斑のような卑俗な栄誉はストア的にまとまった単色で一掃すべし。海には波よりももっと高いものが、すなわちそれを静めるキリストともいうべき者があることを少年少女は学ばなければならない。

ストア的意志力が形成されれば、次の愛の力はすでに解き放たれている。恐怖は勇気よりも利己的である。恐怖は一層すがるからである。自分本位の口の卑しい寄生虫、苔の輩はただ朽ち木にはびこる。しかし力は卑小なものを殺す、強壮の生薬クヴァシアが蠅を殺すように。人間は逆らう為よりも愛する為にむしろ創られていて、自由な場を与えてやりさえすれば、愛、それも最も強固な磐石の愛、波まかせではない愛を手にしている。身体上の心臓は精神的心の見本とならなければならない。傷つきやすく、感じやすく、活発で暖かいけれど、骨格子の背後で気ままに打ち続ける強靭な筋力をもっていて、その繊細な神経は簡単には見いだしがたい。

さて力と愛については内容の問題はなく、ただそれに到る道だけが問題となるが、――これはしかし成果に深い影響を及ぼす――宗教については単に一つの宗教とそれに到る道だけを考えれば済むものか疑問が残り、これをまず多くの者と共に解かなければならない。それで時代に対抗して子供を育てるべき第三の点については、まず手段ではなく、宗教的に育てることの正当性をもっと詳しく吟味する必要があろう。力と愛は内なる人間の二つの対立点である。しかし宗教はこの二つを神的に調和させるもので、人間の中の人間である。

第四章　宗教の涵養

第三十八節

宗教は今では国家の女神ではなくなって、家庭の女神である。つまらぬ我々の時代は拡大鏡のようなもので、これで見ると周知のようにそびえ立つものは平たく平板に見える。さて我々はみな子供を都市的な後世に送り出すわけで、そこはひび割れた教会の鐘の音だけがわずかに低く群衆広場を静かな教会へ変えようと試みるところで、それ故我々は子供には以前よりもっと熱心に礼拝堂付きの敬虔な心、合掌した両手、目に見えぬ世界に対する僕の心というものを、ある宗教を信じ、それを道徳とは区別する限り、持参させるようにしなければならない。

諸民族の歴史はこの区別に賛成している。宗教は多くあるが道義は一つしかない。宗教においては常に神が人間となってそれ故幾重にも蓋われる。道義においては人間が神となり、明瞭に姿を現わす。中世には死骸や雑草、残酷や悦楽にみちた道徳的墓地の傍にそれでも教会と塔は立って宗教的感覚を保っていた。逆に我々の時代では宗教の聖なる杜は切り開かれ伐採されて、一方道徳の国道の方は以前よりまっすぐにそして安全に通じている。道徳も宗教も同時につぶれてしまったらみじめすぎるところであろう。時代はこの世ならぬものに対する感覚の衰退にさえ道徳的感覚をさらに一層鋭くし強固にして補いをし、少なくとも小さくて優しい（それ故頻繁な）視点によって道徳的横幅を確保しようとしている。幅広く建てられない町では高く建てるように、この逆をいって我々は高さの代わりに横に広く建てている。エーテルにではなく大地の上に点々と。確かに言えることであるが、フランスでは全体に化学的、物理的、数学的、戦闘的真昼の明かりが強くて、宗教の星空は、薄い下弦の月を除いて、ほとんど見えず、星よりも小雲ばかりであり、一方ドイツとイギリスでは宗教は少なくともまだ遠くの銀河程には見られ、星座が紙に描かれたりしているけれども、しかしこれらの諸国の宗教的違いから道徳的違いまで引き出そうとしたら間違いをおかすことになろう。禁欲主義《ストア》、これは道徳の生んだ立派な息子、愛はその娘であるが、それ自体宗教と同じであろうか、同じであったことがあろうか。宗教と道徳のこの差異は何か真なるものに基づいているのでなければ何故初期あるいは少し下った世紀に幾多の熱狂的宗派が例えば静観神秘主義者達が、神を真心から熱烈に愛すれば現実に続いている罪業が消滅し、社交家の場合と同じく跡形もなくなると妄想を抱けたかというようなことは、理解しがたいことになるであろう。もちろん宗教性は最も高度な段階では道徳となり、道徳は宗教性となる。しかし同じことは最も高い段階となるとどのような力の場合についても言える。太陽はどれもただ天のエーテルの中を運行している。すべて神的なものは道徳とも学問とも芸術ともしっくりと調和するに違いない。それで罪業で窪んでしまった天才にすら、宗教的変容の山タボルが見いだされるに違いない、エトナの噴火口に山が見えるように。

もとよりここでは、天国の門の前で聖ペトロの〔鎖の記念日の〕賽銭[1]をもらえるまで祈り歌うかの乞食の宗教のことは全く問題にしていない。

第三十九節

さて宗教とは何か。祈りながら答えを言い給え。神への信仰である。宗教は単にこの世ならぬもの聖なるものに対する感覚とか目に見えぬものに対する信仰ばかりでなく、またそれなくしては捉えがたいこの世の外の国、つまり第二の世界がそもそも考えられなくなるもの、そのものに対する予感でもある。胸から神が消えれば、大地の上、背後にあるものすべてが単に地球に輪をかけて大きくなったものに過ぎなくなる。この世ならぬものは単に機械的に上位の数値となって、結局この世のものとなってしまうだろう。

神という響きで何を考えるかという問いが生じたら、昔のドイツ人セバスティアン・フランク[*1]に答えてもらうことにしている。「神は声にならぬ溜息であって、魂の奥底に潜んでいる」。美しく深い言葉である。しかしこの声にならぬものはどの魂にも住んでいるので、これは他の魂に言葉で伝えることができる。昔の敬虔な信者に今の言葉で話してもらって宗教講話[1]を拝聴することにしよう。

「宗教とはまず神の教えであり、それ故神学者は尊く、まことに神の智は悦ばしい。神なくしては自我は永遠に孤独の中をさまよう。自分の神を持てば、友情や愛よりも更に暖かく、更に濃やかに、更に強く結ばれる。もはや自分の自我と一人きりということはない。この昔からの友、よく見知っている無限なるもの、真心からの生まれながらの刎頸の友は自分が自分を見捨てないように見捨てない。卑小なこと罪あることの汚く空しい渦に巻きこまれ、雑踏の市、戦場に立つことになっても、胸を閉ざせば至高のもの至純のものが語りかけ、間近に太陽の如く休らって、外界の方は暗く見えない。この神の教会、世界にやってきたのであって、たとえこの神殿が暗く冷たく墓地にかこまれて没落しようとも、ここに敬虔に法悦を感じて留まろう。自分がなすこと悩むことはこの神への犠牲ではない、自分に対してすら犠牲ではないのだから。自分が苦しもうと苦しむまいと、ただこの神を愛するだけである。天から炎が犠牲の祭壇に降りてきて動物を焼き尽くすけれども炎と司祭は残る。この昔からの友に何かを要求されれば、天と地が輝くように思われて、この友と同じく幸せな気分である。この友に拒まれれば、海に嵐が生ずる、しかし虹がかかって、その上のいつも陽光があふれ悪天候を知らない立派な太陽のお蔭を知ることになる。ただ邪悪な可愛げのない精神に対してのみ人倫の道が申し渡される、そうしてまずは改善されその後良き精神に生まれ変わる。この道にまずは命を吹きこんで節度あるものにしている昔からのこの心の友をいとおしく眺めるとき、勝ちほこる邪悪な精神が退治されるばかりでなく、心を試すだけの別の精神も遠ざけられる。どんなに高い山の峰であってもその上にまだ鷲が舞っているように、登攀しがたい義務の峰の上にもまことの愛が漂っているのである。

宗教のあるところ、そこでは人間が、動物が、一切合財が愛される。生きとし生けるものは無限なるものの動く神殿と形容できる。すべてこの世のものはこの神を想えばみずから変容し光があふれる。ただ一つのこの世のもの、罪だけは光を受けない、それは魂を滅ぼすものあるいは終わることのないタンタロス、悪魔である。

自分の裡で自分を相手に話すことのないことについて他人に話すとしてもいくらかもっともなことと許されよう。というのは自分の裡ではこの神はとても間近にあって、自分の言葉神の言葉と分けることはほとんどできないからである。しかし第二の自我によって自分の自我は屈折させられて、ただこの神だけが輝いて残り、露の命の自分を照らしてくれる。

こうした考えがすべて間違っていないならば、どうして神は多様な調べの生を乗り越えてきた者達が死という単調な沈黙の時を迎えるときにはじめて姿を現わしているのであろうか。世間という世間、人間という人間が次々に姿を消して死を迎える不壊の自我の傍らには永遠なる者しか残っていないというときに。神を最後の暗黒の夜に迎える者は死が何であるか知らない、深淵に輝く永遠の星を見るからである」。

宗教が倫理の詩学、人生の崇高な様式、つまり最高の様式であると思われないときには、神の愛さえあれば良いと思って幸福を貶めて顰蹙を買っていた熱狂的な神秘家のことよりもフェヌロンの方を思い出し給え。諸君は彼よりも、同時に一人の子供であり女であり男であり天使であった彼よりも、純粋で強固で、豊かで、犠牲心に富んでいるか、幸せであるかどうか。

＊1　ツィンクグレフ『ドイツ人の箴言』一六三九年。

第四十節

さて子供を如何にして宗教という新しい世界へ案内したらいいか。証明ではいけない。この世の知識の梯子はいずれも漸次教えてゆけば登ってゆける。しかしこの梯子の端をみずから担いでいる無限なるものは、加算では分からず、一度にただ直観されなければならない。階段ではなく、翼でのみたどり着く。神の存在を証明するとか疑うということは存在の存在を証明したり疑うことになる。自我は根源の自我を求める、これは単に今の世の傍らにある根源の世といったものではなく、有限な世が法を得ている源のかの自由である。しかし自我はそれを知っていて持っているのでなければ、求めようとはしないであろう。宗教の大きさはあれこれの意見に限定されない。人間全体に及ぶ。そもそもこの大きさは岩山の連山に似たもので、その一つだけが平地に立っているのではなく、隣りの岩山に接していて山脈となっているのである。

自我がなければ身体界がないように（あるいはフェニックスがなければ復活の灰もないように）、神がなければ自我の世界も精神の世界もない、同じように神の摂理がなければ運命もない。

人間を動物と最も純粋に分かつものは分別でも道徳でもない。こうした星のうち少なくとも流星はより低い動物圏にも見られるからである。そうではなくて宗教である。これは意見でも単なる気分でもなく内なる人間の心であって、それ故まずそれぞれの意見の地をつくるものである。かの中世には宗教はその他の知識は暗かったけれども夜の空のように大地に間近に広々と輝いていた。しかるに我々の神は昼の太陽のようなものでただ一度だけ天のアーチの要石として現われるだけである。昔の年代記作者は血雨や畸形児、鳥の戦い、子供の遊び、ばったの群れ、それに突然の死亡例を大事件を記す中にさしはさんで、それらを目立った徴候、例えば戦火の勃発を告げるのろしと見ているけれども、戦争は一段と目立つ徴候で、それはまた懲罰として神から下されるものでもあれば世俗的に下されるものでもあった。しかしこの並行論、あるいはむしろ言うなれば天と地の予定調和というものは少なくとも当世の物理的な影響論よりは首尾一貫している。これは神から受ける影響を舞台の神の場合と同じく、ただし幻日ではなく本当の太陽ではあるけれども、世界史の数世紀の時計には合わせても、一人の人間の一日の時計には合わせないもので、あたかも此岸的なものと彼岸的なものの対立は単なる量的な段階にあって、有限なもの全体とその極小の末端の双方に等しく無限なるものの呼吸が感じられるものではないかのように見ている。宗教を持っている者はしかし世界史よりも自分の家族の歴史にむしろ摂理を見いだす。高い空に弧を描いて咲きほこっている虹の姿を低地の花の露の一滴にも同じ太陽が再生してくれるのである。個々人が今日おとなしく恥ずかしがって、自分には見守ってくれる摂理はなく盲目の運命が待っていると思うのは、無信仰や謙虚さというよりもむしろ敬虔に信じて行なおうとはしない意識を表わしている。

ヘルダーは、(1) 諸民族はすべて宗教から言葉、文字、初期の教養のことごとくを受け継いでいることを証明した。しかしこれは同時に更に別のことを証していないだろうか。つまり、民族にあっては、従って人間にあっても、理想は現実よりも古いということを。更に言えば子供にとっては至高のものが低級のものより間近にある、殊に至高のものは子供の裡に備わっているのだからということ、以前は都市の時計よりも星時計、日時計に従っていたということ、神的なものは人間に対し昔楽園にその似姿を届けてくれたように今は砂漠に色褪せぬうちに早くその似姿を送って、それで人間は今までその似姿を見失わず見守ってこれたということを証していないだろうか。すべて神聖なものは不浄のものよりも古い。過ちは無垢を前提にしていて、その逆ではない。創られるのは天使であって、堕天使ではない。それ故本来人間は至高のものへ登って行くものではなく、いつもそこから落ちてしかる後にはじめてもとの所へ登って行く。それで子供というものはどんなに無垢で善良なものと思っても思い足りない。そしてまたまさしくそれ故に諸民族及び個々人には有限なる物、いや無限なる物よりも早く無限なる者が現われている。全能の若い自然は（シェリングによれば）強固な太陽をその周りを回る地球よりも早く生んだようなものである。すべての宗教的形而上学がすでに子供のうちに眠っていて夢を見ているのでなければ、どうしてそもそも子供に無限性、神、永遠、神聖といった内的な像を教えることができよう、これらは外的な像で伝えることは出来ず、空ろな言葉に頼る他なく、しかも言葉は単にそれらの像を目覚めさせるだけで創り上げることはないのだから。末期の者や失神した者が外的なものではない内的音楽を聞くように、理念はこのような内的調べである。[*1] そもそも本来の形而上学の問い、つまり対象でさえ子供や無学な民の間では言葉遣いこそ異なれ、世に思われているよりも活発に頻繁に見られる。四歳の子供がすでに世界を囲む板の背後には何があるか、神はどうして生じたか等を尋ねるものである。子供達と話していて筆者は例えば自分の五歳の男の児が哲学をして言うのを聞いたことがある。「神様はすべてを造られた。何を贈ってもそれは神様の造られたものだ」。これに対して四歳の妹が「神は何も造らない」と言うと男の児は答えた。「神は既にお造りになったので何も造らない」。あるいは七歳の姉が述べたことがある。頭の中の魂にまた腕や足それに頭が一つあったら、この頭にはまた魂が住んでいてこの魂はまた頭を一つもっていて、そして果てしなく続いて行くにきまっていると。[*2]

ルソー[(2)]は神を、従って宗教を成人してからはじめて渡す遺産と見做していて、それで偉大な魂の場合を除いて、他にはもはや子供に宗教的感激や愛を期待しえなくなっているが、これはパリの父親が子供の愛を期待しえないのと等しい。ここの父親は幾つかの民族にみられる慣習に従って息子が父親を必要としなくなる程にならなければ息子の前に姿を見せないのである。[*3] 最も神聖なものが立派に植え付けられるのは無垢なる最も神聖な時の他にあろうか。あるいは永遠に作用すべきものの場合即ちそれを決して忘れない時の他にあろうか。午前中や午後の雲ではなく、明け方曇っているか晴れているかで一日の価値は決まる。

何かを与えようと思っている者なら誰であれ当て嵌まる第一の規則はみずからそれを有していることだが、それで宗教を教えられるのも宗教を有している者を除いてはない。大人の偽善や口先だけの宗教は未熟な偽善や宗教しか生まない。このような幻日は暖めもしないし明るくもしない。視覚をだますものは聴覚をだます。天にも心にも神を抱かないものは、自分の子供に(利益等から見て)無駄なことを、つまり既に自分のうちから切り捨てていて、後にはまたみずから根絶やしにしようと思っていることを種痘しなくても道徳には悖らないと考えようが、これは道徳に悖らないではいない。元来はしかし宗教を道徳の方便と見ても国益の方便と見ても開けっぴろげの子供の信仰心に害はない。害を及ぼすのはただ神にも悪魔にも同時に降伏してしまうようなかの利己心だけの弱輩である。かの安全証明[*4]は(神の門の裏口を開けて逃げ道を用意することはしかし理性と道徳を傷つけてその反対の名前がふさわしい)、幸いなことに我々の時代の罪業には見られない。

子供は幼ければ幼いほど、一言でしか言い表わし得ないけれども言い表わし難いものであるものを耳にすることのないようにするべきである。しかしその象徴は見せてやらなければならない。崇高なものは宗教に至る神殿の階段というべきものである。星が測りがたいものに至るそれであるように。自然の中に偉大なもの、嵐とか雷、夜空の星、死が登場したとき、神という言葉を子供の前で放ちたまえ。非常な不幸、非常な幸福、甚だしい悪行、高貴な行為は移動子供教会の建築現場である。

いたるところで、宗教の聖なる土地とは離れてゆく境界域でも、子供に手を合わせる神聖な気持を見せ給え。この気持は子供に移って遂にはその対象が子供心に分かったり、あるいは諸君とともに、何故かはまだ分からないけれども驚きを覚えたりしよう。この世で最も偉大なる者の名前が呼ばれる時にはいつも帽子をとったというニュートンは話さなくても子供達の宗教の師と言えたことであろう。子供達と一緒にではなく、ただ子供達の前で自分達の祈りを上げる、つまり神のことを声に出して想うようにしたらいい。子供達自身が祈りを上げるときには一緒にしてもいいだろうが。指示された昂揚や感動は気の抜けたものである。子供達の祈りは空ろな冷たいもので、本来はユダヤ教キリスト教のいけにえ信仰の名残でしかない。この信仰は無垢によるのではなく無垢なる者によって神と和解し神の心を得ようとする。子供ときたら口移しで習った神のことを密かに、カムチャッカ人や野蛮人たちがみなそう自分達の神を扱っているように無邪気に見ている。食前の祈りはどの子供も改竄しているに違いない。後年になっても祈禱日や宗教的祭日は頻繁に設けてはならないが、その代わり厳かに催すべきである。子供にとって最初の感動的な聖餐となるもの、それはいつでも感得できるようにして、子供の心を宗教に導きたい。子供を教会にやるのはほんのときたまでよい。教会の礼拝室《オラトリオ》同様にクロプシュトックの聖譚やヘンデルのオラトリオを聴かせることができるからである。しかし連れて行くときには、厳めしい思いで両親の心の昂揚に加わるよう伝授したまえ。いやむしろ、ただ子供だけを対象にした特別な礼拝や子供説教師はいないのだから、自然や人間生活の偉大な節目の日にただ人けのない教会堂《テンペル》に連れて行って、大人達にとって神聖な場所を見せてやるのがいいのではないかと思う。それに黄昏や夜、オルガン、歌曲、父親の説教を添えてやれば、少なくともただの一回の教会通いで、年寄りが一年通うよりも多くの宗教心を若い心に植え付けることになろう。このように見れば既にかなりすたれてきているけれども今また何気なく再興が願われているかの慣習[*5]は願い下げである。つまり青少年に教会堂で説教を、即ちその原稿を書き取らせて、家や高等学校で正しく提出させる慣習のことである。これは冗談事に見えるけれども、真面目に尋ねてみていいことである。全体的に感じとられる宗教的敬虔さはこうなっては論理的に肉を削られ骨ばかりになって無神経なものになり、聖なるもの心の目指すものは頭脳訓練の手段に堕して、感動はことごとく、共感していては書き取ることがむずかしくなるので、遠ざけられることにならないだろうか。乙女が恋人の恋の告白から短い実用的な抜粋を作ったり、兵士が戦さの前の指揮官の熱弁から、あるいは一人の福音伝道者がキリストの山上の垂訓から細かく分かれた立派な論構成を引き出したら、ことによるとこれに匹敵する上等なものができるかもしれない。教師がこのように至高の目標をすべて新たな手段や行き方に、つまり退却の道に変えてしまえば、精神的なものとの付き合いは、近頃のローマ人が凱旋門やジュピターの神殿に対して物体的に行なっていること、つまり物干しざおとして勝手に利用していることを精神的に行なうことになりはしないか。

貧しい民衆の子供達にとって、その両親自身がまだ日曜日の教えを必要とする生徒であって、低くたれこめる曇天下の深い一週間の汚れから子供達を救い上げてくれる手を欠かせないというとき、外面的な礼拝はもっと身分の高い子供達の場合よりも大事である。教会の壁、説教壇、オルガンは彼らにとって神的なものの象徴である。しかしそれが村の教会であるか自然という神殿であるかは象徴としてどちらでもかまわない。我々自身、窮めがたいものの象徴はどこがその頂点か、頂点があるのか知らないのではないか。より高い精神はまたより高い象徴を必要としているのではないか。

宗教の最も聖なるもの、それは教会に通う者がはじめて心の神殿の入口としての教会へ持参するものであるが、それを教え子の目が、外的な壁や形式しか見えなくても、いたるところで見いだすようにし給え。どのように異なる宗教の習いであれ自分の宗教の習い同様に神聖なものに感じられなければならない。宗教に至る外的な足場もどれであれ同様である。プロテスタントの子供は道端のカトリックの聖人の肖像画に対しては先祖の樫の杜同様に敬意を払うべきである。さまざまな宗教も、ただ変わらぬ人間の心情が表現されているさまざまな言語同様に好意をもって受け入れなければならない。しかし天才は誰でも自分の言語をつかうとき、心はどれも自分の宗教にあるとき、それぞれ全能となる。

ただ恐怖から子供に神を創らせてはならない。恐怖自身邪悪な精神の産物である。悪魔が神の祖父となっていいだろうか。

人生によって与えられるもの奪われるものよりも何か高いものを、単に程度の差としてではなく本質的に違うものとして求めるものは、宗教を持っている。たとえその際無限の者ではなく単に無限の物を、永遠者なしの単なる永遠性を信じていようがかまわない。これは太陽を人間の顔に描き上げる他の画家達の反対をいって、人間の顔を丸い太陽にしているのである。すべての生を、それが動物や植物にいたるものであれ、神聖なもの驚くべきものと見做す者、またスピノザのようにその高貴な心情によって階段の上部には留まらず、翼で漂って、その上空から周りの万物が、立ち止まっているものも史的に動くものもすべて一つの巨大な光明、生命、本体に姿を変えて自分を呑み込むのを見、それで自分自身が大きな光明の中に溶け込むように感じて今はもう果てしない光源の中の一光線以上のものにはなりたくないと思う者、そういう者は宗教を持っていて従って宗教を与える者である。至高の物は常に至高の者を、形はとらなくても写し、眼の裏に描くからである。

まことの不信仰の者は個々の教理やその反対の教理が分からないのではなく、全体に対して盲なのである。子供のうちの個別の利己的な感覚ではなく、全体をつかむ全能の感覚を目覚めさせ給え。そうすれば人間は世俗の上に、不易の世界は流行の世界の上に位置するであろう。

我々の宗教の書を子供の手に渡すがいい。しかし説明は読んだ後ではなく読む前に与えて、幼い心がこの見知らぬ形のものを丸ごと受け入れるようにし給え。何故理解する前にまず誤解させる必要があろう。奇跡がなければ信仰はない。奇跡を信仰すること自体一つの内的な奇跡である。すべて偉大なものと思われるもの、天才《ゲーニウス》や愛、諸々の力には根源に太陽の輝きがあることを認めなければならない。ただ弱いもの、曲がったものだけが階段を追って責め苦の梯子を登ってくる。まことの天国への梯子には段はない。少なくとも二つの奇跡、啓示だけはこの音色を重苦しい物質で窒息させる時代にあっても議論の余地のないものとして残っている、さながら旧約と新約聖書のようなもので、つまり有限性の誕生と物質の干からびた材木の中への生命の誕生である。かくてどのような不可思議も一つの不可思議で一括されて、すべての哲学は奇跡の一言で潰えてしまう。したがって子供に宗教の書や自然という神秘の書から取り出して感じさせるもののすべてが説明できぬことであっても、別に信心ぶっているからというわけではない。教理によるのではなく、聖書の物語から生きた宗教は芽生える。最上のキリスト教の教義はキリストの生涯であって、次がその信奉者の受難と死である。聖書の他に伝えられることであってもそうである。

子供が大人の許で宗教を受け入れるという素晴らしい春の時に、これは子供がはじめて公にそして一個の自我として正当な権利を持って祭壇の前に登場し振舞ってゆくという大事な時であり、この唯一の時、薄明かりの生に突然曙光が射して、愛と自然の新たな生が告げられるこの時に、幼い魂の司祭として、宗教の中央祭壇の許へさながら舞踏を踏むかのように喜んで進むように案内するにふさわしい者は詩人を除いては考えられない。詩人は死すべき世界を灰に焼きはらって、その上に不死の世界を建てて、地上の生活を極地の国々に似たものにする。この地では動物も花もなく冷たく色合いがないけれども、上空には寂しい昼の後豊かな夜が訪れて、天が地を飾る。極光、オーロラが空一面を炎の束、宝石、雷鳴、豪奢な赤道嵐で彩って、冷たい大地の人間に上空にいるもののことを思い出させるのである。

＊1　幽霊に対する恐怖、この無限の恐怖もそうである。これは物体に対する恐怖しかない外界とは無縁に襲ってきて、冷たく強張らせ

るものである。

＊2　ちょうど今書いている時に先に述べた四歳の、今は六歳の妹は言った。「数字には1というものがあって、始まるの。始まったものはいつか終わらなければならない」。最後に杖を見せて尋ねた。「これはどの面にも終わりがあるでしょう」。

＊3　少なくともメルシェによると身分の高いパリ人は、女性でさえも、田舎で育てられた自分達の子供には大きくなったときはじめて会うそうである。

＊4　安全で緊急の場合の信仰。

＊5　ペトリ教授は教育学等の新しい文庫（一八一一年七月）の中でラインハルトの青年時代の例を引き合いに出している。

第三断編

第一章　人間と教育の発端についての脱線

第四十一節

いつ精神的教育は作動し始めるか。子供が呱々の声をあげたときからで、それ以前ではない。我々が生と呼んでいる魂の煌き、いずこの太陽雲からやってくるのか分からないこの光線が物体界に射し込んで粗い素材を溶かして魂の栖に変える。そして死が再び別の世界の訪れを告げるまで輝き続ける。この源初の瞬間、もう時があると仮定してのことで、この後ではじめて脈搏が最初の秒を刻みはじめるのだけれども、目に見えぬ自我の光線は一気にスペクトルを受けて肉体の姿を現わす。素質、性別は、いや母親や父親に容貌が似るということさえ、目に見えぬ者の手で決定されている。というのは、この有機体、この世界国家内の国家のまとまり、つまり諸法則の具体的システムは、その支配下にある個々の部分のように漸次に寄せ集められてできるものではないからである。例えば、子供の顔を父親や祖父の顔に従ってはっきりと織り込んでゆく形成衝動というのは母親が九カ月間想い描くことからきているのではなく、子供自身の内に宿っているに違いないのである。

両親という二者の生の鎖、ことに最近の輪はこうはゆかない。この輪を通じ、この輪から新しい人間の火花が走って体だけの土くれにアダムの魂が吹き込まれてきたのであるが。ここでは後世の播種の為になされることが（馬や羊、カナリヤを除いて）いかに少ないか、観察されることはなく、ましてや公的施設はなく、幼児よりもただゆりかごの方に気が向いていることを考えてみれば、また、数世紀に及ぶ礎石がすえられるところで、性別、年、月、時刻の諸関係がなんと無法則無頓着に忘れられ無視されているか、更にここでは落ち着きのない享楽的な人間は本能の導きの糸に健全に操られている確固たる動物よりもいかに多くの法則を必要としているかを考えてみれば、そして更に、文化が進むにつれて、まだ動物の利点を持っていた未開人や原始ドイツ人とはずれてきて、日日無法則の上に法則についての無智を重ねていること、及びいかに世間は欲望に対してますます恥知らずになる一方でありながら、学問に対してはいかに顔を上げられなくなっているかを考えてみれば、倫理的なものを要求する気持は細かく洗錬されてきているのに、野蛮人の為の単なる十戒を守るだけで満足しているという無頓着さから導き出される結論は、倫理に対するあつかいは単に債権者との示談に応ずるようなものになっているということにならざるを得ない。成程高貴な心性の教育者シュヴァルツ[*1]は未来に対する斟酌をすべて至高な愛という神聖な精神に対する罪と見做そうとしている。しかし、これは至高の初恋の場合にのみ、そして、分別や知識のないときにのみ正しいことである。これに対して例えば医者に分別や知識がないということはない。それで少なくとも国家には、昔の国家の多くがそうであったように、その冷たい永遠の手で皆の者に法律を制定して貰えないだろうか。愛し合っている個々の者は決して制定しようとは思わないけれども服しなければならないことになっている掟を、ちょうど恋人同士の代わりに法令だけが夫婦財産契約を定めているような具合に。

ところで嘆かわしいことに、自然は十二夜を創造主として出来たばかりの胎児を一人占めにして過ごすので、どんなに良心的な者も暗がりの中で盗みや殺害の心を押さえるのがむつかしくなっている。深く暗い未来の階段の下の方から人間や時代は登ってくるが、その一段一段で良心の声がする。「ここには一人の人間が登っている。かしこを登っているのは、ことによると守護神、諸民族の指導者かもしれない」。しかし夢遊病者のように我々はなじみのものは大事にしても、見知らぬものは傷つけずにはいない。

両親が子供の体の創造史に多く係わっているのであれば、子供の精神という神々の産出、神統記にはどれほど貢献するものかという難問を禁じ得ないであろう。はっきりしない使命に思いを致せば、これに何らかの解決をつけて見ようという気になるのももっともである。人間の精神的差異は単に体つきが異なるからではない。身心は有機的な一つの瞬間に互いがなくてはかなわぬからである。確かに精神の違いよりも身体の違いを知る方がやさしい。しかし、身体の違いは単に量的な見かけ上の違いであって、精神の方にのみ質的な本当の違いがみられる。また、精神のみが本当に育ち、習慣づけられるものである。さて、かの自我の閃光が受胎の時、雲を貫いて遠くの星から飛来してきたものとは思いたくないのであれば、この自我は人間の外皮をまとうちょうどその瞬間に、父親か母親かの経歴から紡がれた先行外皮を脱ぎ棄てなければならなくなるか、あるいは思考や運動のように魂の機序によるものということになる。精神を創造することは、精神による思考の創造とか、そもそも何かを変更するということよりも難しいものではなかろう。いずれの場合においても、ことに二番目の方では、両親の身体的生が未来に対して身体を量って分配するばかりでなく、精神的生もまた未来に対して精神を量って分配する。しかしそうなったら、この秤はおっかなびっくりで量られることになろう。自分の腹黒い考えが、あるいは燦然たる考えが、自分の魂から分離独立して行って、自分の他に根をおろし半世紀も毒花として咲くかもしれぬ、あるいは薬草として根を張るかもしれぬと知ったら、いやがうえにも敬虔に選び考えようとするであろう。しかしそうではないと確信がもてるか。

＊1　彼の教育論、第二巻、三一頁、その他。

第四十二節

自説に戻って、精神的教育は誕生とともにはじめて始まるということを述べる。俗な意見は、これを九カ月早く遡らせようとするけれども。母親は、後にはしばしばもっと悪い意味で、単に血のつながりがあるだけで、人生の門口で眠っている子供とは神経のつながりはないのであるから、以前から胎児がつながっているといわれて、母親の情が激し感情が高ぶるにつれて電流が流れ火花とともに充電されるとされてきた電気的充電器の鎖のことはすべてまやかしである。つまり、解剖学の権威によれば、母親は子供をその血で直接に養い、直接に接しているわけではなく、間接なのだそうだから、血とともに胎児がめぐり合うと言われる母親の情熱は単に二通りの仕方で影響を及ぼすにすぎない。即ち、機械的な変化、早いか遅いかであり、もう一つは化学的な変化、酸化か脱酸素である。機械的な変化は、胎児の心に何も伝えない。母親の血は愛して広間で舞踏を踊っているときにも激して召使いの小部屋で怒っているときにも同じように早く流れ、また、穏やかに希望を抱いて刺繍枠の前にすわっているときにも絶望して死者の棺の前にいるときにも同じようにゆっくり流れるのである。情熱や外的刺激による血液の化学的変化の方は、まずは自ら精神と、この精神に直接間接に仕える神経の生み出す工場製品である。神経が酔うと動悸が早くなるが、動悸が早くなると神経が酔うわけではない。さもないと競走をしただけで喉のかわきに一杯やったのと同じことになるだろう。他に何故酸化あるいは脱酸素した母親の血は自分自身の精神よりも更に多く子供の精神に触れることができるかというと、血が栄養として及ぼす影響から来ていると思われる。というのは、母親の血の影響は、動物の血を人間の血に移すとき、決まってみられる害が逆になるというわけではなく、まず小異物の胎児によってとりこまれ同化されるのであって、血の働きは他の栄養の働きと異ならず、これが自分の異物を伝播するものではなく養うものであることは、羊やライオンの血の場合と同じである。乳母に対する反対論は、先の方でこれを擁護する際に取り上げる。

こうした順を追った生理学的推理の正しさを最も証するものは、推理するまでもないということである。経験の教えるところである。つまり母親は栄養を与えるということよりも、もっと精神的な影響を無防備な裸の人間に及ぼすというのが本当であれば、この九カ月の教伴施設から世の中に送り出される人間はなんとみじめなものになるだろうか。母親の側では女性の性質からくるすべての精神的肉体的弱さが九カ月とそして誕生するまでの間に積もって、一方子供の側は頭脳と刺激に反応する力が最大のときで、それで母親が思い上がるたびに子供の考えが出来て、痛みを感ずるたびに犠牲者の拡大鏡に歪んで写し出されずにはいないであろうから。

いやはや。料理や人間に対する反吐、突拍子もないものへの欲望、臆病、女女しさ、弱虫が精神的に影響を与えて、母胎が精神の最初の養子縁組斡旋所、聾啞者施設となり、女々しさが男性の管理局となってしまったら、なんという衰弱した弱気で軟弱な後世が身ごもられ受け継がれてゆくことになるだろうか。もはや男というものはいなくなるだろう。誰もが好きなように生き、涙し、欲して、無に帰するであろう。しかしそうはならない。女性は男性を、ちょうど柔らかな雲が雷や霰を生じさせるように生む。母親が生むのに最も苦しんだ最初の子供や私生児はまさしく最も強い。犯罪者を母とする子供、神経衰弱、肺病病み、あるいは喪中の未亡人、離婚して暮らす人為的未亡人を母とする子供は、他の喜びに浮かれて踊っている母達の子供同様に壮健な精神を持っていることは明らかになっている。母親が精神的に全能の力をふるって、みずからの精神を複写しながら、子供の心を専有するというのであれば、同一の母親からどうして性格を異にする子供ができるのか分からない。どの子供もその兄弟の精神的な臨時筆写人、子供部屋全体が母親の精神的な鋳型室とならざるをえなくなるであろう。

他に体に関して言うと、子供の体は同じ母体内で、同じ期間、すべてに同じ母親であれば、例えば双生児の男児の方は力の勝った者になり、女児の方は劣った者になる。肉体的畸形を妊婦が空想を恣にしてその噴火に身をまかせた結果と思う者は、偉大なハラーがこれを全面的に否定していることを知らない。彼は動物や植物の畸形をとりあげて、これらには、特に植物には恣の空想はほとんどみられないと反論している。これに付け加えて言えば、一万人の妊婦の中で、その誰もが九カ月間同じように多くのこわい妄想に悩まされたとしても誰一人としてこの世に適合しない者を生みはしないということになる。カトリックの国々では生きた聖母の顔つきを教会にある絵の聖母の模刻と見なしていたとか、ギリシア人は美しい肖像画を身ごもった婦人の部屋に掛けて、これから生きた原像を得ようとしたということは教えて下さらなくて結構である。というのは、こう答えられるからである。このような試みがなされることはすでに素晴らしい国々や素晴らしい人々の許で実際望みが叶えられてきたことを前提にしているのではないか。更に言えば多くの魅力的形姿から終生受ける印象は、九カ月の印象よりも世に出てきた人間に強く焼き付けられるのではないか、と。

九カ月間の母親が精神形成、肉体形成を決するとは信じられないけれども、母親の健康や病弱が小さな次の人間に反復されるということは信じられることである。まさにそれ故に過失や畸形児等についての迷信は粉砕されなければならない。迷信の案じている通りのことが起きているからではなく、あらかじめ心配の種になったり、後から戦々恐々とするもととなる災いとともに、体を損ない難しい時をむかえている者の体を消耗させやすいからである。

第四十三節

とうとう子供が父親にむかって言える。生まれて呼吸している私に教育を与え高めて下さい。最初の呼吸は最後の呼吸と同じく古い世界を閉ざして新しい世界を開く。新しい世界はここでは大気と色彩の世界である。地上の生活は素描家同様目から始まる。確かに耳の方がそれよりも先行していて、それで生まれ出づる者の最初の感覚、死につつある者の最後の感覚となっているけれども、しかしまだ感情の域にとどまっている。それ故孵化前の鳥とか柔らかな多孔質の蚕は爆音で死んでしまうのである。最初の物音はおむつを当てられた者の心に、最初の光よりもの暗い混沌とした感じを与える。かくて人生の夜明けには幽閉を解かれた者の感覚に二つの距離の感覚が芽生える。毎朝が光と歌声あるいは風の音で始まるようなものである。しかし、光は大地の最初の輝きであり、人生の最初の美しい言葉である。まどろみ続ける耳に残る物音は強い物音でしかありえない。この強い物音を産婦のかたわらで発するのは他ならぬその産出物自体、子供である。それで音の世界は不協和音で始まるけれども、しかし視覚の世界は光輝と魅力にみちている。

最初のものはすべて子供の中にいつまでもとどまるものである。はじめての色、はじめての音楽、はじめての花は子供の生涯の前景を彩る。まだこの段階では、次の原則しかいえない。子供をあらゆる激しいもの、強いものから、いやそれが甘い感情のものであれ、守ること。かくも柔軟な無防備の刺激に反応しやすい生まれの者は、一回の失敗で脱臼し、そのまま無恰好に育ち硬化しかねない。この理由で子供の叫び声でさえ、それが調子はずれの激しい要求、怒りの同時に混じった声であれば、男らしい解毒剤をすべて用いて押さえてやらなければならない。それを増してしまう女の声ではいけない。

第四十四節

人間の心という海に線を入れてそれに緯度、経度を記すとなると子供の場合、最初の分割は最初の三年間ということになる。その間子供は人為的言葉を知らず、まだ動物としての修道院にいてただ生まれながらの仕草という面会格子越しに我々と接触する。この言葉を知らない時期には、これからこれについて論じようと思うが、教え子はまだ全く女性の語りかける話術に依存している。この女性がどういう教育をしたらいいかについては、後に女性自身をどう教育すべきか論ずる箇所でとり上げることにする。この薄明かりの時期、この人生の最初の四分の一月周期、あるいは八分の一月周期においては、明かりは点さずに、ただ自ずと発するようにしむけるがいい。ここでは性別はまだ分明ならず、プラトンのアリストファネス(1)の説も見られず、衣服で区別されもしない。人間全体がまだ厚く硬い萼で、その花や実花は被われている。さえずる鳥や猛禽の卵のように、鳩やはげたかの生まれたばかりのひなのように、最初はみな温かさを欲しているのであり、様々にしか与えられない餌を求めているわけではない。

人間のひなにとって温かみは何であろうか。喜びである。不愉快を取り除いて、自由に遊べる場を用意してやりさえすれば、おのずとすべての力が成長してゆく。乳飲児の携えてきた新しい世界と乳飲児が目の前にしている新しい世界はその心の中で教えとしてほぐれ知識として解けてゆく。両世界ともまだ他人の手で鋤を入れ種を蒔く必要はない。一歳児に視ること聞くこと摑むことを教え込もうとするかの人為的な感覚の体操でさえも歩行練習の手引きひもよりも大して大事というわけではない。何かある感覚の技術を、四カ月目にはおのずと備わるというのに、早目に三カ月で教えてみても何の利点があるだろうか。最初の一年間のうちに最初の子供にかまけて、後年のこと次に続く子供のことは犠牲にして、未開地、田舎の人、屈託なく暮らしている人にはおのずと授かる類のものをせっせと無駄骨を折って求めることになるのではないか。

実直なシュヴァルツ(2)がその教育論の中で、あらゆる感覚の早期高等教育の案を述べているので、この節で補足しておきたい。この五感の教室の実質的な利点に関しては、豊かで多様な姿をした生が絶えず感覚を一定の強さで教育し、訓練してゆくので、貧しい二、三の訓練施設は必要ないのだが、しかし子供を丸ごとただ一つの感覚に変えようと思うとき、例えば、画家の眼とか音楽家の耳にしようとする場合だけは例外である。これに対して形式的有用性は、こうした訓練には認められる。精神を督励して、その感情を繊細に分割して自覚し、大まかなエレ尺の代りに細かいライン尺で計るようにしむけるからである。しかし、これには内部世界が外部世界よりももっと洗練された高度な学校を提供する。ことに味覚の演習はほっておいてよい。その味覚を高めるにはいずれにせよ台所が上級学校というわけで、それに今まず味覚で毒と賞味できるものとの区別を知る必要はなく、それどころか贅沢な食事による訓練でその二つを混同するようになって、それでただ幼くて味覚が未熟で、その為草原で有害な草を間違って食んでしまう動物の場合とは逆に、年とって味覚が石化してくると、毒の皿、毒の杯を欲しがるようになるからである。

ここで感覚の発育順について脱線ばかりでなく、脱線の先ぶれを記しておく。シュヴァルツは、その教育論で味覚、嗅覚の生まれる時期を余りに遅く、ほとんど子供時代を過ぎた時に設定している。彼はしかし、こうした感覚の洗練を、これは勿論大人になってからであるが、ちょうど子供のときに最も力強く花開くこうした感覚の親密さ、活力と取り違えているように見える。誰もが子供時分、動物（この最上位にいるわけだが）や、未開人に似て、うまいもの、果実、砂糖、甘いワイン、脂肪を心から喜んで盛んに貪っていたことを思い出して見るとよい。こうした趣味は年とともに後に感覚が洗練されるにつれて薄れるものである。それ故にまさに子供はみなつまい食いすると苦情[*1]が絶えないのであり、それ故に多くの大人が子供時代、好きだったものを料理して貰ってもおいしくなかったという経験をしているのである。小さな子供達は勿論嫌がらずに苦い薬を飲む。しかし、これは子供の趣味に対する反論とはならない。全く苦いものは実際後年になって食欲をそそるようになり、苦いビール、苦味泉、アーモンドが求められる。若い獣が年取った獣なら用心する毒草を食べる場合は、舌の感覚がないからではなく胃の感覚が過剰、つまり餓鬼なのであって、これが為にたやすく本能が盲になることはちょうど我々が本能が為に理性が盲になりやすいようなものである。

嗅覚[(3)]は、それが利かなくても精神の繊細さの保証とならないのは、目や耳が鈍感でも精神の繊細さの妨げとならないようなものだが、[*2]意識とともに、つまり最後に子供のうちに目覚める。しかしこれが芽生えたことは余り気付かれない。是非とも必要というわけではなく、嗅ぎ続けていると、例えば香料の島とか汚いアウゲイアスの牛舎小路では、その意識が薄れてゆくからである。子供達は身近な人々、例えば両親に対してすら匂いのいぼをもっていて、まれにしか会わない人々と区別する。この嗅覚がすべての感覚のうちで最初に萎えるものである。他の感覚とは違って、過度に刺激してもめったに傷むものではないが。このような経験は皆自分で覚えがあるのではないか。村の子供であった頃は散策の森に等しかった素朴な花束がしばしば後年成人してから都会でその昔の匂いとともに名付けがたいなつかしの幼年時代を思い出させてうっとりとさせ、そして花の女神に似て、最初のほの暗い感情というはじめての広大なオーロラ雲に我々を運び上げてくれたという覚えが。しかしこのように思い出がかくも強く我々自身を魅了するというのは、子供のときの花の匂いがかくも強く心に訴えるものでなかったならば、ありえないことであろう。いずれにせよ年取ってからはこのような真底からの感じが洗練されるぐらいしかない。

＊1　これについては後で触れる〔第四十七節〕。
＊2　ハラーは眼が悪く、ホープとスウィフトの耳は音楽を解さなかった。

第二章　子供の喜び

第四十五節

子供は喜びの他に何か感じていいものだろうか。悲しげな男は我慢できるけれども、悲しげな子供は御免である。というのは大人は、どのような泥沼に落ち込んでも、目を理性の国や希望の国へ上げることができるけれども、小さな子供は現在の黒い毒の一滴に当たっただけで全身に回り押しつぶされてしまうからである。断頭台に引かれてゆく子供のこと、ドイツの小さな棺に眠るアモールのことを考えてみるとよい。あるいは四枚の羽をもぎ取られて、虫のように這っている蝶を見てみるとよい。話していることが分かって頂けよう。

しかし何故か。最初の理由は既に出されている。子供は動物と同じく、純然たる痛みだけを知っていて、それは極く短いものであるけれども、過去も未来もない痛みである。更にこれは病人が外部から、夢想家が自分から受ける痛みと同じく虚弱な頭の感ずるものであり、最後に挙げるとこれは自分に科があると思っているのではなく科はないと思っている痛みなのである。勿論子供の痛みは短い夏至の夜でしかなく、喜びは極く暑い日の昼の長さである。それもそうで、後年のしばしば雲もかからず星も見えない時期において成熟した人間がなつかしく思い出すのは昔の子供時代の喜びだけで、苦しみの方は全く忘れてしまったように見えるものである。奇妙なことにこの目覚めての思い出と違って夢や熱に浮かされているとき思い出されるのは対照的に決まってただ子供時代の悲しい痛みだけである。夢、この少年時代の幻日、そして熱病、この少年時代の歪曲鏡、両方ともまさによるべない少年時代の恐怖を不気味な梟の栖から呼び出して、その恐怖が寝ている者の心を鉄の嘴でつついて脅す。夢に現われる美しい場面は大抵後年を舞台にしている。しかし恐い場面は揺りかごや子供部屋を舞台に選ぶ。全く熱に浮かされているとき幽霊の氷のような手や、教師や両親の打擲の手、運命が幼少の心を弄ぶときの獣の前足という前足がみな迷える人間に向かって迫ってくる。両親は従って充分注意されたい。子供時代のループレヒト〔妖怪〕は皆、十数年間鎖につながれていても、その鎖をちぎって病に臥っていると見てとるとその人間に襲いかかるのである。最初の恐怖はそれを受けたのが幼ければ幼いほど一層危険である。後になれば人間は次第に驚かなくなる。子供の小さな揺りかごやベッドの天蓋は大人の星空よりもすぐに真っ暗になりやすい。

第四十六節

快活さあるいは喜びはその下で毒を除いてすべてが栄える天である。ただそれを享楽と混同してはならない。享楽はすべて、芸術作品の享受という洗練されたものであっても、人間に自分本位の振舞いをさせ、他人の共感を呼ばない。それ故それは単に欲望の条件にすぎず、徳の条件ではない。これに対して快活さは、辟易とか陰気に対立するもので、徳を育てる土壌であり同時に花であり、その王冠である。というのは動物でも享受はできるけれども、人間しか快活にはなれないからである。聖なる父は同時に祝福された父であり神はこの上ない至福にある。うんざりするような神は一つの矛盾か悪魔である。ストア派の賢人は享楽を退けることと快活さを保つことを対にせざるを得ない。キリスト教の天は、トルコの天のようには享楽を約束していない。しかし永遠のものを見守るうちに溢れてくる天上的な喜びという明るく清い無限のエーテルを約束している。天国の前庭、楽園——そこには少し昔の神学者は享楽はなく快活さが見られると言っていたのであるが、無垢が宿っていた。陽気な人間は見ていて心楽しいものであるが、不機嫌な人間は目も心も喜ばせない。また享楽の場合逆に耽溺している者には背を向けてしまうが、飢えている者には心を寄せるものである。享楽が自ら消尽してゆく打ち上げ花火とすれば、快活さは繰り返される明るい天体であり、享楽とは異なり、持続によって消耗するのではなく再生するある状態のことである。

第四十七節

さてまた可愛い子供についての話しに戻ろう。言いたいことは要するに子供は、最初の両親、つまり真の最初の子供同様に楽園に住んで欲しいということである。しかし享楽は楽園をもたらさず、楽園でいたずらに時を過ごさせるだけである。遊戯、即ち活動が子供を快活にするのであって、享楽ではない。享楽とはここで最初の快適な印象をすべて含むもので、それは単に味覚の印象ばかりでなく目と耳の印象も指す。玩具はまずその姿で享楽を与え、それを使用して始めて快活さが生ずる。享楽はしかし刺すような焦点であり、全体を巡る温かさではない。それも刺激に反応しやすい子供の皮膚を考えてみるとよい。更に、大人の放蕩者、道楽者が将来や過去という時を通じてその享楽を限定したり拡張したりするのに対し、子供はこの二つの時がなく、それで最も短くまた最も強い享楽を同時に持つことになる。子供達の視野は、その眼同様、我々のよりも小さい。悦楽という集光鏡はそれ故子供に対しては焦点距離に合わせてはならず、もっと幅広く穏やかに当たるようにするべきである。言い換れば、濃い悦楽をいろいろな楽しみごとに、こしょう入りケーキをこしょう入りクッキーに、クリスマスを一年の教会通いに分散させ給え。三十日にもならぬ一カ月のうちに、その毎日をクリスマスの最初の日のようにしたら、子供は精神的に破綻をきたすであろう。大人でさえ、毎日戴冠を他所の国から受けることは、第一日目はパリで、二日目はローマで、三日目はロンドンで、四日目はウィーンで受けることには耐えられない。しかしささやかな享楽は気つけの香料瓶のように幼い心に働き、活発に動くよう刺激する。

しかしこうした喜びの分枝が大事なのはごく初期の段階である。後には逆にヨハネの祝日とかぶどう摘み、謝肉祭とかが子供達に長いこと待たれ、そして後では満載した思い出の落ち穂拾いがなされて、何も事がない間にそれらが一層強く輝くようになるものであろう。

ここで子供のつまみ食い(1)について一言述べておく。これに対してシュヴァルツは過度にこだわっているようである。今まで小生は甘いもの、脂肪質、焼き菓子を料理の最高傑作、祭壇画と思っていないような子供を知らない。これはなぜかは知れていて、子供は半ば獣、半ば未開人、つまり味覚そのものであるからである。蜂は蜜用の胃と蠟用の胃を同時に有している。しかし人間は蜜用は子供だけ、蠟用は大人が持っている。シュヴァルツはつまみ食いと不貞はいつも対になっていると思っているが、これは成人した大人についてのみ言えることであろう。しかしその際食い道楽はもっと根深い女道楽に付随する結果にすぎず、女道楽の原因となるものではない。勿論だらしない放蕩児が、料理、つまり味覚に美食家の如く移り気になることがあるかもしれないが、これは別の理由からである。これに対して青年の時には誰も食欲は落ちるというのになぜそれが卑俗な性欲に化けるのであろうか。卑俗な輩ですら愛に関してはこの世の人間よりも先に神々が支配していたエジプトに似ている時期だというのに。――父達は跳びはねない。しかし子供達は跳びはねる。それで子供達には砂漠へ旅立つ前に別のなつかしのエジプトの饗宴を認めて良かろう。――本書の著者はしばしば舌という砂糖の島を、そこにはそれ自体パフォスの杜という美の女神ゆかりの樹は生えないのであるが、一種の禁欲の鍛錬場にしたことがある。しかしこれは納得しているわけではなく、単に問題提起として語っているだけで、答えではない。例えば二、三歳の子供に砂糖漬のマルチパン（体に最もいいもの）を、決まった個所だけをただ限られた時間だけなめることと命じて与えたものである。子供達は言葉に注意を払うこと言葉を守ることを学んだ。同じようにはなはだ手が痛むとき耐えたら砂糖や蜜の報酬を与えると約束した。しかしこれはめったにしなかった。

大抵の侯爵の子息はその発言で調査を簡単に済ませられる。というのは享楽に関しては、この子等は何でも手にしており、玩具、飲み物、食べ物から馬車の座席、ベッドのクッションに到るまで持っているけれども、快活にするものに関しては、家庭教師から宮廷に到るまでただ悩まされることばかりで、侯爵の王冠の下にはつとに早くから荊冠が敷かれているというか、別の言い方をすれば、位が上がるにつれて死亡通知の黒枠の幅が広くなるからである。実際、王子は普通いかにたらふく飲み食いさせられて育てられるか、家庭教師や説教なしには一歩も歩けず、ダンス教師なしにははねることもできず、四頭の馬車なしには新鮮な空気に当たることができないことを考えると、昔の邪説の学者バジリデスの言っていることは侯爵については新たに妥当すると思いたくなるところであろう。彼の主張では、初期のキリスト教徒は将来の罪故に、しばしば殉教者となったというものである。しかし未来の前陣痛に対して更に後陣痛が来るのである。

喜び、この自由になった全き生命の感情、外的部分世界ではなく内的世界のこの自己享受は迫ってくる全体に対して子供の心を開く。喜びは自然を無愛想に無防備に迎えるのではなく、準備を整えて愛想良く迎え、若々しい力をすべて朝日のように昇らせ、世界と自らに対して戯れさせる。喜びは力を与える。悲しみはそれを奪う。幼いときの喜びの花は穀物畑のやぐるま草というものではなく、早くから実った小さな穂である。聖母マリアと詩人タッソー[*1]は子供のとき泣かなかったというのは好ましい伝説である。

しかし問題はただこの快活さを保証する手段や誕生時の星座である。単に否定的な条件や肉体的条件を問題にすれば、少なくとも人生において最も啓発される半年、つまり最初の半年の間は、春に生まれた子供であれば用意万端整うことになろう。なぜ人間はオリエントの民が一年を春から始めるように人生を春から始めないのか。この時期に生まれた子供は、暦が正直に語るように、次第に楽しみごとが変わり、緑から花へ、室内の暖かさから戸外の暖かさへと移ってゆく。大気はまだ敵意を抱かず、嵐の代わりに小枝に風音のメロディーが聞こえる。大地の半年の祝祭に生まれ合わしたかの如く、人生もこのようなものと思うに違いない。子供は豊かな大地を見る。後には緑におおわれてしまうだけである。乳を与えている母親がみずから飲みほすこの生の喜びは、小さな者の心に熱くあふれる。

＊1　ペルチュの教会史。

第三章　子供の遊び

第四十八節

快活にして愉快な気持を保つのは、活動だけである。子供の普通の遊びは我々の遊びと違って真面目な活動の発露に他ならない。ごく軽い天使の衣装をまとっているけれども。もちろん子供も子供にとって遊びを意味する遊びをする。例えば冗談、互いに何か話す為の無意味な語り、等。ドイツ人で子供の遊びについて書く人がいたら、それは少なくともカルタ遊びについて書くよりも有益で後まで残るだろうが、この遊びを鋭くそして正しく、――とまあ思われる――ただ二つのクラスに分けることだろう。一、受け入れ、理解し、学ぶ力の為の遊びあるいは訓練。二、行為し、形成する力の為の遊び。最初のクラスは活動を外部から内部へ捉えようとするであろう。感覚神経に似ている。別のクラスは活動を内部から外部へ、運動神経に似て、捉えようとする。従って著者は、他に深い考えを見せたいのであれば、第一のクラスに、――これは理論的クラス、第二はこれに対して実践的クラスと呼ぶが、――本来はただ子供らしい実験物理学、光学、力学に過ぎない大抵の遊びを編入することになろう。子供は例えば何かを回したり持ち上げたりすること、錠に鍵を入れたり、他にある物を別の物に差し込んだりすること、ドアの開閉にはなはだ喜びを感じている。ドアの開閉には更に部屋が狭くなったり広くなったり人気がなくなったり多勢になったりするのを見るというドラマ的な空想力が加わる。両親の仕事を見守ることもこのような遊びで、会話を聞いたりも同様である。

第二のあるいは実践の科には先の著者は、子供があり余る精神をドラマ的空想化で、あり余る肉体を運動で鎮めようとする遊びをすべて編入しなければならないだろう。この例は次の諸節の中でとり上げることにする。

しかし、思うに、かくも学問的な男なら更に第三の、すでにほのめかされている遊びのクラスを設ける必要があろう。つまり子供が遊びをただ遊ぶだけで、積極的に行なうのではなく、感じもしないクラス、つまり子供が気持よく形や音を受け入れたり与えたりする、例えば窓から眺めたり、芝生に寝そべったり、乳母や他の子供の声をきいたりするクラスである。

第四十九節

遊びは、はじめはあり余る精神的力と肉体的力双方の消化である。後には、学校管理で精神的力のすべての炎が雨となるまでに消火されて、わずかに手足だけが走ったり、投げたり、運んだりして活力の名残りを示すようになる。遊びは人間の最初の詩である（飲み食いはその散文であり、それを求めるのは最初の手堅いパンの為の学問、職業生活である）。従って遊びは、ある一つの力だけを優勢にし向けることなく、すべての力を育てる。[*1]

ある教育者が酷いことをする気になって、一人の全き人間を単なる一つの肢体に、例えば敏感な耳の持ち主に育てようとする時には、早速最初の一年間にどんなカルタにもいかさま切りをして、いつでも音楽以外のカルタは引き当てないようにするに違いない。遊びで酷いことよりももっとましなことをしたかったら、偶然が選び混ぜるがままにしていたら、満遍なくすべての面にわたって密かに育て上げることになって、うまくゆくかもしれない。しかし恐いのは誰のであれ大人の毛むくじゃらの手や拳で、これがこの柔らかな実のなる子供の花粉にちょっかいを出して、あちこちで異なる色彩をちらしてしみだらけのカーネーションを作り出しかねない。我々はしばしば外部の幅広い偶然を制御する手段を持っていると思いがちであるが、これはしかし内部の狭い偶然が我々自身の内に寄せ集めてきたものにすぎない。

＊1　多くの子供の遊びは確かに模倣であるが、精神的な模倣であり、これに対し猿の模倣は肉体的なものである。つまり格別その事柄に関心があるからというものではなく、単に精神的な生本能にとって模倣が最も快適に思えるからにすぎない。おそらく猿は、モンロー博士のかの神経症患者と同じく、見知らぬ動きをすべて強制的にただ弱さから真似ているのである。

第五十節

しかし更に子供の遊び場に足を踏み入れて、ルール制定者とはならなくても遊びの採点者になってみよう。

ごく最初の日月には子供はまだ遊びを作り上げてゆくこと、努力を知らず遊びを感ずるだけである。すくすくと体が大きくなり、感覚に世界が流れ込んでくる間、心は動揺したままでまだ自発的な遊びを作り出すにいたらない。これは後に力があり余るようになって始動する。ただ見、聞き、摑み、よちよち歩こうとするだけである。腕に一杯、小さな両手に一杯もっていても、それで何かを作り上げることはほとんどできない。

後になってはじめて、五感の五幕の劇で世界の認識がなされ、言葉が段々に生じて精神を解き放つようになったときに、自ら遊ぶという比較的大きな自由が育つ。空想が起こるが、その翼の羽毛は言葉ではじめて生える。言葉があってようやく子供は外部世界に対して内部世界を築き、そこから外部世界を動かせるようになる。二種類の遊びを、目的と時がはなはだ異なるけれども、持つようになる。一、玩具を用いての遊びと、二、遊び友達と一緒の遊びである。

第五十一節

まず子供の精神は玩具と、つまりは自らと戯れる。人形は一緒の子供にとって民衆であり、旅役者の一行である。子供は座付き作者、監督である。どんな棒きれもラッカー塗りの花卉支え棒というわけで、それを頼りに空想の幾葉にも茂るバラの茎が支えられる。というのは単に空想を楽しむ限りでは、それ自体玩具は、皇帝の冠であれ月桂冠であれ、羊飼いの棒であれ元帥杖であれ、喧嘩棒であれ打穀棒であれどうでもいいのは大人に限った話しではなく、子供にとってさえもそうなのである。不可思議の空想が働けばどのようなアロンの杖[1]にも花が咲く。古人のエリュシオンの野はナポリからほど遠からぬとあるくぼみの繁みより先には到らぬ（マルカルド[2]によれば）のであれば、子供にとっては繁みは森に他ならない。子供の頂く天は、ルターが卓話で故人達に約束したかの天国で、そこでは南京虫は芳香を放ち、蛇は戯れ、犬は黄金の肌をし、そしてルターは小羊なのである。つまり、子供の天国に於いては父は父なる神で、母は聖母、乳母は巨人族、年老いた召使いは教区の天使、七面鳥はエデンの園の知天使であり、エデンの園が繰り返されるのである。空想が青年時代よりも更に強く働く時代、つまり幼年時代があることは御存知であろう。その時代には民族も自分達の神々を造り、ただ詩歌で語るのである。

忘れてならないことは、子供を生命のない玩具と遊ばせることが大事なのは、子供にとっては命を持った玩具しかなくて、子供にとって人形は女にとって子供がそうであるようにちゃんとした一人前の人間であって、本気で話しかけているからであるということである。動物の場合遊ぶのは体だけであるが、子供は心が遊ぶ。子供が出会うのは生ばかりである。そもそも死とか死の類を知っている子供はいない。それ故この陽気なる子供の周りは生命ばかりで活気にあふれ、子供は例えばこのように言う。

「光は毛布を被ってベッドに入った。──春が衣を着た。──水がグラスを這ってゆく。──そこに家が住んでいるの。──風が踊っている」[*1]。あるいは空の歯車のない時計のことを「時計は生きていない」。

しかし現実が豊かであると空想は萎び枯れてゆく。従って人形やおもちゃはどれも亜麻の糸巻き棒にすぎず、それから心が色とりどりの服を紡ぎ出すのが良い。チェスの飛車が民が異なるごとに、ラクダであったり、象やカラス、小舟、塔であったりしたように、一つの玩具が子供の目の前ではしばしば何役でも演ずる。それはユダヤ人にとっての神与の食物（マナ）のようなもので、望みどおりの味がするのである。著者はここで二歳の娘のことを思い出す。この娘は、長いこと古くなって木片同然に化した人形を持ち運んでいたけれども、ようやくとても可愛い、ベルツーフのモード誌から抜け出たような美しい服を着た人形、見た目に美しさの点で引けをとらないばかりか大きさの点では勝っていたのを両手両腕に抱けるようになっていた。この後やがて娘は昔からの木ッ端の灰かぶり姫との交際を再びもとに戻しただけでなく、父親のぼろの脱靴器を両腕に、さながら子供か人形の代わりに抱き上げて、それをベルツーフそっくりの先に述べた本物同様にやさしく取り扱い、眠り込ませるということまでするようになった。空想は目に見えぬアダムの肋骨に手足や美服を着せ替える方が人形の場合よりも楽である。ただ大きさだけが貴婦人と異なるような人形は、この貴婦人がまた更に次のお茶のときに着せ替えの必要がない程に完成された姿で空想の前に姿を現わして、空想の働く余地がない。それで同じ娘は単に空に浸したペンで空っぽの紙上に長いこと筆者の横で書き続けてくれて、ほとんど筆者は自分自身に対する諷刺を感じたくらいである。子供は従って侯爵の子息のようにろくろ細工師の細かい世界で取り巻いてはいけない。色とりどりの形姿の描かれた卵を渡してはならず白い卵にするべきである。子供は心の中からきっと色とりどりの羽の鳥をかえすことだろう。これに対し年をとればとる程、一層現実が豊かに見えてこなくてはならない。青年が少なくとも愛の輝きという朝霧を刈り取る草原はもの寂しい夜露とともに半ば盲いた老人の心を冷やし、最後に人間は、ただ生きる為に世界全体を、つまり第二の世界を必要とするようになる。

＊1　娘は不安にかられて婉曲に風の嵐を風の踊りとかえた。

第五十二節

空想はしかし太陽と同じく葉に着色をするものであると同時にまた脱色をするものである。空想という乙女は着飾るとともに脱ぎ棄てもする。したがって子供には永遠に続く遊びや玩具はあり得ない。それ故裸にされた玩具を長いこと官能的な眼の前にさらしていてはいけない。それを隠しておく、すると長いことたったら物故者がまた求婚されることになる。同じことがまた絵本についてもいえる。絵本もまた玩具箱同様に詩的な活性化が必要である。これについて一言添えておく。ＡＢＣ段階の子供にふさわしい絵本は、見知らぬ動物や植物を羅列して、ただ目の肥えた者だけがその違いが分かるというものではなく、動物や人間の行為を子供の世界のレベルで述べてある歴史物である。すると人生模様は、子供がその世界史から最も個人的なものを読者や筆者が詩の普遍性から読み取るよりも更に強く読み取って、様々な歴史的グループに高められることだろう。例えば商いをしている兄弟あるいは再会に気付いて喜んでいる兄弟の許のヨーゼフとか子供と妻から別れるヘクトールとかそれに類したものに。

子供は、まだ色彩の刺激を必要としている一、二歳児を除いて、絵画ではなく素描を必要としている。色彩は前述の充実した玩具に似ていて、それが有ると創造力が奪われる。それ故玩具は見ただけでもう出来上っているものはいけない。加工し得るものが良い。例えば充実した（小さな）鉱山は数時間もしないうちに子供の目の前で採鉱され、鉱坑はどれも空になってしまうけれども、積み木箱（ばらばらの小さな家や、橋、木を集めたもの）は逆に永遠に移し変えがきき、子供は幸福で豊かな気分に、ちょうど皇太子が父親の設計した公園を改築してその精神的素質を世に示すときのような気分になるであろう。絵はまた小さい方が大きいものより良い。我々にとってほとんど目に見えないものも、子供にとっては単に小さいだけである。子供はそれに身体的に近視であって、従って近くのものには強い。その短いエレ〔前腕〕尺と小さな体を用いて簡単にどこでも巨人を測り出してしまうので、この縮小した者らにはまた縮尺の世界を供すべきである。

第五十三節

教育に関して若干のものよりすべてであるものを容易に提供し贈ってくれる最近の哲学者を前にすると、こうした節は恥ずかしくて仕方がなく、この節にどんな甘味を付けて誤魔化したものか分からない程である。つまり子供達にとって最初の時期に、これ以上廉価なものはなく、長続きするものはなく、両性にふさわしいものはない純粋な玩具は、誰もが松果腺に（何人かは膀胱に）そして小鳥が胃袋に持っているもの、――砂をおいてはないと言いたい。何時間も遊びに厭いた子供がしばしば砂を積み木として、弩砲として、小滝として、洗濯水、耕地、麦粉、指をくすぐるもの、象眼細工、浮き出し細工として、筆記と絵画の素地として使っているのを見たことがある。少年達にとって砂は娘達の水である。哲学者先生、砂を撒くのは子供達の鳥かごの目の前でして、目の中にはしないで欲しい。ただその際一つだけ用心しなければいけない。子供達がこの玩具をかまないように。

第五十四節

第二の遊戯のクラスは子供が子供と遊ぶということである。ともかく人間が人間の為に作られているのであれば、子供もまた子供の為にあって、ただはるかに素晴らしいだけである。最初の時期は子供は互いに一つの遊び事についての空想の補完にすぎない。二つの空想が、二つの炎のように、並び合い混じり合うけれども一体とならずに遊ぶ。やはりただ子供だけが子供に対して全く子供っぽいのである。しかし後には社会の最初の小さな絆が花の列から紡がれる。遊んでいる子供は遊びという一つの目的の為に社会的な契約をしているヨーロッパの小さな未開人である。遊び場ではじめて子供は単語練習室、聴講室から本当の探検室に移り、人間的活動を始める。というのは両親や教師は子供には相変わらずわずかの見知らぬ天の神々であるからで、この神々は多くの民の信ずるところによれば、新たに出来た地球上で新たな人間を教え助ける為に現われている。少なくとも彼らは小人の子供にとって肉体的には巨人である。従って子供にはこの神政国家、君主国においては気ままな反抗は禁じられており、有害であるが、従順と信頼は推奨され、有益である。では一体子供がその君主の力、その反抗、赦し、贈与、寛容、要するに社会の花となり根となるもののすべてを見せること生むことができるのはどこかとなると、同じ子供の許という自由国家の他にはない。子供は子供を通して躾るべし。子供の遊び場に足を踏み入れることは子供にとって大世界への入場であり、子供の遊戯室、集会室はその精神の実業学校である。例えばみずから殴りつけることが、家庭教師から殴られるよりも、少年にとって益のあることはしばしばであり、同様に上の者から拳固を貰うよりも同じ子供から貰う方がましである。終生の下僕を造りたかったら、少年を十五年間その家庭教師の腕と踵にハンダ付けして、この家庭教師に二人からなる芸人一座の監督兼随時の共演者になってもらったらいい。奴隷がみなそうであるように、子供は一人の個人に対しては目と心を武装して対応するかもしれない。しかし単なる一つの気候に慣れ、一つ向きの風に帆をかけていては、子供は将来様々な個人の多面性に直面したとき対応しきれなくなるだろう。

第五十五節

子供達の師匠、雇用主はいつでも、あたかも子供の人間としてのまともな生活はまだまだ始まっていなくて、まず自分が亡くなってそれで自分のドームに要石がはめ込まれるのを待っているかのように振る舞う。旅の家庭教師でさえ、まだ自分が畝の間を行って種を蒔いている限り、そこには青葉繁り花の咲く盛時はないと思っている。人間は心に生気が吹き込まれると、外的総体を求めて、その総体を雲のドームの外周や天が地に接する所同様に遠方や地平線に設定するからであるが、この天はどの山に登って行ってもいつも更に遠くの青い山の方へ逃げて行くもので、そのようにして人間は年をとり、墓地に到って最終的に天が地に接することになる。生の総体はしたがってどこにもないか、あるいはいたる所にあるものである。誓って。人間のある所、そこでは永遠が始まる。決して時間ではない。従って子供の遊び行ないはそれ自体及び将来との関連性に於いて我々のと同様に真面目で有意義なものである。以前の遊びは後に真面目なものとなる。子供でもまた早く生じた真面目さの名残として、ナポリ人が芝居を見ながらカルタ遊びをするように遊びながら更にまた遊びをすることがあるけれども。メーザーは自分の作品をカルタ遊びをしながら口述筆記させた。ことによると多くの著者の作品は以前の子供の時の遊びに密かに影響を受けているかもしれない。チェス盤で兵法と統治術が教えられると言われるように、遊び場では将来の月桂樹と認識の樹が育つのである。アレクサンダー司教はアタナージウスが子供のとき遊びで洗礼を授けた子供達を本当に洗礼を受けたものと見做した。（アルヘンホルツによると）ウインチェスター学院の学童がかつて教師に反抗して、学校の正門を封鎖し、弾薬や武器を十分に用意して立てこもったとき、州の執政長官は百五十人の警官と八十名の人員の民兵を向わせたけれども、名誉の降伏をせざるを得なかったそうであるが、これと同じ怒りの芝居が今日の（正当とは言えないけれども）若い男達には見られ河川や港、島を封鎖し、海洋の国々を占領している。このように子供の遊びという水泡は真のワインに帰するものである。彼らのいちじくの葉は恥部を隠しているのではなく、甘いいちじくを隠している。

第五十六節

提案、つまり希望を述べたいということになると、まだ考えられるのは、子供に出来るだけ様々な個人、身分、年齢の遊び仲間影響圏を設けて、縮小された遊びの世界という世界図絵(1)の中で拡大された世界の準備をさせてやりたいということである。しかしこの三つの遊び同郷人会のミルク代、按分比例を決めるには、本の中で更にもう一冊本が必要になろう。

更に提案したいのは、学校教師の先番、翼兵としての娯楽教師、遊戯教師であり、更には娯楽室、そこはがらんどうで壁画にはラファエロの永遠の花が咲く所であり、更に言えば遊び場である。ちょうど今グラブナーのオランダ旅行記を読んでいるが、幼稚園(2)の情報が記されていて、オランダ人は子供をそこに学校へ行く前に送るそうである。実際、そのどちらかが倒壊せねばならないことになったら、幼稚園が残って欲しいものである。

更に若干の雑多な意見を述べさせて頂く。子供がわけても好きな遊びは、自分達が期待したり、いや心配したりしながら遊ぶ遊びである。つとに早くから詩人は人間の結び目を作ったり解いたりしながら遊ぶものである。――時々子供は、大金をかけてそしてついてない賭博者と同じく、新しいカルタを要求する。この移り気はしかしただ単に贅沢な移り気というのではなく、すみやかに成長がなされる結果でもある。というのはすぐに成長する子供は新しい土地で新しい果実を求めるからで、年寄りでさえ古い土地で新しい果実を求めるものである。更にこれはかの未来と過去がないという過剰の結果とも言えるかもしれない。子供はこの為、更に一層現在に没頭し我を忘れることになって、あたかも月にいて朝焼け夕焼けのない陽光に直面しているようなものである。小さな子供にとっては空間[*1]ばかりでなく、時間も拡大しているので、結局一時間の遊びは一年間の遊びに換算して見なければならず、それ故この近くしか見えない子供が新しい遊びをしたいと変更を申し出たときには大目に見てやらなければならない。子供が一時間同じことをするのはその両親が一カ月間同じことをするのに等しい、いやそれ以上である。

ユダヤ人は二つの祝祭を一緒に祝うこと、例えば祝日に結婚式を挙げること、あるいは二組の結婚式を一度に挙げることを禁じた。同じように子供にも、夏の夕暮れの散歩の後、また庭で遊びたいと許しを求めてきたとき、更にまた食事の前に十五分でいいから遊び友達を広間に連れてきたいと三回目の許しを請うときには、拒絶があって然るべきであろう。というのはこうした点では子供は先日付の大人であって、働きながら享楽を求めるのに享楽の後ほど激しく求めることはないからである。子供は砂糖の島から早速次の島目指して舟出して、天国の上に天国を築こうとする。無邪気な喜びであれこうした頻繁な享楽を許していると、母親方に訴えたい、子供は宮廷や宮城の能力を持つようになって、三十二日の歓楽の月々、二十五時間の遊興の日々を、そしてそれぞれの一時間には優に六十一分を要求するようになるだろう。そうなると小さな子供は現在の過剰な快楽という蜜にたっぷり浸って、心という蜂の羽が羽ばたこうとしても時はこの蜜で羽をくっつけてしまう。このように育てられた娘が将来何かいいものになるとしたら、(そのようなものが仮にあれば) せいぜい幾つかの訪問を受け、幾つかの訪問をした後で同じ日に更に劇場に出かけてそこでカルタやダンスを楽しみに期待するような婦人である。

自然には我々の絶えず何かもっと強いものを求めてゆく歓喜のせり上げという本性を冷たい夜で沈静させる力があるけれども、(というのはこの夜がなければ飲み助は酒精から酒精を求めて果てしなく飲み続けるであろうし、詩人は果てしなく詩作を続けて行くに違いない)、そのようにこうした健全な冷却の夜を精神的な意味でも子供に与えて、子供が将来世俗の歓楽人間の痛みにさらされないように心がけるがいい。こうした人間は、北海の航海者と同じく、何カ月も続く真昼の明るさにうんざりして、神に一片の夜と獣脂ろうそくを願い感謝するのである。

いつも心すべきは、遊びは沢山あっても、玩具は少しで、それも目立たないのが良く、毎晩一つの箱に追い込んで片付けられるように、そして双生児には同じ玩具を二つ、三つ児には三つ渡して、いさかいを避けるということである。*2

早い時期の遊びは精神的発達を助長するものであって欲しい。肉体の方はいずれにせよとてつもなく成長するからである。後の時期の遊びは、学校や年齢で精神の発達が先行するので、肉体的成長を助長するものが望ましい。子供はふざけたり、歌ったり、見たり、問いたりするように、しかし少年少女は走ったり、登ったり、投げたり、建てたり、汗を流したり、震えたりするようにしたい。

最も素晴らしく最も豊かな遊びは話すことである。まずは子供が自分と話す遊びがあるが、それ以上に両親と子供の話しが考えられる。遊びや楽しみで子供と話すときにはどんなに話しても口数が多過ぎることはない。罰を与えたり、教えたりするときは、少な過ぎていけないことはない。

眠りから覚めたすぐ後は子供は、精神的肉体的に敏感になっていて、ほとんど何も必要としていない。ましてや両親は必要ではない。眠り込む直前は同様に遊びのほてりを冷ますこと、若干の退屈が有益である。勉強に鍛えられる大き目の子供にとっては、その終わり（自由）が既に一つの遊びであって、それから自由な空気を味わう。自由な空気、これは今やヨーロッパがやがて死の場合と同じくもっと適切な表現、自由な大空《エーテル》と取り替えなければならない言い回しである。勉強の後で教師がまた遊びにも規則、規律をもうけることはないように願いたい。そもそも遊びの規則は、それをおずおずと守り、人工的なふいごや空気ポンプで喜びの微風ゼフュロスを小さな花に吹き寄せるよりも、何も知らず作らずにいる方がいいし、筆者は一度だってそれを作ったことはない。動物や未開人は決して退屈を知らない。子供もまた、退屈を覚えないようにと躍気に世話をやきさえしなければ退屈に陥ることはないだろう。子供は遊びながら自分の将来の生活を試着し試してみるがいい。この将来の生活から退屈という悪夢と雷雨の影を消し去るわけにはいかない以上、時にはそれを若干体験するのも、将来その為に死ぬことのないようにする為に良い事であろう。

*1　周知のように大人になって子供時分の対象に戻ってみると、すべてが以前より小さく短く見える。事物はそうでもないが、前腕のエレ尺が伸びているからである。

*2　これには明敏な友人が重要な反論を述べていて、そうすると子供に分かち合い借り受ける喜びがなくなると言っている。それ故、交換する楽しみを持てるように、どの子にも別々の玩具を勧めている。

第四章　子供の踊り

第五十七節

子供舞踏会をもっと蔑んだらいいのか、それとも子供の踊りをもっと讃えたらいいのか分からない。舞踏会は、ダンス教師を前にして、観客や共に踊る者達と一緒で、舞踏場の熱い雰囲気、そこでの熱心な作品と考えてゆくと、せいぜい死の踊りに到る最前列、中心ステップにすぎない。これに対して子供の踊りは、これから大いに誉めようと思うものである。

最初の言葉が文法に先立つように、踊りは踊りの約束事に先立ってまず下準備されるべきであろう。父親で古いピアノや古いヴァイオリン、フルートを持っている人、あるいは即興で歌える喉自慢の人は、自分の子供や他人の子供を集めて、毎日数時間子供がそのオーケストラに合わせて飛んだり、旋回したり、ペアを組んだり、行列や輪になったりさせ、一人ずつでも十分に時間をとって、子供みずから歌声を上げて、自動手回しオルガンとなるように、そしておよそ好きなように踊らせるが良い。子供にあってはまだ喜びが踊りの形をとる。成人した男子ではせいぜい微笑むか泣くかである。大人は踊るとき芸の美しさは見せても、自分や自分の感情を露わにしてはならない。そんなことをすれば愛は露骨に、喜びは甲高く喧しい振舞いになって、真面目な女神ネメシスの復讐を受けるだろう。子供にあってはまだ心と体は蜜月の一致を保っている。心が喜ぶとそれにつれて体も愉快になって踊り出す。しかし後には両者は別居生活をするようになって、遂には全く別々になる。満足した微風のゼフュロスが吹いても後には重たい金属の旗はもはや回らない。

第五十八節

子供というのは、ただ持って歩くだけでおのずとゼンマイの巻かれるというフォラーの懐中時計である。昔の天文学で言われていたように彼らの天の十一までが動く天であり、ただ一つの天が動かない（睡眠の天）。ただ輪を描く踊りだけが子供にとっては至極簡単である。まっすぐ走ることは青年になろうとする頃でないとうまくゆかない。天体がそうであるように、子供の体にも天球の転回とそれに諧調がふさわしい。しかし年取ってくると水と同じで、体はまっすぐな動きをし、浜千鳥とか突撃兵にさせられる。もっとはっきり言おう。女たちは周知のように走らない、踊るだけである。ポプラ並木の代わりに同じような英国ダンス風な植え込みをした殿方並木の列を進むには、宿駅までは踊りながら進むのが駅馬車よりも楽であろう。子供はさて縮小された女であり、少なくとも少年はそうである。もっとも娘は縮小された少年にすぎない場合が多々あるけれども。踊りはあらゆる動きの中で最も簡単なものである。最も場所を取らず最も多面的な動きだからである。それ故に歓呼は走者の形を取らず、舞踏者となる。それ故に弛れた未開人や疲れた黒人奴隷は踊ることによって、動いた後また更に動けるように自らを煽る。それ故に飛脚は、他にすべて条件が同じでも舞踏家よりもよく先に倒れる。それ故にラクダや軍隊、オリエントの労働者は音楽をかけながらその道を進むのが楽で長続きがする。これは主に音楽が気分を愉快にするからというのではなくて、――それなら他の楽しみ事で容易に取り替えがきくだろう――音楽はまっすぐな動きさえも輪舞とその反復性のリズムへと丸くさせてゆくからである。ただ円を描くときのみすべては刹那のうちに反復することになるけれども、直線ではこうは行かない。連結推理やそれに歴史の連鎖（体系とか物語）は一段ごとに緊張が高まって仕上がってゆくけれども、エピグラムのジグザグでは一分ごとに新たな発端、新たな跳躍となる。このように体の場合も同じで、走ったり歩いたりするときは、山下りになったり山登りになったりして、前後の動きに関係がなくて、楽な後にきつくなったりきつくてきつくて仕様がなかったりということになる。しかしこれに対して踊りは目標も束縛もなくて同一の動きを同一の動きから再生し、続行するのがいやになることはなく、せいぜい中止がいやになるくらいである。走ると終えたくなるが、踊りはそうではない。子供にとってこの転回の動きほどふさわしいものがあるだろうか。ことに子供は女よりも一層刺激に反応しやすく疲れやすいのだから。走ったり、竹馬に乗ったり、登ったりの体育は個々の力や筋肉を鍛え強化する。これに対して踊りは、肉体のポエジーとして、すべての筋肉をいたわり、訓練し、整える。

第五十九節

この際更に音楽が体と精神に拍節法を教えることになる。この為最高のことが為され、脈搏、歩調、思考が整えられる。音楽はこうした詩的動作の拍節であり、目に見えぬ踊りである。踊りが耳に聞えぬ音楽であるように。結局のところ、子供が子供と一緒にただ音楽のカノンだけで他の厳しさは知らずに音色のように軽やかに結び合わされ、いさかいの茨のない蕾のバラ祭を演ずるというのは目と踵を喜ばせる踊りの利点の一つに入るものであろう。

要するに踊りはどんなに早く習っても早すぎない。「しかしダンス教師は遅すぎるより早すぎるきらいがある」。後文は第一版に記されていたものである。ダンス教師より声楽教師の方が正しかったかもしれない。専門家によると早くから喉の練習をすると喉を傷めるそうである。第一版に正しい点があるとすれば、それはただ、上品に人の歓心を買うように育てられた子供から、肉体の動きを全く体系と規則に当て嵌めるダンス教師を出来るだけ遠ざけようとしている点においてである。これに対しまた第二版も正しい、というのは、八歳や九歳になっても虚栄心ではなく、ただ善いもの美しいものの原則だけを知っているようなましな教育を受けた子供は、ダンス教師のこと細かな歩行規則や司令の小ヴァイオリンに接しても、踊りを歩行や読み方同様に人の心に阿ることなく学ぶ、まさに幼い時期であれば、気高い自我を余り傷つけずに吸収できると追加している点である。まだダンスの時間は、跳ねないよう山羊と同じく腱を切られるという拷問に遭っている子供にとって、自由時間、遊び時間となるであろう。

第五章　音　楽

第六十節

音楽、これは人間とあらゆる階層の動物、蜘蛛、鼠、象、両生類、小鳥が財産を共有する所で、唯一の素晴らしい芸術であるが、人間と動物を和合させている子供の心にはもろに影響を及ぼすに違いない。従ってトランペットで新生児の心臓が、叫び声、金切り声で鼓膜が破られかねない。それ故、最初の音楽が、ことによると子供の中の不滅の反響《エコー》として、密かな通奏低音を形成し、将来音楽家になるものの頭の中では旋律の主題を決めて、後年の楽章はその主題の調和的な変奏に過ぎないということはおおいに考えられることである。

音楽は詩よりもむしろ喜ばしい芸術と呼ばれるにふさわしいものであろう。音楽が子供に分かつものは天国だけである。子供はまだ天国を失っておらず、思い出が弱音器として明るい音色に影を落とすこともない。蕩すような音階、柔らかな調べを選んでみたまえ。それでも子供の心は弾んで飛び跳ねるだけであろう。野蛮な荒々しい民族、ギリシア人、ロシア人、ナポリ人といった陽気な民族は自分達の民謡を全くの短調で表現している。何年か子供も父親と同じように音色を聞いて泣き出すことがある。しかし子供が泣くのはただ喜びが極まってである。子供はまだ我々のように思い出が希望の調べに喪失の勘定を添えることはない。

第六十一節

しかし音楽教育にあたって、ハイドンの玩具の交響曲に騒がしく登場するすべての楽器の中で最も有益なのは、演奏者に生まれついている楽器、声である。民族の幼年時代は語りが歌であった。個々の幼年時代でもこれは繰り返されるべきである。歌声の中で人間と調べと心が一つに、さながら一つの胸に共鳴する。楽器の方はその音色を単に貸しているように見えるものである。子供を身近にやさしく抱きしめる楽器は歌声という精神的な腕、己が心からの調べ、いつも自分に語りかける同じ声でありながら、突然神々しい音楽的昇天の気分に変わる声の他に考えられようか。

それに歌声はその場ですぐに真似られるという利点があり皆それを承知している。歌うのは泣き叫ぶことの代用で、これは医者が肺の闘技練成所、最初の発声練兵として推賞しているものである。楽しそうに歌っている子供以上に素晴らしいものはない。飽きずにまあ子供は繰り返し歌うものである。他の遊びだったら繰り返すのは厭で堪らないことであろうが。年寄り、アルプスの羊飼い、鎖でつながれた労働者が座ったままの空しさを歌って忘れるように、子供も幼年時代を歌って過ごし、歌い続け、声を出し続ける。というのは音楽は、感情の生まれながらの詩文であって、いずれの感情もそうであるように、まさしく同じことを飽きもせず繰り返し、尽きることなく音声を伝えようとするからである。

父親はフリースラント人に似て、ことわざに従えば、フリースラントハ歌ワナイ、歌わずあるいは歌っても稀である。父親は子供の為に、そして母親は父親と子供の為に、歌って欲しいと思う。

第六十二節

心の中で歌を聞きながら眠り込むように、少なくとも早く目覚めさせる（さもないと起こすのはいつも問題がある）ことが必要な場合には、モンテーニュ[1]の父親の例にならって音楽を奏していいであろう。フルート時計は立派な目覚し時計となろう。他にもなお音楽は心療薬として不機嫌、強情、短気といった子供の病にいかにも薬効あらたかである。

第六章　命令、禁止

第六十三節[1]

この節はルソーには書けないであろう。彼は別な見解であったからである。小生はしかしバーゼドウの見解と同じで、ルソーのように、両親の意志はいつもただの偶発事に見えさえすればいいとは思わない。ただの身体的因果、準備による報酬、報復とか総じてルソーの教育全体、一人の成長してゆく人間の為に一人の成長した人間をわずらわせすぎるものであろう。しかし再教育という単なる教育の為に人生はあるのではない。ルソー自身もまたこれは単に接近のみが可能と思っている。しかしそれではどこでも目標から等しく遠ざかることになる。問題はここでは程度の違いではなく、方法の違いだからである。幸いなことに子供の精神自体にこうした人生の道、迷い道はふさがれている。

子供に自由の予感がないのだとしたら、どうして子供は必然性の後味を知り得よう。この自由というのはしかし子供が自分の内同様に強く他人あるいは自分の同類の内にあるのを感じざるを得ないものである。むしろ子供は、自分から出発して、すべてを、命のない物ですら自由であると見做して、どんな抵抗に出会っても、まるで精神的抵抗であるかのように、腹を立てざるをえない。深く心が鎖を引きずっていればいるほど、幅広く自由の海は四散する。犬は石にかみつく。子供はこの二つを殴る。未開人は雷雨を精霊の引き起こした戦いと思う。目がもっとよく見えるようになってはじめて、宇宙の中心にあるかの鉄の暗い塊、我々が必然性と呼ぶ黒い太陽が現われる。この必然性すらも、自由とともに終始する自由の精神がはじめて悟性から理性の国へ、有限性から無限性の世界へ連れ出して来たものである。子供はまったく、すべてを人間化して、従って最初に諸君を独立したものと解して、どのような出来事にも筋書きを見いだし障害には敵を感ずるものである。我々年寄りは生涯を通じて自然という全能の力を身にしみて知らされはしないだろうか。勿論、自然が人生を二度と取り返しのつかぬよう完結させるとき、例えば死の時、あるいは陰鬱にさせるとき、例えば高齢の時には、穏やかに不平もなく自然に従うことはできないけれども。身体的因果が教育上効果的というのは変更不可能な自然のお蔭に他ならない。それで自由意志も子供の前に同じように首尾一貫して制しがたく現われるがいい。子供はそれによって全く盲目の必然性より高度な必然性を知るであろう。更に言えば、他人の恣意による精神的必然性程に辛抱を知る為にいいものがあろうか。動物という人間の小学一年生、奴隷見習いには直接的因果、教化しかないとしても、その上の人間には間接的因果、人間的教化がなくてかまわないものだろうか。そして最後に言えば、子供のうちにある人間への信頼心、この人間的な高次なまとまりを示す素晴らしい結合の印[1]は、対象なくして、つまり信頼すべき両親の言葉なくしてどうして目覚めるものだろうか。

＊1 子供の信心については、本断編の最終章を参照されたい。

第六十四節

考察するのは従って単に命令と禁止の仕方だけである。単なる経験智をここで雑多に記すのを許されたい。命令や禁止に喜びを感じてはいけない。子供の自由な振舞いをよしとし給え。頻繁に命ずるのは両親の為にはなっても子供の為にはならない。

子供は確かに諸君の言葉に絶対に縛られなければならないが、諸君自身は構わない。諸君は永久有効条約を決める必要はなく、毎日その立法権で新たな教皇教令、司教牧書を発令してよい。

行動で禁止するのは言葉によるよりもまれでなくてはならない。子供の小刀を取り上げてはいけない。言葉を聞いてみずから手離すようにしなければいけない。前の場合他人の力という圧力に従ったものであるが、後の場合はみずからの力の促しに従っている。

諸君の法令板は不壊のもので崇高な書体で記されていなければならない。個々のものを取り出すのが面倒な場合、むしろ全体を禁ずるようにし給え。例えば、テーブルの上の個々の器だけを大事に思っていても、テーブル全体に触れることを禁ずればよい。

子供が他人から取り立てる権利は、自分自身で習い覚えるようにしなければいけない。それ故自分のものを大事にすることは断固容赦なく推賞されるべきである。子供のものとは何か。父親と母親で、それ以上はない。その他のすべては父親のものである。しかし人間は誰でも自分の為の大地、いや自分の為の宇宙を世襲封土として欲しがるものなので、小さな者にも小量を当てがって、「それ以上はない」と言うがいい。

子供の耳は力強い声と怒った声を区別する。母親は父親の力強い声を真似ているつもりでよく怒った声になる。父親の禁令は三つの理由から母親のよりも良く守られる。第一の理由は、より力強いけれどもはるかに怒りを免れているその声であるが、これは既に述べた。第二の理由は男は大抵、兵士と同じで、いつもただ一つのそれ故変わらぬ嵌文句、根底語、皇帝の拒絶《ナイン》を吐くのに対し、女はセミコロンやコロン、頼りの疑問符、感嘆符なしには子供にむかって「やめろ」とはほとんどいえないからである。歴史上かつて女性が猟犬を仕込んだ例があるだろうか。翼兵が女性であれば、進軍中の軍隊に対して「止まれ」と命ずるとき、こう言わざるを得ないだろう。「全員に告ぐ、話しが終わり次第、全員に即刻立ち止まるよう命ずる。諸君聞き給え、止まれ」。第三の理由は、男は拒絶の言葉を取り消すことが女よりもまれであるからである。

　とても洗練された政治とは大して統治しないことと言われる。これは教育についても言える。しかし話してばかりいて、沈黙の金よりは弁舌の銀を好む教育者が中には幾人かみられ、子供時代が過ぎると消える過ちにも年がいってから備わる徳操にも、年齢とともに育ってゆく過ちや徳操同様に四六時中説教している。例えば何故早まって歩行、編み方、読み方を急いで教える必要があろう。こうした技術はいつかおのずと身(1)に付くものではないか。しかし例えばきれいな発音、正しい書き方、その際の態度、筆の持ち方、整頓の躾といったものは年とともに育って行く技術であり話しは全く別である。遺憾ながらいずれにせよ育てて行くには多くの言葉を必要とするので、いずれ消える過ちに対する言葉よりもこれから花を咲かせてゆくものの為に言葉は使った方がよい。寡黙な語りは謎と同じで解釈する子供の心を豊かにして緊張させる。大人同士でもこれは同じである。例えば小生の知り合いのある偉い男は(2)殊に見知らぬ人々にかこまれているとき、最初のうちはフムフムぐらいのことしか、それも小声でしか言わないけれども、(インドの神話によれば)沈黙の神が永遠を破って創造を始めたとき、同じようにただオウ*1(3)ムと言ったというようなもので、上述の男も単にフムと言っただけで皆を考え込ませている。いやもっと偉い、有益な単音節、中国の単音節すら及ばないものがある。つまり無音節あるいは沈黙である。若い医者は、通常の医学的知識にかまけて自然哲学を忘れたいのではなく、逆に自然哲学に凝って医学的知識を忘れようとして、医学部教授陣を前にした試験の際に全く月並な質問に対してよくこの沈黙を利用する。ソクラテスは怒ったとき沈黙したというがそのように彼らも貧しい知識、自分達とは互いに疎縁な間柄に終始した知識を問われて腹を立て、それを沈黙で表現しようとする。

しかし閑話休題。脱線は第二版の改善にはならず分量を増やすぐらいのものであろう。更に我々教師のかなりが道徳的な禁止、命令を述べるとき説得しようとまさに理由にならぬ理由を添えることがあるが、この場合最も確実な証明を与えているのは他ならぬ子供自身の良心である。しかし医学的、体育的命令とかこれに類した場合は、子供の中には取りなし手はおらず、単に欲望や無智がみられるだけなので、理由を次々述べることは有益である。

更に言えば、我々大人の過ちとして皆が認めているものに（しかし格別益はないのに我々は我々大人でさえ叱りつけるものである）、我々と子供の違いをそれが何であれ一つの欠点に、我々の非難を教訓に子供の間違いを自分の間違いよりも大きなものに見做すという過ちがあって、こうした確信のもとに、我々は教育の手綱や歩行練習の紐を無闇に絹製の絞首索へと撚り直したり、子供を切りきざんで我々の可愛いコルク製のスイス・アルプスに（プフィファー[4]のもっと高いのに似せて）仕立てたりしやすい。それ故にまた、こうしたことはやはりつらいことなので、我々はほら貝を絶え間なく吹き鳴らすようにひっきりなしに語り続けて、学校の白墨を手に、しっかり取り押さえた鶏のくちばしの上に決まって太い線をまっすぐに描いて、鶏がいつもこの思索棒の横線、階段綱だけを見詰めて、上へ飛ばないようにする。

大人でさえ他人が一日中携帯用の説教壇、告解席をもって追っかけてきて、そこから説教や弾劾を注ぎ込んだら、まともな仕事をして道徳的自由を手にすることはできなくなるであろう。いわんやか弱い子供がその生活で歩むたびに「待て、行け、止め、為よ」に巻き込まれることになったらどうなるか。これは一日を授業時間だけにして詰め込むのと同じ類の間違いである。ことに君主の子息はこうした教えの集中豪雨にさらされているが、あたかも満潮の教えで将来干潮になる学びの償いをしているようなものである。しかしこれは畑に絶えず種ばかりを蒔き続けていることに他ならない。これでは死んだ穀倉は出来ても生きた刈り入れ畑は出来ない。あるいは別の比喩で言えば、諸君の時計はねじを巻く間止まっている。諸君は子供のねじを永遠に巻き続け、子供を歩かせない。

子供が小刀よりも火をもっと恐れるのは火はいつでもやけどをさせるのに対し、小刀はいつも傷を負わせるとはかぎらないからであるが、同じ理由が父親と母親に対するこわさの違いについても言える。父親は火であり、母親は小刀である。違いは厳しさにあるのではなく、というのは激した母親は厳しさそのものである、不変性にある。

子供は幼ければ幼い程、単音節で叱ることが必要である。いやそれすら必要なくて、頭を振ればいい、それで充分である。せいぜい「めっ」と言うがいい。後には穏やかな声で理由を述べて、ただ濃やかな愛の素振りで一段と穏やかに忠告に従うように仕向けることである。というのは激しくはねつけていると子供が激しくせがむようになるからである。

小さな声で禁じて、どんな強い声の調子も出せるようにしておいて、しかも一回きりにしたい。この後の方は厄介である。子供の中には既にかの人間的引き延ばしの組織が出来上がっていて、それで即断を迫られるたびに三回の進軍命令、三回の召喚を若干の猶予時間ともども要求し、時をかせごうとする。それ故、例えば子供が騒音を禁じられながら、はなはだ巧みに計算された、急ギスギズ次第ニ弱クの調子で打ちやめて、諸君自身にすら子供が結局のところ反抗しているのか服従しているのか判然としないようなときには、無闇に憤慨してのぼせることはない。ここでの選択はただ一つ。どんなに些細な不服従であれ罰を下すか、最初の服従の後は残りには目をつぶるかである。前の選択が小生にはいいように見える。しかし更に結構なためらいがある。両親のためらいである。父親が懇願している子供とか女、従者に与える最初の素早い言葉は「いや《ナイン》」である。その後で肯ってやろうとし、最後に「よし《ヤー》」と言う。最初ではない。母親はこれが下手である。しかし子供とかに、その他の誰であれ、何を要求されようとただ次のように答えさえすれば準備期間、言い渡し前の余裕時間を確保できるのである。「またね、後でね、あるいはザクセン式に三分の猶予(5)をおいておいで」。こう引き延ばしさえすれば、女性であっても、自分や他人と矛盾に陥ることが一層まれになる手段を手にすることになろう。

両親が延ばす次のこと、処罰の延期は五歳から十歳までの子供にとって大事である。両親と教師は時々立派な法則性の定規に、木の定規は使わずに、従って処罰することになろう、子供が過ちを犯すたびに二十四数え上げようと思ったり、ボタンや指を数えたりしたら。こうしたことから生ずるのは身のまわり、及び子供のまわりのかっかがおさまることで、明晰さの冷たい静かな世界が残ろう。そして子供と父親は、（例えば怒りはさもなければ罰を仲介するものであると同時に罰の対象であり、折檻は同時に過ちを繰り返すことになる筈だったと仮定して）互いに相手の痛みを思い出して相手の痛みに気付くことになろう。ベッカリア(6)は犯罪者には即刻処罰を下し、鞭打たせているけれどもそれは正しい。さもないと同情と忘れっぽさの為、非が死刑裁判官に向かうだろう。しかし両親の叱責は大いに勝手であると前提されているので、見る者の前でも子供の前でも権力者自身の内でも時を経てタッチが和らげられることが必要である。ただごく幼い子供の場合は誤ちに即処罰が、さながら物理的連鎖反応のように続かなくてはならない。

＊1　ゲレスの神話の歴史。

第六十五節

変ることのない命令、禁止のことの後で、両親方になお若干のお願いを述べておきたい。これが実現するかはただ子供たちの愛と恣意にかかっているけれども、自由と愛、功績について子供たちの予習になる。次に記す。

子供が従順であることはそれ自体その動機を考えなければ両親にとってはなはだ都合がいいということ以上の価値はない。それとも、諸君の子供がいたる所でどんな人の前でも諸君の前同様にへりくだり、腰をまげ、平伏するようになったら、心の成長の証しと思うだろうか。子供は幸運の車輪で車裂きにあったばらばらの自在関節の模型人間になってしまうだろう。諸君の考えていることはしかし、子供の従順ではなく、子供を従順にさせている原動力、愛、信頼、諦める力、最上のもの(つまり一対の両親)を有り難く敬う気持である。そうなると諸君は正しい。しかしそれだけに、この高次の動機がみずから声を出し命ずるのでなければ、命令を発しないようにいつでも心掛けなければならない。禁止の方は、子供はすべてをただ両親の独立財産と見做しているので命令程迷わせ、いらだたせることはない。幼い精神でも、自分は一つの財産、つまりみずからと権利とを持っていることを承知しているからである。

母親は命令、禁止を与えるとき、娯楽の手段に頼って、楽しい回り道を歩ませて子供の目に目的の命令を隠すことがよくある。しかし、このように媚びて隠しても、子供は躾や規律を覚えないし、子供の近視の目ではすべて正しいものの堅固なものが愉快な行きあたりばったりの遊びに変じてしまい、何も習わず鍛えられないことになる。

更に一言。子供はいつも両親という賄い方の下宿人にすぎないが、このホスト役に対するホストになりたがるもので、両親が報酬を支払うより贈り物をするように、必要にせまられたことより愛の心からのことを喜んでするものである。従って（理由はしかし述べずに）親切にするようにごく穏やかな声で注文し、そのようにしてくれたら機嫌良く報いてやるといい。しかしそうしてくれなくても罰しないことである。過度のサービスをするように鞭打たれるのは奴隷だけである。しかしラクダさえ鞭打たれても速歩にはならず、フルートの音に従うときにのみ速くなる。子供は、既に報告されているように、祖父母という身分には格別好意を寄せるものである。これは何故かとなると、祖父母はうるさく命令しないからで、それだけ一層喜んで孫は祖父母の言うことを受け入れるのである。最後に言うと、罰を与えてその痛みを和らげて消すのに、罰の後で誰それに親切にするように頼んで子供の心を幸せにすること程効果的なものがあろうか。これ以上のことは愛の涵養の章で述べる。

第七章　処　罰

第六十六節

この子供になじまない言葉については記しがたい。痛みとか事後の悪影響のことをむしろ書きたい。処罰は悪いことをしたと思っている者にのみなされるべきである。子供は最初動物と同じで罪の意識はない。子供は山の上の恒星のように瞬くことがなく、子供の目には地球は他の星からみたときのようにただ明るく輝いて見えて欲しい。土色の黒いものであって欲しくない。それとも子供たちの二度と帰ってこない五月の時を犠牲にして、それを貸し出すように強いて、いつか後年人生の雷雨、狼に遭遇したときにやっとその中身を味わい尽くすようにさせたいのであれば、インド人のしているように助言するがいい。インド人は自分の黄金を埋めて、それを別の世界で、みずからが埋葬されたときに味わうようにするのである。

大きな褒賞は頽廃した国家組織の徴であるとモンテスキュー(1)は言っている。同じことが教育の家庭に於ける大きな処罰について言える。いや国家自身についても言える。大きな処罰ではなく確実になされる処罰が威力があり全能である。それ故に大抵の刑罰は高利貸になっていて、グロッシェン貨幣で充分なところをターラー貨幣分の処罰がなされ、同様に大抵の厳罰は残酷になっている。絞首刑を屁とも思わない者は、車裂きを恐れないからである。しかし人間には恐ろしく残酷な心が眠っている。同情が痛みに変わるように、加虐的な処罰は甘美さにまで増大する。奇妙なことであるが、しかし学校教師や兵士、百姓、猟師、奴隷監督、殺人者、それにパリの革命が証明しているように、怒りの残酷さは容易に残酷さを弄ぶものに過熱して、そうなると叫び声や涙、溢れ出る傷口は血に飢えた者にとって結構な清涼飲料の泉となる。民衆の間では両親が運命の打撃に見舞われると大抵雷の空と同じく子供に打ち返しがみられる。世の母親は自分の子供たちを、他の母親の折檻を見たとか、子供たちが意気地がなさすぎるとか、黙りこくっているとかいって更に一層強く折檻する。我々がローマ法に服していて、子供を女や奴隷、ローマ外のものと同じく物と見做して人間とは見做していない所為であろうか、それとも我々が家庭を聖なるものと崇めている所為であろうか、国が緩慢なる子供の殺害、両親や教師のむごい判決、罪のない無防備の者に対する拷問を無関心に傍観している理由は、それらの他には考えられない。

第六十七節

古代ゴート人やグリーンランド人、クエーカー教徒、それに大抵の未開人は冷静で強い子供の心を、森の樹同様に棒を使わずに育てるが、我々の子供は飼い馴らされた蛇のように棒に絡まって育てられる。それで我々がどんなに笞の使い方が下手であるかは、後に笞を硬い棒に変えなければ間に合わなくなることでよく分かる。笞があれば棒は無用のものになっていなければならない。笞でさえほんの数回将来の見本、主題として振り回すべきで、単なるおどしの形で説教し拒絶するようにしたい。もっとも、殴ると子供の勇気は萎えるという未開人、ゴート人の反論は、一部はゆきすぎであり、というのは予防の為の苦痛の教育、例えば指の灼熱に反対するものとなろうからであり、一部は卑俗なドイツ兵士によって反撃される。ドイツ兵士は平時に殴られていた程に戦時では殴りかかりかねない。いや更に、時に兵士の逆の場合がみられる上官でさえその反対意見である。

殴るような子供は殴られていい。最もいいのは殴られた者が大人ならその本人によって、例えば従僕によって殴られることである。殴られた者が子供、例えば少女であれば、父親が女性である娘の後見人になってよかろう。これに対して男の子に殴られた男の子の場合、手よりも声に出して、父親の決裁ステッキのもとへ逃げようとするならば、将来男の帽子をかぶる資格はない。

両親の頑固さと子供の頑固さの間で、前者は腹を立てて叱るとき、後者は叱られながら膨れ面をしている時に決して根くらべが生じてはならない。ある程度厳格さを上手に見せた後は傷ついた子供にその反抗の勝ちは譲ってやるべきである。二度とこんなに疲れる勝利には子供は挑まないと見て良い。

おずおずながら誘導尋問、前提質問のことを提案したい。周知のようにこれは裁判官には禁じられている。そのような質問をしたら、答えからまず引き出さなければならないことを早速その答えの中に含ませるようなことになるからであり、こうした禁制の品の密輸入では狼狽した被告人は容易に黒とされやすいからである。にもかかわらず教育者には時々そのような質問を許してあげたい気になる。子供が命令に逆らって、例えば氷の池へ行ったということを多分に確実なことと知ったときには、まず処罰とは係わりのない二次的なことのみ尋ねて、どれ程長く池にいたか、誰と一緒に回ったかと聞き、質問者に嘘という贋銀貨で支払おうという子供の望みや試みを即座に断つとよい。これは他に、家に居たかという素直な質問をしていたら、こうした望みや試みをおおいにそそのかし働かせることになったかもしれない。子供のずるさと知恵はまだそれ程大きくなくて、このように不意をつかれて混乱しているときに何でもお見通しにみえる両親の質問に対し事実そのものを大胆に嘘をついて否定し、質問を嘘と見破ることはできない。子供は未開人と同じく嘘をつく傾向があるが、この嘘は過去の出来事に関することが多く、こうした嘘をつきながらも、ルソーの腕輪についての[1]嘘の例が証しているように、大人になってからの正直さは育まれるものである。嘘の証言をすることよりもまれであるが、一層子供にとって危険なのは、嘘の約束をすること、つまり未来の出来事に関する嘘である。いつもは子供は現在という時の生来の反響《エコー》であるのに、こうした嘘をつくときには自らの性情を忘れ、意識的に長いこと練られた悪しき行為の計画を口にする。過去の嘘は本物の金を盗むが、未来の嘘は贋金を造る。少なくとも慎重に道徳的に質問を配慮して危険な名目上の真、つまり嘘がうまくゆかないようにしたい。というのは一度嘘がうまくゆくと次々と嘘が生まれるからである。悪魔はどんな無精卵からもその怪蛇を孵すのである。

怒りの名残について一言。子供に重要な罰を与えたとき、罰が済んでからの次の十五分間、許しへの移行のときほど大事なときはない。雷雨の後ではどんな言葉の種も柔らかな温かい大地に蒔かれる。最初は説教に逆らい強情を張っていた処罰への恐れと憎しみの心も今や過ぎ去り、やさしい教えが浸透し傷心を癒やす。蜂の刺し傷を蜜が、傷口をオリーブ油がやわらげるようなものである。このような時には、声をごく穏やかなものにして、自分の痛みを見せながら相手の痛みを鎮めて、大いに語るとよい。しかし余波の怒りという名残の冬はいずれも毒である。せいぜい苦しみの名残はあっても、名残おしく苦しませてはいけない。母親はすべてに愛情で接し、つまり子供も夫同様に取り扱って、こうした名残の処罰に陥りやすい、もともとこうしたことは好んで細かいことに心を砕く女性の性分に合っているからであり、また男性のように幹に棘をたてることは好まず、葉にちくちく刺す先端をつけたがるからである。女性の読者の皆様、小生は公の場ではごく穏やかでやさしいブロンド髪女性を多く知っているが、これらの女性はしかし子供部屋では（召使いの部屋では無論のこと）美しく白い薔薇に似ていて、満開の薔薇、赤い薔薇同様に強く刺すのである。この止まれは今までどの女性の辞書を捜しても、女性の路地裏のいさかいの場でも見当たらない言葉である。さてこの名残の怒りは、罰さずにおかぬという愛情の少ない面持ちであり、ただ現在にだけ沈潜している子供にとっては（子供は動物に似て、この上ない不安や憤激のあとすぐにけろりとまた楽しんでいるものである）、何のことか分からず、何のききめもなく通り過ぎてしまうか、あるいは子供は、同じこの現在感覚から貧しい愛の黴に慣れてしまって、愛情は無くて済むと考えるようになるか、あるいはまた、埋葬済みの罪なのに絶えず罰せられ続けて腹を立てるかである。しかもこういつまでも憎んでいると、許しへの素晴らしい感動的な飛躍が出来なくなり、許しがあっても徐々にやって来たのではその効果はまるでない。しかし後にはこの女性の好きな処罰の追加税も効き目があり役に立つかもしれない、例えば娘が十三の頃、息子が十四の頃である。この後年の成長した年頃にはもう現在の中へ多くの過去を引き寄せて考えられるので、父親や母親が長いこと真面目な悲しげな顔をしていても、青年や乙女は、ことに愛に飢えた情緒の年頃であり、心動かされ物思うに違いない。それでここでは冷たさも果実を実らせ甘くさせよう。以前ならば花をただ折ってしまうところであるが。罰を与えた後、穏やかに真面目に、悲しげに愛を込めて子供と話している母親程素晴らしいものがあろうか。いや素晴らしいものがある。同じことをしている父親である。

大人に対して賢明な、いや公正なルールとして必ず守るべきであることは、子供に対しては更になお大事なルールと言える。即ち、決して人を裁いて、例えばおまえは嘘つきだとか、それどころか悪い人間だと言ってはならず、おまえは嘘をついたとか悪い行ないをしたと言うべきである。というのは何でも自らに命令する力は同時に何でも自らに従う力を含んでいて、人間は間違いを犯した一分後にはソクラテスのように自由であると感じていて、自分の行為ではなく本性に熱い烙印を押されると許しがたい処罰に思えるに相違ないからである。その上更に誰もが正しい徳の道を歩むという希望を消しがたく抱いている為に自分の不徳な振舞いは単に悪魔に使嗾された短い空位期、規則正しい天体に於ける彗星にしか見えないという事情が加わる。子供は従って道徳的処分を受けるとき、自分の不正よりも相手の不正をもっと強く感じている。子供はもともと自省心がなく感情に左右されて自分自身のどんな不正よりも他人の不正をひどいものに思い描くだけに、一層その感じは強くなる。

国家でさえただ行為だけをとがめて、人間を不埒なやつと決めつけないように定められているとき、名誉剥奪と共に人間に死刑を宣告するときは別にして、なんとなれば、不埒なやつとなれば人間性の根絶であるが、しかしどんなに崩れた者も人間性を再生する生命の芽をその心に不壊のものとして持っているからで、それだけに無頓着な子供のこの生命の実を、それが今やっと未熟な手足を伸ばしつつあるときに、激怒して恥辱の罰を加えて凍結させるのは一層罪深いことである。子供には褒賞に紋章授与証や勲章頸帯、星形勲章、ドクトル帽を与えたり、あるいは罰としてこれらすべてを取り上げたりしていい。ただこれ以上のことをしてはいけない。つまり名誉剥奪刑は幾つかの学校で見られるように、辱めの帽子を被せたり、木偶の驢馬扱いといった積極的なものは避けるべきである。恥辱は内なる人間を眠らす冷たい冥界、救いのない精神の地獄であり、ここに堕ちた者はせいぜいのところ悪魔以上のものにはなれない。それ故、間違いを犯した子供に自分の間違いについて書くようにさせるゲディケ[2]の助言でさえ好ましくないものといえる（その後、日を置いてからというような場合は別である）。内なる泥沼をこんなにかき回したところで、落ちてしまった子供の汚ない落下の様を描くことになるか、泥沼の有毒な臭いで子供より良い部分を麻痺させてしまうかである。それでは感じやすい子供が言葉と気持の食い違いに慣れて平気になってしまうであろう。折檻を受けたとき手にお礼の接吻をさせる罰も同じようなものである。しかしまあ国家と教育は互いにお互いを範として似ている。例にただ名誉毀損の撤回という感心しないものを上げる。市民的力をもってしては侮辱者からその意見を取り上げることはできない以上、その撤回を命ずることは単に嘘をつくよう命ずることになる。このように命じられて自ら神聖さを汚すことに比べれば他のどんな処罰も公正で受け入れやすいものといえよう。こうして、普通の法規則とは違って、人は自分の恥辱の生き証人として出頭させられるはめになる。法律上は（道義上ではない）ただ裁判官のみが名誉を回復させることができ、当事者は相手に与えることはできない。さもないと与えたものを再び奪うことがあるかもしれないからである。[*1] 更に奇妙なのは撤回の度合が重くなると被告人は自分の名誉に関して、原告人に返した他人の名誉の分を失うということである。支払いをやめた造幣局長のようなものである。しかし虐待されている子供に話を戻そう。更にその子供の傷口が、栄ある兵士にはほとんど気付かれない傷口であろうが、不名誉なことを言われて熱く深く裂かれると、名誉を失いよるべをなくした子供は二つの痛みに襲われ、天と地の間を、身も心も笞打たれて、憔悴し切ってうつろに漂う。しかし世の両親、教師の方々に言いたい。程度は小さくても同じようにか弱い心に内的外的苦悩を加えることになるので、いつであれ、よく起きがちであるが、体罰や他の罰を下すときに、馬鹿にした表情をしたり、名付け方をして（これについては今なお野蛮な名前、拳固とか猫の指たたきが見られる）余計な傷を与えないことである。決してどのように小さな痛みであれ馬鹿にして課してはならない。真面目に、時々は悲しげに課すべきである。両親に傷心があれば子供の傷心は浄化される。例えばフェヌロンの教え子の皇子が怒りに荒れ狂って我を忘れたとき、このカンブレの司教は、いや彼はキリストの第二の寵児と言うべき人なのでパトモスの司教なのであろうが、すべての従者にただ黙って真面目に仕えるように命じ、落ち着きを教えたのである。[(3)]

＊1　しかしこう言ったからといって古代ドイツの決定方法に反対しているのではないし（むしろ賛成）。反対すべきとも思わない。この方法は裁判の仲介なしにただ二人の当事者にまかせて（名誉略奪者はその件が決着しないうちは同時に名誉の物乞人なので）名誉回

復の決定を相互の力に依らせた。

第八章　子供の叫び声、泣き声

第六十八節

これについては最良のものが既に書かれ、落ち穂拾いも済んでいる。まだすることがあるとしたら、ただ書かれていることを行なうことだけである。これはまず女性に実践をお願いしたい、第二の世界で、あるいは少なくとも第三世界で、子供を生むはめになったら。ただ今のところは女性の柔らかな、すべてに敏感な心は子供の泣き声、叫び声に風や波に追われるように翻弄されている。女性自身しばしば聖者ヤヌアリウスの血[1]ともいうべき涙を流して良き奇蹟を行なうので、他人とともに泣きくずれやすいのはもっともである。ただ男性の場合、目の液体はすぐに石化しやすいので、ここで前もって若干軟化させておいて、子供が泣き叫ぶたびに獰猛になって、動物や怪獣とならないようにする必要があろう。

ルーベンスは一タッチで笑っている子供を泣いている子供に変えたそうだが、自然もしばしばこのタッチをモデルに行なう。子供の目が最も涙を溜めやすいのは、空模様と同じで、熱い喜びの天気のとき、例えば子供クラブから遊んで帰ってきた後である。子供の喜びはすぐに最高潮に跳ね上がり、それが凋んだ後すぐ次が続く。それに子供も両親と同じく憂鬱な殉教の日々、雨の日や時があること、四半期開始日には四季を巡らす大きな車輪を幼い神経も敏感に感ずるものであること、子供の水銀はガラス管の水銀につれて、例えば雷雨や寒気に合うと、上下しやすい[*1]ことに思いを致すべきである。しかし思いを致すのは、もっと大目に見てやるとか、もっと厳しくする為ではない、何もしないこと、心配も説教もしないことが肝腎である。

女性は好んで気持を言葉に翻訳し、おしゃべりの点で男性よりももっとオームと異なっており、つまりオームの雌は余り話さず、それで雄だけがヨーロッパに来るというわけなので、幼い娘には語りの為の序言、つまりいくらかの泣き声と叫び声は将来の奔流があふれ出たものとして許してやればいい。男の子は痛みは涙をこぼさずに耐えなければならないが、少女は滴を若干味わってよい。

子供は弱い人間同様止めることができない。いくらおどしても笑いをやめないことがしばしばである。泣く場合には逆を考え、この弱さを裁判官としてではなく医者として取り扱うようにし給え。

＊1　我々の身体界と外的物体界との間の平行定規あるいはむしろ平行ジグザグと言うべきものは、天候の大変化は蒲柳の質の者には変化する前に、若干の者には変化と共に、壮健な者には変化の後で体調に影響を及ぼして、それで一人の者はある天候で病気となっているのに、別の者は既に将来の天候の影響を受けているのに同じ天候で病気が治ったように見えるということがなければ、つとに早くから正しく確定されていたことであろう。同じような理由で、同じような満潮、干潮をもたらす父である月も長いことその正体が明らかでなかった。それらへの影響は月の後数時間も数日もずれ込むからである。

第六十九節

子供の痛みあるいは痛みの叫び声は、世界を探り当てるかたつむりの四つの触系さながら四通りに区別できよう。第一は外的痛み、例えばころんだときの泣き声である。このときには、子供に何か要求するときには重宝な声であるが、柔らかな思いやりのある母親の声ほど有害なものはない。他人に同情されると子供は自分自身に同情するようになって、喜んで泣き続ける。あっさりと固く、落ち着いて、何でもないよと言うか、もっといいのは陽気な昔から繰り返し用いられている言葉、例えば「おっとっと」である。子供の力や弱さによって、まず第一は痛みを短い単音節の禁止によって爆発させないようにするか、——気を紛らわし散らして態度に出ないようにすることはすでに事を片付けたことを意味する——あるいは第二にかの内密の家庭薬を用いて自然と直させるようにするか、つまり大人の場合は感嘆符や悪罵を、子供の場合は涙や叫び声を用いるかが決まる。「全くありふれた助言だ」と言わないで欲しい。「実効が少ないじゃないか」と言いたいからである。昔からの助言者達の変わらぬ旧版がそのままで聞き手にとって改訂版を出すことになって欲しい。

第七十節

これに対して第二の泣き声、病気の泣き声のときには、柔らかでやわらげる力のある母親の声は病床では場所を得てふさわしい。しかしそれというのも病気のときには幼い精神的自我、あるいは自我ちゃん自体が病に襲われ、荒らされて、体を管理し支配すべくその意図をもっていても出来なくなっていて、精神も鉄の鎖につながれては鉄王冠の勲章(1)を身に付けられなくなっているからに他ならない。このときには嘆き声を許してよいが、しかしだからといって普段より耳を傾ける必要はない。体の養生法を変えなければならなくなったときには、心の養生法も忘れてはならない。子供は病気のとき、妊娠中の女性同様道徳的におかしくなる。病気のベッドでは向上するが、病気のゆりかごでは低下する。病気の子供で未だ良い教育が原因で死んだものはいない。しかし、ここではなぜこの教育が躊躇されているかというと、皆が心の底では子供の人間性の教育全体をただ体だけを可愛がって育て上げることと考えて、いわば（こんな言い方が仮に許されるならば）聖なる生命を養う大気を風車の羽根を回す為に利用し、第二の宇宙を我々の地球の浮き袋にしようと思っているからに他ならない。こんなことではいけない。すべて不浄のものは自らと（そして他人に）時間を設けて、その時が経ってからはじめて聖なる永遠のことに思いを致す。あたかも人道はいつか次の年、二十年後、三十年後、七十年後に見つかり、今日ただ今ではないかのようである。首尾一貫した教育をすると生命に害があると思うような恐れが無くなるのは、いつどのような状況のときどこであろうか。どこであれ、ただ最善のことを思うがよい。良い結果はおのずと生じよう。

第七十一節

第三の泣き声は、要求の泣き声である。ここではルソーの助言(1)、子供が戦いの雄哮を上げても一インチの国も譲ってはならないということを守るべきである。ただ不幸なことに、女性は泣き虫に対するこうした受け身の不服従に決して心動かされない。しかし子供に向かって言っているものである。「そんな行儀では何も上げませんよ。心配になっても泣きやんだら、何を上げようかな」。小さな暴君がねらっているのはこれ以上のものであろうか。心配になった母親がせいぜいそれでも許されるとしたら、この目下の王様に、まだこの子がほんとに幼い場合に限って、度はずれた軍税の代わりに通常の租税、帝室裁判所税を支払ってすりかえること、つまりねだられているものの代わりに別のものをあてがうぐらいのことであろう。しかし誓って、強請したことがなく、従って相手のつっぱりに会ったことがない子供、だめと言われてもよろしいと言われたとき同様笑って跳び去る子供、気まぐれに変わる許可と禁止、肯定と否定を知らず、こうした気まぐれには泣き虫のいいなりになっていると最後にきまって追い込まれてしまうのであるが、それでこうした最初の苦い不正の味を知らない子供、つまり物体から受ける傷より他の深い傷は受けたことのない子供はどんなに幸せであるか考えてみたことのある女性はいないのであろうか。母親方よ、まだこうした喜びの子供に巡り合ったことがない、というのであれば、少なくともある点だけ試みに模造してみるとよい。例えばおよそ二歳と四分の三カ月のお宅の子供に厳しく命じて、時鐘付き懐中時計に、それは耳用よりは胸飾りになっているけれども、決して手を触れてはいけない、毎日裁縫台の手の届くところにあってもと言って、三日間その命令を取り消す気はないかのように振る舞いさえすれば。これまでの解約金がいまいましく思えてくることだろう。

第七十二節

四番目の泣き声、損をしたり、恐くなり不機嫌になったときの泣き声には何か仕事を頼むのがいい。あるいはまた、子供に重々しく注意を促して、長い話を語り始めることである。その話しが結局どう結ばれるかはどうでもいい。子供が十分に緊張して我を忘れるようにさせる。強い言葉、例えば「静かに」と稲妻の閃光を見せるときがある。不機嫌という心の黄疸、萎黄病が全身に蔓延しないようにしなければならない。それ故特に小さな子供の場合は、決して気鬱のはびこりをそれが尽きるまで待ってはならず、その最初のどんなに小さな徴候にも気をつけて押さえ込むようにすることが大事である。ちなみに年が行けば消える無作法と年とともに育ってくる無作法とを決して同一に論じてはならない。子供の涙は大人の嘆息のはじまりよりもずっと早く涸れてしまう。

第九章　子供の信心について

第七十三節

子供はまだ話せないずっと以前に、身振りや調子を伴わなくても、言葉を理解している。我々がしゃべれないけれども、外国語を理解するようなものである。それ故本章はここに置かれる。

少し昔の神学者達が言っていた子供の信心（生来の信）[*1]はもっと仔細に見てみさえすれば、その言葉が正しく重要であることが分かる。子供が自分の父親を決して間違いを犯さないという美点の上に更に聖母をともなった聖なる父であると見做しているとき、また子供が他人の言った言葉を半信半疑のまま両親に伝えて、それは本当かと尋ねるとき、子供にとってはヴォルフ哲学の根本命題に従ってあたかも父親は十分に根拠のある命題であり、母親は矛盾命題、教師は判別不可能命題であるというとき、従って子供が証明なしに信じながら一組の人間を外の全世界に対置し自分の内的世界と同一視しているとき、そして危機にさらされたとき体の危機にまして精神の危機のときほど力の強い両親の腕に信頼して飛び込むことはないというとき、こうしたとき子供は人間性の尊い宝を我々の前で見せているのであって、それでこの価値を十分に評価するには、昔から人々はどのようにこれを手にして眺めてきたかを知りさえすればいい。人間に対するこの信心はまだほとんど計量されていないけれども、この信心に基づいて何か出来ているか。学問に於いてはほとんどすべてであり、従って学問自身が出来ている。道徳に於いても少なくともそれに劣らない。

学問は確かにそれを自ら認めることはまずないであろう。しかし旅行記作者が行きあたりばったり発見した島について、作者の言うことを信ずるより他に何を我々は知っていよう。あるいは世界中の大陸のことについて。学問に於いては一人の粗野な水夫が証言すれば地理学上の大陸を支配する。証人の数が多いと反論があれば、もっとも遠方の大陸で遺言状ほどの証人(1)を揃えている所は少ないけれども、こう答えよう。証人が増えたところで真実味の重みが加わるわけではない、ある自我に対するかの大きな信心は自我が沢山あるからといって強化されはしないのだからと。人間は遠くのことや広い世界のこと、往時のことや大陸のことは、近くのことや狭い世界のことよりも人間の言うことを容易に信ずる。他人が嘘をつくのは容易で罪がないと思える場合、それは嘘らしいとは思わずに、その逆を思う。

それで我々は我々のギリシア史やローマ史を大抵その幾人かの生き証人の言から築いており、――というのもヘロドトスに反対するペルシア人には我々自身が反対するからである、――そしてその他の千ものこうした証人の再保証人を信じて、歴史家は誰一人として自分の再現し描写する出来事のすべてを体験しているわけではないのに、百万の事実の信憑性に関しては、法律家なら一つの事実に対して二人の証人を要求するところをその半分の手間もかけないでいる。何かこうした確信を与えているのか。人間性に対する、それ故人間に対する、つまりは一人の人間に対する信心である。

それ故更には医学、天文学、博物学、化学も自分の経験よりは他人の経験に早くから広く基づいており、つまりは信心の上になりたっている。我々の計算が間違っていないように見えることをただ納得するのでさえ哲学的計算では他者に対する信心なくしてはかなわない。そしてなぜ押さえがたい激しい憧憬にかられて偉大な人間が述べる我々の存在の要諦、神と自我についての意見を聞きたがるというと、自他の証明より彼らの確信にもっと信を置いているからに他ならない。いかに陶然とした若者が陶然としながら蜂が花咲く菩提樹に群がるように、高名な師の精神のもとに群れていることか。

この信が最も純粋にその輝かしい中身を見せるのは、その対象が同時に道徳的なものであるときである。ここで心は浄福をもたらす真実の信に出会って昂揚する。というのは学問の世界では自分の言うことの方が信じられるけれども、道徳の世界では自分の存在していることの方が信じられるからである。恋人達が互いをどんなに信じ、友人が友人をどんなに信じ、高貴な精神は人間性を信心深い者は神をどんなに信じていることか。これはペトロ〔岩〕の岩、人間の品位の納まる確たる席である。胡散臭い薬を飲んだアレクサンダー大王[2]は、毒ではなく病を癒す薬をただ作っただけの医者よりも偉大である。危機に際して相手を信用することは、信用されることよりも崇高である。しかしこうした信頼の神々しい点はどこにあろうか。相手の心の中に命を懸ける程の力は、自分の心の中にそれを現にもっていないかぎり期待できないといった単純な話しではない。というのはその力を持つことは持っていても相手に期待できないことがあり、そのときには危機のときアレクサンダー同様信ずる者のみが試され、信じられている者は試されないからである。そうではなく、人間性を信ずることのトロフィー、天の授ける市民冠は、信ずる者はこらえて隠忍しなければならないこと、これは戦争のときと同じく行ない戦うことよりもいつでも難しいものである、そして信心は、行為が単に一事例に過ぎないのに対し、すべての事例を、人生を丸ごと眺めて捉えるということにある。本当に信頼する人は、倫理的神性を直視したことがあることを示している。この世で倫理的享楽としては次のことに若くものはないかもしれない。自分の心の中で友人について目や耳を疑い、友人を突き離そうというときに、心の中の神とともに信頼の念を起こして、友人を守り友人を愛する、それもいつものようにではなく更に強く愛するようになることである。

それ故、こうした信心が人間に於ける聖なる精神であるとすれば、嘘をつくことはこの精神に対する罪となる。我々は他人の言葉をはなはだ尊重していて、それは我々の内なる言葉すら及ばないほどで、（パスカルによれば）誰からも狂っていると言われるような人は遂にはそう信ずるようになり本当に狂ってしまうそうである。プラトナーの主張では、頭が弱ければ弱いほど、信じやすい、例えば酔っぱらい、病気の女、子供とある。しかしここで問題となるのは、こうした（単に身体的）弱さは、心、例えば愛とか宗教、感激、詩といったものの多くの細やかな発展を可能にしていて、これが実はまさに最も神聖な感覚、聖なる他者に対する思いを、他の諸力の犠牲はあるものの、全くひっそりと純粋に育て上げるのではないかということである。――イギリス人は他のどの民族よりも信じやすいが、しかし他の民族よりも虚弱ということもなければ、それ自体虚弱でもない。嘘をはなはだ憎んでいて、嘘を大抵は前提としていないのである。

＊1　彼らはこの言葉を神によって子供や異教徒に死別のときに認められた信心と解していた。

第七十四節

子供の信心に話を戻す。さながら比喩であるかのように自然がすでに吸収の用意をふんだんにさせている。耳骨は（ハラーによると）子供が大人に負けない大きさをもっている唯一のものである。別な喩えでは、幼ければ幼いほど、（ダーウィンによると）吸収血管はいっぱいになっている。それなくしては教育が成り立ちえない子供の信心を聖なるものとして守り給え。小さな未開の子供は諸君を何でも啓示する気高い守護神、使徒として見上げていること、諸君の言うことには自分の仲間の言うことよりも信じて全く承服していること、一炭この使徒が嘘をつくと一つの道徳界がすべて潰滅することを忘れてはならない。したがって諸君の無謬性はいらざる証明をしたり、誤りを認めたりしてその威信に傷をつけてはならないものである。知らないことを認める方がまだいい。懐疑する力があれば子供は諸君の手を煩わさなくても他人の言説を聞いて論争や抗議の仕方を十分訓練させ強化させてゆける。

宗教と道徳は根拠の上に成り立つものではない。支柱が沢山あると教会は暗く狭くなるではないか。諸君の中の聖なるものを推理仲介者、鍵番人の手を経ずに子供の中の聖なるものにぶつけ給え。信心は、いわば前モラルで、天から携えてきた人間性の貴族認定状であり、小さな胸を年取った大きな心に対して開かせるものである。この信心を傷つけるのは教会から音楽を追放したカルヴィンに似ることに等しい。信心はこの世ならぬ天体のハルモニアの反響だからである。

思いみよ、諸君の今際のときに、すべてが詩も思索も努力も喜びも意気沮喪して干涸び死に絶えたとしても、最後に信心という夜の花だけは残って青々と茂り続け、香り高く最期の闇路を勇気付けてくれるのである。

第二小巻

第三断編の付録

身体の教育について

この題は本来適切なものではない。というのは体の養生訓は動物や大人、老人についても当てはまり、料理女が子守役で、台所が学校書籍店となるであろうからである。ここで子供の体の養生について、さる新郎に宛てて夫人の出産三カ月前に書いた手紙から若干引用するのを許されたい。（この手紙に対して二、三の読者は、小生の三人の子供が、第一版が印刷され売り切れる間にこれに従って教育され、実践面で元気よく育って効果を上げた程には理論面で全面的に信をおこうとはしないかもしれない。）

＊

何故小生が既に今の段階で、六カ月後というのではなく、このことについて記すのか、貴兄の御令室に打ち明けられて結構です。今の段階ではまだ御夫人に信じてもらえます。将来はしかし全く聞く耳をもちません。小生は極めて聡明な御夫人方を存じ上げていますが、実際、子供の身体の世話に関してはその聡明この上ない御主人方の仰有ることを二番目が生まれるまでは忠実に守りそれに従っておられます。しかしそれから後は、いや四番目となると全く、栄養士の厨房ラテン語、女性の医学的俚言の支配が始まって、一、二の提案をしてもまるで受け付けてもらえなくなっています。

『フーフェラント[1]の母親への助言』ははじめて妊娠した女性なら九カ月で、月にすれば抜粋でわずか三頁半ですから、暗記できることでしょう。

しかし過度に案じて、自然に不審を抱き、子供の歯をことごとく医師や薬剤師に頼って抜き取ることのないようにされたい。子供には敢えて何もしないでいたら、子供自身を賭けることになって、体は多分に、そして精神は確実に鍛えられます。花ざかりの子供を人けの少ない小村で育てるべきです。そこでは薬店はすべてブラウン主義でグラスに注いでくれるのは火酒に他なりません。あるいは未開人の頑丈な子供でもかまいません。毎日いろいろな水差しから水を注がれる上品な家の萎びたフローラに対抗して欲しいものです。

しかしフーフェラントの母親への助言が無視されるのは百姓や貧民の小屋を措いて他にありません。それで小さな青白い子供がよく狭い窓から覗いているのが、そりで通りかかるとよく見られます。しかし春になるとまた威勢よくなります。戸外の空気は日射がリンゴを色付かせるよりも早く子供を赤く染めます。

猟師や未開人、アルプスの住民、兵士はすべて戸外の空気が優れていると力説してやみません。百五十年間生き抜いた者はすべて乞食でした。実際、年をとることの他は何も望まず、健康以外何もいらないというのであれば、物乞いよりも有益で、新鮮な空気に恵まれた動きはありません。それなのに母親方は三十分開けた窓際に子供を置いておけば、町の空気を吸って、この町自体が単に大き目の空気に過ぎず、部屋の空気の代わりに路地の空気をあてがっているだけなのに、二十三時間半の坑内の空気を洗い落とし濾過するに充分なだけの新鮮な空気を取り入れられると信じています。外の空気を厭がっていたけれども、ひどい秋の天気のとき、戦争のせいで三日間嬰児とともに馬車で戸外ばかりをさまようはめになって、それでもここで引用されるということの他は格別の憂き目に会わなかったということを覚えている女性は一人もいないものでしょうか。化学者で町の母親方に有害な大気を目に見えるように描いて、清浄な空気に対する感覚を教え込んで、のん気にこの唯一の目に見えないけれども絶えず影響を及ぼす元素に対して構えていた態度を改めさせる人はいないものでしょうか。

なぜ貴兄は「乳母の後見ほど心配なものはない」と書かれるのです。小生の子供二人は、全く元気そのものの方ですが、母親の乳なしに育ちました。乳母というのは他に丈夫でありさえすれば、そして一人で貧しかった時に働いたよりも仕事を減らしてもっと享楽が必要というのでなければ、今日でもその仕事にやとっていいと思っています。もちろん乳母の行儀や世話によって精神的に害を被ることは否定しえません。これは助産婦をはじめとしてすべての女中についていえます。正直者の年取った、しかし陽気な従僕、例えば貴兄宅のヨーハンならば、どんな子守女、保母よりも子供の心に好ましい影響を及ぼすことでしょう。同じ理由でまた後年子供は親切でちやほやと面倒を見てくれる女性圏にいたら、冷たくそっけない男性の席で育つときよりももっと歪んで萎えてしまいます。しかし心の動揺による乳の身体的害ということになると、貴婦人よりも乳母が優先されます。下々の母親は砲撃船、あるいは毒を放つほそくびごみむしとして他の母親と数時間にわたってやりあうのがよく見られますが、これはこの世でまだ退屈な結果に終わった例のない唯一のもの、俗に口げんか、ののしりあいといわれているものです。しかし乳飲児はほとんどそのことを感じず泣き出しはしません。これに対して貴婦人の方は、侍女が一針間違っただけでも舞踏ぐもに刺された按配で、出陣の踊りにかかって日に三度も四度も毒を出すことになります。子供に対する他の精神上の害ということについては、これは全面的に否定できます。これは証明できると思いますが、母親でさえ新生児に魂を分配できないのですから、胃ではじめて消化される栄養を通じて精神と精神の渡航が出来るとはとても考えられません。豚肉を食うと小さな眼になると思うカリブ人や鴨の肉はのろい鴨の歩みを遺伝させると思うブラジル人[*1]と同じことになりましょう。こんな調子では山羊の乳や、ことによると大抵の乳母の乳でも、ジュピターが乳母の山羊の乳を飲んで実際変身してしまって、十戒の多くに於いてお手本としては全く使いものにならなくなってしまった程の影響を受けるということになってしまいましょう。ベヒシュタインは確かに、人間の乳を飲んでかわうそがおとなしくなったと報告しています。しかしその理由はこうした乳を飲むほどになっている馴化した交流に求めるのが詳しく見ればもっと正しいと言えましょう。

　母乳と子供の体の血縁関係についてははなはだ疑義があります。健康な胃袋が死と同じくすべてを平等にする（つまり乳汁状のものにする）のであれば、馬鈴薯であれ、牛乳入りパンであれ、鹿の幼角、船舶用堅パン、うなぎ、節足動物（えび）、虫（かたつむり）そして最後に人間の肉であれ同じことならば、子供の胃袋は人間の乳をどれであれ同じものにするのではないでしょうか。それに子供の体は有機的特性のすべての面に於いて母親の体同様に父親の体に近いものといえませんか。乳が（器質ではなく）大いに影響するのであれば、どうして大抵の貴族は巨人とならないのでしょう、大抵貴族の血には、水にワインを注ぐように百姓女の乳が与えられているというのに。いや母親の親和力の原理からいうと乳母には反対するよりも賛成の結論が出されます。体は絶えず分極します。従って、例えば貴婦人の出す酸化作用の酸素に対して乳母の窒素が対抗するに相違なく、逆に町のレディーは百姓の子の薬効ある乳母を務めることになりましょう。コスモポリタンの家庭教師、司厨長ならば、更に一歩進めて、まだむつきにくるまわれた子供に、――ミイラはむつきの死者、櫂手はむつき大人ですが――何事にも慣れて経験がゆくようにと、今日はロバの乳（テーゼ、極）、明日は犬の乳（アンティ・テーゼ、反極）、明後日は人間の乳（ジンテーゼ、中立）を飲ませることを主張することでしょう。

出来るだけ早くから食事時間、それとともに就眠時間は決めておいた方がいいでしょう。むろんただ生まれたばかりの頃は頻繁に小さく分ける必要があります。胃袋は習慣におんぶされた定期便でして、空腹時に数時間有効期限を過ぎてしまうと、何もしないどころか除外（除斥）するようになります。夫役の時間が決められると、能力以上に働くものです。ただ後年になって、小さな子供の輪郭や彩色が次第に強く抽出されてきたら、中間色や半陰影をつけることも許されましょう。子供には未開人と同じく、睡眠と食事を時々勝手に間違った時に与えてみたらいい。肉体上の自然に対して訓練あるいは克服がなされます。どちらの場合も精神上の自然が王座に就くわけです。

新生児を、高貴な患者扱いにして、その周りに物音を禁じてはいけません。ゆりかごのそばで聞こえるのがまさに火事の鐘の音とか小銃の音ではないということでありさえすれば、長く深くこの世へやってきてまどろんでいるうちに乳児はどんな物音にも慣れてしまって、後には耳聡くなったときでさえ物音にかまわず、そして静まりかえった深更にはなおさらぐっすりと眠れることになって、夜乳を与えるという不健康なことがやみ結構なことになります。小生は夜中の乳には反対です。奥様には眠って頂きたい。眠り込む直前と目覚めてからすぐに愛児に飲ませたら充分です。ささいなことですが、しかし一行はやはり一行です。一行を行違いにしたくない。何のことかというと、何故新生児の頭を胴より高くして寝かせる必要があるかということです。生まれる前の月までは胴が頭の上にあったのです。垂直の体位の後では水平の体位ですでに充分だと思います。なんで新たに欲求を目覚めさせること、あるいは子供が窒息発作に襲われたとき頭を高くしてやる治療の小さな真似事の必要がありましょう。

大抵の者が、肉料理は歯が揃うまで待つように勧めます。何故でしょうか。ブイヨンや小生の知っているもののうちで最も濃縮された肉のエキスである卵黄は数多くの子供が摂って元気になっています。肉料理も問題があるとすれば、その大きさではなく、というのは噛める程に小さく刻むことができますから、噛まずに、つまり唾液なしにのみ込むことにあります。しかし子供はミルクや粥をほとんどどんな予備胃液も唾もつかわずに味わい消化しています。猛禽が肉片を啄むようなものです。おそらく大きい食べ物に害があるというのはやはり大抵、小さなものより同じ時間内に沢山すばやく食べてしまうからでありましょう。というのも満腹を胃袋は、空腹も喉の渇きも同じく、量にはよらず（半マースの水を飲んでもレモンの一切れほどにも渇きがいえない場合が多々あります）、器官の摂取によって判断するからです。それ故料理のうちで沢山食べてしまいがちなのは消化の悪いもので、摂取に手間取り遅くなると満腹度が先送りされ満腹感が来ないからに他なりません。消化とは何か、もともとまだ生理学者にも分かっていません。胃液は、空腹を目覚めさせ生み出すといわれていますが、（しかし喉の渇きにも渇き液というのがあるものでしょうか）、大さじ二杯分あっても、ワイン一本とスープ一皿で薄められ延ばされては、砒素の粒を油に溶かすようなもので、シュタイエルマルク風鶏冠一品を溶かすこともかなわず、いわんや朝食や遅い朝食には足りません。なま温かい動物の体温は、八月がワイン料理の月とすれば、逆に、食べ物にとって料理ワインの役目を果たすと言われていますが、冷たい飲み物で冷やされ酔わされても消化に害があるどころか役立っています。人間の胃袋は、人間の本性すべてがそうであるように、二つの焦点をもった楕円として、即ち皮膚状のはげたかの胃袋としてばかりではなく、肉質の鶏の胃袋としても働く、つまり化学的に働く一方では同時に力学的に働くというのであれば、どうして、例えばブイヨンや粥を詰め込むことがその消化に役立つのか合点がゆきません。

しかし問題は単に事実で、その説明ではありません。肉料理はそもそも華奢な子供の体や酸の過多に効きめがあるように見えます。穀類を啄ばむ鳥類のひなでさえ卵や虫、昆虫で元気に育ちます。ちょっとした超過負担をほんのまれに課せば胃袋の運搬力は強化訓練されます。ただこの駄獣にはいたみやすい品（例えば卵や肉）ではなく、かなりもちの良い品（豆果類、馬鈴薯といったもの）を余計に負わせるべきです。

子供が何も食べようとしないときに、せめて砂糖を（これは菓子とは毒と食べ物の違いがあります）与えるようにしないのは何故でしょうか。この栄養素があれば黒人は自分と馬の命をつないで数日の旅行を果たします。

最初の数年は、とまた始めたいけれど、しかし格別理由はありません。というのは厳しい摂生はいずれにせよ、生命の骨組みが固定し確立するまでの間だけであって自明のことだからです。しかし日毎に死亡のおそれがなくなるにつれて、死亡率は周知のように最初の数年が最大です、自由が芽生え多面的力が付いて、子供はどんな人生の三十二種の風や嵐にも対抗できるようにならなければなりません。

以前は子供に紅茶やコーヒー、及びケーキに果物を（もっといいのは、両飲み物を全く与えず、ケーキはほんの少し、果物は元気盛りの年になってふんだんに与えることですが）気つけとして体にいいワインや、飲み物として体にいいホップ入りビールよりも好んでふんだんに与えていました。皇帝ヨーゼフ二世は一七八五年の命令で子供にワインを与えることを禁じましたが[2][*2]、これは早くはタバコ、ホップ、キナ皮が厳禁されたようなものですが、この皇帝を、小生は多くのワインの産地の子供と一緒に敗走させます。ワインがもとで死んだ子供はなく、それにさもないともうまともなワイン畑は右岸[3]にはなくなりそうで、ましてや左岸はないのですから。もちろん子供には（古いのやスペイン産、ハンガリー産のはいずれにせよいけません）ポンス鉢からではなくスプーンからワインを与えるようにして、それも沢山というよりは頻繁に、そして年毎に少なくしていって、逞しい大人になったら不要としなければなりません。苦いビールは食事と食事の合間の適当なときに飲ませたら、刺激となり同時に滋養となります。後に八歳、十歳となったら水が飲み物でビールは気つけとならなくてはいけません。少女には少年よりも長くビールを飲ませたいと思うばかりでなく、いつでも飲ませたいのですが、これは母親が真のリュクルゴス[4]として肥ることを厳禁しなければの話です。神に貴兄の子孫の名において、貴兄が小生同様ザクセンとか西南ザクセンのフォークトラントにではなくバイロイトに、つまり最良のビール、シャンパン・ビールの間近に住んでいることを感謝いたしましょう。ホップの入らない白ビールは子供にとって粘液の毒です。無ホップの褐色ビールも大して良くありません。強すぎるビール、例えばムンメの黒ビールは、ギリシア人がワインを水で割ったようにただ水でうすめて服用させるべきでしょう。昔ドイツでは、まだコーヒーや紅茶、外国ワインがのさばらず軟弱にさせていなかった頃、今より四倍強いビールが醸造されていました。当時は巨人の骨を発掘してはじめて見つけるということはなくて、せいぜい埋葬すれば済みました。しかるに今日は強度の紅茶、コーヒーの毒が支配し、それに対する唯一の解毒剤ビールは無力にされています。

ある点に関しては、ここでただ貴兄と貴兄の願いにしか関係しないことを述べることをお許し頂くと、貴兄はおそらく将来貴兄の穏やかな夫人に対してよく熱が入ったり冷たくなったりされることでしょう。つまり暖かさと冷たさそのものに関してのことで、何のことかとせめて打ち明ければそういうことになります。よく知られたことですが、一人にとどまらぬ多くの立派な著者が蜜月の期間をとても長く、いわば預言者ダニエルの〔七年単位の〕週年(5)を仮定して、その終わりをようやく出産もしくは最初の分娩の後確実なものと見ています。その後はむろん口論になります。夫の側は医学的理由を挙げて、夫人の側はみずからの信念を述べて、これは子供が健康なときです。子供が病気にでもなれば、嵐が吹き荒れます。このことについてはいつか節をもうけて、教育論にとりかかる機会にようよう恵まれ次第書き上げましょう。

女性はすでにそれ自体、生まれながらの部屋住みの性、家の守護神として、それに対し我々は単に海と陸、空の神にすぎませんが、あるいはかの家鳩に対するのどかで粗野な川原鳩というところですが、暖かいもの、例えばコーヒーを好み、それ故ヴェールの他に暖かな重ね着を求めて、ただこれは一人分にしては多すぎるきらいがあって、なろうことなら一枚の最も長いものよりむしろ九枚の次点のヴェール、ショールにして、またまさにそれ故に美しく高価であると同時に暖かい毛皮を称えていますが、この精神的に熱帯の女性は自分の嗜好、欲求を最愛の者、子供に伝えたがるものです。しかし自然みずからが子供には誕生のとき強力な飛躍を与えていないでしょうか。子供はおのずと暖まる一つの有機的なベッドから裸で大気を通って無機のベッドへ投げ出され、そしてそこではみずから湯たんぽとならなくてはなりません。その上部分的にすぎませんが、いずれにせよ心配な露呈が加わります。つまり体全体一様に九カ月間暖められた後、顔と頭が露呈することになります。従って、新生児の頭は、無毛で薄皮、よくしまってないので、地上の最初の冷たい風からは他の体の部分以上に、あるいはそれと同じくらい暖かい毛皮で守ってやった方がいいのではないかという疑問が生じましょうが、これは今日も多くの人間が、我々はすべて往時のなれの果てというわけで、存命で今までものともせずに来ていることから大丈夫といえます。自然は一つやあるいは百の穴が塞がれたところで、新たな泉からかくも豊かに跳びはね続けるものです。かくて自然は子供に熱い大地の腰部から冷たい世界への渡航の後では二つの強化の刺激を授けます。肺による養育と胃による養育で、これまでなまけていた二つの器官です。結構なことです。母親もこの点全能の自然という母を真似て、子供を外的寒さから守ろうとはせず、子供が内的暖かい刺激を通じて闘うように仕向けるべきです。子供にとって最良の毛皮類はぶどう畑で育ちます。喜びは精神と体を暖める日向です。運動が三番目の霜避けでしょう。最近暖房を説く人の説に正しい点があるとすれば、暖房が中断される場合のみです。冷たい室温では確かに子供は山の峰の植物のように縮こまってしまいます。しかし保温がずっと続いても同じです。最も強健な人間を供給するのは赤道でも極地付近でもありません。程良い国々で、寒気と暖気の間を、どちらかというと暖気が優勢に交替する所がそうです。子供部屋は寒くてはいけませんが、子供の寝室は別です。ベッドがそうでなくても外的な毛皮で、睡眠は内的な毛皮といえるからです。前もって承認済みの温度が上がり過ぎていたら、病気のとき一体どれ程熱が上がるか知れたものではありません。例えば貴兄の未来のパウルを（仮に小生が貴兄より先に小生のような名親を選んでよければ）靴なしで歩かせてごらんなさい（貴兄にはただ皮を、しかし彼には災いの葬列を省くことになりましょう）。あるいは未来のパウリーネに（大抵最初の子供は女なので、先の名親は多分に男らしい行儀をさせて人生への歩行練習とすることでしょう）靴下なしに、けれど靴底はあるというか靴ははかせて、歩くように命じてごらんなさい、どんな病気になっても、そして温かい脚湯が必要ということになっても、ただ靴下や靴をはかせるだけで、最も長い脚湯の代わりになることでしょう。貴兄のパウリーネだけには早速靴を、花嫁靴さながら、あつらえさせたのは、理由があります。むろん靴をはくと出来るうおのめや足のしもやけ、華奢な足裏や踵もすべて込みです。というのは遠くから聞こえてくる嘆き、つまり靴をはかないでいると足は自然と伸びるがままになりかねず、それで協定貨幣金位をはるかに越えた魁偉な足になるかもしれないという御婦人方の心配をよく存じ上げているからです。中国の足讃仰はそれ故我々の所では素足愛好というよりも例えば胸とか背中ならいくらあらわにしてもかまわないということに変じがちです。幸いなことに――今度は――少年は少女ではありません。少年は素足でその夜明けの世界を跳びはねたい。ただ裸足で描かれている古代の英雄と同じように。足が柱脚のように太ったところで、そのことを問題にしない我々二人の男性にとって何の痛痒がありましょうか。ましてや分別ある御婦人にあるはずがありません。

何故母親は寒いふるえのことはしょっちゅう口にしても、熱いのぼせのことはほとんど口にしないのでしょうか。これはことに冬場は致命的悪寒につながりやすいものです。思いもよらぬ答えを言うとすればこうです。母親は冬の方を一層心に掛けていて、それ故一層冬の方に注目しているからであると。冬は母親達の顔を白く晒し、美しく染め上げます。雪に母親達は新しい漂白剤として接します。それ故彼女達には夏は暑すぎて、日焼けさせない冬程度に夏、首や背中を隠していてはよくないのです。それ故また北国からはかの華奢な部屋の天井に届く子弟がやって来ますが、百合のように白く優しく、春の最中板の下から見つかる白い草に似ています。むろんこのきらきらする冬の雪は本当の花吹雪として実をつけることはありません。よくこのようなものとして見られ、輝いていると力があるように見えるものですが。

たまたま娘達には都合のいいことに目下インドの女哲人とギリシア人の呼ぶ衣装（裸形遊行）が流行っています。これは母親達には有害ですが、娘達はこれで鍛錬されます。というのは年取って習い性となっていると新たに寒い目に会うのは避けなければなりませんが、若者はこれで、いずれの鍛錬もそうですが、一層寒い目に会っても大丈夫なように鍛えられます。

アナラスカ人[6]は泣く子を（鍛錬嫌いの母親はお聞きなさい）静かになるまで冷たい海に漬けておきます。それでとにかく後年は逞しくなっています（カントの『自然地理学』フォルマー第三巻第一章参照）。従って比喩的に言って当世の裸のファッションは、娘達をそこに漬ければ本当に朗らかになる冷たい海です。いつも医者にファッションを作らせたいものです。医者は流行を打ち破るに常に最新の流行をもってしまいます。

肉体の鍛錬は、肉体は勇気の停泊する所ですから、精神の為にも必要です。その目的と成果は生命の健康維持と延長というよりも、というのは臆病者や放蕩児はよく長生きし、尼僧や女官はそれより更によく長生きするからで、むしろ不幸に耐え、朗らかに活動するよう生命に装備武装させることです。女性の精神は軟弱にさせられると格別女々しい精神になるわけではなく、むしろ男性の精神がそうなるので、身分が高くなるにつれて、比較的女性のよりも男性の軟弱さが多くみられる所では、おそらく弱い性が軟弱化させられた性を凌ぐような事態にまで至るかもしれません。そうなると女性も男性もなつめやしの木に似るという期待がもてます。この木はただ雌株だけが実をつけて、雄株は花が咲くだけです。

空気浴の為のような当世の衣装は、時にすべて剝ぎ取ってしまったら子供の場合もっとその目的に適うことでしょう。どういうことかと申しますと、何故昼間穏やかな大気と日射の下でアダムのように裸でその無邪気な楽園で遊ぶという楽しみを自らとそれに子供にはなおのこと認めないのかということです。昔のドイツでは、両親自身は後に禁じられた果実を食べて、それで後その葉をまとうことになりましたが、子供の方はエジプトと同じく十年間裸で過ごすことが出来ました。それでこの冷たい森からいかに逞しい肉体の天才達が出現したかは、十八世紀に及ぶ過保護の暖かい贅沢三昧が続いても我々両名のどちらかよりも弱い子孫は出現していないということから明らかです。建築用材もそれ故樹皮をむかれた方が樹皮でおおわれた方よりはるかにもちます。子供は裸であればいかにも身軽に敏捷にさわやかに感じて、大気を浴び大気を飲みながら、筋肉と血液を自由に動かして、日射を受けられるようにと葉を取り除いてやった果実のように熟してゆくものであるということを是非理解して頂きたい。多くの子供の遊びがオリンピア祭の競技、体操です。それで少なくとも子供はギリシア人にしたい、つまり裸でいさせたいものです。

大気浴のあとはすぐに冷たい水泳に行くのが、四歳以下の子供に是非とも勧めたいこととして、最も良いことでしょう。しかしこの代わりになるものがあります。つまり毎日全身を比較的冷たい水で洗って洗礼させることですが、しかしこれは部分ごとに濡らしていってすぐに乾かします。小生はブラウンとその信奉者に対するこの再洗礼派的罪を毎日小生の子供達に一度は犯していました。その結果は風邪とか鼻風邪、虚弱化ではなくその逆でした。[*3] シュヴァルツ(7)はその教育論の中で子供がそれを嫌がるのを自然の然らしめるところとみてそれに反対しています。しかしそうすると同じことが多くの薬についていえるばかりでなく、温水浴についてもいえることになりましょう。子供は最初、体になじみのない刺激を一度に多すぎるくらい受けるのでそれに逆らいむずかるものです。

冷たい水が胃の強化薬であって、煮沸した水にはその力がないとすると、この冷たい水を皮膚が頂いても同じです。大気浴、冷水浴、温水浴の後では眠りがいいものです。

更になお子供や両親にとって有益でありながら利用されないでいる沐浴があります。つまり雷雨浴です。医者は医療具として神経症患者に電気風、電気板、電気浴を用います。しかし雷というかむしろ雷水というものはまだほとんど処方されていません。温かい雨、なまぬるい雨を浴びてびしょぬれになったときほど新鮮、快活、柔軟な気分を味わえることはないという覚えが貴兄にはございませんか。人間は濡れなくても雷雨の後は前より力が充実したように感じ、雨を受けた草花はなおのことそう感じています。どうしてこの炎と水とが一緒になった天からの洗礼を吸い込み、雨雲から差し出される御利益あらたかな腕に抱かれて癒して貰おうとしないのでしょう。特別の雨着あるいは水着を春の雨雲の湯治客として用意したいものです。そして天気が崩れる見込みが生じたら、雨の行楽を約束して、ぬれながら家に帰ってきたいものです。

　残念ながら湯治客は服を着替えなければなりません。これだけが小生の気に入らない点です。牧童は冷たい雨の降る十一月にも野原に衣装棚を後から送ってもらうことはありません。フランスの兵士は、一日中ほてりながら雨の中を行軍し、夜は冷たい大地の上に横になります。漁師は足は水の中にあって頭は日を受けていて、医者の説く規則をちょうど逆にしぶちこわしています。イギリスの唯一の百七十歳の男性[8]は漁師でした、が以前は兵士、乞食でもあったのです。誓って。我々の精神は元来肉体から素晴らしい活動の余地をもった自由な共和国と規定されています。これが肉体の櫂手とか船引き人夫の宣告を下されてしまう程になるには、どれ程長いことまず罪と評価の奴隷でなければならなかったことでしょう。精神的多方面性、つまり万能性は我々には許されていません、しかし肉体的なものは考えられます。それで少なくとも少年時代にはこれを目指して、どんな国にも住める肉体ならばまたすべてに適応することも上手となるようにするべきです。ちょうどロシア人のようなもので、ロシア人は自らの帝国、気候上の小ヨーロッパに似て、蒸し風呂にも氷水浴にも飢餓にも満腹にも耐えられます。甘やかすといっても、雪の塊を枕にすれば充分ではないでしょうか。それが何と外套かばんだったり、いや羽根ぶとんでさえあったりします。[*4]

　先のことに補足します。両親は身体的なことに関しては、残念ながら倫理的なことに関してそうしていますが、子供達に対して自分達に対するよりも多く要求するべきです。それ故然るべき時に子供の雨着は自分で着たまま乾かすようにさせるのがいいでしょう。

どの母親にも御考慮頂きたい。いつもは天然痘に対して種痘をするように、同じ理由で偶然の予期しがたい防ぎがたい危険な突風に対してゆっくりと鍛錬させておいて備える必要があることを。この鍛錬は子供は動きが盛んなのでやり易く、戦場を選ぶのは簡単です。

どの点に於いても当世の女性は古のドイツ女性の真似をして結構だと思いますが、ただやぶ医者となって第二の世界への産婆となってもらっては困ります。小生が医者なら、あるいは女子寄宿学校の重要な教師であれば、女性の為の医学相談集を供して、それを小生の最も有益な作品と見做すことでしょう。小生はその中で質問ばかりを記して、一つの質問に百の答えを用意しそして選ぶように頼みます。その中では未決定のまま例えば熱病について無数の説を展開します、いや頭痛だけで千の理由を挙げて、似通っているため更に頭痛がひどくなることでしょう。誰であれ医学の手ほどきをまず受けて見さえすれば、これは他の学問よりも一層天分と学識とが不可分の一体をなしていなければならないのに、医者ではない誰もかれもがその上その夫人までが、どんな病気にもその原因と名前、手当てを大胆に見立てているのに一驚させられます。いやはや女性ときたらあらゆる応用科学の中で最も難しい科学、多様な、精神的肉体的に互いにからみ合った有機的自然への応用科学をいささか心得ている、例えば皆無の心得があるつもりでいます。町中が神に感謝するところなのです、もしも各町に少なくとも一人の卒業生を、あるいは地方庁医師、衛生顧問、首席医師をかかえることができて、この医師が天国へ送るよりも両足で立てるように介抱して、そして教皇のように浮世の巡礼者をすべて十字架の巡礼者と見做して、立派な墓を（これに値するならば）得られるよう送り出さなければならないとは思わない医師であったら。最良の医師を見付けるのは富くじに当たるようなものです。その医師から最良の治療を受けるのは宝くじに当たるようなものです。にもかかわらずどの女性も自分を富くじ、宝くじと見做し、同時に大当たりの一等のくじであると思っています。

こうした治療熱の悪習はどこからきて女性に、そして付言させて頂ければ、他の人間、例えば小生に（この手紙全体がその証拠です）そして昔の人間にとりついているのでしょうか。昔の例は長いラテン語の諺[*5]とオイレンシュピーゲルが証している通りで、オイレンシュピーゲルがいかさまの歯痛を訴えると通りすがりの者が誰でも薬を処方したものです。この悪習の由来には確かに数百の理由が考えられます。例えば医学と外科の混同、様々な医師、不安と人間愛等々です。しかし小生はまずは十分な理由命題から来ていると思います。人間は理由を考える動物であると同時に習慣的に行動する動物でもあって、すべての学問分野で史とか学とかに終わるもの、世界史、自然史、幾何学、貨幣鋳造学、言語学、紋章学、考古学、歴史学に対しては謙虚に静かに手をこまねいているだけですが、説のつく学説、例えば学説そのものとか、物理説、倫理説、審美説、病説を目前にすると全く判断力が生じてしまって黙っていられません。百姓が世界や雷雨、悪徳、オルガン演奏曲、体の痛みの原因、いわれについて自らの根拠を述べます。何であれここでは自説を自分の頭から引き出せるからです。

女性がそれでも何かを治したいのであれば、魂の他に、——女性は男性の司祭よりも立派な魂の世話人です——更に傷を癒すよう提案します。スペインのいくつかの地方では女性がひげを剃るそうですが、足や腕の切断もお願いしたい。女性のより繊細で柔らかな器用な手、女性の鋭い現実への眼差し、それに思いやりのある心、これらはきっと卑俗な傷を、心に傷を負わせるとき同様に甘美な気持にして癒すことでしょう。兵士の多くは、大隊の女性軍医が魅力的であれば、早速傷を負うように飛び出していって、せめて彼女に包帯を結んでもらい、そうしてもしや一緒に結ばれることはないかと期待したり、あるいは腕を切断してもらい、求婚の手を差し出そうとします。血を怖れる女性の目も男性同様に、これ程までには至らなくても、鍛えられることでしょう。パリの魚売り女達が殴って傷を負わせている通りです。それに地上が今は到る所感情の硬化施設、つまり戦争だらけです。

この長すぎる手紙に後数枚だけ足してそこで切り上げようと思います。母親は誰でもいつも医者の役を演じますが、それでも子供の為にいつも医者を一人要求します。それからまことに多くの薬を要求し、それぞれの薬をただ一度だけ服用させ、間違った時に与えないようにします。それから多くの医者を要求し、沢山聞いたり言ったりします。中には医者に対して実際の病気よりも少し重く描き、よくなりつつある徴候を黙っていたら、病気への医者の進軍をもっと熱のあるものに煽れるのではないかと考えている母親もいます。あたかも火事と叫んで水飢饉から助かろうとするようなもの、遭難号砲を海で打ち上げて火事から逃げようとするようなものです。

しかし女性はドクトル指輪をはめた薬指もドクトル帽をかぶった可愛い頭も棄てようとはしないので、家庭郡の地方庁医師の家内営業に対しては例えば小生ならば次のような若干の一般的規則をもうけてそのおもな毒を消したいところです。

例えばそもそも大抵の病人は虚弱か、ないしは衰弱であり、ブラウンによれば九分の八以上、シュミットによれば実に九分の九がそうであるが、子供はしかし幼ければ幼いほど虚弱であって、それ故急速に虚弱化されると、急速に刺激される場合より死亡しやすい。それでいずれにせよ強壮の家庭常備薬つまり栄養物を与えておけば害は最も少ない。

高熱は従って子供の嫌がるようなもので冷そうとしてはいけない。更に食品の代わりに薬で元気にしようとしてはいけないし、飲み物の代わりに食べ物で元気にしようとしては最もいけない。――しかしこれについては素人でも一言ありましょう。衰弱した病気のときグラスから薬を飲むよりもワインを飲む方が効きめがあることは大人の場合にもみられ、あらゆる薬剤師のエキスを試した後よく気つけのワインを一瓶飲むとその瓶から電気の生命の火花がまた跳ね返ってくることは、小生も他人の決定的例に接して知っております。これの大概はその理由が分かります。ワインの瓶の方はもっと長く、それにゆっくりと絶え間なく作用するという長所を持っているのに対し、薬局の強壮エキスは火酒の銘柄命の水《アクヴァヴィト》の名前をまぬがれがたく（それ故薬局が本物を売るのはもっともです）、そして地震と同じく、激しい衝撃を与え、従ってほんの少量ずつ大きな間隔を開けて用いられます。

女性に先の立派な助言に続いて更にもう一言、最も良い助言を与えることにいたしましょう。即ち子供が病気のときには何もしないこと、特に目新しいことはいけません、適度な気温を変えないこと、子供が空腹で喉が渇いているときは欲しているものを与えること、子供が数日断食するときには、食べ物のことを尋ねないこと、そして家庭薬でさえ遠ざけることです。家庭薬での間違いは、例えばワイン酢の代わりにワイン、あるいは逆に卵の代わりに果物となると、処方箋の間違い同様に命とりとなりかねません。こうしたことで推薦してもかまわないと思われるのは唯一主婦の為のキーリアーン博士(9)による立派な『家庭と旅行のドクター』でしょう。これに従って治療するというのではなく、お医者さんに病名を知らされたとき、この通りにして看護をもっと適切にしたいものです。両書とも御高覧までに郵便馬車で本手紙に追って届けさせます。それも新しい、第一版よりも増補され処方の豊かになった版です。男性にはキーリアーンの手引を薦めます。

貴兄のパウルの体操については別な折、六年か八年して、その子供が生まれてこの年になったときに書きます。いずれにせよ小生は自分のパウルには確かに数週間にわたってよじ登りや馬乗り、水泳、競走、ボール遊び、九柱戯をさせることでしょうが、しかし同じく何週間もきぬまとい貝のようにねじ込んで、猩紅熱のおさまりつつある患者のように閉じ込めておきます。健康になるようにというのではなく、健康なままでいて、発言よりも座席の多い世紀にたっぷりと尻に肉をたくわえて登場し、会議のときに議席を失うことのないようにする為です。少なくとも強壮児には虚弱児を運動で鍛えるのと同じ程度に座らせておいて鍛えます。またこの子には朝よりも夕方汗をかかせます。つまり身体的鍛錬は精神の鍛錬の後で、前にはさせません。激しい運動の後座って考えるのはその逆の半分程も体に良くなく楽しくありません。激しい朝の運動は刺激が強く、早朝の動悸はゆっくりしていて刺激を受けやすい状態にあるので、しばしば一日中ぐったりさせられます。子供たちが学校の帰路飛び跳ねるのも自然の摂理にかなっているわけです。こうした理由にもかかわらず小生はこの逆を行ないます、いつもというわけではありませんが、それでも時に、この点でも肉体を鍛える為にです。

ここでほとんど追伸だらけの手紙を終えます。小生は絶えずやめようと思いながら、絶えず追加してきました。御機嫌よう、奥様には更に一層御機嫌よう。

J・P・F・R

追伸。マーシャル博士の独身者、妊婦、母親と子供の特殊な病気における看護教室、二分冊、第三版〔一七八九〕をもしももう買われたのであれば、この授業には少し耳を遠くし従わないでいるか、あるいは少なくともブラウン主義の医者の手でまず濾過し洗練されたものにして貰うといいでしょう。例えば彼は産褥の母親には最初の九日間には果物の酸味、硝石とかその他力を弱める食事だけを与えていますが、これは凍傷の恐れがあって、暖かいものには温度を徐々に上げていって、無論ごく低い段階から始めて、慣れてゆく必要のある者に、数日間冷凍室に閉じ込めて、次第にこごえから立ち直らせようとするようなものです。きっとゆっくりと立ち直ることになって、暖かくなるのは復活を除いてほとんど考えられないことでしょう。

＊1　ホーム『人類の歴史』第二巻。

＊2　皇帝の法令で守られなかったのはスコットランドでのこの法令を措いてないであろう。そこでは幼少の子供たちは屈強なスコットランド人になる前にブランディーを飲んでいるそうである。ハンフリー・クリンカー『旅行』第三巻、一九頁。

＊3　日蝕のような短期の冷たさの効用については『美学入門』Ⅲ、五七八頁参照〔白水社版、四〇三頁〕。

＊4　ホームの『人類の歴史』では三八四頁に即ち次のように記されている。スコットランドの高地の人々の一行が夜になった為、平坦な雪の上で夜営することになった。すこし甘やかされて育った若者がもっと快適に寝ようとして雪をまるめて小さな枕を作った。「何事だ」（と父親のエヴァン・キャメラン卿が言った）。「女々しいぞ」そして頭の下の雪の羽根枕を足で蹴とばした。いやはや。我々の理想はせめてエヴァン・キャメラン卿の息子に並ぶことであろう〔一七七四年〕。

＊5　素人は誰も医者であると思っている、牧師にユダヤ人、僧侶、道化師、床屋、老婆。

第一小巻の喜劇的付録兼エピローグ

故ゲレルト(1)教授宛に著者が家庭教師を依頼して書いた夢の中での手紙

読者と作者の気晴らしの為にここに夢の書簡を置くことにする。かくも分別ある夢を見るのは、これについてはいつか更に改めて詳しく論ずるつもりであるが、*1 未だ小生を除いてほとんどいない。分別ある目覚めを他の人は評価するのに違いない。この夢に対しては目覚めてから若干混乱の度を高めることさえ必要であった。この夢があべこべの時間や目的、及び思い出や忘却の連邦組織を通じて本当に夢であるとそれらしく見えるようにする為である。ちなみにかなりありのままに夢を書けると思う。周知の夢を記憶する術を使って、夢が終わるとすぐに目を閉じて手足を動かさずにいたからである。ただ残念なことに夢の中での思いつきや拾い子はすべて、――夢は通常子供時代に戻って子供の孩所（子供の天国）となるだけに想像の最前線にいる捨て石の子(2)といえるのであるが、――それらが輝くのは目覚めないうちであって、覚めてからはほとんどあるいは全く覚えていないという欠点をそれ自体に有している。少なくとも小生の場合はそうである。読者の御了解を頂きたい。

今は亡きゲレルト大兄！　小生は息子マックスの為に家庭教師を必要としています。目下教育について書いていて、従って教育の為に割く時間を一分も得られず、モンテスキューが法の精神を起草する為に議長職をやめなければならなかったような状態にあります。いずれの大学でも教義の教育学的問屋や御用商人よりも教師一揃の問屋が多くて、いずれにせよ学兄は家庭教師を配するという保護権をすでに生前に行使されていたので、今ならば更に都合よく行くのではないかと思われます。それから時を重ねたばかりでなく、永遠の時を閲されているのですから。学兄の死後は幾つかの惑星上で学兄の知己を得なければならない程に交際範囲が広がって、それに陰徳あれば陽報あるように、天上の著述業もこの世のそれの報酬となるに違いないので、我々の太陽系で候補者の人選に学兄が苦労されることはありますまい。ただ当時のめかしたてて、アイロンをかけ、付けぼくろまでした気取り屋のライプツィヒ野郎だけは御免です。以前のゲレルト自身お断わりです（その愛情ある穏やかさと素朴な軽やかさは別にして）。まことに武骨な一片の精神を小生は望んでいます。ただでさえ生まれながらの落伍兵が一杯います。その上教養ある落伍兵とかあるいは両者を合わせたものまで、つまり混ぜ物の金雲母貨幣、這いずりながら同時に体をかがめている毛虫というものがいていいものでしょうか。

　いやはやどうして教育書にはいつも何か結構なことが記されているのに、立派な教育者に会うことはまれなのでしょう。これまでどんな教育者を見てきたことか、ゲレルト大兄、今でもどの町であれそれにはお目にかかれます。小生が考えているのは少しも（その気はないので）かの子供の酢壷《しごき》を好む気難し屋、かの子供にとっての生きた反吐療法のことではなく、というのは男らしく首尾一貫していると間違った教育原理ですら立派なものになるからで、それ故例えば氷山で危険なものは割れ目とか裂け目に他なりません、そうではなくてかのにやけた、甘い汁の出る、鉛糖のような相も変わらぬ教師達のことです。この輩は子供の為に何でも、おむつまで、教皇ならイエスの襁褓の祓い清めをするように、聖別しようとし、そして括約筋の閉鎖規則を定めようとして、それもかなり唐突に次のような言い方をします。「こういう場合、それ以上はっきり述べるのははばかられますが、行軍のときでさえどのような手続きがなされるか御存知ないのですか。一人が用を足したいときには、間近の下士官にその旨告げられ、その下士官が小隊の将校に報告し、一人の下士官を任命して貰う。そしてその下士官がその者を連れて行くばかりではなく、便座からまた一緒に戻ってくるのです。子供はそれでも好きなようにあれこれ用を足していいものでしょうか。何とも愚かです」。

　いや小生は家庭教師のことは良く分かっています。少年が歩くたびに、跳ねるたびに後からついて行って何か種を蒔こうとし、その上同時に不安がっていて、甘い果肉もろとも子供に与えた精神的桜桃の種が胃の中で芽ばえ根づくのではないかと案じたり、あるいは人生の享楽を喩えて二番目の別のメタファで言えば、池の水を一杯飲ませたときのかえるの卵がかえるのではないかと心配します。「身体的にはこのようなことは少し下品なことであるが、しかし害がある」と言ってすぐに、いずれにせよそのことを教えた時を引き合いに出します。

家庭教師は自分をU（ウー）と見做していて、自分がいなければ子供はQ（クー）を全く発音できないと思っています。何事をするにも自分の長広舌をまず聞いてからと言います。この男は子供のどんな振舞いにも大人の理由付けをし、子供のひげを大鎌で剃ります。

この男をいたる所というわけではなくてもしばしば見かけてきた者なら、事情がよく分かっています。中国には上品にお茶を飲む為の規則集があり、同じく作法の師匠がいます。しかし先の男は事を型通りにしようとするばかりでなく、その上それを自ら必要と考えています。子供に対する指示が余りにも少なく、コーヒーや水、タバコ、石（投げる為）、両手（接吻の為）それにケーキ（盗む為）を手にする術を知っていないと思えてならないからであります。十戒を部屋の扉に記念碑にでもするように書きつけて、少年が絶えずこれを目にするようにするのもこの男です。こうすれば目もくれないのは請け合いです。大抵の両親や家庭教師の命令はある種の扉に見られる扉ヲ閉メルの銘に似ています。この銘はちょうど扉が開け放たれて壁に立てかけられたときには読めないのです。

天上から下界の家庭教師を御覧下さい。彼はその囚人とともに鎖につながっていて、精神上の養父を気取っていますが、これは本来実の父親がふさわしいものです。レッスンは他人の子供に施せても、教育は自分の子供にしか施せない、なぜならレッスンは中断してもかまわないけれども、教育は継続しなければならないからです。天上から御覧になると（第二の世界から鳥瞰しなくてもそうですが）、家庭教師は天上で普段見られるかの真摯な感じを与えず、別の印象を与えることでしょう。例えばその聴講家来の教え子と一緒に散歩に出掛けて、山や川、すれ違う人の群れをことごとく（それらにとっては何にもならないけれど）この家来君に教えを吹き込む為の単なる乗り物に仕立てようとするようなときです。教え子が眠らないかぎり、彼は教え続けます。夢の方がことによるともっと純粋に育てるかもしれませんが。東洋の真珠の一粒ずつが一人の奴隷の値がするならば、西洋の子弟は一人の教師と更にそれ以上の費用がかかります。自分で生きてゆけない教師は、生徒を独り立ちさせることはできず、それで互いに弱さの罪を分け合っています。新世界と旧世界とが互いに新しい病気、二重の梅毒[3]を分け合うようなものです。

比喩で語れば、今は亡き大兄、家庭教師と乞食は子供を不具にして自らを養います。ただ前者は脱臼を美しい装飾模様として、後者は生きた慈善箱に於ける傷、裂け目として陳列するだけのことです。

あるいは子供を長いこと研いて自分できれいな形を台無しにしてしまいます。苦心の工芸ガラスの深皿を結局みがきすぎてその適正な凹凸を平らにしてしまうようなものです。

あの世の大兄、このようなことが許されるものでしょうか。小生のけなげなマックスは力を求める手と眼差しをもっているというのに、かくもだらしないものになっていいものでしょうか。全く十九世紀に少年が家庭教師によってかくも薄く、華奢な壊れやすいガラスとして吹かれ、それで、ルシタヌスによればある男は自分の尻をガラス球と思っていていつも両足で立っているだけであったそうですが、そのように少年が自分のうちのある面ばかりでなくすべての面にわたって道徳的ガラス、美的ガラス、知的ガラスと思ってその結果座る勇気も立つ勇気、横になる勇気、ただ居る勇気もないということになっていいものでしょうか。先に申したように、小生は学兄の後を追って、若干比喩的語りを弄してみようと思いました。しかしすべての模倣者がそうであるように、——この辺はよく承知しております。——すごすごと意気消沈して目鼻、耳を伏せて引き下がることになりそうです。学兄の今の比喩的文体は、学兄が天国あるいはウラノスで最も偉大な対象や世界、例えばジュピターや地獄を目のあたりにされ、刺激を受けられて以来他の文体とはどのようなものであれ勿論、学兄の生前の文体とも派手なきらびやかさの点で東洋風に異ならざるを得ず、かつ学兄が口をはさまれるであろうからです。天国ではゲレルトでさえもっとひらめき、きらめきの多い書き方をし、ここでは平板な語り方をするものはいない、と。

ちなみに学兄が家庭教師のガラス化に反対してどのような説を唱えられるかは、学兄の言い回しに至るまで承知しています。学兄はマルヴィル[*2]で読んだある逸話をここで使えるとお思いでしょう。推測がいかにたやすいかの証拠にそれを自分で話して御覧に入れましょう。「ある新米の説教の名手が、つまり優雅な物腰で響きが良く云云の先生が、演壇に登って説教を始めた。しかしそれを忘れてしまっていて何を話すつもりかますます思い出せない状態にあった。しかし気を取りなおして、声を上げて（そしてそうして克服しようと願い）まれに見る熱気を込めて聴衆に接続詞を次々に、要するに、というのは、それゆえ、もしも、さてと並べてゆき、接続詞の後は声を落として耳に聞こえないあれこれを口ごもった。教区民の一同は耳をそばだて固唾をのんで聞きいっていたが、要領を得ないでいた。そんなわけで当然理性的に判断して、聞きとれないのは演壇からの距離のせいと思わざるを得なくて、それも一方の者は演壇から近すぎるせいと思い、他の者は遠すぎるせいと思っていた。かくてこの牧師は序幕、にぎり、柄の言葉だけでかれこれ四十五分程話しをもたせたろうか、自分とその羊小屋を熱気と汗につつまれた状態にしてから、やっとアーメンと言い、まことに話しの上手な牧師という評判を得て演壇から降りることになった。聴衆はみなしかし次回からはもっと良い席を選んで、何事も聞きのがさないようにある者は更に近くに、ある者は更に遠くに座ろうと固く決心していた」。

一体大抵の教師が子供に説教しているのは、哲学者が学生や読者に語る場合もそうですが、数千のもしもとかそれゆえ、なぜならの他に何かありましょうか、それ以上まともなことを話すでしょうか。

大抵の教えは子供にとって、大抵の男達の話しが女達にとってそうであるように、気にとめることのない慣れっこの指示以外のものでありましょうか。

小生がどのような精神的父親を少年の為に実の父親として養子にしたいかはもうお分かりでしょう。勿論ただ家庭教師の魂のことだけを話しています。というのはその体は天王星や土星、月、太陽の土くれからこねられていようと地球の土くれからこねられていようとかまわないからです。魂の方は学兄が目下の十の惑星から、以前十のドイツの州から候補者を選考されていたように、これらの州は、ゲレルト大兄、学兄が去られて以来およそ十ばかりのキリスト教徒迫害、ヒンズー最高神の転生に耐えてきたのでありますが、同様に惑星から選んで小生の為に捜し出して下さるようお願いいたします。鉛のように重くて暗い利己的な土星出身の者は、衛星や輪を一杯かかえて込んで嵩張っているけれども退屈な年、ひどい光しかもたらさず、御免です。同様に陽気な、太陽のまわりを飛び跳ねている水星、この太陽系内のフランス出身の跳ね虫野郎も勘弁願います。この水星ときたらいつも日射しに溺れていて、ちょうど太陽の前か中にきたときだけ、単なる黒い点として見えるだけです。教授殿、学兄は何でも分かっておられます。今では我々より先に多くのことを御存知です。例にここではただパラス、ケレス、ジュノーそれに将来発見されるであろう惑星を挙げておきます。パラスは、爆破して地球の三分の一の大きさで、その上アポロ太陽神の明かりと炎から遠く離れていて、この出身の教師は欲しくありません。この侏儒の惑星の名前を挙げたのはわけがあります。プライセ川のアテネ〔ライプツィヒ〕を学兄はひいきにされていて、アテネの守護神はパラスで、ことによると籠絡されかねないと案じられるからです。第二世界と小生の長男に対してだけは党派的であって欲しいと願います。

一言で言うと、小生が家庭教師を捜して来たいすばらしい星は、宵の明星と暁の明星を除いて無く、今もそれは変わりません。この星についてはそうでなくても話すことが沢山あります。すでに二つの名前が二つの事を語っています。更にはこの星は美の女神にちなんで洗礼を受け、それから光の使者（ルティファー）とかにちなんで受けています。明かり消しにちなむものではありません。そもそもこの星は善きものを持っていて（他にも多くあります）ちょうどほど良く天に位置し、太陽に遠すぎもせず、地球に近すぎもせず、目立って（子供の目にとって）例えば近辺の月のように満ち欠けもしません。要するに小生は金星を最良の子守女と思っています。それ故ヘスペルス出身の家庭教師を欲しています。

学兄のヘスペルス人はきっと少年をうまくさばくであろうと思います。この人は、――自由豁達はどこであれ何物にも代えがたいものであり、従って教育に於いては勿論何よりもまず大事なので、少年を如才なく自由に取り扱い、そしてみずから自由に振る舞うようにさせることでしょう。子供っぽいことに腹を立てることはありません。内面と外面とをすぐに心のうちで理解して、決して多言を費やして準備することはないでしょう。ただ全体的に大きく成長させ、細かく育てず、強い面を押さえるよりも弱い面を直すようにするでしょう。無論地上の子供に加勢をし、その行く道を後から照らしたり前から照らしたりしてくれます。彼の住む惑星、ヘスペルスも地球に対して同じようになしていますが、つまりただ太陽がまだ見えないときか、すでに没したときにだけ照らします。日中は賢明なヘスペルス人は太陽の手伝いをしようとはしません。この人のことはよく承知しております。

身体の面でさえこの人は女々しく何でも心配して案ずるようなことはないでしょう。小枝に登るたびに少年が足を折るかもしれないとか、――足を折った方がそれを心配するよりはましでしょうし、他面から見れば子供は何か新しいことをするときはそれだけで慎重になり、また身体の尺度が小さいので落ちる距離をおのずと過大に見積って注意深くなるものです。――鉛の兵隊や玩具のトランペットで毒にあたりはしないか、揺り木馬で去勢されはしないか、ズボンで腐りはしないかと案じはしません。他人名義でこれほど案ずる者は、自ら恐れている疑いがあります。臆病者は臆病者を造ります、隠者が隠者を造るように。我々の先祖は、ゲレルト老師、どのようなズボンをはこうと、羽根布団に寝ようと、馬に乗ろうと、香料を入れようと強壮にそして純潔に育ちました。

家庭教師をヴィーナスの金星から推薦して頂きたい格別の理由が他にまだあります。最良の望遠鏡と天文学者によれば、金星には極めて高い山々があって、これに比すれば我々の〔アンデスの〕チンボラソ山は単にもぐらの鼻づらが掘り返したにすぎないそうですが、それ故最も澄み切った山の空気と最も暑い谷の蒸し暑さとが（ルティファーあるいはヴィーナスの暑さも容易に推測できます）見られるからです。光の使者たる燐の住人はバイロイトの小生の許にいかにも逞しい男性的アルプスの胸と暖かいイタリアの心とを携えて降りてこられるに違いありません。きちんとまことに入念な選び抜かれた家庭教師として、きっと将軍を彷彿させて、相反する力をすべて有しながら、断固として厳格さと規律をもって、真面目に友人として同輩として忠告してくれることでしょう。

この家庭教師は小生の言うことは理解してくれると確信しています。「男子は学者でなくても構わないけれども、学者が男子の本分を忘れてはならない。それでとりわけ（しかし逆はいけない）男子に学者を接ぎ木するようにして頂きたい。我々の十九世紀は（彼とは夕方般若湯《ポンス》の暖かい雨を浴びながら更にこのことを議論できることでしょう）、貴方の更に小さな惑星では何千世紀になるのか存じませんが、最良の世紀にはならず、少なくとも最強の世紀にはなりません。この世紀は、貴方の惑星同様、光の使者燐とルティファーの名前には値するかもしれませんが。我々の自慢のものはパリの革命で小規模の変革です。昔巨人が投げつけていた石からは島々が出来たものです。今は島が投げられて石ころが、楔石や、墓石、砥石が出てきます。革命は地震と同じく解剖室の骸骨に若干動きをもたらしました。家庭教師はベルリンの解剖学者ヴァルターのように肉を削いで骸骨にしそれから漂白した標本を作って名声を得ようとしています。金星の、いやむしろ地上の兄弟、貴方もそう考えられますか。であればゲルトに手紙を出したことを後悔することになりましょう。丈夫にすること、力を削がないことが貴方の最初にして最後の教育方針であって欲しいと願います。時代の為に教育されると、時代よりも悪い結果をもたらします」。ヘスペルス人はこれに対して答えます。「ただでさえよく少年時代の春の広場は父親方が、頭に雪を頂いた遠くの山々として、見下ろしていて、春の日に冬を見せています。老年の雪害よりもむしろ春の嵐の風害がましでしょう」。「真実にして立派なお言葉です。候補生殿。ラヴォアジエは氷の装置をカロリメーター、熱量計にしました。このようにしばしば熱は氷によって、少年は白髪の老人によって計られます」と小生は応じます。

候補生はその雇用主の話しぶりを真似ようとします。しかし小生はその媚を受けず言葉を続けます。「思うに、確かに技巧的な二重骨節古体《ドッペルフラクツール》は、その書式で手習いの先生や家庭教師は生徒の魂と文字を折り曲げていますが、外科の二重骨折個体とは機智の点で異なるだけです。機智が違いを欲するのは勿論、懸け離れた類似点を気ままに見つけようとする時です」。

候補生は答えます。「子供の根源の力を育てる養分を与えさえすれば、個々の枝に接ぎ木したり、葉形を刻んだり、花を着色する必要はなくなります。君主のように全体を指導すべきで、個々のものをいじってはいけません」。

「貴方は」と小生は言いました、「少なくとも小生の眼鏡にかなっています。以前小生の就いていた家庭教師の職がまだ空いていたら、貴方に小生の代理をお願いするところでしょう。しかし小生自身が父親と保護者として運営し任命している最近の家庭教師の口があります。条件は簡単で言及する必要もない程です。子供に千の言葉を教えて子供を煩わさないことです。というのは単に言葉を学ぶのは、金をきれいな財布の購入に費やすようなもの、あるいは父なる神をあらゆる言語で学びながら祈りを知らないようなものだからです」。

「承諾いたします」と彼は大胆に言いました。

「そうではなく、ただフランス語、英語、スペイン語、イタリア語を教えて下さい。ギリシア語、ラテン語、ドイツ語は勿論です。特にドイツ語は詳しくお願いします。学問に関しては、つばめがひなにえさをやるときのように、ただ瞬時に与えて下さい。授業時間を長く決めるには及びません」。

「人間の心をよく御存知で、敬服いたします」とさえぎって飲みました。

「それより、いつもの八時間の授業が済んで、それでも息子かあるいは貴方がまだ新たに勉強への意欲を感ずるようであれば、ためらいなくその日のうちの残り三分の二でも、いや三分の三でも好きなだけ取り出して、講義を徹底してなさって下さい。学問そのものに関しては、――と申しますのはフェンシング、ダンス、水泳、乗馬、軽業、ヴァイオリン、声楽、吹奏楽、ピアノ等の技芸は二人の気晴らしであって欲しいからで、愚息にはただ歴史のみを教えて下されば結構です。つまりは昔から存在している限りのもののことで、それでも最近の過去については少しばかり辛辣な味の未来をしたたり込ませて頂きたいと思いますが、その他の軽視するわけにいかない歴史とともにお願いいします。博物史、書籍史、異教史、神族史、教会史等々です。同様に学のつくものも是非とも必要です。天文学、古銭学、古代学、紋章学等々。それに理学です。理学、法理学、薬理学、数理学、倫理学等々。そして記述学、地理記述学等。美学も若干。美学に、痩身美学、コルク彫刻美学等。なぜなら、小生のいつも口にしていることですが、何の為に髪もはえていない子供の薄い頭に学者のがらくたや脂肪を法外に詰め込む必要があろうかという疑問が生ずるからです。何の為に人生の間紙が白い紙ではなく、盛り沢山の本でとじられなければならないのでしょう。子供自身荷物運搬の天馬でしょうか。何でかと申し上げます。

貴方の仕事は沢山あり、それを貴方はこなせます。貴方は一人で二、三千人の家庭教師の役を果たされるからです。何故一軍の数程の家庭教師、家庭女教師を一度に求めないのか、不思議に思ったことがよくあります。いかに多くの半神や半女神をローマ人は子供の為に任命し崇拝していたかを考えてみたときです。例えば誕生に関してはナスキオあるいはナティオ女神、授乳に関してはルミナ女神、食事にはエドゥサ神、飲み物にはポティナ女神、勿論レヴァーナ女神、子供が立ったときには性に応じて、スタティリヌス神とスタタナ女神、話しにはファブリヌス神が呼びかけられていました。ここでは他の人の退屈を恐れて更にウァギタヌス〔泣き虫〕、オシラゴ〔骨格〕、ヌンディナ〔命名〕、パウェンティア〔恐怖に対する〕カルネア〔ちょうつがい〕といった神々[*3]のことはわざと触れません。従って懐に余裕があるなら、子供の個々の能力のそれぞれに専任の教師を雇って教えて貰うべきでしょう。同じ能力でも細分化された所に少なくとも助教師がいて欲しいというのは偽らざる願いでしょう。出来るものならば（何にもならないことですが）、様々の教師軍団を手にして、例えば美学では息子にクルーゲのいろいろな細分化に従って演習を受けさせることが出来、一人の教師は崇高論を、別の教師は賞美論を、第三の教師は判断論を講義して、子供があるときは気高い教師に、あるときは柔和な教師に、またあるときは素朴な教師に接することが出来たらと思います。徳操に於いても、貴方、貴方がどのような徳目にも特別個人演習や時間を設けられて、全体が混乱することのないようにされ、子供が間抜けな天使さながら、右も左も分からず、ただ正しいことのみ知っているということにならないよう導いて欲しいと願っています。フランクリンは毎週別な徳目の訓練、練習をしたそうですが、日曜日や祭日毎に、これらの日はいずれにせよ休みで現実の勉強に照準を合わせなくてもいいので、幾つかの徳目の実践に当てては如何でしょうか。祭りのたびに何か一善を課する、あるいは三日休日が続くときには、悔い改めの三点を、そして使徒記念日のたびに悪徳を一つ棄て去るというのは。実際長い聖霊降臨祭の日に毎時間子供にあらゆる徳目を実践させたら、祈りの鐘のときには子供は月決めの聖人、聖画像として出現するのではなかろうかと思われます。

それだけ一層小生の息子の家庭教師殿は小生の信用が得られるわけでして、仮にゲレルトが存命なら、この方の仕事の終わりには（マックスがもはや教師を必要としなくなったとき）小生は満足して、また出来る限りの、著者としてゲレルトに通じるかもしれない威信を賭けて、彼にこの方のことを推薦し、そして更に彼がこのお若い方を推薦し功績に応じて就職の世話をして下さるよう取り計らうことになりましょう。しかしゲレルトは勿論永眠されています」。

＊

ここで小生自身目覚めて、何の夢を見たか知りたくて、思い出して見た。しかしゲレルト宛の依頼の手紙の夢が、全く出鱈目な夢の秩序にふさわしく、既に小生の前に姿を見せた家庭教師とのはじめての会話に変じているのにすぐ気付いた。しかしこのような脱線は、これを印刷したとき、よく遺憾ながら見られるように、印刷や冗談の為に夢を見たのではなく、実際に夢を見たのだということの証拠となるので、その限りでは結構なものである。

＊1　ジャン・パウルの手紙、一二五頁〔ハンザー版第四巻九七一～九八二頁〕。

＊2　ヴィヌル・マルヴィル『歴史論集』第二巻〔一六七六〕。
＊3　アウグスティヌス『神の国』第一巻第四章と第九章(4)。

第四断編

女性の教育

第一章

第七十五節

女性の教育という言葉で小生は互いに矛盾する三つの事柄を一度に意味している。まず第一は通常女性がなしている教育のことである。第二は夫達への関係に比べて、専門ともいえるもっともな子育ての天職のことで、第三は少女の教育のことである。第一と第二は先に触れるべきであろうが、この両者とは女性の特性という点で、この特性に従って女性を教育するときの方針は立てられなければならず、また重なりが生じてしまう。しかし順を追うことは、そもそも経験に基づくこの小著では、素材の個所を厳密な序列に従って提出することが肝要なので、大事であろう。読者の眼前には多くの新しい体系が展開されることになるので、次々と繰り出される体系に心を奪われたくなかったら、自ら完結した体系をもって武装して臨む必要がある。

第七十六節

誤った教育を受け誤った教育を施しつつある国家や忙しい父親に代わって教育に救いをもたらし得るのは母親だけである。これについては第二章で述べることにする。しかし災いについては、母親に避けて欲しい点を本章で触れられよう。ちなみに他にそれが本書の調子に合っているというのであれば、小生は、喜んで認めるけれども、ささやかな罪状目録あるいはこの賭け事や信用借りの借金表をもっとふざけて世に掲示しかねないところであろう。この場合五人の子持ちの日頃は非の打ちどころのない母親であるジャクリーヌ夫人という方が、運よくレヴァーナの推敲のときお見えになって、ごく軽い着装ならぬ着想を手渡して下さることになっているだけになお更である。御夫人方は着物を着たり脱いだりするのがお好きである。この方とはつとに昵懇の間柄なので、いろいろと前もっての準備が楽で、想像すら自在に行きそうなのである。つまりジャクリーヌ夫人は同性すべてを代表する演説同志として、その美貌の他には何の委任状ももたずに、小生の書斎の椅子の前に、告解の椅子を前にしているかのように現われて、述べられるのである。小生から赦免を受けたいと心から願っているけれども、ただ恥ずかしくて自分では告解を耳許にささやくことができない、だから、いつもは聴罪司祭が聾唖の告解者の名に於いてその告解を頭上に述べるように、自分を俄唖と見做して、そして告解者の代弁者、司祭として次のような告解をして頂けると有難いと。

第七十七節

「尊敬する神父様！」（と冗談を続けたいのなら、自分で自分に対する呼びかけを彼女に語らせなければならないだろう)。「神と貴方の前で懺悔いたします。私は教育上の罪を犯して、ルソーとカンペの多くの命令を守りませんでした。懺悔いたします。私は一つの原則に一カ月も忠実に従ったことはなく、ほんの数時間でした。私はしばしば子供に半ば考えて、従って後の半ばは考えずに物事を禁じ、それを子供が守ったか後で確かめることさえしませんでした。私は、自分や子供が互いに喜びの最中にあって浮かれているとき、いつもなら冷静に判断してすぐにやめさせることを何一つ断わることが出来ませんでした。ちょうど二つの時に、この上ない晴朗な時とこの上ない陰鬱な時に、この時を過ごすのは自分であろうと子供であろうと、大抵子供は駄目になってしまいました。他にもっと悪いことをしたのではないでしょうか。客人の前で娘のベラに可愛いシャルマン同様（これは犬のパグにすぎませんが）お利口おすわりしてと言わなかったでしょうか。

私は来客のあるたびに、殊に大市のとき夫の許に多くの貴顕紳士がおいでになると、教育の大市休暇を定め、五人の子供よりも一人のお客を大事にしはしなかったでしょうか。そんな私は聖人評判記の第十二巻から夫が読んできかせた、一晩に二人の王に、舞踏会はキリスト教に合わないと言って舞踏会を断わるだけの勇気を持っていたかのドイツ女性とは少しも似通っていませんでした。私は末の二人の子供、ヨゼフィーネとペーターとは昨年一日にただ一度朝食のとき顔を合わせるだけだったのではないでしょうか。それもただ長編小説を読み終えて刺繍を仕上げる為とちょうど友人の素敵な侯爵夫人が、その方の為に刺繍をいたしていたのですが、こちらに滞在なさっていたからでした。ただ、自分の子供達の為に良心的な子守を見付けようと骨を折ったことだけは心休まるものがあります。子守は実の母親のように子供に尽くすと誓ってくれました。いたいけな子供に対するかくも大切な義務を仮にもおろそかにして、一分たりとも子供の見張りを怠って、他人の手に任せるようなことがあったら、天罰を受けるがいいのです。神様、これは思うだに心細る思いがいたします。いやいや神様とて心やさしい母親の気苦労について何を御存知でしょう。

他に私は、これはいいことと思いますが、日に二度、つまり朝食と昼食の後子供をみな呼び寄せて、しばしば数時間抱きしめて教育しました。しかし白状いたしますが、私は残念ながらのぼせやすく子供への接吻に倦むことを知らず、それで夫の非難を買ってしまいました。夫は口やかましくそれに反対し、例えばこう言ったものです。子供は（うちの子供でなくても）おそらくコンデの王女と同じように、自分の不幸は老人から愛されることと嘆くだろうよ。心の神聖な封印、接吻は子供にとってはまだ意味のない平板なものだ。激しい接吻は子供には煩わしく、ことによると唇の第五神経対によって害を感じることさえあるかもしれない。やさしくさすったり、穏やかに愛の言葉を語ること、接吻は子供から受けて、子供に与えるときはそっとするのがいい、と。

告解いたします。私は罰金遊びのときのように、自分の手にしている（愛の）抵当《あかし》には何をして貰おうかと自問するたびに、いつも、私をとっても愛することと自答してきました。その為、私は愛情表現を沢山求めたので、ヨゼフィーネを余りに柔和に、ゾフィーを猫被りに、ペーターをはなはだ無愛想にしてしまいました。厳しい罰を子供達に課した後では、以前のように愛情一杯に暖かく輝くことはしないで（際立った対照で、これのみが、夫の言では、七歳から十歳までの子供を直し、その気をなごませるのですが）、いつまでも不機嫌の長い曇り空をひきずっていました。まるで子供の心が無愛想に気付いて、いつまでも感じ取ってくれているもののように、せいぜいのところ不機嫌の顔真似をされるぐらいのものでしたけれども。

告解いたします。私は、誰に対しても、殊に家の外の人に対しては冷静でいられますが、ただ子供に対してだけは何一つ平静でいられません。少しでも激すると、救助の為に飛びかかることであっても、子供に良くない影響を残すと言われても駄目です。白状いたしますと、私は子供の前でよく怒ります、例えば女中達に対しまして、勿論夫の戒めはよく承知しているのですが。子供に、どんな幼い子供でも、怒った顔を見せたり、声を聞かせたりしては、怒りの発作のレッスンになってしまう。心のすべてが体のすべてと、つまり精神の各部分は体の部分と上から下に順々につながってしっくり合わされているので、両者は互いに呼応して、振舞いが精神的憤怒を目覚めさせれば、その逆にもなる、と夫は申します。

私の夫の主張し守っている原則は、夫がその妻に女子教員苗代園を（私は良き妻として夫の言い回しをそのまま借用しますが）設立できるのは、結婚して最初の九カ月をおいてないというもので、この時にあらゆる男性的教育原理で精神的に妻を孕ませて、この原理を、たとえ後に妻が守らなくなっても、それ以前には自分の最初の子供と元子供の夫に対する初恋状態の中で大切に育てるようにしたいと希望を述べています。というのは後には、夫の言葉を続けますと、夫に対する燃えるような愛の奉仕と子供に対する不安気な世話はそれぞれ若干色あせてくるからで、それ故多くの子供と一緒に育てるのは、更に夫の言葉を続けます、ましにはならず少なくとも注意が行き届くようにはならない、ということです。しかし喜んで申しますが、この点に関しては、他にもまだよくあることですが、夫に逆らって、三番目の子供のときでさえ、四番目をおなかにかかえながら、何カ月も蜜月時代の学校の先生兼夫の定めた方針に則って教育いたしました。

しかし神父様、世の父親というものは九カ月、十カ月の蜜月の後しばしばどのような気まぐれを起こすものであるか、経験なさったことはございますまい。私の夫ときたら全く真面目に、私が時に子供を洗っていますと、激しく手を上下させて顔にアイロンをかけてはいけないと申します。激しいのは子供が嫌っていて（そのくせ自分の顔はそうしています）、顔の前面を穏やかに上下左右にすべらせるのがよいと言うのです。可笑しなこだわりです。世の女は顔の洗い方ぐらい心得ています。私はいつもと同じようにこすり続けていきますよ。小さいのや大きな男は好きなだけそれにほえればいいのです。

ところで喜んで白状、告解いたしますが、私は着つけのときとか他に大きな仕事を片付けなければならないとき程怒りっぽくなることはありません。そうなると落ち着いて静かに教育しておれなくなります。私の夫は私の怒りの皺を悔い改め、改善させようと寝室の鏡台の他に拡大鏡を取り付けようとしています。しかしまだ私は、有り難いことに、そのような縮小鏡を必要としていません。それに私が変えるのは顔つきよりも顔色の方です。三人の上の娘がこの寝室の鏡台の許に（ルーツィエもよく）集まるのを許したのは大目に見て頂けると思います。まず第一にとても喜んで静かに眺めておりますし（殊にひょっとしたら一緒に外出できるかもしれないよと信じこませたときがそうです）、次に、何といっても若い女性の目を何でも化粧事の趣味に関して鍛えるには大人の許が一番ですから。

私は安んじて言いますが娘達、それに私が真新しい服を着るときには、決まって着飾る趣味に対して、女の値打ちは服装では決まらないとか、服がすっきりしたものになるのは、身分に合ったものを付けているときだけであるという考えを持ち出すものでした。にもかかわらず、娘達は皆見栄っぱりであることを白状いたします。私が化粧しながら同時にそれの説教を大いにいたしましても、娘達は耳を貸さず目を凝らしています。何度振り向いて、私の（本当に可愛い）マクシミリアーナが私の後に立って鏡を覗き込んでいるたびに、叱って言ったことでしょう。またまた青い目でお面のように素敵な赤ら顔を眺めているわね。よくよくちらちら見あきないこと。

更に告解いたしますと、神父様、私のペーターが貞淑さんを（勿論ベルツーフの工房からの可愛いイメージ人形ですが）最近窓から投げ出したとき、ペーターが十度嘘をついたとしても及ばない程に腹を立てました。しかしまた一方では、私の夫が時に雷を落とすとき、例えばささいな嘘を子供がつくときとか、召使いをよくもっともと思われる理由で子供が叱っているときは、涼しい顔をしていられたと思います。そこで夫は、私の怒りに関して、ローマ人が男の名前を意味する最初の文字を逆に書いて女性を意味するようにしたのは正しいと述べたものです。

神様、良いことと思ってした過ちはお許し下さい。その他の過ちは喜んで罰を受けます。もとより沢山過ちを犯し、この世の処罰を受け悪い子供に恵まれました。

しかし子育ての毎日は引き続き改善して行き、ますます敬虔になるよう努めたいと思います。どうぞ尊敬する神父様、神様の代わりに私の罪をお許し下さい」。

この場合小生は勿論手をジャクリーヌの丸い雪のように白い額に当てて、過ぎてしまった過ちについては容易に赦免を与えることであろうが、しかしこれからの過ちについてはそうは出来ないであろう。

第七十八節

しかし真面目な話しに戻って、

第二章　女性の使命について

書くことになると話しが締まろう。そもそも父親は子供を単に数時間眺めて育てるだけであるが、母親は終日へとへとになるまでつき合わされるわけで、そんな父親が母親に自分の数時間分の緊張や注意を要求するのはよろしくない。このように母親の方が長く一緒に生活するので、愛にしろ怒りにしろ母親が度を過ごしがちなのも已むを得ない。他人が両親の叱責をいつも厳し過ぎると思うのも同じことで、他人には過ちはただ初めての、関連をはずれたものに見えるのに対して、両親はその過ちを何千回も目にし大事に至るものと思っているからである。更に子供を母親が過大に評価しがちなのも、母親は、子供の心の発展を間近に見ていて、新たな枝葉を一々数え上げることが出来、普通の人間的成長を特別な個人的成長と思って、そこから一つ乃至は一、二の奇跡を結論付けるからである。体の世話は中産階級ではただ母親だけに任されている為に、自由な父親と違って、母親がすでに精神的世話には草臥れて疲れてしまっているのはもっともではないか。

第七十九節

最初の人生の十年間の前半の教育は、既に体を通じて、母親の手に委ねられている。父親には国家あるいは学問あるいは芸術があって許されるのは合間だけで、教育というよりはレッスンしか施せない。幸福な父親は二人例外である。第一は田舎の貴族で、諸関係にバランスよく恵まれ、自分の子孫がカルタや兎、小作料よりも大事とあらば、城を自分の子供達の為の博愛校になせる人である。第二は彼の呼んだ人、田舎の牧師である。週の六日は暇で、都会の喧噪に対して田舎の囲いをめぐらして、自由な空気を味わい、官職自体は程度の高い教育施設と言えて、最後七番目の日に子供達に実の父親が晴れがましい壇上で精神的な聖なる父親として登場するのを見せて、一週間の教えに職掌印を押す人である。こうしたことすべての為に牧師はゆとりのある教育が出来て、それで他人の子供すら預かる余裕がある。それ故いつも牧師の家は教育の家にうまく変じて、これに家庭教師の部屋が牧師の家に変ずることは及ばない。小生なら息子は家庭教師よりもはるかに聖職者を信じてこれに任せることであろう。後者がもっと自由で、松葉杖ではなく両足で立っていることだけでも十分な理由である。

中産階級では男性の方が立派に教える（というのは女性は余り教養がないからである）。それよりも高い身分では女性が男性よりも優雅に教育を受けていて、大抵は女性が、願い下げの祖母も含めて、教育している。

それでは男は何をしたらいいか、例えば哲学者、大臣、兵士、宰相、詩人、芸術家の面々は。

まず何はさておき、自分の妻をもっと愛し妻にもっと報いて、妻が極めて難しい最初の教育を、二重の支え、つまり子供への愛と夫婦愛によって一層楽に遂行できるようにすることである。このようにすると夫は母親による最初の微妙な教育に注意並びに配慮を払うことになるだろう。この最初の教育には後のどのような家庭教師も、寄宿学校も、父親の表彰状も、絶交状も取って代わることはできないものである。つまり、夫は教育における立法権を、妻は執行権を主張すればいいであろう。夫は妻の恋人でありさえすればいいのである。すると妻はきっと教育について、少なくとも精神の教育について耳を貸すであろう。気高い年頃の娘は、あるいは花嫁でも、まだ遠い自分の仕事に思いを馳せながら、青年の述べる教育方針にじっと耳を傾けているではないか。結婚してさえ婦人は喜んで子供の教育に関しては、他の男の人の言う忠告を多く受け入れるものである。ただ男性的鋭さ、明確さと女性的穏やかさが一致したときにのみ二つの奔流の合流点を行くように落ち着いて子供は航行する。あるいは別に考えれば、太陽神は潮を引き上げる、月の女神も引き上げる、しかし前者は一フィートにすぎないが、後者は三フィートで、二人合わせて四フィートになる。夫は子供の生活に於いて終止符を打つだけであるが、妻はコンマやコロンその他をちょくちょく打つ。母親よ、父親であれと呼びかけたいところであろう。同様に父親よ、母親であれ。ただ両性だけが人類を完成させるからである。ちょうど軍神マルスと美の女神ヴィーナスが調和の女神ハルモニアを生んだように。男性の仕事は様々な力を刺激することである。女性の仕事は、その諸力に節度と調和をもたらすことである。男性は、国あるいは天分の為、諸力の均衡を犠牲にしてただ一つの力を伸ばすので、いつもこの優勢な力を教育に持ちこもうとする。兵士は戦闘的に、詩人は詩人的に、神学者は敬虔に育てようとするであろう。そこでただ母親だけが人間的に育てることになる。ただ女性だけが自らのうちに純粋な人間を育てさえすればいいからで、風奏琴のようにどの弦をとって見ても他の弦に勝ることはなく、そのメロディーは調和《ユニゾン》から生まれ調和《ユニゾン》に戻ってゆく。

第八十節

しかし母親の皆様、殊に身分が高くて時間に恵まれている母親方、皆様は天の計らいで家事の苦労を免れ、子供達の為には陽気な緑の教育の庭を付けて頂いているというのに、どうして一人きりで暇をもてあましたり社交の退屈の方が、子供を愛するという不壊の魅力、素晴らしい発展の劇、最愛の者達の遊び、最も立派な長続きする影響という功労よりもいいと思えるのであろうか。子供がいて暇をもて余すような婦人は軽蔑すべきである。美しく洗練された民族はヘルダー(1)によれば人類の教師であったそうである。それで皆様の美貌も単に衣装であるばかりでなく、教養と教養の器官であって欲しい。国や町は女性の名前が付けられて肖像画が描かれている。まことに母親は、将来の為に子供の最初の五年間を教育するのであって、国と町を築くと言える。誰が母親の代わりになり得よう。父親は決して母親の代わりにはならない。母親は、朝な夕なに子供の体を世話するという絆で固く子供に縛られていて、このやさしい絆に精神的な教えをきらきらと刺繍せざるを得ず、また織り込むことが許されるからである。

皆様は純粋に深く後世に働きかけるというまたとない機会を取り逃がすおつもりか。程なくして強い性の男性と国家が介入して、皆様の歩行手引きひも、導きの御手の代わりに、鉄梃子、滑車、引掛け錨を持ってきて、それで乱暴に動かすというのに。侯爵のお妃、御身は内閣の陰謀を企むことが小さな将来の世襲侯爵を育てることよりも立派とお考えか。皆様が九カ月のかなりの重荷とこの重荷が取り除かれるときのこの上ない苦痛に耐えてきたのは単にその肉体の生活の為なのか。これよりはささやかではあるが、しかしこれが成ったときはじめて精神の後光が射すことになる生活を引き受ける勇気はないのか。しばしば夜を徹しての看病が子供の棺で終わるのに、精神は昼間見守れば日々成果が上がるのである。そもそも教育には効果があるというのを御存知ないのではないか。皆様はまさに身分が上がれば上がる程、一層低い身分の者に教育を委ねている。中産階級の子供が両親を得ているとき、貴族の子供は女中や乳母を人生の指導者に得ていては、これで皆様に何の面目があろう。

古代の世界はすべて母親の愛を父親の愛よりも上に置いている。母親の愛は大きいのに相違ない、愛しているとき父親は自分の愛より大きな愛を考えることは出来ないのだから。にもかかわらず何故皆様は、父親に比べて、とても教育を気遣い、このことについて山なす本を書いている父親に比べて、実行がかくもしまらないのか。恋人の為には皆様は生命財産を与える。何故よるべない最愛の者に時間を割かないのか。恋人の為には様々な意見や好みを抑えてきた。なぜ子供の為にはそうしようとしないのか。皆様の精神的肉体的に滋養のある胸に自然が地上の孤児を割り当てているというのに、この孤児を冷たい借用の胸に任せて飢え、ひからびさせるおつもりか。自然の計らいで忍耐、魅力、温和、弁舌、愛情に恵まれながら、子供、父親の許からでも皆様の許に逃げてくる子供の為には付き添ってやれないのか、一晩とは言わない、昼の間だけでも。御覧になるといい、かつて皆様の心の下に住みながら、今ではその心に留められていない者達が、両腕を最も親しい心に差し出して、二度目の滋養を請うている。多くの古代の民では子供を腕に抱いて請願すると拒絶された例はなかったそうであるが、今では子供が、皆様の腕、あるいは乳母の腕に抱かれながら、皆様に自分の為の請願をしている。

確かに皆様が世の為に払う犠牲については、世間から余り認められない――男達が支配し獲り入れる――幾夜とも知れぬ寝ずの番や犠牲は、それを代価に母親は国に英雄や詩人を生み出しているというのに、忘れられ、一度として数え上げられない。母親自身それを数えないからである。このようにして来る世紀も来る世紀も女性は人知れず報われぬまま時代の様々な支柱、太陽、海つばめ、小夜啼鳥を送り続ける。コルネリアがいたとしても、自分のことをグラックス兄弟とともに偲んでくれるプルターク(2)を見いだすことは極めてまれである。それどころか自分の母親をデルフォイの神殿へ案内した例の二人の兄弟に死の褒美が下されたように、自分の子供を導いた報酬はただ自らの死がすべてとなっている。

しかし二度にわたって皆様は忘れられない。目に見えぬ世界を信じて、そこでは感謝する心の流す喜びの涙が、この世の、石化した苦悩の涙で飾られた王冠よりも重くて更に輝いていることを思えば、皆様の未来は大丈夫である。正しい教育を施したのであれば、皆様の子供は任せておける。決して子供が、純粋に正しく教育してくれる母親のことを忘れたことはない。我々が永遠に振り返りつつ眺める薄暗い少年時代の青い山脈には母親も立ち現われて、その高みから人生を教示してくれたことを思い出させる。最も心暖かい人のことが忘却されるとすればそれはただ至福の時代が忘れられるときであろう。女性の皆様はまことに強く愛されるよう、まことに長く、死ぬまで愛されるよう願えばいい。そうすれば子供にとっての母親たりうる。しかし母親でありながら教育しないのであれば、不当な幸せに恵まれながらの忘恩を子供のいない母親、奥方一人一人の前で恥じて、赤面しなければならないだろう。皆様が堕天使のように棄てた至福の天を望んで立派な夫人が嘆息しているのである。いやはやなぜ運命は、しばしば世紀の暴君には数百万人を拷問に貸し出すというのに、美しい女性に数人、いや一人の子供の心を恵んで喜ばせようとしないのか。なぜ愛が対象を切望しなければならず、憎しみだけがそうではないのか。可哀想なエルネスティーネ(3)、どんなにそなたは愛し幸せにしたことであろう。しかしそなたには許されなかった。死の暗雲がそなたの薔薇の青春ともどもそなたを拉致し、そなたの暖かい母親の心は子供のないまま精霊の他界に召されてしまった。そなたの聡明、強さ、永遠に湧き出る愛、献身的な心があればどんなにそなたは愛し教育し得たことであろう。古代ドイツ女性のあらゆる美徳を備えながらそなたは逝ってしまった。

第三章　少女の本性

第八十一節

娘の教育は母親にとって第一の最も重要な教育となる。この教育は深窓で、娘の手が母親の手から直接結婚指輪をした手に手渡されるまで長く続けられるからである。少年は多様な世界の教育を受ける。学校の教室、大学、旅行、同郷会、図書館である。娘は母親の精神が教育する。それ故少年は他からの影響に対する抵抗力がその姉妹よりも強い。外的矛盾の為内的調整力がつくのである。これに対し少女にとっては世界の一面が世界の大陸部分、いや世界となりやすい。

性別の教育の前にまずその性格に触れる必要があろう。周知の原則に従えば、男性の本性はむしろ叙事的、思索に長けて、女性の本性は抒情的、情感に長けている。カンペ(1)が、フランス人は子供の長所と短所をすべて持っていると述べたのは正しい。それ故フランス人は、小生の思うに、自分達のことをアテネ人と呼びたがるのであって、アテネ人を昔のエジプトの司祭は同様にとても子供っぽく無邪気であると思っていた。小生は別の箇所で更にフランス人と女性とのはなはだしい類縁性について言及したことがある。この二つの主張から女性と子供の類縁性についての第三の主張が生まれよう。少なくとも耳に心地よい類縁性ならばかまわないであろう。同じく寸断されることなくまとまっている本性、同じ現在に対する没頭、掌握、同じ機智のすばやさ、同じ鋭い観察力、癇癪と冷静、刺激に感じやすく活発で、内部から外部あるいはその逆と文句も言わずにすぐに移って、神々からリボン、陽射の中の塵埃から太陽系へと変わってゆく。物の形や色に対する偏愛や敏感さを見ると両者の身体的近さに引き続き精神的近さの続いていることが分かる。さながら比喩のように子供はそれ故最初女物を着せられるのである。

最新の作風の対比を好む人なら、女性を更に古代的あるいはギリシア的、いやオリエント的本性と名付け、男性を現代的、北方的、ヨーロッパ的本性と名付けていいであろう。前者は詩的で後者は哲学的本性である。男子は二つの自我をもっているのに対し、女子は一つの自我だけで、自分の自我を覗くには他人の自我を必要とする。女性にはこのように自己問答と自己の二重化が欠けているので、ここから大抵の女性の性質の長所、短所は説明される。女性のエコーは短くすぐに共鳴して本の声と見分けがつかない。それで女性は詩的哲学的に分解して自らを定めることはできない。女性は詩人、哲学者というよりもむしろ詩であり、哲学である。女性は自分のときよりも他人の着付けをしなければならないときにもっとセンスを発揮する。しかしまさに女性の心の場合も体と同じで、自分より他人の心を読み取るのが女性はうまい。

第八十二節

女性の本性の心濃やかなまとまりについてもっといろいろと辿ってみたい。女性の力はどれを見ても突出したものはなく、そもそもその様々な力は作り上げるよりも受け入れる方であって、移り変わる現在の忠実な鏡として外部のどのような変化にも内的変化で対応して行くので、まさにそれ故に女性は我々にとってとても謎いたものに見える。その魂を推し当てることはその体、その外的諸状況を推し当てることに等しい。それ故世慣れた紳士は女性が好きで、女性のことを例の長く薄いワイングラスに倣って不可能と呼んだりする。それはどんなに高く持ち上げても飲みほせないからである。

ピアノフォルテに似せて女性は最弱音《ピアニシモ》から最強音《フォルティシモ》と名付けたくなろう。女性はそれ程純粋に強く極端な偶然を再現し、その一方ではまさにその為に普段の状態は平静で、釣合いのとれたものになっている。かまどの女神ウェスタに似ている。その聖火はただ女性だけが見守り、法律により、どこであれ町の中でも神殿の中でも部屋の中でも中央を占めることになっていた。男子は情熱に駆られるが、女子は様々な情熱に駆られる。前者は一奔流に後者は諸々の風にさらわれる。男子は一つの力を君主政体として仰いでその支配を受ける。女子はむしろ民主政体の方で、即座に命令させる。男性はよく真面目であるが、女性は大抵幸福な気分であるかいまいましい気分、陽気であるか陰気である。これは先に称えた釣合いのとれた落ち着いた状態と矛盾しない。というのはある女性は一日中ずっと続けて陽気であり、別の女性は沈んでいるからである。情熱に駆られてはじめて二人とも変わる。

第八十三節

愛は女性の精神を生気あらしめるもの、その法の精神、神経のばねである。女性がわけもなく報いもないのにどんなに愛するかは、その子供に対する愛では分からないというのであれば、その憎しみを見れば分かるであろう。これは愛かいつまでも慈しむように同様に強く、わけもなく蝕み続けるのである。穏やかで子供らしいけれども、生身の敵を食べるタヒチ人に似て、この繊細な魂達は少なくとも敵の女性には同じような食欲を抱いている。しばしば女性は雷神〔ジュピター〕の車に〔ヴィーナスの〕鳩を先導させている。いささか口やかましいジューノーは昔からおとなしい子羊を犠牲に供してもらうのが好きで、そうして貰っていた。女性の愛は、果てしなく、的を射ている。最も熱烈な神秘家は女性であった。イエスに対する愛の憧憬から死んだ男は未だいないけれども、尼僧なら考えられる。ストア派の賢人に友情に対する無関心を要求し得たのは男性のみで女性ではない。こうした愛の持参金をつけて自然は女性を世に送り出している。これは男どもがよく信じているように、男性自身が足裏から頭の天辺までくまなく女性に愛されるようにという為では決してなく、女性がその使命[*1]に従って母親となり、子供を愛してくれるようにする為であって、子供には犠牲を払うだけで子供に犠牲を払わせてはいけないからである。

女性は、その分割されない直観的な本性に従って、心にどのような思いを抱いていようと次第に自分の愛する対象に没入してゆく。女性にはただ現在だけがあって、この現在がまたただ定まったもの、一人の人間である。スウィフトが人類ではなくその個々の人間だけを愛したように、女性もまたその熱い胸を持っているのはコスモポリタンとしてではなく、町や村の市民としてでもなく、家庭の市民としてである。自分の子供と四大陸とを同時に愛せる女性はいない。出来るのは男性である。男性は概念を愛し、女性は唯一のもの、現象を愛する。神が、この大胆な比較が大胆に過ぎなければただ唯一の恋人、彼の世界だけを知っているようなものである。更に別な具合にこの独自性は表現される。男は事物の方を愛する、例えば真理、財産、国々、女は人物の方を愛する。男性は人物でも自分の好きな物に変えてしまいやすい。ちょうどある男性にとっての学問が、ある女性にとってはまた学問のある男性のことになりやすいようなものである。子供のときすでに女性は人間もどき、人形を好み、人形の為に働く。少年は棒馬や鉛の兵隊を手にしてこれらと一緒に働く。先の理由にことによると起因するものであろう、少女と少年は同時に学校に送られても、少女の方が少年よりもませているけれども、それでも玩具の人形と遊ぶのは少年が玩具の事物と遊ぶのよりも長い。しかし大人になってからでも世の女が子供のたまたま手にしていた貴族の盛装人形を息を凝らして見詰めているのは、これは人物への愛好というよりは衣服への愛好であろう。更に少女の方が少年よりもよく挨拶をする。少女は人物に視線を送るが、少年は馬といった具合である。前者は現象を尋ね、後者は理由を尋ねる。前者は子供を後者は動物を気にかける。

＊1　第八十五節参照。

第八十四節

時代は堕落するにつれて一層女性を軽視(1)するようになる。政体あるいは無政体が一層非道なものになると、女性は一層下男達の下女となりさがる。昔の自由なドイツでは女性は神聖なものと崇められ、その似姿のドドナのジュピターの鳩同様に神託を下していた。スパルタや英国、立派な騎士の時代には女性は男性の敬意という星形勲章を得ていた。さて女性は常に政体とともに上下し、高貴なものになったり、下賤なものになったりするけれども、この政体というのは常に男性によって造られ維持されている。それ故明らかに女性は男性に倣ってまた男性を目指して育っており、誘惑する男性がまずいて誘惑する女性が出来たのであり、またすべて女性の惨めな状態は惨めな男性の余寒に過ぎない。倫理的英雄が出征するとヒロインが花嫁として後に従う。ただこの逆は言えない。ヒロインは愛しても英雄は育たない。生みはするけれども。それだけに偏狭なパリ奴は厭わしい。こやつはパリの女性について、あるいはそれに対して、従ってすべての女性に対して中傷しようとし、その実ただ自分で自分の昔からの罪をなすりつけて自分の女々しい毒を女性に服させている。このような時代の滴虫類はスパルタの女性、古代ドイツの女性の前に出たら悄然と縮こまりひからびてしまうことだろう。

つまり今の時代が女性の官能と見て非難しているのは単に男性の官能にすぎない。そこで女らしさを指弾する悪魔の弁護士(2)とこれを擁護する列聖宣告者とを、しかも女性の得となるように、調停するのは可能となろう。勿論いろいろな巫山戯鳥がいて、何か出版しては、格別の視点、経験、精神、心も用いていないのに、女性をことごとくただの第五感ないしは第六感〔性欲〕に、すべての願望を下品なただ一つの願望に変えてしまっているというそれだけの理由でドイツの書評家から偉大な人間通として崇拝され好評を得ている。殊に書評家というのは（これは教師であるが）神と著者に感謝して、女性というフランスの二重仕掛けの錠を開ける鍵が今や一度にわずかなグロッシェンの金で、それも謝金として受け取るだけで支払う必要がなくて手に入ったと述べる始末である。

これらの女性の密告者の言は勿論半分まで正しくて後の半分は正しくない。正しいのは生理的官能のことを言っている場合で、正しくないのは倫理上の官能のことを言う場合である。先の、しかし心は与しておらず全く無垢の官能の科は父なる神だけに帰せられるものである。さもなければはなはだ美しい女性の胸も倫理的重荷、脱線として課されなければならなくなるであろう。しかしそれは天が専ら子供の為に造ったのであれば、生理的官能は子供の全能の父、父以前の父によって、育ちつつある後世の為の最善として配置されたものであることは明らかである。人間が最初この世で九カ月住む土くれは有機的土くれである。この土くれが余りに豊饒で強力で最初の根源的な形成がうまくゆかないということがありうるだろうか。刺激も生命も乏しくては、何か刺激と生命に満ちた有機的被造物を作り出すことができようか。生涯で最も大事な時はいつだろうか。昔神学者の言っていた最期の時でないことは確かである。おそらくは医師の証明しているように最初の時であろう。

その代わり女性の感覚には男性の心よりも純な心が対照的に付与されていて協同して働いている。体に対する非難にはおのずと精神に対する賞讃がここでは含まれることになる。しかしこの善良なる性は自らを擁護することはしない、弁護される場合を除いては。いや信心深い性なのに猜疑の目で見られて結局はその内心に信を置けないと陰口をたたかれたりする。それで今では多くのものが信仰、あるいは帰依を失っているが、何故か分からないままで、それは単に一部はそれについてのおしゃべりに耳を傾けているからであり、一部はそれ以外のことをほとんど聞いていないからである。

第八十五節

自然は女性を直接母親として定めている。伴侶としては単に間接に過ぎない。男性は逆に父親としてよりも伴侶として定められている。強い方の性が弱い方の性に頼らなければならず、花が花支えの棒を木蔦が樹を支えなければならないとしたら、実際、いささか奇妙であろう。しかし強さを発揮して本当にこのようなことを強制し夫人を自分の楯持ち、代弁人、従軍商人、糧食パン屋にしている男、女房を自分の厨房付建物、及び点景物と見做している夫がいるものである。夫は妻が夫の為に造られているよりもはるかに妻の為に造られている。妻は肉体の後世の為に、夫は精神の後世の為に造られている。船や軍には女性はいなくてもよい。これに対して女性の結社、例えば尼僧院では原動力としての男性の管理人がいなくてはならない。愛情と残酷さをもってこの世界での目的を追求する自然は女性に——この後世の後見裁判所と兵器庫に——その為精神的肉体的に奪いかつ与えながら準備をさせている。その体の魅力と弱さから精神のそれに至るまで。それ故女性は自分の体を労り、大事にし——体は女性にとって我々の場合よりもはるかにその心の一部となっている——、それ故傷を恐れ、傷つくと生命を二つながら損なうからである、そして病気を恐れない、その二、三のものは妊娠で中断することさえあるが、これに対して男性は病気よりも傷を恐れない、傷は体の方を、病気は精神の方をむしろ損なうからである。そこから女性の冷静さ、清潔好き、羞恥心すらも、それに家庭本位のやすらぎへの志向といったものが生まれている。少女の心は少年の精神よりも早く完成される。衛星は惑星よりも早く回るとツァッハの述べているようなもの、谷では山よりも早く花が咲くようなものである。これはただ自然が十五歳になって成熟した体、つまり母親には精神的成熟も授けたいからに他ならない。豊満な花が受粉してようやく第二の春の種を蒔いてしまうと、自然は過酷に花の彩りをすべて奪ってしまい、より精神的な領域、秋の世界に花を引き渡す。これに対して男性の体は、かなり長いこと言動の路面で共に仕えなければならず、年を重ねても丈夫であるように配慮され、女盛りの花の時をはるかに越えて持つ。

ここで更に動物界で見られることを述べると、雄は愛の営みのときに最高の勇気と行動力を示し、雌はこれに対して分娩の後で示す。

これまで述べてきたことを更に細かい点で敷衍することができよう。例えば自分の為ではなく子供の為に節約する女性の吝嗇、細々したことへの愛着、おしゃべり好き、穏やかな声とか我々の難ずる多くの物について。

第八十六節

先の女性に対する非難に話しを戻す。しかし何故男性はこうした言を吐くのであろうか。男性が生まれたことをまず感謝すべきは女性であり、自然自らによって、生命が次々に生まれるようにと犠牲にされている性であるというのに。何故人類のこの穀物倉、神にならうこの創造主は尊敬されず、ただ刺すだけの穂の鋭冠だけを得ているのであろうか。この世にただ一人の父が座すのであれば我々は祈禱するであろう。しかしただ一人の母が座すのであれば、我々は敬い、愛しそしてまた祈禱するであろう。

自然が後世の弥栄の為に女性に仕度させており。仕度させる必要のあったものの中で最も素晴らしいものは愛であるが、これは最も強力な愛で、報いを求めない他に類のない愛である。子供は夜もすがら愛と接吻を受けるけれども、その返答ははじめつっけんどんなものである。注文の最も多い弱い子供は支払いが最も少ない。しかし母親は与え続ける。いやその愛は相手が困って恩知らずであれば一層大きくなるばかりである。母親は最も虚弱な子供により大きい愛を注ぎ、父親は最も強い子供に注ぐ。

「しかし」と先の女性の使命に対する見解に反論が出されるかもしれない。「女性が求め敬うのはどこでもすべて精神的肉体的に抜きん出た力である。女性は同性を愛することが少なく、同性の弱点を男性の粗野な点よりも厳しく批判する。主人が従僕に腹を立てることがあるとしても、植民地やドイツで女主人が下女に示す怒りにはかなわない。ローマの女性は胸を露わにした小間使いの手を借りて服を着ていたけれども、これは少しでも着付けにしくじったら罰として針をちくちく刺す為である。母親は、宮廷がそうであるように、王女が生まれたときは王子が生まれたときよりも喜びの号砲が若干少ない。女性は、カルタ師が一枚のカルタを記憶に止めておくように頼むと、いつもキングかあるいはジャックを選んで、要するに女王を選ばない。女優が舞台で最も好むのは男装役である。長いことパリや世界にいなくても、生きていさえすれば、女性が一体どういう気でいるのかは分かるものである」[1]。

何ら胸に一物あるわけではなく、子供の庇護者を求めているのである。男性に対する敬意を、ヘルダーが立派に論じているように、自然は女性の心に植え付けた。確かにこの敬意から最初のうちは男性に対する愛か花咲くけれども、しかしこれは後年子供に対する愛に移る。男達でさえ、心よりもむしろはるかに空想や頭を使って、しばしば舞台の女性が女王や、女神、ヒロイン、それどころか貞淑のヒロイン役といった気高いロマンチックな役を演ずるのを見たといってはこの女性に夢中になって後を追いかけるものであるというとき、女性が敬意から恋に落ちない道理はない。我々は偉大な役を女優がルクレティアやデスデモーナ、イフィゲーニアを短い夜の気なぐさみに演ずるといったのとは違って、年中真面目に世間劇場や国家劇場で演じていて、女性はこれを目にしているからである。ある男は英雄を、次の男は宰相を、第三の男は侯爵を、第四の男は世界の教師、つまり作家を演じている。子供はこうした父親への愛を遺産乃至は質草として母親からまた取り上げるようになる。父親への愛は利子が残るだけで、やっと年取って、子供自身が両親となったときに、白髪の婦人が銀婚式の妻として正式に再び老いた夫の前に一種の恋人として現われるようになる。子供のいない結婚では妻は夫を自分にとって光栄な生涯の扶養者である天分豊かなただ一人の長男と見做す。彼女はこの青年をとてつもなく愛する。

第八十七節

さて乙女が敬意の莟に閉ざされた愛を抱くようになると、恋人の為にはほとんど何でもするようになるであろう、あるいは子供に対する母親に劣らなくなるであろう。恋人と共に我を忘れる、ただ恋人を通じてのみ我に帰る。その喜びの天は恋人の喜びの条件、前庭となるときにのみ現われる。地獄でも同じ犠牲を払って引き受けるであろう。その心は城塞で、他の心の周りはすべて村落、郊外に過ぎない。心が落ちてはじめて他は明け渡される。

悲しみの産院の見棄てられた女性でさえ、心からの甘い恋に陶酔する為には、身を保ち気を紛らわせる為の有毒な好餌をも投げ棄てると主張できるのであれば、新鮮な乙女の心が人生の夜明け、慎しみ深い初恋のときに、それも純な、つまり強い心であればある程、そして以前が貧しければ貧しい程、すべてを神に等しい男の為に捧げようとするのもむべなるかなである。この男は小大陸にこれまで貼り付けられていた者の前に突然新たな世界をすべて開示してくれる。乙女にとっては初めての世界をその上に別世界を付けて。だからこの狭い現在の世界に閉じ込められた者の心に突然大きな幸せと自由をもたらし、これまでこの無私の魂が星や春、女友達、子供らしい義務の中に見いだしていたすべての夢を体現している彼氏に対する感謝の愛の心に誰が制限を設けるべきであろうか。制限すべきは誰か小生にはよく分かっている。この逆を要求している者、彼氏に他ならない。実際、生きのいい純に育てられた乙女は気抜けした世界での詩的花というべきもので、このきらびやかな花が数年後蜜月の後黄色に縮んだ枯れ葉とともに干からびた植木鉢の中で打ちしおれているのを眺めるのは誰にとっても悲しいことに違いなくて、これは誰もが詩人の目をもって見さえすれば直ちに了解されよう。即ち詩人ならば人間界に身を置いたときのこの使役と奉仕の姿に、また妻と乙女の違いに心痛めてむしろ致命的なことを望むようになり、それで乙女がまだ薔薇の莟の花冠をつけたまま優しく、人生の厳しさを知らないうちに、そして聖なるエデンの園の夢の絵を見せているうちに、人生の荒野よりもむしろ、言ってしまうが、神の御手の墓地に送り込みたくなるであろう。詩人よ、そんな願いはやはりよくない。乙女は母親となるのであって、青春とエデンの園、自分からは遠ざかったものをまた生み出す。母親にもまたいつか楽園が、それももっと素晴らしい楽園が舞い戻ってくる。だからあるがままにして置き給え。

第八十八節

　倫理的にも建築的にも下が空洞のパリ[*1]でさえ女性は、エロイーズとかアタラ、ヴァレリ[(1)]といったプラトニックな恋の戯れと炎の見られるものを恋文のようにむさぼり読むのはどうしてであろうか。婦人、これは老婦人ですら、及び青年はこうした作品に夢中になる。しかし中年の男性はこれらとは対照的な作品を好む。世の男女が女性の降伏には驚くけれども男性の降伏には驚かないのは何故であろうか。ということは男性の降伏にはびっくりする面白味に欠けるということであろうか。更に、厳しいチェスの試合では先手を打った方が、あるいは戦争では攻撃をかけた方が勝つけれども、それでおそらく女性は襲われる方として屈しなければならないのであろう。しかし我々を攻撃するのは我々自身をおいてない。それに科があるのは誰か、樹の上の蛇か、樹の下のイヴか。しかも我々がしばしば女性の生涯の幸せを売り払ってしまうときの代価は、なんと卑小ではかないものであろう。これは例えばクセルクセスがアッチカのいちじくをかじりたいと思ってギリシアに侵寇してきたようなものである。

　更に、女性の空想力は、男性のようにアルコールや緊張ですり耗っていなくて、それだけ一層容易に我々のことを思って高々と炎を燃え上がらせて、幸福を焼き尽くしてしまうのに違いない。

　ヒッペルの観察によれば、正しい観察であるが、不正をとり押えられた男性は意気消沈して弁解しないが、女性は一層不敵になり、荒れ狂い出してしまうそうである。しかしこの理由は、男性は察知し、女性は察知しないことによる。従って女性は自分の無実を他人や自分自身に偽って信じ込ませやすい。要するに女性の罪は、我々のが考えた末であることが多いのに対し、大抵無分別なもので、それ故罪が軽い。

　そして最後に。どこでも貞淑な乙女が青年より多く、貞淑な女性が男性よりも、老独身女性が老独身男性よりも多い。しかし男性にも二点自慢の余地がある。まず第一は、その生活状態、世間との関係、勇気の為に誘惑にさらされる機会がより多いということ、第二に、主義に従って自らの操を守る男性は、そのことに関し古代ローマの近衛兵というべきものをもっている。女性はこれを心ばえと身だしなみによって守るが、見守るのは守護聖人と儀仗衛兵である。しかし近衛兵が聖人や儀仗兵よりも強い。

＊1　周知のようにパリはその下の採石坑から出来ている。

第四章　少女の教育

第八十九節

前章の後ではこの章は少しで済むであろう。前章に従えば、少女はただ母親に、つまり教育者に育てればいいからである。その際為すべきことは、口頭乃至は印刷物で与えることになる大部の教育論[*1]がすべてということになろう。両親にとって娘がこれを受け入れるのに最も適した時期は希望を抱いている時、婚約の半年間で、夫にとっては結婚してからの一年間である。それに上の娘達に下の子供の面倒を見させることもよろしい。これはことによると娘を送り込みさえすれば、明晰さ、忍耐力、思いやりの身につく最も知的な実業学校といえよう。ただ末の子はこの学校には入れない。

しかし母親になる前であれ母親になった後であれ、人間であることに変わりはない。母親の使命とか、ましてや夫婦の使命が人間としての使命を越えたり代わりをなしていいわけがなく、その使命の目的ではなく手段でなくてはならない。芸術家の上にも、詩人の上にも、英雄等々の上にも人間がひかえているように、母親の上にも人間がひかえている。それで例えば芸術家が作品と共に同時にもっと素晴らしいもの、その創作者、つまり自分を作り上げるように、母親は子供と共に同時にもっと聖なる自分を作り上げる。どこでも自然によってすべて神的人間的なものは局所という限定を受けているように、理想は肉体に、花の香りは花のうてなに埋め込まれている。卑俗な縛め、糸に最も貴重な、失われやすい真珠はつながれている。それは穴をうがたれて、大事に守られる。

さて自然が女性を母性と規定しているのであれば、自然自らがすでにそれに到る発展の手配をしている。我々はただ自然に逆らったり、先んじたりしないようにすればいい。しかし自然はいつも盲目に強くその片寄った目的、結末を目指して働くので、教育は自然に対して、――それを排除はしないけれども、自然の力はどれも聖なるものであるから、――その補完をするようにしなければならない。自然の抑圧する力に対してそれに対抗する力を働かせて和らげ、浄化し、調和させることである。

＊1　なぜ他の作家の代わりに、むしろヘルメス[1]の多くの長編小説から。殊に女性の為にその果実を抜き出して編集しなかったのであろう。それは多くの洗練された、鋭く厳しい重要な視点、ヒントを含んでいる。

第九十節

女性は感ずるけれども、自分が見えない。全身心で、その耳は心耳である。自分自身とそれに属するもの、即ち理由を察知することは、女性にはすっぱすぎる。それ故に昔の法律学では宣誓は女性よりも男性を先にさせたのかもしれず、逆に拷問は男性より女性が先になったのであろう。理由があると堅固な男性は柔和な動じやすい女性よりも心を変え、動かされやすい。稲妻が軽い空気よりも固体の方を楽に通り抜けるようなものである。

さてどうしたらいいか。感情は身軽な部隊として、現在の勝利に従って、逃げたりやって来たりする。概念はしかし常備兵として位置を変えずに味方する。心に解剖を教えてその充実した内密の生命を奪っていいものだろうか。そんなことになったらまずいだろう。しかしゼンメリング[1]は千もの耳を解剖した後でも自分の耳で音色の魅力を感じ取っているし、哲学者はその倫理学、美学を印刷した後でもそれでもなお良心や美の力を覚えている。

しかし感情ではなく、感情の対象を娘は吟味し、分解し、解明することが出来るようになりたいものである。そしてみずから対象の間違いに気付いた場合、感受性はいつまでも変わらないまま、ただ洞察にだけは従うように仕向けたい。感情ではなく、空想に反対すること。空想は例えば戦争の絵においては、一民族の痛みを一つの心に、一日あるいは一年の痛みを一瞬間に、様々の可能性を一つの現実に凝縮する。しかしこの空想の焦点に分別という気散じの凹レンズを当てて個別の光に分散させても、感情は荒廃せず、ただずれてしまうだけである。しかし、母親に申し上げたい、年とともにおのずともたらされる優しく暖かい感情を一つ一つ慈しみ待ち受けるようにして、末の娘達の情緒に夢中になったり、愛の涙に陶然となるようなこと、例えば涙もろい話しを聞かせたり、それに類するむき出しの感情を示すようなことはしないようにして欲しい。というのは将来この娘達は感情で失敗するか、感情がこの娘達に育たなくなるかいずれかになるからである。感情や花、蝶々は後になって育つもの程一層長生きする。いつかはきっと精神的あるいは肉体的に現実に育ってくるものは、遅すぎてもおそらく害はないけれども、早すぎてはよくない。タキトゥスによるドイツ人は逞しい心を大事に軟弱になることなく守っていて、それを永遠に、これも若くはない、長いこと数多くの戦闘の間彼らの為に祈ってくれた乙女の心に捧げていたそうである。

娘達にそれ自体価値を持っているもの、芸術や学問、それどころか神聖な心をほんの遠回しにでも男を釣る餌とか夫を捕える猟具と言って勧めて、精神と神を冒瀆するような罪を犯してはいけない。そのような用い方はダイヤモンドで獣を射るようなもの、王笏で果実を落とすようなものである。天を地の手段、取っ手にする代わりに、せいぜい地を天の仲介役に高めるべきであろう。ただ家事一般の心得とか整頓、経済の知識等々は、夫との縁を将来結ぶものとして前もって推奨してよろしい。そもそも所謂女性の才知というものは、確かに花輪であって、愛の神が休らうことができる。しかし結婚の神は、花輪を、果実の輪でさえも、使い古してしまうので、所帯の切り盛りの上手さという黄金の豌豆大の首飾りに任せるのが最も長持ちしていい。

諸原則はうまく説明してはっきり分かるようにし、繰り返し言って納得させなければならない。殊によく見られる自分をあわれみながらその心を弄ぶ楽しみに耽らないよう気をつけて欲しい。これはただ過度の痛みを忘れまいとどんな朗らかな日射しをも避けるものである。気まぐれにはすべて憎悪と罰を下すこと、当てどない気分にはなんであれ戦争を仕掛けることが練習となる。どんなにささいなことであれ娘のわがままを黙って見過ごしてはいけない。こうしたことをすべて行なうには少なくとも男性の存在が必要で、この材木を頼りに軽佻で柔和な花の灌木は茎を出すといい。恋する若者は結婚前はむしろ雨模様の情緒、様々な気まぐれ、優しい弱々しさといった虹色の遊びを好んで覗く。しかしその代わり結婚生活では、虹は悪天候となるので、――気まぐれにはたびたび再訪されて悪徳よりも音を上げてしまう――それだけに一層理性や根拠のあることを求めたくなり、それが得られないときには詮ないある特別な夢から目覚める。その夢というのはこうである。自分は恋する若者として心の様々な牧人の時、逢瀬の時に恋人の決心をいろいろ別の方に変えさせた。それには十分根拠を挙げて説明したものである。だから自分は堅く根拠通りに行く結婚生活を予想していた。「今青春の情熱のときでさえ彼女は根拠のあることに従ってくれるのであれば、次第に年取って冷静になったときには一体どんなに素晴らしいことになろう」と彼の言である。これは逆にすぎない。彼女はただ彼の意志に従ったのであり、彼の連結推理には耳を傾けておらず、すべてはただ愛のなせる業である。従って世の夫の諸君、諸君の奥方の愛をつなぎ留めておくようにし給え、さすれば理性への説教をする必要はなくなろう。一体自分の妻、一家の女王と一緒に暮らしてゆくことが聖マリア様、天の女王と同行するよりも面倒であったり、収穫が上がらないということがあっていいものだろうか。メッシーナのある商人はマリア様に正直に利益の一部を支払っていたそうであるが。[*1]

　少女には恐怖や興奮することを遠ざけることである。これが大抵理性を排除する元凶である。小さいうちから多くの空想の禍事にはベールをいろいろ被せてやるといい。例えば子供が初めて雷鳴を聞いたとき、馬車のごろごろ回る音で、それに乗って待望の春がやってくると説明すればいい。あるいは動物とは、すばしっこさでびっくりさせられるねずみであれ、形の大きい馬であれ、不恰好で不気味な蜘蛛や蛙であれ、はじめは自ら何でもなさそうに振る舞って、次に子供の目を全体から個別の感じのいい手足の部分へ転じさせて、子供と動物とを無理なく漸次親しませてゆくといい。というのは子供は、本能の動物と違って、恐怖としては他人の抱く恐怖の他にはほとんど知らないからである。母親の不安の悲鳴を娘は生涯受け継いで震えかねない。説得しても母親の悲鳴は抹消できない。だから子供の前では句点、コロン、セミコロン、読点は打っていいけれども、決して人生の感嘆符だけは打ってはいけない。

＊1　『新旅行記』第七巻。

第九十一節

　娘の道徳は身だしなみであって、原理ではない。少年ならば酔っぱらった奴隷《ヘイロテス》(1)の悪しき手本を見せても向上の参考になろう。少女にはただ良い手本しか参考にならない。少年だけは世の営みというアウギアスの不潔な牛舎から臭いに余り染まらず出てくる。少女はしかし優美な白いパリのりんごの花、屋内の花で、そのかびは手で取ってはならず、細い筆で除かなくてはならない。少女は、古代の巫女がそうであったように、ただ神聖な土地でのみ育てるべきで、決して野蛮なもの、不道徳なもの、暴力的なものを耳にさせてはならず、いわんや目にさせてはならない。マクダレーナ・パッツィは臨終のとき、純潔を破る罪は何であるか知らないと言った。少なくとも教育はこの手本に倣うべきである。少女は、真珠やくじゃくと同じく最も白い色程評価される。少年ならば堕落しても一冊の立派な本を手から置いて、部屋の中を熱い涙とともに歩き回った末、改心いたしますと言って、それを実行することがあろう。ルソーはかつて四十年の青虫の状態の後変身を決意して、それから死んで第二の変身を遂げるまでその変身を守った。女性は変わってもせいぜい一人の男性の影響によるもので、それ以外の変わり方をした女性をまだ小生はほとんど読んだことがない。それで大都会に見られるいくつかの元娼婦のマクダレーナ尼僧院[2]に関しては、結婚したいと思っているものでも伴侶を、そもそも壊れた破片ではそこから斡旋して貰いたいとは思わないだろう。そこから世間の振舞いも納得が行くかもしれない。世間は男性の過ちははしかで、ほとんどあるいは全く傷あとが残らないけれども、女性の過ちは天然痘で、その痕跡が治った者に、少なくとも公けの記憶に刻まれると見ている。

金の器は純度が高い程、曲げられやすい。一段と高い女性の価値は男性の価値よりも失われやすい。古代ドイツの田舎の風習では教会へ行くとき息子は父親の後を、娘は母親の前を行ったものである。おそらく娘の方は目を離すわけにいかないからであろう。

自然自身この傷つきやすい魂には遠慮がちに話したり、聞いたりするという生来の見張りを付けている。女性の使う雄弁の文飾は、せいぜいその容色を別とすれば、大概はさりげない語り[*1]のものに他ならない。この見張りにまた見張りをつけて、自然のこの指示に従って教育の道を考えるといい。母親、父親、男性は、それに若者でさえ少女にとってはそれ故より良い交際仲間である。逆に同年齢の少女と一緒の少女は、例えば寄宿学校では、互いに長所よりは短所を交換し合って、おしゃれ、媚、他人のあらさがしをはじめ、さりげない語りを忘れてしまう。年齢の離れている姉妹ですら互いに損なうのであるから、ましてや同年齢の友人とではどうなることか。女子寄宿学校にちょうど一人の若者が面会格子の前あるいは後に来たとき、その互いのひやかしに耳を傾けてみさえすればいい。父親の家ではこのような訪問はそれ程問題とならないだろう、こうした訪問はきっともっと頻繁に、真面目に、そしてもっと少ない恣敵の間で為されることであろう。この恣意的な暫定尼僧院についてはまだ言い足りない。男性は共同生活するように出来ているが、女性はただ一人で母親になる為に出来ている。男性の寄宿学校はもっともである。しかし女性のはそうではない。女性の軍船が、団結、迅速、時間厳守、従順の要請を考えただけでも絵空事であるようなものである。少女は一人の心に頼る、少年は多数の頭脳に頼る。少女が寄宿学校で見いだせる最高のものは、第二の母親であろう。がしかし父親が欠けるであろう。

更に母親となる人なら避けて通りたいことで、女子寄宿学校ではそう行かないことがある。つまり女教師が監督し話す為に、――男性なら別な話し方をするけれども――そして粗野な、熱い、愚かな少女が洗練された優しい動じやすい少女の間に混じっている為に、悪い少女の心を口うるさく厳罰を課して直さなければならず、これが最良の少女の心を毒するのである。何のことかと言うと、少女の心からその優しい桜草のおしろい、あるいは花粉を荒荒しくふき取ってしまうものは我々男性へのかの老嬢風の警鐘、かの取り澄ました吠え声をおいてなく、しかし誰もが父親と新郎に対しては例外を二つもうけないわけに行かないのである。邪悪な気のきかない羞恥心があって、これは（フォルクマンによれば）A・コラディーニの羞恥を示す彫像に無恰好にぽつんと第二の体として離れて掛けられている石のヴェールのようなものである。ある種の深淵には、らばをアルプスの絶壁を行かせてはならないように、女性の心を、堕落させたくないのであれば、導いてはならない。ある種の警告には推奨と撒き餌とが同量含まれている。両親が純然たる見本を見せて輝いておれば、羞恥心という魂の翼の鞘翅に更に新たな上掛けをして覆い隠す必要はない。説諭によってまず子供の無邪気な羞恥心の無さが奪われ、後に静かに恥じらう状態が奪われる。

以下のことは、程度は少なくなるが、女子教育以外にも妥当する。つまり両親の家では教育は体験の中に隠れて、子供はその自由な気持、より柔軟な感受性が大事にされて、道徳はすべてその人生の寓話の添え物として後からついでに付け足されるにすぎないのに対して、学校で子供が味わわされることは、人生は説諭の為にあるに過ぎず、子供自身は単なる大理石の塊で（ノミとハンマーがその子の周りをいつも飛び交っていて）、その塊から一人の大人が出現するまで切り込みが続けられるということである。何気ない両親の教育では子供はおのずと成長するものと見られていたけれども、ここでは意図がむき出しになる。子供はそのなでしこの蕾がペンナイフで切開されるのを感じ、なま暖かい水を注がれておだやかに自らの力の促しで開花する感じを覚えない。まさにその故に、若者は定まった期間以上は校舎に留まろうとしないけれども、両親の家にはいつまでもいたがるのであろう。

女性の寄宿学校より女性のレッスンの通学学校はいくらかましである。望みたいことは、前者であれ後者であれ、いかなる娘達の部屋であれ、もっと女性の共同の精神を育てること、もっと同性に対する愛と敬意を養うこと、女性の価値がもっと人間的価値の輝きを帯びるようにすることである。このことを考えると女性の教育で等閑視されている嫌悪、つまり女性の女性に対する嫌悪という問題にゆき当たる。

というのはリチャードソン[3]が蕩児のラヴレイスに天使のクラリサに対するありとあらゆる拷問具、受難具を、殉教者を食い者にするこうした獰猛な輩が頭蓋に忍ばせることのできる限り、思いつかせて、そして本当にこのマリアを彼の手によって十字架にかけさせたとき、作者には当然女性の読者は猛獣よりは犠牲者に心を寄せるであろうとしか考えられなかった。しかし驚いたことに毎日郵便で来たのは善良なラヴレイスの後々の幸せを嘆願する女性の手紙で、これよりはましなクロプシュトックの堕天使アバドーナ[4]の末路に手紙が殺到した按配になったのである。同じくグリーンランドのある伝道者は、能うかぎりの弁舌を操って聴衆の心に灼熱の地獄を描き出したと期待したところ、驚いたことにグリーンランド人の顔にはますます陽気な表情が浮かんでくるばかりであったが、やっと壇を離れて、教会の参集者すべてに熱のこもった彼の地獄絵図で、地獄へ、あたかも自分達の所より暖かい気候の所へ出掛けるように、行ってみたいというある特別な情熱をかきたてたということに気付いたそうである。こうした地獄の魅力をラヴレイスは、クラリサの煉獄としてであるが、女性に持っていたと見える。

こう言うとほとんど諷刺に聞こえる。女性はお互いを愛することが出来ず、我慢出来ないとか、その親切な言葉はむしろ互いに小夜啼鳥を真似ている場合が多く、この鳥はベヒシュタイン[*2]の推測によれば、その甘い声でまさに仲間を追い払おうとしているのであり、それで小夜啼鳥は最期の審判の日に男性として復活するというスコラ学者[*3]達の主張には若干天国の性質と符合するものが出てきて、天国では、永遠の愛の栖として、女性は、男性に姿を変えられ、同性の完全な欠如の為に当然愛し続けることがもっと楽になるとか言うと。しかしながら事実があって、ローマ女性はその女奴隷に対して（ベッティガーのサビニ人の女性による）、更にはヨーロッパの女性はインドで同性に対して、レスボス島で島を司る一家の長女は他の妹達に対して、これは母親に対してさえも、そして最後に一家の主婦は女中に対していかにも苛酷であり、この苛酷さと比べたら我々が従僕に当たる態度は著しい対照をなして、それで驚いたことに（我々は従僕をさんざん打ちすえるというのに）より優しい性という尊称を頂ける程である。中傷とかあるいは所謂舌先殺傷で、応接室は一緒にお茶を飲まずに倒されてしまったこのような女性の戦場、心臓と頭蓋の散在する刑場となっているけれども、これは特に勘定には入れない。

ここでしかし真面目に母親に呼びかけるべきではなかろうか。とりわけ娘には同性に対する愛と敬意を目覚めさせ育てて欲しいと。これには母親が娘に遠い薄明の昔から燦然と輝き続ける偉大な女性の王冠を示し、また心を共にした女性の友情の傑出した例を挙げ、女性はすべて誇りにしろ苦しみにしろ類を同じくしていること、どの女性も自分の性は母親の性と同じで敬うにしろ蔑むにしろそのことを忘れてはいけないということ、人間嫌いは人間嫌いの者という報いを受けるように、人類の半分の女性に対する半分の人間嫌いもきっと女性嫌いの女性という報いを受けずにはいないということを教えたらいいのではなかろうか。父親でも何か貢献を、それも大した貢献を、もっと娘に同性に対する敬意を説きかつ示せば、なすことができよう。母親にはもっと同性に対する愛を説きかつ示して欲しいが。どんな教えもそれを実践して困ることはないので、娘に女中に対してはその人間性を大事にするばかりでなく、その上その性をも大事にする躾をしたら、なお有益であろう。

＊1　そのように弁舌家は、最も強い欲求の対象について何の欲求も示さずに話す語り方のことを呼んでいる。
＊2　鳥捕獲の彼の手引、一七九六年。
＊3　ゲルハルト『神学の主題』第八巻、一一七〇頁。

第九十二節

当世の美的岩石学者の中には女性という花咲く植物を（石化して）植物岩に変えてみたい者もいよう。女性にはもっとより強い者の右側にいて欲しいのである。しかしむしろまず今日のスポンジのような男性の性格にもっと芯と幹を与えてみ給え。女性の性格はきっとそれを頼りに木蔦として大きくなり別の梢を作り上げるであろう。女性の意志がどんなに強いかは、恋人のうちは分からないので結婚して、その結婚生活という死刑囚席でソクラテスの妻とソクラテス風な、あるいはヨブ風な対話を強いられている世の夫に尋ねてみさえすればいい。愛しているとき、結婚前は少女は余りに優しく頼りなく従順に見える。しかし結婚するとその子供の為の使命故に、北国の太陽のように、突然どんな花であれ、アロエであれ、あざみ属であれ開花させる。それ故におそらく大抵のスラブ人は花嫁のことを[*1]（ポーランド人ならそもそも女性のことになるが）定かならぬ方と呼んだのであろうか。要するに少女は強い母親へ変わる。妻は同時に女奴隷であり女神であって欲しいと思っている男性はこの事実に半ば呆然とする。その際頭に浮かぶわずかのことは次のことを出ない。「愛する心から自分は彼女に自分の独立心を大いに接ぎ木したいと思っていた。しかし彼女は自分自身の独立心を沢山携えてきてすぐに荷解きした。それで男と女は後には、雛の鳥がそうであるように、性別が判然とせず、ちょうど初期のギリシアの神々の像のように、例えば自分の場合は、どこが男神かどこが女神か判然としない。いや同じようなのはちょっと困る」。

従って少女の意志は鍛えるよりも曲げたり滑らかにしたりするべきである。彫塑の神々のように、女神もその感情をそれぞれただ静かに穏やかに表現しなければならない。過度なものは外的なものであれ内的なものであれ、すべて女性の魅力を損ない子供に害を及ぼす。男性でさえ自分の意志や本性をはじめて見せるときは、穏やかさを装う、二度目のときはそうでなくても。強い者で女性の穏やかさに戦いを挑む者はいない。穏やかな月光のときは一般に嵐にはならず、日光が燦然と輝くときには怪しいようなものである。昔から最も勇敢な男にかぎって最も穏やかに話したというのであれば、より気丈な女性には一層温和さ寛大さが似合うだろう。ピラミッドのように構えて欲しい。ピラミッドにはしかし穏やかなこだまが見られるのである。

しかしまさに現在の戦闘的な時代、今日のドイツ詩学の時代は女性を穏やかさのフルート教室よりは攻撃のフェンシング教室に送り込んでいて、それでただ今の激動の日月にそのうち竜巻乙女としての性格を担わされる娘達にとっては少なくとも第九十二節の追加文は、治癒はもたらさなくても、不幸を防ぐ手だてにはなるかもしれず、無益ではあるまい。

女性の激しい気性はしばしば溢れるばかりの高貴な気高い心情の者やそれどころかいつもは穏やかな愛情に満ちている者にも共存している。しかし本性のこのように堅い付録は本人自身や本人が愛し本人によって愛されている者すべてを癒しがたい不幸に招くおそれがある。

すでに生まれながらにして普段もの静かな女性の性格は情熱の突風に駆られる傾向が強く、それで法律でさえ（例えばプロイセン法）、日頃は優しい天使に死の天使の出現を怖れて、薬店主が女性に毒を売ることを禁じている。荒れやすい男性にその購入を認めているくせにである。法律は女性を正式に白い雪に蔽われた白銀に輝く冷たい活火山のヘクラと見ているようである。さてこの女性特有の激しさに個人の激しさが加わると、篠突く雨で幼い花の子供達を打ちのめしてしまう雷の女神がお目見えすることになる。びしょぬれの夫、水浸しの世帯、溺死した愛については触れない。荒れ狂う母親は教育に於ける一つの矛盾で、赤道嵐に似て、大気を熱して破壊してしまう。荒れ狂う父親はそれを冷まして浄化するのであるが。子供にとっては、まだひたすら陽気な気分の最中で、激しさに出会っても、高山で登山家が耳にする大気の破裂音並みに弱く聞こえるかもしれない。しかしそれは将来の谷の生活では雷鳴となるのであって、母親の激しい気性はことごとく七倍のこだまとなって結婚した娘に戻ってくる。先に言ったように夫婦の愛のことは触れない。女性の小ハリケーンに出会えば愛の女神ヴィーナスの乗る馬車の華奢な車軸は折れ、その先導の鳩は逃げ去ってしまう。読者の欲していることはここでその毒を描くことではなく、その解毒剤であろう。

これはもう娘が五歳、七歳になっているとそう簡単にはゆかない。激しいいらだちにただ激しくいらだって見せたり、がみがみどなりちらしても火に油をそそぐようなものであろう。処罰はそもそもこの幼い年頃では炎を鎮めるというよりは害をもたらす一方であろう。しかもその上処罰が激しいいらだちに下されるのは、当然ながら、次のもっと大きないらだちの点火準備を済ませた後ということになる。間違いを繰り返して見せるとここではすべて二乗化されて、叱責の痛みでさえ刺激となって二重にかっとなりやすい。肉体的には肉食よりは植物性のもの、血の気を鎮めるものを処方したらいいだろうが、後年にはどうしてもまた血気盛んになってくる。しかし早い時期での最良の薬はこうした火口に火を点ずるもととなるものをすべて、どんなにささいな火花であれ、避けるようにすることである。これには愛情や忍耐、平和の力をことごとく養い、指示して、かの烈火に対処する訓練をしてゆけばよい。禁令は何の役にも立たない、しかしもの静かさの手本は何ものにもまさる。話して聞かせようと、実際に見せようと、音声であれ行為であれ。クエーカー教徒の子供は罰しもしないのに穏やかである。両親がいつも異郷の嵐の雲越しに静かに輝く星として見守っているのを見ているからである。

これに対して後年の熟慮と羞恥の年頃には処罰してもいい、いや十五歳のこうした女性のボーレアス〔北風の神〕に対しては嵐をふきつけている最中に公然としたたかにぷっとふくらませたその頬に比喩的な平手打ちをお見舞するようにし給え。これは早い時期には喩が分からず、ただ、先に述べたように、ふくれっ面を更にふくらませてしまうだけであるが。

＊1　アントン『古代スラブ人についての試論』第一巻〔一七八三年〕。

第九十三節

以前貴族の夫人は家主と呼ばれていた。古代イギリス人は時々勇壮な女性の指揮を戦場で受けていた。スカンジナビアの女性の中にはホームによれば海賊がいたそうである。北アメリカの女性は農地で、パリの女性は商店で、我々ならば男性がしていることを皆している。これを聞いて少女は刺繍をし、編み物をし、繕いをすれば充分といえるであろうか。カール十二世治下のスウェーデン人が男達をみな名声への戦役に送り出したとき、女達は郵便局長、農民、公共施設の責任者となった。[*1] 今の時代は次第に男達がすべて戦役と永眠の旅に駆り出されつつあるので、さしあたり少女にその代理人、領主役を教え込むことが肝要であるように思われる。いずれ男達が射殺されたときにはまた女達によって夫達のとは異なる別な徴募、徴兵が必要となってくるであろう。

生活と仕事の体操は、以前の二つの節の言が正しければ、女子教育の三番目の規則(1)である。しかしこれは所謂女子の仕事にはない。縫い物、編み物、あるいはパリ製の小型糸車での糸紡ぎは気晴らしや仕事休止とはなっても仕事とか訓練ではない。モルダウ地方の女性のように歩きながら糸車を操る場合は別である。[*2] 刺繍は女性にとってのモザイクで、わずかの行為で無為から救われる必要のある身分の高い女性にむしろ似つかわしいが、続けると長わずらいの陰気な雌あなぐまになりやすい。リュクルゴスはスパルタの女性は（クセノフォンによると）公の練習場に通わせて、ただ女奴隷だけを織機や糸巻き棒の前に座らせたそうである。小生は肉体上の損失、例えば隷属的な体の姿勢を最大の問題とはしない。これはまず裁縫教室にダンス教室を開いて改善しなければならないけれども、注意深い母親であれば能書家が筆記の際にまっすぐな姿勢を保つように刺繍の際にも同じようにできる筈である。それに編み物をするときの神経を消耗させる指先の刺激痛も問題としない。座り続けていることの肉体上の害は後年になってまず目立ってくるのかもしれない。しかしこうした指先仕事の大部分が、女性のせわしない水銀を固定しながらもたらす害は、暇をもてあました精神がかび臭くさびついてしまうか、次々に輪を描く空想の波に浸りきってしまうことにある。編み物針や裁縫針は例えば報われぬ恋の傷口をどんな長編小説よりも長く癒されぬままにしておく。それは沈んでゆくバラをみずから刺してしまうとげである。これとは逆に乙女は、大抵の青年がそうしているように、一分毎に新しいことを考えていなくてはならない仕事を見付けるとよい。そうすると古い考えがいつまでも突出し前面に輝き続けることはなくなるだろう。そもそも仕事を変えるのは女性の心に叶っており、唯一つの仕事に固執するのは男性の心にふさわしい。

放心、もの忘れ、明晰さと敏捷な精神の欠如、これがこうした甘い内的、外的安逸な生活からくる最初の最悪の結果である。これ以上に結婚生活の三位一体、子供、夫、自分を毒するものはない。いやはや青年の方は毎日新たな綿くずから生計の糸を選び出し、はるかな道のりを自分の計画の目標に向かって近づいていかなければならないのに対して、乙女の方は今日昨日を明日の鏡として繰り返している。彼は勿論進むが、彼女は止まっている。前者は立たされ、後者は座らされている。

女性ははなはだ碇をおろした生活に愛着をもっているので、（ゲルニングによる）ギリシアの女性のように、折りたたみ椅子を自分の後ろから運ばせては、一歩歩くたびに手もとの席に座ろうとしている。しかし女性は太陽のように動きもしないのに輝き暖めるという点だけではこの太陽に似ていることを得意に思うといい。女性は座業の職の人々、仕立屋や靴屋と憂鬱症、夢想を共有している。こうした昼休み、朝と午前の休み、夕方の休みに恵まれた鎮座の生活では、ことに身分の高い女性は満腹の饗宴とともに過ごすので、医者が心配してあたふたと駆け回わることになり、結局名誉の騎士、侍従はフランス語同様に薬学をよく解するようになる。こうした一座には勿論スイス女性はほとんど含まれないだろうし、いわんやジェルジオ地区からのかのセクラ〔ハンガリー〕の女[*3]を求めることはできないだろう。この女性はモルダウ人との戦いでその七人を槍で倒して夕方また戻ってきてすぐに一人の息子を産んだもので、この出来事は一六八五年九月七日に起きた。

どこ吹く風のヴルトとかいう男は（まだ印刷されていない）『生意気盛り』の第二十三小巻で若干弁解になると思って、長いこと女性の座り好き、踊り好きについて話し、しまいには狙いたがわず飛んできては矢のように刺す食蚜蝿の言を弄した後で、これを次のように結んでいる。「女性が男性より生まれつきどれ程静かに座っていることを好むかは、蟹でみるよりも、この雌は尾部の推進脚がはるかに少ないけれども、人間自身の胎児をみるとよく分かる。男の子は三カ月で動き出すけれども、女の子は四カ月である。パリモードの尻当てを見ても座りがちな生活様式がよく窺われる。しかし自然はここで強い中和を与えている。熱病患者が自然と塩漬酢キャベツやにしんを欲しがり滋養食として摂るように、ベッドやソファーに寝そべっている女性には踊りへの芸衝動か、怠け者の未開人同様に、植え付けられている。コンサートの時と同じく女性の場合ゆるやかに《アダージョ》の後はきわめて急速に《プレイティシモ》である。しかし今のハナハダ緩慢ニの鎮座には激烈跳躍《フリオーソ》程必要なものはないと思う。無踏会はすり足のかたつむり、座り続けるかきにとって強壮薬のかたつむり療法、かき療法で、踊りの茶会は飲んだ茶会の最良の解毒剤である。両足では十本の足の薬指が働くことになり、仮面舞踏会では素面の婦人は、昔ペストの医者は蠟の仮面〔デスマスク〕をつけていたので、このペスト専門医を手にすることになる。婦人に郵便馬車や飛脚よりも早く走ってもらいたかったら、ライプツィヒからデッサウまで英国ダンスの縦列を作らせて少女にそこを踊らせてみさえすればいい。どちらが最初につくか、郵便馬車か踊り子か分かるだろう」。以下略。というのはここにどれ程真実が含まれていようと、これはやはり然るべきところ、つまり第二十三巻に納まるのがいいからである。〔二十三巻は法螺〕

こうした鎮座癖あるいは不動徳は子供の躾、家事の規律といった比較的小さな部門にまで見られ、女性はただ立ち上がりたくない為に認めてしまったり怠ったり、あるいは子供の動きを自分で動いてとめようとしなかったりし、精神的なことははしょるのに肉体的なことは引きのばすことが多い。ロンドンでは二度の呼び鈴で近侍を三度で侍女を呼ぶ。おそらくは女性に時間を与える為である。

＊1　デュクロ『ルイ十四世の御代の秘話』〔一七九一年〕。
＊2　スマロカフ『クリミア半島紀行』。
＊3　「一般文芸新聞の補遺」一八〇三年、一九号。

第九十四節

さて女性にはどうしてやったらいいか。身分の低い女性を手本としたらよい。娘には空想に溺れやすい一面的な三指仕事の代わりに多面的な家内の仕事をさせて、空想や没我を毎刻新たな課題や問題でせき止めることである。はじめのうちは料理をはじめとし園芸にいたる。後半には従者の監督代行から家計の大蔵業務にわたる。小国家の大臣の仕事、これがその一層小さな国家に於ける夫人の仕事である。つまり一人であらゆる部門の大臣をこなし、夫はというと外務担当となる。特に夫人は大蔵大臣であって、ゲーテによればこれが国では最終的に平和を決めるそうで、同様に戦争を決めるのはアルヘンホルツによれば弾倉である。高貴な夫人ももっと健康になり、もっと幸福をもたらしたかったら、もっと給士頭、いや家政婦となるように、これは一家にとってであるが、したらいいであろう。夫にとってはしばしば夫人はこの両者であるのだから。全体的に見て確かに身分の高い階級の女性は何もしない為に一層華奢で美しい。しかしこうしたヴィーナス[1]はローマ神話のヴィーナスに似ていて、これは同時に死骸の女神であった。死骸はこの女性達の子供、夫、あるいは自分達自身と思えばよい。しかし小生は料理のことを言っているのではないので、カントのように、料理も（スコットランドでしているように）踊りと同じく正式のレッスンを課すべきであると要求するような滑稽なことはしない。むしろ犠牲者に対するセネカの美しい格言、「神は多く摑えた手よりも純潔な手をみそなわす」が高貴な女性に対しても意味をもつであろう。夫は白い純潔な手を、一杯握りしめた手が食卓にならべる何か結構なものよりも注視していることに思いを致すべきである。

他には、しかし何故女性の順位表で主婦という現実の称号は大きな地位を占めていないのであろう。これはそれ自体子供達にとって、以前肉体的にそうであったように、今では経済的により自由な将来を約束するものではないか。偉大な男達、ウティカのカトーとかシュリとかいった人達が全体の中で求めていた名誉を個別の中で求めることに女性は抵抗を感ずるのであろうか。家事はとにかく管理されなければならないものである。むしろ夫が外的重荷の他にこの超過荷物までも背負った方がいいのであろうか。とするとただ驚く他ないのが、女性が、これはフンボルトや他の者が南アメリカの男性の例を見ているので出来ないことはないのだが、ごく簡単で重要な子供に対する授乳を我々に任せないということである。若干の刺激的練習をすれば乳母の代わりに乳父が出来るだろう。大臣や会長、その他の長官が（子供達は会議室に運ばれてきて）自分達の女房等よりも上手にこなすことであろう。

　ところでエーテルではなく大気で生きている女性なら、家事は機械的で精神の品位に欠ける、むしろ男性のように精神的充実を見付けたいと言わないで欲しい。手仕事のない精神的仕事が何かあるだろうか。主計局、書記局、国の観閲式場で動かす手数は台所や家での手数に劣り、異なるものであろうか。精神は労多い肉体の後を追わずに早くから出現出来ようか。例えば彫刻家の理想は大理石に数百万回下等な打ち込み、切り込みを入れる他には生じない。このレヴァーナが印刷され世間に出るには、小生が鵞ペンを削り、インクに浸しあちこち引き回す他ない。

　古代ドイツの聖なる女性よ。御身達は理想の心についても、顔を赤くほてらしている純潔な血の巡りについてもほとんど知らないまま、「夫の為に、子供の為にしているのです」と言って、その心配事、生甲斐の為にただ控え目に、散文的に見えたものだった。しかし聖なる理想は御身達を通じて、天の稲妻が雲を貫いてくるように、この大地に降り立った。神秘家のギュイヨン[2]は病院で下賤な女中の仕事を引き受け、その真似をしたけれども、これは他人いや自分の武器で傷を負わせそのままにしておく将軍よりも一段と立派な王冠を心にもった女性といえる。すべて強固なものは内にあって外にはない。詩人が印刷の紙上で諸国を動かし混ぜるか、征服者が大使への書類、条約の書類上でそうするか、それ自体はただ外的にのみ、無か一切かの違いがあるにすぎない。賤民にとってである。

第九十五節

本来女性は生まれながらの商人である。これに役立っているのがバランスのとれた諸力と感覚的な注意力である。子供はいつも見開かれた目を要求している。いつも開かれた口ではない。口ヲ閉ジ、目ヲ開ケ。しかしいつも単に小さな軽い関係に終始する会話圏の中では家事商業圏にましてかの常に身構えた視線を訓練してくれるものがあろうか。ある種の天分、例えば芸術家、学者、数学者の才をもった少年ならば、商人の才はなくてもかまわないだろうが、しかし結婚するつもりの少女は、殊に上に述べた少年の一人を相手にする者はそうは行かない。そもそも放心状態には警戒しなくてはならない。これは生来の過ちではなく個人の過ちであり、傑出した力をもたらす決定的要因などではない。放心状態はどれも部分的弱さである。例えば詩人や哲学者が、外的な、自分の仕事とは畑違いの世界では放心して進むとしても、内的世界でも、自分が一人で観察し統制してゆかなければならない世界でも同じようにぼんやりしていたら、これは全く烏滸の沙汰で使いものにならないだろう。同じことが逆に女性がぼんやりして自分の構うべき外的世界を内的世界にかまけて疎かにしたら言える。そこで少女をよく気のつく思いやりのある娘にしたかったら、娘の多くの目を社会に出てからアルゴスの目のように単なる孔雀の尾の飾りの目にしたくなかったら、あるいはまた娘を魚のひらめのように右側には二つ目があってもその代わり左側は盲という状態にしたくなかったら、家事をまかせて多面的に訓練することである。恋する若者などがこうしたことはエーテルの花嫁には不似合いだと、プラトン[1]がエウドクソスに純粋幾何学を力学への応用で汚したと非難したようにけなそうと両親は一切気にかけることはない。というのは今日か明日には結婚ということになって、そうなると夫は、これは蜜月でも冷静で、思いもかけず娘の手ながら母親らしい手つきの彼女のなすすべてのことに接吻するのである。

第九十六節

感覚的な注意力や目測能力を養い育てるもののすべてを少女には教えなければならない。従ってまず植物学、これは汲めど尽きない、落ち着いた、いつまでも為になる学問で、優しい花を見ながら自然と結ばれることになる。それから天文学。これは本来の数学的なものでなく、リヒテンベルク風な宗教的な天文学で、広い世界を見て精神が広くなる。その際少女がどのようにして眠りの為の最も長い夜になるのかとか愛の為の満月になるのかを知ってもそれは妨げにはならない。数学でさえ勧めたい。しかし女性には、すでに天文学者のフォントネル[1]は行きわたっていても、まだ数学者のフォントネルは見られない。というのは、ここで少女に教えるのは純粋数学や応用数学のごく簡単な原則に限るからであり、これには少年は強い。いや幾何学は第二の眼、あるいは照準儀として、物質界にある定まった分割を、カントが精神界をカテゴリーで分割したように、示すもので、早くから教えていい。幾何学的な見方は（哲学的な見方はこう行かないけれども）肉体を犠牲にして精神を酷使することがなく、それで外的な視力がにぶることもない。彫刻家や画家が数学を美しい可視界の骨組みとして研究してもそれで彼らの美の感覚が損なわれることはない。小生は二歳半の娘が、遊びながら描くことを教わった数学的な乾いた骨子の葉の図形を自然の豊かな葉形に再び見いだしているのを知っている。同じく女性は計算に、殊に大事な暗算に早くから才能を示す。どうして更に様々な貨幣やエレ尺の換算という九九を暗算させないのだろうか。

　若干異なる、つまり対照的なのが、哲学である。どうして英智や賢人を愛する女性に哲学を教える必要があろう。この性からは確かに時折賞品付きの大当たり、生来の詩人が引き当てられてきた。しかし生来の哲学者となると富くじが破産しよう。天才的な女性にはニュートンを英語で理解してフランス語で生かす、例えばシャトレ夫人[2]のような人がいる。しかしカントやシェリングをドイツ語で理解する女性はいない。極めて心情豊かな才気溢れる女性であればある独自の方法、確信をもって、深遠な哲人を、その弟子達でさえおずおずと手探りの状態であるというのに、理解することがある。つまり何でも簡単だと思い、どこでも自分自身の考え、即ち感情を見いだす。その果てしなく入れ替わる空想の雲の空には哲学者のどのように洗練された抽象的な骨組みであれことごとく浮かんでいるのが見付かる。いや実際当世の哲学者門下の多くの詩的信奉者自身同じで、鋭い切り口の代わりに空想のもやの空を見せている。

　地理学は単なる土地の索引としては精神的発育にとって価値がなく女性の使命に益するところが少ない。これに対して、これに隣接する生きた歴史は、命脈の尽きつつあり尽きてしまった歴史とは逆に、不可欠であり、諸民族という形でさながら同時代の歴史時代に区分されている人類現代史も、十二カ月を十二の同時代の場所に変えている地球現代史も必要である。安楽椅子と出生地に縛られている少女の精神、魔法をかけられてお城に変えられた王女の精神を救うには旅行記作者が必要で見晴らしのいい所につれてゆかなければならない。最良の旅行記の中から少女の為に再編成し短縮した地球規模の選集を作って貰えないものだろうか、その上に編者に懸け離れた民族についてのヘルダーの寛容、見解を付して貰えば、女性に対するこの上ない立派な贈り物になると思う。土地の記述に関しては、身分が異なるにつれ違うものを要求する。商人の娘は王女とは全く異なるものを必要としよう。

ほとんどこうしたことのすべてが一つの過去から次の過去に移るだけの石化した歴史について言える。歴史の年号や名前は少女にとってはどんなに少なくても構わない。ドイツの皇帝史で少女にとって重要な皇帝が何人いるだろうか。これに対して偉大な男達や事件は、都市や都市近郊の歴史より上に心を昂揚させ、どんなに多くても充分とは言えない。

歌い演奏する音楽は女性の心にふさわしく、女性を多くのサイレンの誘惑の声からいつのまにか遠ざけるオルフェウスの響きであり、この響きとともに女性の青春のエコーは深く結婚の秋の中へ届くことになる。絵画は逆に、目や装飾の趣味を一段と高める初歩の段階を越えると、子供や結婚生活から余りに時間を割くことになり、それで大抵は無益な芸術となる。

外国語というものは自国語を学的に照らすという意味だけでも必要であるが、しかし一つで充分でもある。残念ながらフランス語がしつこく先陣をきって押し寄せてきている。ただフランス兵の舎営を割り当て、引き受ける為にも女性は習わざるを得ないからである。願いたいことは、願い事は年の始めだけで毎日してはいけないという法はないのだから、英語やイタリア語、ラテン語の単語集が練習読本として少女の前に置かれ、それらを耳にしたとき理解できるようになって欲しいということである。

出版界、会話界ははなはだ見慣れぬ人為的語彙をあらゆる学問から流布させているので、こうした専門語を少年達のように学問と共にみずから学ぶわけにゆかない少女達にはそれこそ毎週造語辞典を読ませて暗記させたり、こうした反カンペ風の単語の頻出する読み物をよく分かるドイツ語に訳させたりするとよかろう。特別に外来語だけのドイツの八つ折判や百科事典がこの為に書かれたらと思う。最良の女性は夢見心地で（他の女性は勿論眠って）本を読む。峨峨たる精神営為の連山の上を水夫が海中の山稜の上をゆくように穏やかにすべってゆく。単語の意味を知ろうと辞書を引く女性はいない。決して夫に尋ねはしない。しかし質問ごっこを禁じられた遊びと見るこの沈黙の誓約、ようよう二十冊目の本を読んではじめて二冊目のある合成単語の意味を知るというこの安らかな夜想には先手を打つことが必要であろう。さもないと女性が本を読むのは男性に耳を傾けるのと同じ理解になろう。

ある官能に快いものがあって、これはどんな娘でも持つことのできる筈のもので、しばしば中都市の娘には全く見られないことがあり、これはこれを持っている者にも持っていない者にも蠱惑的で、容姿と言葉の一つ一つを飾るもの、女性が話す間だけは（その他はもたない）色褪せないものである。何のことかと言うと発音自体のことで、純粋ななまりのないドイツ語の発音のことである。母親方にお願いしたい。ドイツ語発声法のレッスンをフランス語並みに受けてそれをまたオペラの下稽古のように娘達に繰り返して頂きたい。これは事のもっと重要な側面を明らかにして言うと、民衆の語り口はいつも少し民衆の身分を思い出させるのである。全体的に身分が上がると、発音が（内容ではないが）上手になる。高い身分の者は（アーデルング[3]は混同しているけれども）確かに言葉の最良の楽曲家（作曲家）ではないが、しかし最良の演奏家（名手）である。

少女は、女流作家とは違って、いくら書いても書きすぎることはない。あたかも紙というこの好きな亜麻の最後の変身の中で、自らも一つ変身を遂げて、軽々しく騒々しい外界が消えたところに内界の為の静かな世界を見いだしたかのようである。それでしばしば極く普通のおしゃべり屋の手紙や日記に思いもかけない精神的天界が開けることになる。何について何の為に書くかというとこれは気まぐれに何か教えられたことではなく、生活の折々に切に感じられたことがテーマでないといけない。というのは女性の感情や考えは風土的であるからで、これは少年の場合よりもそうであって、それ故に現実の手紙、自分の日記が、課題作文はそうではないが、大事となる。こうした理由により、目標が定まると引き締まって明確になるので、多くの迫力のある切実な輝かしい手紙が女性より、いや男性からさえも本書の著者のもとに届くことになって、それで著者はうんざりしてよく叫んだものである。せめて五人の女流作家がこうした二十人の女性発信人並みにあるいは二十人の著者が四十人の文通者並みに書いてくれさえしたら、書籍市もいくらかはましになろうというものを、と。

第九十七節

先に述べたことの大部分は女性の力が女性の感覚とともに、行動力が穏和さとともに育つようにと願ってのことである。結婚生活に於いてばかりでなく、女性自身のうちにも天の十二宮の模写が見られ、獅子座の隣りには乙女座が輝いていて欲しい。概念の働きは精神の中で共和国的である。感情の働きは君主政体的である。何らかの対象が例えば舞踏会のドレスがサビニの女性をつかまえるローマ人のように女性を捉え、その内的世界を奪う。舞踏会前の鏡台で何かもっとましなことを考える女性はさらにもっと精神的インチ尺を失ってしまう。しかし現在によって唯一つのことだけを考えるように強いられてしまうのは、内面の夢の寝室からさながら盲になったかのように明るい白日のもとに出てくる女性の心をおいてない。

それ故よく経験させせられるように、女性の仕度が出来上がるのはいつも遅刻となってからで、そしていつも何かを忘れてしまう。しかし娘をこれの改善の修練教室に週に一度送り込むのは簡単であろう。父親が言えばいい。「リーネや、あるいはビーネ、ピーネや、一時間で化粧が済んだら、今日は踊りに行ってよろしい」。こうしてすばやく出掛けきちんと仕度するという条件の下に報酬を与える行楽によって、物忘れと遅刻のくせを取り除くことが出来よう。

第九十八節

女性の虚栄心については男性の誇りとほぼ同様でつまりお手上げである。花と同じく表面にあっていつも目立っている長所は虚栄心をいだかせやすい。それ故に女性、才子、俳優、兵士は現在、形姿、衣服を通じてそうなっている。しかし他の長所、金と同じく深く埋蔵されており、ただじわじわと明らかになるもの、強靭さ、洞察力、徳操は謙虚にさせ誇りをいだかせる。ネルソンは勲章の綬を付け、目と腕を失うことによって虚栄心をいだきもすれば冷静な勇気によって誇りをいだくことも出来た。美しい女性の席にあでやかに座っておれる男性はいない。こうした女性は鼻や目、容姿、顔色をきらめく宝石のように持して小路を歩き、おとろえぬその輝きで人目を次々に奪い、果てしなく光栄に浴している。これに対してさながら格子牢に入れられ監禁されているかのようにはなはだ分別のある学者の学長はその後をこっそりと忍んで歩くもので、内の真珠は二枚の厚い貝がらの中に秘められていて、誰も彼の学識の程は分からず、夫子自身自讃し目のくらむ思いでいる他ない。

ただ単に可視的、外面的世界でのみ重きをなす価値をもって気に入られたいという願望は無邪気でかつ正当なもので、これとは逆に目や耳に快くなかったり無意味に思えるよう願うことこそ不当であろう。画家ならば目に気をつかってお洒落をしてもいいが、その夫人はいけないという法があろうか。勿論害毒をもたらす虚栄心、媚態があって、これはつまり内的世界を外的世界に堕落させ、感情を耳目の為の引き網に拡張させ、独自の価値をもっているもので派生した価値を買いとり購うものである。ともかく少女は体や化粧で媚びようとはしても、神聖な感情で媚びようとするようなことがあってはならない。いわゆる祈りを上げている奇麗な乙女は、そのことを自覚しそれ故に跪いているのであれば、これが崇拝しているのは自分か悪魔、それに崇拝者の若者に他ならない。したがって母親や親しい者は誰でもすぐに誉めてしまう自分の癖、――これはしばしば小言癖よりも危険である、――には十分用心して、優美な無意識の気だて、表情、感情を気軽に指摘して賞讃し、そうしてそれらを意識した、つまり死んだ優美さに永遠に変えてしまうことのないようにしなければならない。臣下の数を数えるとダビデ王(1)は臣下を失った。精霊の手によって持ち上げられていた金は、話されるやまた落ちてしまう。男性はただ高い舞台靴《コトルヌス》だけをはいていて、それで楽々と世間に一段と高い自分の姿を、裁判官席、パルナッソス、教授席、凱旋車等々で見せることができるけれども、女性は自分の内なる人間を載せて見せるものとしてはその外見の人間の他には持っていない。どうしてヴィーナスのこの可愛い台座を取り除く必要があろう。男性はいつも同業の一団、団体の中にいて、いわば功労金の保険に入っているようなものであるのに対し、女性はただその人となりの一人っきりの価値を主張するだけである。それだけに女性は一層鋭くそのことに気を遣わざるを得ない。これがどうして女性は限定つきの賞讃に我慢ならないのかということの第二の理由かもしれない。第一の理由というのはおそらく、女性には自己分割がなく、いつも甘美なものよりは辛辣なものを押し付ける現在に絶えず屈服して、賞讃よりも賞讃の限定に敏感になるからであろう。

さて衣装の悪魔のことに移ろう、これは昔の神学者が化粧のことを指して呼んでいたものである。

女性の化粧室は劇場の着付け部屋に他ならない。しかし何故多くの説教がなされるのであろうか。しかし演壇の説教師は次のことを十分に考慮していない。女性にとって衣装は第三の心の器官で（体が第二の、頭脳が第一の器官である）上っぱりはそれぞれ更に器官が増えることを意味する。何故か。女性の体は、真の婚礼の贈物として、我々の場合よりも一層自分の使命と一致しており、我々の体がむしろ巡礼服、前掛け付きの坑内服であるとすれば、女性の体は戴冠服、宮廷服といえる。これは目に見えぬ聖女の聖遺物であって、これはどんなに敬い飾っても過ぎることはない。この聖なる体に触れるとどのような奇跡も生ずる。男性の手を切り落としても昔の時代は女性の手を握ることとしたらどうということもなかった。これを握るとサリカ法典では金貨十五枚の罰金であった。他に無理矢理接吻をすると名誉毀損の告訴の理由となったが、今でもハンブルクでは仕事場でなされた接吻には一回につき優に二グロッシェンの罰金が課される。しかしそれ故に女性にとって衣装や化粧は絵画のワニスとして、外観や正面の複製として大事にならざるを得ない。それ故女性が棺台のもとにくるのは大抵、下界の死者の間ではどのような服を着ているか見る為である。衣服に対する愛好が、偉大な女流画家はいても偉大な女流作曲家のいないことの理由の一つに挙げられるかもしれない。女性の描く絵のかなりの部分が衣服で占められるのに対し、音楽では歌う場合を除いて自分の見せ場が少なすぎると思われるのであろう。こうしたことからまたハミルトン(2)とかその他の女性のショール踊りの芸に合点がゆこう。年をとって病床にあっても、この両者の場合男性ならば喜んで心地よくナイトキャップを被り、ナイトガウンをはおるのであるが、女性は着飾る。男性の気に入る為にではなく、自分の気に入る為にである。いや蓋われた棺の中、この一人の孤独な者も存在しないが故にこの世で最も孤独なトラピスト修道院(3)の中でも、女性はポンペイから発掘された骸骨、当地で装飾品やイヤリングを付けて後世にいい恰好を見せている者達に遅れをとるまいとする。孤島にあってもロビンソン夫人なら、人影は水に写る自分の姿しかなくても、毎日最新のモードを作り身に付けるであろう。こうした浮き彫り細工、三重側の時計を作るのが男性の為ではないことは、女性が入念に化粧するのはただ女性の集まりのときを除いてはないということからしれて、ここでは誰もが他の女性を観察していらだたせるのである。

人の目を気にせず女性は誰でも自分の理想の世界、鏡の前に身を置いて、二重の花嫁姿を仕上げる。フランスでは昔女性は鏡を服の上に付けていた。おそらく親しい女性達に一層愛想をふりまく為で、彼女達自身の姿を眺めさせて、そうした姿をしていることに報いる為である。ドイツでは以前賛美歌集の前面には鏡が嵌め込まれていた。どうして今ではそうではないのか。鏡の不足でこうした各女性の神々しい似姿が失われているのは残念である。

この自然の摂理による同じ理由からどのように賢明な女性であれ自分の体がけなされると我慢ならない。同様に体が誉められると精神が誉められたときよりも高く評価する。ルイ十四世以来フランスの国王はただ二つの犯罪だけを許さないと誓ってきた。どちらも単に男性間にみられるもので、決闘とそれにもっと邪悪なやつである。女性は何でも許したがるが、例外は一つだけある。自分の魅力が否認されるといったことではなく、声高に肉体上の欠点、無器量が承認されることである。ところが男性の舌はどれも不謹慎、残酷で、こうした承認が舌先をすべりかねない。女性は我々よりも感覚的現在にひきずられ、外観や意見に左右されやすいので、自分の美しさであれ、人の言うみすぼらしさであれ、周囲に及ぼした影響として痛切に感じざるを得ない。こうしたことを述べること自体手厳しすぎると思われようが、しかし自他の経験から更に書き足すことがあって安心である。即ち、美しい女性の心ばえがあれば外的汚点が消えること黒い心ばえが外的魅力を消すに等しく、美しい心はせいぜい初対面のとき恐れをいだくだけであるが、堕落した心は将来をすべて恐れなければならない、と。女性の体は真珠母である。これが色どり豊かに輝いていようと、出生地のまま灰色に荒くれていようと、ただその中の明るく白い真珠だけが価値を決める。これは娘さん、貴女の心ばえのことで、これは誤解されるばかりで、正しく認められることがないと思ってはいけない。

女性の使命から、身分のある女性が女性の召使いを扱うときのかなりの冷淡さ、酷薄さの理由が説明できるかもしれない。互いに似通った点が多く、混同される可能性が高いことを否認し得ないのである。この点は夫も矛盾命題よりは識別不可命題に心惹かれていて、女性にこの思いを強く抱かせやすい。精神的教養の差異を女性は、殊に美しい女性は、重要視しない。男性はしかし従者を見るときはこの点だけを見る。ポンペイウスは自分が勝っていることを確信していて、料理人が彼に似ているのを問題にしなかった。

女性の衣装好きは清潔好きとともに、これはいわば体と倫理の境界域にあるものであるが、壁一つドア一つ隔てた隣人、つまり心の清らかさを有している。なぜ君主に謝辞を述べ献花を捧げる少女は皆白い服を着ているのか。精神的肉体的に貞潔なイギリス女性の主要色は白色である。ヘス[4]は自由な国家では白の下着が最も多いと気付いた。小生は自由な国家ほど、貞淑であると思う。修道院では白を着て外では黒を着て歩くドミニコ会士の逆をいって、貞潔の色をただ路地だけで身に付けるような女性には、その内部の清らかさを保証したくない。

更に下着棚、この女性の本棚について、──というのは我々の下着は白地に黒の本であるから、──述べたい。少女は衣装を多く自分で作るから一段と衣装好きになるのではないか、自分の庭でとれた野菜は一段とおいしいというわけではないかという思いを禁じえない。しかし問題は自然から接ぎ木された花の枝の徒長枝をいかに押さえ剪定してゆくかであろう。

心を充実させ給え。すると世の空気を求めなくなり、エーテルを求めるようになろう。花嫁ほど虚栄心の少ないものはない。

娘に何か重要な仕事への長い人生設計をさせ給え。以前ほど周りを見渡すことがまれになろう。正しい作品なら著者を夢中にさせ、後には読者を夢中にさせ、両者ともはや自分のことを考えなくなる。海戦のときのネルソン、陸戦のときのアルキビアデス、枢密院にあるときのカウニッツはうぬぼれを抱かない。

衣装着付けの魅力を娘ならば知っていて着付けの出来るのが良いけれども、他人の体でそれはすること。

娘を絵画のモデル人形のように扱って、形姿それ自体に価値をおくとよい。自分を女優のように思って、女王の化粧をしているからといって自分を見失うことのないようにさせること。衣装が値が張ると綺麗な衣装のときよりも一層うぬぼれてしまう。

乳母や小間使い、これに類するばった類の庶民に着飾った娘のことを誉めさせちやほやさせてはならない。いや遊び友達にさえ、殊に身分の低い友達には注意しなければいけない。こうした女性は盛装に見とれてそれを着ている者への賛嘆へ移りやすいからである。

清潔さや節度、身だしなみ、審美眼にかなった美しさに栄光の価値をしっかりと認めてやること。すると娘は詩人と同じく芸と理念に心奪われて自分を忘れる。美に傾倒して美人のことを忘れる。自画像を描いても大抵原物より模写像に魅力を感ずるような芸術家に育てるべきである。

最後に母親自身がみずからのインテリアの名手となったり流行色の不毛なチューリップ畑となることのないようにしなければならない。以上ですべてとは言えないまでも娘には十分であろう。

第九十九節

この節全体をただ少女の陽気さ冗談好きについて弁護して書き、これをよく少女に禁じがちな母親にこの節を献呈したい。というのも例えば少女に真面目に、折を見て笑うように提案すること自体、早速笑いの対象を少女にもたらすことになるほどだからである。これに対して母親はよくぶつくさ言う（たとえこれは心ではしばしば笑っていてもそうで、逆に娘はただよく表面だけで笑っている）。母親は乙女という凱歌の教会から妻という喧嘩の教会へ越したのである。義務が重くなるとともに真面目さが倍加する。甘い蜜月に誘っていた夫は蜜郭公(1)から自分で蜜を食べようとする堂々たる蜜食い熊に変わっている。

さてそれだけに世の母親方にはこの軽やかな娘達が花の周りで戯れ、長い真面目な年月の前にしばし跳ね回るのを許して頂きたい。少女達がローマ人同様に悲愁の劇の前に喜劇(2)を楽しんでいけない法はない。青年が微風《ゼフュロス》の神となっていいのであれば乙女は微風の女神であって当然よい。人生で乙女の笑いと冗談ほど詩的で素晴らしいものがあろうか。乙女はまだすべての諸力の調和の中にあって、誰とでも誰に対しても気ままに自由に振る舞って、冗談を言ってもそこには嘲笑も憎悪もみられない。純粋な冗談、諷刺にも男性の諧謔にも似ていず、作家達にも難しい詩的な冗談を娘達、例えばライプツィヒの娘達は言い、教えてくれる。娘達は他に魚の可愛い対蹠人といえて、魚は周知のように黙っていて横隔膜もない。娘達が真面目になるときはその冗談ほど罪がないという場合は少ない。かの気鬱に打ちひしがれているときは特にそうで、これは乙女の魂を重苦しく肥った、ぶんぶんとうるさい、羽の垂れた蛾、例えばどくろ蛾にしてしまうものである。恋の初心者には夜の蝶〔蛾〕は気に入るかもしれない。しかし世の夫は真昼の魂《プシュケ》を欲している。結婚生活は快活さを要求するからである。あるリビアの民族*1では招待した娘の中で自分の冗談に笑った娘と青年は結婚することになっていた。この慣習に小生の意見はあるといえるかもしれない。

陽気な笑い声はどのような人生行路にも真昼の明るさをもたらす。気鬱はその邪悪な霧をはるか遠方までしみ込ませる。痛みは所謂軽薄さよりもうつろな思い、とりとめのない思いにさせる。これに対して女性がこうしたアドリブの喜劇を結婚生活に持ち込んで、時折夫もしくは主人公の硬直した叙事詩をその滑稽な詩によって照射したり、あるいはローマ人がしたように不幸な出来事に対して喜劇を手配したりすることが出来たら、この女性は喜びと夫、子供をみなとらえて我が物とすることになろう。

女性が冗談を言うと心の深みがなくなり、感情が消えると心配することはない。男性の場合そうなるだろうか。立法家のリュクルゴスは自宅では笑いの神に祭壇を設け、そのスパルタの民はいたる所にそれを設けていなかっただろうか。ちょうど外的冗談を言っているときに心の静かな力は繁茂するもので、そしておのずと心は充実してゆく。いつしか笑みを浮かべていた顔がはじめて恋の為に泣き顔となり、涙があふれて優しい心をすべて写し出すようになったとき、それはどんなに素敵な眺めであろう。

従って母親は娘が外的にはフランス女性、内的にはドイツ女性となって、人生を滑稽な詩に変えて、愉快に戯れながら深い意味をとり囲むようになっても、それを我慢するばかりでなく自らそれを奨励するようであって欲しい。この為の本としては、というのは我々男性は助言となると真っ先に本のことを考えるからであるが、第一人者のセヴィニェ夫人の書簡集の他には薦めたい本を余り思いつかない。しかし機智、単なる機智が、美学に反して、女性にとっては喜劇、諧謔《フモール》である。エピグラムが女性にとっては諧謔的な一章で、ハウク(4)やマルティアル(5)がスターンやアリストファネスに当たる。大きいものと小さいものとの愉快な結婚を（これはただ、長い本性上の近さの連鎖から見ている男性の目だけが不釣合いとは見ないものだが）女性は笑って笑って病気になろうとする、いや実は健康になろうとする。誓って、高笑いし給え。母親は娘に出来るだけ多くのエピグラムを読んで聞かせて欲しい。そもそもただ少女の為のエピグラムだけの選集とか、とてもフランス語風に響く少女向きの一冊もしくは数冊の喜劇的作品はないものかと思う。楽しげにふざけている子供達にはお互い同士とくと笑い、殊に重々しげな男性がやってきたときには誰かまわず、たとえ九十九節のような節を書く著者の一人であろうと笑い飛ばすようにさせ給え。

＊1　アレクサンダー・アプ・アレクサンドロ[3]、第一巻、二十四章。

第百節

更に天才的女性の教育について考察の要があって、こうした女性には更に特別な教育が必要かもしれない。しかし小生はこうした女性の為には一層強く普通の教育を主張して、その空想力に対するバラスト、対重としたい。平凡な日々に聖なる祝日が見られるように奇跡の作品を出現させる天才の精霊は、教え込んだり教化してどうかなるものでもなく、打ち負かされもしない。それは時代、性別、どのような偏狭にも抗して敢然と面を上げてくる。才能は天才と違って抑圧される、つまり圧殺されることがありうる。寄せ集めてきたものは壊される、つまり分断されるけれども、ただ力そのものであるものはそうは行かない。実際状況による天才の抑圧が可能であれば、今まで天才を目にすることはなかったであろう。天才はいつもただ数年に一度の閏日として出現し、大多数の千四百六十日に対するただの一日として投票に現われるので、敵対する諸展開、諸包装にかこまれて、その上これにはごく幼いときから閉じ込められ、晩年に至るまで係留されかねず、それで蜂に刺される馬さながら討ち死にせざるを得なかったであろう。にもかかわらず、言葉があるのがその証拠、天才は出現した。天才は最初、他の将軍や政治家のように近隣と単独講和を結び、死後にはじめて世界と一般講和を結ぶ。

しかし天才的男といえども一人の人間、一人の市民でなければならず、場合によっては父親役も演じなければならないのであれば、女性の場合も天才だからといって自分の更に一層具体的な日々の生活の仕事を疎かにしていい筈はない。ジャン・ジャックとかが教育の為に書くのであれば、才気あるジャネット・ジャクリーヌとかは才気ある男性達の仕事を恥ずかしく思ってはいけない。むしろ女性の才能が珍しく充溢しているときには教育への召喚がその赦免状よりも多く見られる筈である。

しかし天才的女性が行為をおろそかにし、理念だけは鼓吹するなら、女性としての使命から報復を正しくそして厳しく受ける。

まず正しい報復。というのは女性は家のかまどの女神あるいは斎女と定められ、世界の海を股にかける大洋の精とは定められていないからである。理想で一杯になるにつれて、一層現実に生きるように、ちょうど理想中の理想である神が自らをこの世の形で表現しているように、努めなければならない。そして神が人類を育てるように、娘などを育てるべきである。詩人がネーデルラント派の狭隘の中にもイタリア派の地平線の中にもその理想を同じように語ることができるのであれば、天才的女性がその理想を台所や地下貯蔵室、子供部屋で語れない筈はない。

しかし次の厳しい報復は、等閑にされた関係に対する叱責である。女性は詩を作ろうと世を治めようと愛することを忘れることができない。子供の代わりに従って天才的女性は男性を求めるようになる。彼女達は世の女性のように男性から愛されたいと願いながら自分自身は男性のように愛する。それでとびうおのように二つの世界の間、男らしさと女らしさの世界の間をさまよいながら、この両者から傷つけられ両界で迫害される。そうなるとその精神的活動圏が広がるにつれて一層不幸が増すことになる。例えば女流詩人は女流画家よりも一層不幸である。

しかし女性の使命と天才の使命とを調和させれば、その心に類い稀なる至福が生ずる。そうした高みにあっては山と同じく谷で雨となる雲はすべて霧消している。

このような者の頭にあらまほしきものは、王冠、あるいは公爵、侯爵の冠である。それで次章となる。

第五章　ある侯爵が娘の教育係典侍に宛てた内密の指示

第百一節

小生が侯爵の子女の教育について考えている些少のことをある夢に付して語るのを許して頂きたい。今から話すこの夢の中で小生は突然中段をすべて突き抜けて侯爵の身分に昇っていた。この昇格は名誉欲を密かに抱いているからというのではなく無闇に新聞ばかり読んでいるせいと思って欲しい。さてこの夢に現われたのは、小生はユスティニアーンという侯爵で、妻はテオドージア、[1] これとの間にもうけた王女はテーオダという名であったが、教育係はポンポンで、おそらくはフランス姓であった。侯爵の冠を頭に戴いた小生がポンポン夫人に宛てて書いた内密の指示はあらまし次のようなもので多分に夢のようなものである。

ポンポン夫人、忌憚なく物を言う性分を許されたい。昨日愚生の奥がテーオダの教育につき貴女と取り決めたこと、これは奥の意向を汲んで批准するにやぶさかでありません。しかし貴女に課された実践の考科表を若干密かに変えて頂きたいと筆を取った次第です。愚生は確かに他の君主同様法律の制定をこなしますが、しかし故あって若干の法は容認することもあります。王冠をいつも手もとに置いておくわけには行きません。以前はドイツの皇帝は戴冠の式具を旅に携えて出たそうですが。ただ同僚の君主諸侯のようにはならないよう気をつけねばなりません。この同士は、昔ペルシアの国王が誕生日には奥方の希望を何一つ拒絶できなかったとすれば、誕生祝典からほとんど抜け出せずにいます。

白状いたしますと、新床の一週間後には、奥の程めでたい徴候ではありませんが、愚生もある徴候をつかめて、感じたのは、奥は下層の者がしているようにことによると自ら将来の王女の教育係典侍になるのではないかというものでした。貴女はただ称号だけということになりましょう。実際宮廷の退屈を、――愚生は最も長い昼と最も長い夜が一度に二十四時間のうちに演出するものを最もよく存じていますが、――考えて見さえすれば、侯爵よりもこの退屈をつらく感じている侯爵夫人がそれだけでもう娘の教育に熱を入れて時間をつぶし気散じをするようになるであろうことは目に見えています。いつも宮廷の床に、小舟かあぶみの上にいる人のように、膝を屈しているのが最も安全と思っている宮廷人に飽き飽きしたら、普通犬やおうむ、猿を求めるもので、これは動物が身分には無関心で、いつも自由に新鮮に興味をもって振る舞うからです。それで実際愚生の子供は、宮中では数少ない愚生と対等のもので、従って自分の考えていることを気ままに語る為に、更に一層興味を引くに相違ないわけです。それに何年でも絵や刺繡の為に犠牲にできる立派な侯爵夫人ならば、むしろ自ら腰をすえて娘を描いてそれを自画像とする仕事にかかっていいのではないでしょうか。なぜ人の良い牧師達は説教壇でただ侯爵夫人が無事母親となるようにとだけ祈って、教育も施すようにとは祈らないのでしょう。

しかしこれは疑問にすぎません。テオドージアは愚生が父親として思い[illegible]は簡単に多[illegible]の厄介[illegible]片付けてゆけなかったのです。ちなみに奥は暖かく優しい母親で、身をもって経験することになるでしょうが、テーオダを呼び寄せずに一週間を過ごすことはめったにないか、決してありません。

ポンポン夫人、多くがあるいは大部分が貴女の子供に対する愛と配慮にかかっています。昨日は外面的礼儀、君侯の子女としての品位や慎みに関する長い一章を聞かされそれに調印しました。結構なことです。更に王女には時期をみてパリの舞踏教師を雇って、長裾の持ちかた投げかたを教えて貰うつもりです。しかし願わくば、この一歩ごとに貴女自身をも縛る垣根、このすべての口頭表現の通行止め、この肉体の圧搾型、縮ませ伸ばす金縛りを事細かに励行することのないようお考え頂きたい。可哀想なテーオダ。こうでないといけないのか。宮廷は確かに慣習法の国で、国だけが民法の国です。しかし支配の一家となると慣習の影響は一段と少なくなります。自分の臣下であれば礼儀を欠く不作法、違反として書き付けざるを得ないような元気のいい振舞いの幾つかも、君主の愚生には独特な特徴、ひときわ愛敬のある特性として（ことによると追従から）それを時々目にすることは多くの者の願望の一つと評されます。こう解すればいいと思って王女には若干のことはいつも大目に見て頂きたい。結婚してから愚生は極めて愛らしく美しい侯爵夫人の一人とその方の結婚後知り合いになりました。この夫人にはある可愛い不作法の癖があって、その他には何も考えられないのですが、人で一杯の演奏会場や他の広間を帆をかけて走ってゆくのでした。宮中や見知らぬ殿方、例えば愚生はそれを見てどうしたと思いますか。皆この夫人の熱血を称えたのです。しかし夫人が十二歳でそこに教育係典侍が居合わせたら、このいとも素晴らしい情熱は全く別な情熱の火を点じていたことでしょう。

王女達が礼儀機械のように魂のないものにされて、広間にあたかも氷の暖炉(2)であるかのように置かれて、その中では揮発油の小さな炎も点してはいけないというように育てられる必要がありましょうか。侯爵令嬢が獄につながれたようになり、歩いて橋を渡ることは、公園の色とりどりの小橋の他にはいけないというふうになっていいものでしょうか。涙が最良の王女化粧水でしょうか。我々王子の側から何か厳しいものに名称を借りてきて、王子金属(3)

と名付けているのは少なくとも結構なことです。いずれにせよ後年には子供達は形式という金の鎖につながれ、生の旱魃、愛の断念に慣れて、両極同様に霧と冷気の多く漂う王座の天蓋の下に呪縛されます。その天蓋の下では現に支配している君侯でさえも、変更が自在で雷を落とせるというのに屈伏しているのです。もとより公の行事、祝祭の席ではすべて堅苦しくよそよそしくて構いません。しかし貴女とだけでいる場合は別です。白い玉砂利は庭園の道にあってこそ滑らかに輝いて結構ですが、花壇では何の役にも立ちません。ロザンの公爵[4]は、王女を愛人にしたかったら、そっけなくし、しっかり叱るといいと言いました。愛されるようにとのこの公爵の方法を貴女は傅育官の方法と混同なさらないで下さい。日曜日に耳にしたところでは、貴女は北方の神話を好まれるとのこと。そこで娘のノサ、あるいはゲフィオーネ[*1]ともなっていただけないでしょうか。健康こそは本当のゲフィオーネです。この女神がテーオダの左腕を抱いて、同様にノサの女神が右腕を抱いて育てて欲しいものです。勿論美しい侯爵夫人は侯爵よりも多くの臣下をかかえています。女性の美しさが咲き誇るのはアルプスの王座をおいて他にありません。ただ自分の後継ぎは八重咲きの花に任せたくはありません。侯爵の居間は、そこには要塞同様将来のドイツが無事に自由を保てるかの答えが隠されていますが、繊細で美しくはあってもしかし丈夫な手で築かれなくてはなりません。どの母親も大事であれば、侯爵家の母親は最も大事でありましょう。来る七月に手筈がととのえば、テーオダが愚生のお伴をすることになり、愚生は貴女のお伴が出来るわけです。そうなればいろいろなことを試みるつもりです。昔のマンデルスローのインド旅行記[5]には極楽鳥の中では王だけが足をもっていると載っています。おそらく我々侯爵はただの極楽鳥で、どこかの下卑た輩が我々の国王におさまっているのでしょう。しかし女王のテーオダには歩いて貰いましょう。更にはローマの独裁官《ディクタトル》に許されなかったこと、馬に乗ることを許しましょう。侯爵達の健康が毎日飲み続けかねない量でどれ程損なわれているか考えて見たくもありません。皇太子がいたら、心配の余り取り乱すところです。

テーオダにはフランスの作品よりもイギリスの作品、その両者よりもドイツの作品を読ませて下さい。どこの気障な作家がフランス文学の雰囲気と宮廷や俗世間の雰囲気との類似を指摘したのか存じません。[*2]しかしこの考えは当たっています。フランスの本ではいつも広い世間や宮廷が語られます。ドイツの本は大抵村や小さな市場町です。王女には民衆についての無惨な無智はいくらか解消して欲しいものです。王女の椅子の後にいて王女の皿を下げたり空にしたりする肥った従者のただの複製が民衆だと思っています。乞食には銀貨をやってはいけないと思うようになっては困ります。それも自分自身目方が軽く勘定しやすいというので金貨だけを持っていたり持たせているという理由だけでそう思っています。これはしかしほんの些細なことです。ドイツの作品には全体にははなはだ粗野なたくましい心、大胆な弁舌、道徳と宗教に対する愛好、慎重な判断、健全な常識、えこひいきしない一視同仁、すべての人間的幸せに対する心からの祝福、天を見上げる両眼があります。さてこうしたドイツの力と純潔が身分が高く女性として優しく育てられた者に接種されると、これは最もきれいな花と実を同時につけるに違いありません。

フランスの図書室はこれに対して、ガリア人の新聞記者と愚生の老侯爵風の教師に腹が立って、物をねじまげて見ているのでなければ、せいぜい控えの間か宮廷広間という所です。テーオダは毎日耳にしていることだけを読むことになってしまいます。同じく生硬な考えをソフトな語りにつつみ（ちょうど鉱物学者が新しい岩石にイトを付けて、例えば玉滴石《ヒアリート》とか藍晶石《ツャニート》、その他ギリシア風に柔らかく名付けるようなもので）、同じく相対立する出来事に対する揶揄がみられ、というのは社交界の紳士は、ある命題は真であるか偽であるかであるというのを否定したエピクロスに似ているからで、更にまた同じく社交界の紳士とフランス人とのエピクロス派との別の類似があって、それはエピクロス派は他の哲学の派と違って、全派がワイン、食事、娘、神について一致しているので分派がないという点です。

いや、テーオダにはヘルダーを（ヴォルテール等はきっと侍従として耳にすることになろうから）そしてクロプシュトック、ゲーテ、シラーを読んで欲しい。子供とフランス人の友である貴女はいずれにせよテーオダには全フランスの図書館にあたります。ドイツの宮廷では、愚生の宮廷ばかりではなく、以前から貴女の国の方々、及びその作品が歓迎され、また力を発揮してきました。あたかもローマ人が、ガリア〔フランス〕の奴隷が最良の牧人[*3]であると現実に真面目に考えていたことが比喩的に妥当して、貴女の民が民衆の最良の牧人を（つまり皇子の家庭教師を）そして民衆の最良の牧人を、つまり皇子を生み出すことが出来るようなものです。

ただルソーとフェヌロンは忘れないで欲しい。ネッケル夫人[6]の回想録も同様です。教養ある女性にとってこのネッケル夫人の本ほどに濃やかに繊細に、華麗に、宗教的にその上面白く書かれた本はまずありません。その宝石は多くの薬効と共に輝きと色あいに満ちています。しかしその娘のスタール夫人は愚生の娘に名刺を差し出すのは、娘がこのような機智あふれる訪問を受け入れるに充分な年となるまで延ばして欲しいものです。

ドイツの王妃達は現在ほとんどすべてのヨーロッパの王座のもとに住み王座を結び付けています、気取って言ってよければ、オーロラの薔薇が山の頂きにあってそれぞれをつないでいるようなものです。昔は、トマ[7]の見解によれば、異教徒の侯爵はキリスト教徒との結婚によってより良い宗教へ改宗したそうです。こうした芸当は現在王女には要求されていません。が、自ら宗教心を抱くようになることだけは要求されます。眼の上にビロードと木材の王座の天蓋より他により高く確かな天を見たことがない者は、世間が狭く、自分の頭以上には先を見通せません。人類の花咲く頂上にいながら幸福でない者は、心のうちに神がいなければ、下層の者よりも救いがありません。この者は少なくとも自分の低い身分を嘆くことによって改善の希望を見いだすからです。ただ宗教だけが王妃達に、しばしばナルキッソス達が魔王に仕えるように、これに類する者に仕えていると思われる王妃達に、力と落ち着き、静けさ、生命をもたらしてくれます。先の時代教養のまだ少ない女性に男性の一層野蛮な酷薄さを耐え克服させたのは宗教の力に他なりません。それで涙の時間は祈りの時間に化したのです。自分の生前に多くを失う女性は男性よりも、青春時代から晩年に至るまで高い星のように同伴してくれるものを更に多く必要としています。この星の名前は何か。人生の明け方には愛の星と、後にはただ宵の明星と呼ばれるにすぎません。

イギリスのヘンリー八世は女性が新約聖書を読むのを禁じました。現在は残念ながら時代がそうしています。幸い愚生は貴女と貴女の同性について存じています。不信心の王妃は信心深い王同様にまれです。どちらもお認めになると思います。勿論先の世紀には宗教心の篤いグスタフやベルンハルト、エルンスト[8]等が山頂に錨[*4]があるように存在しています。愚生の立場から間違ったことを申すかもしれませんが、しかし白状しますと、理想的な女性の美を造り上げようとするときにはいつも王座がその足場でした。これは愚生の旅行での見聞の所為でしょう。しかし愚生には理想的な女性の精神の美も同様に大事で、これはいつも王冠のもとにありました。「茨の王冠では」とお尋ねですか。「多分に」と答えましょう、「しかし更に金がかぶさっている」と。

要するに、女性の心のある種の理想的な繊細さ、純粋さは他ならぬ最も高い所、王座でこそ最も美しく発達する、ちょうど山で最も美しい花が咲き、山から最もおいしい蜜が取れるようなものであるということを愚生は固く信じています。この二つの類似は第三の類似を約束しています。女性の本性がこの上なく美しく花咲く為に更に形式や風紀を、さながら花瓶や肥土のように必要としているとすれば、他方男性の根は広くて粗い土や岩に張り出して砕いていくわけで、それで女性はおよそ必要とするものを宮廷で見付けることになります。宮廷はご承知の通り全く形式と風紀と言えるもので、それも、愚生の宮廷を自讃しなくても、最も窮屈で道義的なそれをもつ所です。というのはそもそも高次な教養そのものが、高次の礼儀作法同様に、この道徳性の形式、反映同様に、逆しまの虹の写しとしてではなく色彩のはっきりした虹として供せられることを欲しているからです。更に上品、名誉、品位(男性的なものも女性的なものも)、繊細、思いやりを挙げることができましょう。これらはすべてどこの宮廷でも、単に外的肉体的作法として要求され守られているばかりではなく、内的肉体的な作法、つまり言葉遣いとしても同様であって、かくて宮廷人は自らの内を語らずもっとましなもの、道徳的外観を語ります。

女性の徳は弦楽曲で室内で最もよく聞こえ、男性の徳は吹奏曲で屋外で最もよく聞こえます。人間は公のときいつも最も道徳的に振る舞い、軍や民衆の先頭にいるときは小部屋や森にいるときのような臆病さは見えないものです。部屋にいるときの我々侯爵という受難者は、コロスが一瞬たりとも舞台で離れることを許されなかったギリシアの俳優に酷似しています。然るに全く女性は目撃者をはばかりながら見事な行為によってそれに応えています。それで愚生の命題は正しいものです。

更に付け加えますと、王妃は、空腹の生の粗野な仕事で働き疲れ、迷うことがなく、心と美に繁栄をもたらす外的な落ち着きという穏やかな気候にあって、それ自体共同行為よりも観照に導かれており、少なくともその気がない限り、国事行為のかの黒い洞窟に足を踏み入れるよう強制されることはありません。この洞窟の入り口で侯爵や大臣は愛のコートを毛織りのそれのように従者達に保管しておくようにと渡すことになります。何を話していたのか分からなくなりました。しかしこれだけは言えます。身分の高い女性は非人間的なことを経験して長く黒い葬列が続いても常にその愛する心、情愛を生き生きと保っているということです。他方男達はこのような場合、いや時には唯一度の心を孤児のように見棄てられる悲しい経験をしただけで、永遠の人間嫌いへ沈んでしまいます。女性は口を永遠に閉ざす方が心を閉ざすよりも易しいでしょう。

多言を費やす必要がありましょうか。立派な王妃達を目にしてきました。王座の利点なしには多くが失われていたことでしょう、王座の欠点なしにはその残りが無くなっていたことでしょう。実際、忍耐、少しばかりの悩み、それも精神的な悩み、例えば結婚の指輪が年月が経つにつれ指輪の鎖となってしまうこととかそのようなことが花を実に変え、実の中に天上的な人生の核を造るのです。

我等の身分の退屈な祭典に慣れることも必要です。日曜日はモーゼによって主に奴隷の安息の為に設けられました。しかしこの安息日こそは宮廷の不穏の日です。民草がさんざめく祝典の中にいる愚生のことを妬視するたびに、心地よいフルートの音の下に死の笞刑を浴びていたスパルタの農奴らのことが思い出される始末です。

奥のテオドージアは娘を自分同様天分豊かに育てたく、それで貴女に空想力を育てるよう強く望んだかもしれません。しかし、愚生自身少しばかり素っ気なく干からびた質で、羽根で冷たいエーテルの世界に迷うよりも暖かい思いをするのを好むので、娘の健全な常識の方がほぼ無限に愚生の心に懸っています。出来ることなら少しばかり娘の想像力を削りたいとさえ思っています。王妃の空想はしばしば王侯の気まぐれ、天への突撃、あらゆる噴火的産物、財宝の石灰化、王冠の宝石の蒸発、その他愚生の承知している多くのことをもたらします。空想的な女性は草原や森の国の緑をまとめて圧縮しこの上なく大きいエメラルドの形で指に嵌めることが出来れば、ポンポン夫人、誓ってそのようにするものです。従って、愚生に分別が無くても、それよりもむしろ分別を頼むわけです。もとより分別では輝くことは余り出来ません。しかしそれだけ一層捌くことは出来ます。このことはよく存じています。夫の統治下では単に賢い、愛情深い母親、妻として控え目に側に居た多くの王妃が、夫の死後（昔からの友、マ・ニ・ゲ・公の未亡人(6)をお考え頂きたい）国父の代わりに国母となって、明晰な眼と熱心に教えを請う耳をもって国の進路を正しく舵とることが出来たのです。空想力とか空想は王座では、この周りでは他の高所同様国家という船の背後でよりももっと風が吹きますが、嵐のときに張り上げた帆にすぎず、このときには船長とか分別がまさに帆をたたまなければならないのです。

朗らかさは出来るだけ多くテーオダは持って欲しい。機智はしかしほどほどにです。晴朗さは（理路整然とした分別と変わらぬ愛と結びつけば）夫の侯爵を操るかもしれません、少なくとも強いることになるでしょう、ちょうどか弱い魔女が昔悪魔に命じていたように。しかし心のないただの機智は食べ物のない塩で、女性を、塩の柱となったロトの妻に変えてしまいます。老ロトはその妻のもとからは歩み去って行ったのです。

想像的なものに話しを戻せば、貴女が娘の音楽かスケッチかの何らかの才能を見いだすか、刺激して有力なものにして下されば、有り難く存じます。音楽はただ聴くばかりで自分で為さないでいると感情や空想が恣になります。芸事の難しさが心を疲労させます。それでベルリンのヘルメス[*5]とかいう牧師は少女に通奏低音を薦めています。スケッチもいいものです。女性の眼を肉体の形に余りにも惹き付けるという欠点がありますが。何であれ、例えば絵画は、これに侯爵夫人が半年ばかりかけて、宮廷画家をその密かな共同制作のマイスター、父親とすることなく仕上げたら、蜂のように色とりどりの宮廷のチューリップに閉じ込められている夫人にとって、恰好の息抜きとなりましょう。この場合日々育って行くのを見、育てることになる何物かが夫人に残るからで、ここにこそ人生の幸せがあります。ザクセンの老侯爵夫人は、愚生の読んだところによりますと、ラインの左右両岸を夜会服に刺繍したそうですが、刺繍しながらきっと幸せを感じていた筈です。いや後に夜会服を着ているときよりも幸せだったことでしょう。現在では幸せの半分は奪われています、聞くところによると左岸はもう我等のものではなくなっているからです。

女性の虚栄心に関しては何をなさっても、つまり何を話されても無駄です。貴女の部屋で何を語られても、テーオダが夕方お茶のとき、コンサートのときに真面目な紳士、淑女からその逆のことを聞かされては、虚しいからです。彼らは身分と性とを同時に花環で飾りますがまさに両者を混同することによって子供にこの混同をもたらすか、強いるかします。年を重ねるか、全く年を取ってしまうかすると、いずれにせよ熱心に賞讃することはどのような宮廷人にとっても義務となります、が残念ながらつまらぬ系譜学的な記録の印刷があって毎年王妃の年齢を声高に叫んでいます。これはロンドンではもっと単純になっていて年の数は大砲で耳に打ち込まれさえします。そうなると現在の芳香に耐えられないローマの女性、香煙が嫌いでミサの祭壇から出来るだけ離れようとするローマの女性のように振る舞う必要はなく、祭壇も香煙も自分のものなので、立ち尽くすことが出来ます。

ここで肝心な点に触れます。つまり先に宗教や幸福について貴女の手を通じてテーオダの為に願ったことのすべては、王侯としての使命に仕え役立ちこそすれ、それに逆うことのあって欲しくないということです。それから慰めを得、元気付けられても、両親に刃向かう武器を手にしてはなりません。つまり（ここだけの話しですが）、愚生は（先の旅行以来）十年か八年後はテーオダが国々の漆喰、王冠の鋲として、（このようなことはあって欲しくないけれども）心から嫌っている王子であれ嫁さないという事態には賛成できません。こうした不安を王侯の両親は甘受しなければなりません。愚生は帝国等族で帝国議会では、愚生の体と等しく国に割り振られている数よりも多い議席と票を必要としています。実際家の栄光に留意しなければなりません。以前から子供はもっと多くの国を得る為に出来るだけ遠くへ差し込まなければならない王の儀仗杖と考えていました。従ってこの点に関しては娘は従順であるより他はありません。花婿がしばしば花嫁同様に外交上選ばれるのです。最悪の場合でも多くの償いがなされます。王座の岩礁では、他の者は難破しても、我等は血を流せば済むのです。女性は、以前は不確かで男性の微風のすべての羅牌に従っていても、定まった男性、決定付ける男性の手によって恒常たる貿易風となります。しばしばごく醜い男性でさえ祭壇では、あるいはその後すぐに最も素敵な男性となり、その逆も同様です。司祭の言葉は、電光が磁石に対してそうするように、反発する極、引き付け合う極をすぐに反対のものに変えてしまいます。

しかしもう充分です。将来の婿殿には卒直に敬意を表しましょう。陽気な若様が将来どんな男になるか誰にも分かりません。しかし司祭の祝福が王女にとって司祭の呪いであって、その蜜月はまずは夫の宮中喪へと変わるとしても、少なくとも求婚から王女を救い出すことは出来ません。ロアンゴでは確かに王女は、王女に限りますが、自分の望む男を夫に選ぶのを許されています。ホメロスではペネロペは百八人の求婚者を引き寄せました（他所にいる夫は数えなくても）。しかしこのようなことを（それは我等の時代でも国でもありません）王女達に、ことに結婚前に、認めることは出来ません。使節の結婚は、国全体の代わりに、単なる心と手が結ばれるのではないのであれば、イギリスの兵士達の結婚のようでなければなりません。実際王座は娘が奴隷船に売られる黄金海岸になってしまうというのが事実ならば、娘にもたせるに最もすばらしい婚礼仕度税、婚礼の贈り物は母親の心の他にありません。これが彼女にとって奪われる他のすべての償いをします。子供の愛は夫の愛よりも確かなものです。貴女からはこのように打ち明けた後ではただ将来という返事だけを願っています。この将来は王女の教育者の方が王子の家庭教師よりも一層確実にすばらしいものとして手にしています。王子の教師は交代され廃されるからで、その後継者は、それが誰であれ聖ペテロ寺院の建造を継続してゆく教皇達よりも、前任者の建造物を大抵は未完成のまま放置しておく侯爵達自身に似ています。貴女はこれに対し一人きりで自らの手でテーオダを長く、ことによると結婚に至るまで導かれます。上首尾を祈念いたします。

ユスティニアーン

この手紙と共に夢が醒めて起床した。ナイトキャップと共に王冠も脱ぎ、いつもの私人に戻ったので、何か非難しようと思っている批評家がいるならばその人はカントの公理に無智であるか無関心であるということを示している。つまり退任した君主には王位で為された間違いを咎めることは出来ないという公理である。目が覚めていて間違うという場合とは事情がいくらか異なる。

＊1　女神ノサは乙女に美を、ゲフィオーネは庇護を与えた。
＊2　これは『美学入門』の第三巻で小生自身が述べています。しかし夢の中では最も馴染みのものが消えうせてしまいます〔白水社版、三九二頁〕。
＊3　マイナース『ローマ人の風習の堕落の歴史』。ウァルロによる。
＊4　例えばノブゴロドのラハヴァの山で。フーベ『物理学』1〔一七九三年〕。
＊5　彼はブレスラウの新教役員会委員である。王侯らしい取り違えであり、かつ夢の取り違えである。

第五断編

第一章　侯爵の教育

第百二節

何人かの読者は、殊に批評家的読者は小生が言わなくても以前の章では一般的なものより特殊なものが、道徳的教育、知的教育、美的教育とより一般的に拡がって行く男性の教育より女性の教育が先に論じられていること、そしてこの章では再び男性の教育に先立ってより限定的な王侯の教育が取り上げられていることに気付き、非難なさるかもしれない。いや少女についての断編では更に体系的秩序に欠けて、ただ女性にとって体系的な無秩序が見られるだけかもしれない。しかし二、三の者はこうした見解を述べ非難するのを忘れるかもしれないので、こうしてここに記しておく。

侯爵の教育に際しても著者は書簡発信者に仮装するという先の読者の許可を利用しなければならない。しかしこのたびはベッドで手紙を夢見たのではなく、実際に次の手紙を郵便で送ったのである。

王子の教育係、宮廷顧問官のアーデルハルト氏への侯爵教育についての手紙

バイロイト　一八〇五年十月一日

宮廷顧問官様、貴方と貴方の王子を貴方の領地に訪ねるようにとの御招待は、目下最も時を得ているように思われます、戦争の溶岩が小生の国に向かっているように見えますので、ちょうど幸い荷をまとめ逃げようと思ってい

るところなのです。いや、もっといいのは、小生は断編からなる教育論にとりかかっていまして、そのうちの一つではいずれにせよ侯爵の子供について一言しなければならないのです。小生の確信していることでありますが、貴方の許で、侯爵に対してまず定めてあるかのマグナ・カルタやドイツ皇帝基本法を、つまり家庭教師が小さな王子に呈示し規定している基本法を目にすることでしょう。実際、貴方に期待しているのは二つの模範、教師の模範と子弟の模範です。

アーデルハルト様、貴方が冗談とおぼしめすのでなければ、小生はここに部厚い手紙を書いて、貴方が貴方の教え子について始め、終えるところのものをすべて予言、予告し、そうしてこの手紙を断編の中で侯爵の家庭教師の懐中鏡として並べたいと思います。若干予言しさえすれば、この予言は同時に規則というわけです。

半ば自分で規則を作るのをためらう気持があるのです。教え子の心の状態になりきって、そこから教育して行かなければならないとすると、この課題は単なる有象無象、つまりすべての王子の教師にとってははなはだ厄介です。外的状況によって侯爵は段階的にではなく別種なものとして我等のすべての段階の上にいるからです。王侯の支配は他のどのような支配とも異なっています。我等の知っているのは部分についての命令だけで全体については知りません。我等の許へ下ってくるか上ってくるかの接近を見るだけであるけれども、侯爵は接近を知らない。最上位の公僕も最下層の者も侯爵にとってはいずれも同じく王座に遠く、王笏を手にし得ないのです。よく見る植物が普通の大地、風土で満足しているのに対し、侯爵は他国の植物のように栄えるためには特別の肥土、陽射し、植木鉢を要求しています。

それだけに宮廷庭師の選別は重要です。幸いに少なくとも教育の園は選別の園です。いつもは学者を、スペイン女性が夕方螢をそうするように、ただのきらきらした宝石としては使っても、インド人がびわはごろもをそうするように明かりの為には用いようとしない宮廷でさえ、王子の教師の選別は非常に重要で、その為に大変な数の分派《セクト》に分かれる程です。フラクセンフィンゲン[1]の宮廷での王子教育係の恩寵の選びについての分教派、分離派のことを今でも覚えておいでですか。かつてもっとも理由があって貴方に教育係典侍の居合わせたところでそれらを数え上げてみました。貴方は、アーデルハルト様、四人の中で最も幸運な者は誰か分からないようにする為に、ただ父親と母親によって子供の為に選ばれたのです。しかしフラクセンフィンゲンでは皇太后とその一派はあの月並みな燻し金の宮廷説教師を推していました。侯爵とそのお気に入りの一派は小生を選ぼうと切望していました。三番目の侍従長とそのおいぼれの愛人、老教育係典侍の一派は、すべて小生の不倶戴天の敵ですが、皆して、良く知られているあの素晴らしい御仁、いつもは禁じられている爆音なしのあの陰険な火薬に賛成していました。宮廷という所は国の幸せに自分の縁者の幸せ、友人の幸せを結びつける術を心得ていて、国の幸せの為に友人の幸せをかけておだをあげます。これが宮廷人が実際よりもはるかに利己的で率直でないように見えてしまう理由です。ちょうど大きな賭場では元締めは自分が賭ける気のない、向かう気のないカード、例えばハートのエースを帽子にはさんで持ち歩くように、実際侍従長は金の星の勲章を留めて、老典侍は金のハートを付けて、この二つが光りと愛の象徴としてまさに彼らが賭ける気のない、払う気のないカードのペアであることを示していました。これを人呼んで教育係選別の陰謀と言います。

カール大帝は身体の壮健さの故に一軍と呼ばれました。侯爵は政治的強壮さの故に精神的な一軍であります。そしてこの軍隊は最初は教育係の他には元帥はいません。彼のみが将来はちょっとした矛盾をも知らない、それを我慢しない精神を自由に取り扱い、教えることが出来るのです。将来のどのような寵臣よりも容易に多面的に、大理石像ではなくただの蠟像を作り上げればいいのです。幼い侯爵の情熱と戦いそれを罰する程大胆であっていい、この情熱を後の家臣は利用し、歪曲するだけですが。いや（これはまだ大臣や寵臣は出来たためしはないが）フェヌロン程に成功を収めることだって出来ます。彼は出来の悪いブルゴーニュの公爵を純な素敵な人間に変えて、それでその早世の墓がことによると前世紀の偉大なカタコンベの入口となっているわけです。教育係が教え子に与えた、あるいは許した知識、習慣、見解、好みは将来のあらゆる影響に対して準備か反抗の作業をします。かつてローマの皇帝には日中松明がさきがけとなっていましたが、精神的な松明としてその模倣が許されます。要するに教育係は、その使命を果たせば、シシリアでは君主でありながら、その後コリントでは学校教師となったかのディオニュシオス(2)に対して、ほとんど一度に両方を一つ職にありながら模倣出来ます。少なくともそう試みるべきです。政治的な侯爵を鋳造するには精神的な侯爵が必要だからです。確かに王子の教育係と呼ばれます、が、彼が精神的な父親として、教皇が聖なる父としてイエズス会員のポルトガルのジョアン三世にそうするように、王冠を得る許可をまず与えるのです。

　人間にとって、王位にある両親にとってばかりではなく、キリストのように三つの職務〔大司祭、王、予言者〕からなる魂の職務の中で、侯爵教育者の職務程気高いものがありましょうか。彼は王子のうちに半世紀の将来を眼前、眼下に見ているかもしれないし、一面の樫の杜の豊穣の芽かもしれない、あるいは国々の地雷の火薬の粒かもしれないのです。人間の最初の教育状勢は、最も深く最も豊かなものとして、時代が沈殿させる他のすべてを含んでいることを認めるならば、学校教師の養成所を建てるように、侯爵の教育係の養成所を少なくとも一つは持ちたいと思うのは大胆すぎることではない、当然の願いと思われます。

　しかし今は一度、ちょっと本のことを慮って、過去と現在の占星天宮図を作って、貴方の為さったこと為さることを予言してみましょう。

　貴方は（領地から容易に想像できますが）貴方のフリーダノートを（響きのいい意味深い名前です）、出来る限り宮廷から遠ざけ、大抵見物人を連れずに面会するよう両親に説得なさっていることでしょう。侯爵にとって追従の香煙が、降りてくる霧なら、王子にとってはただわいてくる霧で、それには邪悪な暗い日々が続くのです。フリーダノートを宮廷の女性から遠ざける他に救う道がありましょうか、彼女達は彼がつまり侯爵で、子供でかつ少年であるという三つの優美さに引かれて押し寄せてこずにはいられないのです。この同盟よりも何か気高いものは女性には存在しません。（アグレルによれば）モロッコの皇帝は十二頭の宮廷馬仕立ての馬車で遠乗りするそうですが、ここでは幼い戴冠者はそこに来る一ダースの貴婦人に十二名の乳母車押しを見いだすことになります。彼が使徒女性と同じつまり十二の年を数えるときには、まずもって崇拝されている為に後には崇拝し口まねして祈るようになるでしょう。性格と幼年時代は丁重さへ誘う余りにも早すぎる丁重さで損なわれてしまいます。

　この年頃には世慣れた紳士達もその影響を及ぼします。大真面目な侯爵教育者、いやどの教育者にとっても解体的な作用を及ぼすものが、神経に対する毒のようなものがあるとすれば、世慣れた紳士達、それが正直で無党派的な者達であれ、その者達の世界観です。この教団の創立者エルヴェシウス[3]のようにこの最近のヘルヴェチア人〔スイス人〕は、カエサルにとって敵となることはない者で、善良で、芸術を愛し、気前が良くて、徴税請負人で結構な者ですが、ただ自ら殉教者となることはなく約束を守りません。それ以外はこのヘルヴェチア人は全く良い者です。地理上のヘルヴェチア人に似て、冷たさを愛し、高所のアルプスの牧人で、高所に郷愁を感じ、何事も金次第で、連邦的で、言葉はそうでなくても行動は正直で、金を余り持たず、他国の人よりも他国の物を頼りに暮らし、他のスイス人同様静かな宮殿の部屋の声高なドア係で、そもそも、ルイ十四世とかの宮廷では門番や雇われ者として立ち、命令されるのを好むような男達です。ただ王子の為には彼らは格別役立ちません。貴方が貴方の教え子を二つの全く異なる世界の間を右往左往させなければならないとなると、一つの世界から別の世界へ、つまりかの真に偉大な世界、ただ魂の貴族、性格、偉大な目的、偉大な眼差し、時代と快楽の蔑視者、永遠の人間だけが住み、重きをなしていた世界、エパミノンダス、ソクラテス、カトーといった人がそのカタコンベから永遠のデルポイ洞穴からのように語りかけ、助言を与えた世界、真面目さと人間と神とがすべてを考量していた世界から、この世界を抜け出してかの上辺だけ立派な世界、すべての偉大なもの、過去のものが手軽に、すべての軽佻なもの現在のものが重々しく受け取られる世界、すべてが風習で、義務は何もなく、ましてや侯爵の義務はない世界、国は一つの領地、すべての官職は王冠の為の官職、情熱は刹那的な愛欲、あるいは芸術家的才能と見えかねない世界へ移るとなると、こうした多くのきらびやかな影響は教育係の影響を洗い流してしまうのではないでしょうか。健気な子は少なくともダブレットに、二重宝石に、半分はダイヤモンド半分は卑俗な宮中水晶になってしまうのではないでしょうか。これは後に熱を加えさえすれば宮廷の層から学校の添加層は分離してしまいます。二重宝石を熱で吟味して離すようなものです。

それ故、世慣れた紳士の許でのこうした損失に比べればきらきらと研かれた外観という容易な収穫は大したものではないと思《おぼ》されるのは正しいことです。いずれにせよ王子は生涯をこうした装飾業者、化粧品製造業者の許で、あたかも侯爵の頭部の貨幣縁取り製造機の下にいるように暮らすことになります。真直ぐに立って自由なので、おじぎに答えさえすればいい侯爵にとって、軽やかな礼儀を身につけるのが難しいものでしょうか。しかしそうあって欲しいものです。侯爵には、悪徳を除いてすべてが良く似合います。偉大な芸術家同様、侯爵には外的気まぐれが多く許されます。模倣されさえします。そして下層の作法の欠如は、上層ではその過剰、王冠の輝きのモーゼの覆[4]いに見えます。硬直した小市民性は中間を占めるに過ぎません。終端はここではまた互いに近寄って、最高の礼儀では未開人の自由が容易に再生されます。

「ただしかし」と貴方は次の手紙の中で答え、嘆かれることでしょう、「フリーダノートをどこに連れ出しても宮廷が後を追ってくる。侯爵が足を踏み出すところでは、ポンペイウスの接近が一軍を形成するように、宮廷圏を作ることになって香煙があたりにたちこめる。まことに中等の民、下層の民は世継の王子にもっと害のある、つまりもっと粗野なぺこぺこしたへつらいかたをするのです」と。それ故何人かの小説家は侯爵の頭部に対する最も立派な貨幣刻印の形を整えるには、ただその幼いフランスの皇太子、カラブリア〔ナポリ〕の王子、ポルトガルの王子、イギリスの護国卿を将来の身分を全く知らないままに教育させるとよいと思うに至っているのかもしれません。こうなると皇太子はマムルーク人[*1]達に従うことになって、彼らの帝国法では王子として生まれなかった者のみがまさに王位に上ることになっています。このわずかな小説家達の反証となっているのはすべての歴史家達です。確かにマキアベリは、ローマの皇帝の中では養子の皇帝がいつも最良であったと述べていますが、しかしこのローマの歴史には、アウグストゥス、自ら支配者へと養子になった彼や、多くの元老院や近衛兵によって選ばれた皇帝を除いて、他の国の歴史が反証となっています。例えばオリエントの歴史で、そこでは奴隷船で育ち、それから舵手、船長となったイスラムの大臣や、トルコの高官《バイ》、サルタンは立派な支配者としては描かれていません。教皇は教皇として生まれなかったので統治が上手くなったのでしょうか。チェスの敵の陣地では百姓《ポーン》が女王となるように、ある者が、例えばアニエルロ[5]が王となったとしても、それ故にその統治が二十年前から前もってそれを自覚していた別の王達とはなはだ異なったでしょうか。昔は自由の最初の簒奪者、毒殺者はいつも、子供時代王子傅育官や、宮廷、王位の父を持っていなかった人間に限られたのではないでしょうか。

侯爵たる者は王座のタボル山を眺めるに早過ぎることはありません、そうしていつか王座の許で神々しく輝いて、祈りながら掟を受け取ることになるシナイの山を覆い隠さずに、光り輝いて砂漠に掟を持ち帰って欲しいものです。予期される宮廷を逃げ出すには唯一人の王位継承者に対しては他国に移るといった手段の他には存じません。他国では当地の王子が転入してきた王子のおべっか使いを横取りしてしまうことでしょう。しかしその将来の高位がどうしても見えてしまう為にその他の損害は防げることでしょう。子供の命令者が同時にその従僕である、いやそれどころか、下手な王子傅育官がそうであるように、暴君と下男の対の片割れであるときには、いつもその人生の見方が混乱してしまうものです。違いは上への違いでなければなりません。我々下々の者は父親は誰でも時に家庭教師、学校教師の同僚、コレペティートルとなります。国の父も時に息子、後継者の父親となってはどうでしょうか。古代ではすでにその子供達と共に遊んだ王侯がいます。子供を教えた者にはどれ程の賞讃がふさわしいことでしょう。息子達の許にいる王侯の父親、自らが果たしている気高い王冠の掟を厳しく教え込んでいる姿程に崇高なグループは存じません。

しかし父親は統治の為に、統治はまた休息の為に多くの時間が取られるのであれば、王妃がなお豊かな心と余暇を持ち合わせています。俳優のバロン(6)は、俳優（つまりフランス悲劇の俳優）は女王達の膝下で育てなければならないと言いました。思うにその演じられる皇太子は更に早くからそこで育てられるべきでしょう。王妃は息子の父親によりも息子にいつも有益な統治術を教えるはずです。「王妃は、王妃でなかったグラックス兄弟の母親がしたことを、御子息の為にして欲しい、御子息が二人に劣らず高潔になり、二人よりも幸せになるように」。こう、アーデルハルト様、公然と申し上げたいのです、ことによると二、三の王妃はすでに実践なさっていてこれを喜ばれることでしょう。

また、侯爵の子弟もその教育部屋に同類がいたら結構だと思います。つまり、ナウムブルク近郊にある(7)のよりも高度な意味で侯爵の学校があったらと。我々は皆上も下も子供共同体で一緒にされ、まとめられて育てられました。王子は一人きりで教育係の部屋に座っています。ただ兵法だけを侯爵達は学友の軍隊と学びます。これがひょっとすると侯爵達がこれを大抵愛好し、理解していることの更なる一つの理由でありましょう。

貴方が貴方のフリーダノートを、もう十一歳を越えているけれども、子供の精神の毒から守ろうとして、年齢と功績の序列に従うようにさせているとすれば、それは少しも意外なことではありません。彼は今はまだ臣下にすぎません、その教師も、その母親でさえも同様です。もっと大事なことは、大人を大人として尊敬しない子供は人間を軽蔑するようになるということで、これはいずれにせよ王座ではよく見られることです。位階が、おまけに将来の位階が人間より重きをなすと、人間にのみ本来位階は従うべきなのに、そうなると、市民の大部分は将来侯爵の目にはフォンテンブローの鹿の首に似たものに見えることでしょう。その首の下には、「ルイ何々によって射殺される栄誉を得た」と記されていました。そして一部の者はその一帯の幾匹かの王の猟犬に似たものとなって、それを宮廷人は好んでシャン（犬）様《ムッシュー》と呼んだものです。もっともムッシューは以前には聖人にだけ付けられていたのですが、後にはパリの五執政官にさえ拒まれるようになりました。そもそも侯爵の前では、法の前同様、いやこの両者の結託を前にしたとき同様個々人は各人に、各人は一群れの各人に消滅してしまうので、王冠を戴く人間蔑視者には容易に一群れの各人から戦争と平和の一群れの物体が生ずることになります。ただ彼だけが一人人間として残ります。

それ故侯爵は、子供の場合、その功績をいつもインチで測るべきです。インチはまだ長い年月であり、年月は豊かな贈り物です。貴方が、習慣に逆らって、王子には、大人の客人をテーブルでもてなすとき、最初には給仕させないとすれば、そう推測いたしますが、それは勿論ささいなことです。しかしこの逆はささいなことではありません。ルイ十五世とかは子供時分には他の子供に（この王は幼いときでさえすでに子供好きだったのです）青と白のリボン[*2]のついた、そして自分達の遊ぶパビリオンの絵のメダルのついた勲章を与えていいでしょう。しかし子供は大人の勲章の大綬をおむつのひもとして受けてはなりません。もっといけないのは、かの王やその前任者のルイ十四世のように、子供が揺籃にいる状態なのに高等法院の王座を得たり、他の侯爵の子供のように、まだ笞を受ける両手に、元帥杖を握ったりすることです。何故王子達の椅子の周りに小さな大臣や長官が座っていないのか、あるいは子供の馬車で一流の小使節がやってこないのか。国家や人間の軽視は興奮しやすい子供の魂に解体的な毒の作用を及ぼします。それ故多くの侯爵の子供達の顔はかのませた、倦怠した、狡猾で気の抜けた、冷淡な表情をしており、身分と未青年の傲慢さと年齢の未熟さが混じり合っています。

奇妙なことに、小生がこれを書いているとき、貴方の前の手紙に先立つ手紙がやっと届きました。先の手紙ではそれに言及されていたので、何のことかよく分からなかったのです。今多くのことがよく分かります。貴方の最近のフリーダノートの祝宴はその上小生の予言と貴方の方法との間の同盟の祝宴として、あるいは先の課程から次の課程への、消極教育から積極教育への移行として盛大に祝われました。

先を続けます。ただ侯爵と女達だけがある定まった未来の為に教育されます。他の者達は不定の将来の為、方向と身分の多様な運命の為に教育されます。これが貴方の生と貴方に任された者の根本精神です。侯爵の教育は唯一独自のものです。その対象自体国家唯一のものであるように。貴方の生徒は、どんなに謙虚に自分のことを思っても思いすぎないように、自分の位をどんなに誇らしく思っても思いすぎません。この両者を逆にするといつでも不幸を招きます。彼の官職、国家の祭壇での最高の官職はもろい人間の形式に神の如き働きを要求しています。彼は第一の僕であるばかりでなく、国家の心臓であり、その血液、生の流れを交互に受け入れ、送り出しており、国家の重心であって、多様な諸力に形式を押し付けます。それでドイツの哲学はその高貴な仕事を侯爵に、皮肉っぽいフランス哲学や世慣れた紳士の哲学とは違った具合に明らかにするべきです。この者達は王座を継承官職の最高のものとか、すばらしい実入りの摂政職であるとか、国家を最大の連隊であるとか滑稽かつ実利的に考えようとします。いや侯爵を神の使者とか聖別された者と見做す昔の錯誤の方が、（結局はどの人間も程度の差こそあれそうであり、例えば天才とか動物に対する各々）侯爵を利己的な恐喝、つまり悪魔の使者とする後世の錯誤よりもはるかに気高く効果的です。そうではなく、ドイツの真面目な心は、若い侯爵鷲にその羽と高い山、太陽を示すべきです。どこかの善良な、暖かい、しかし機転のきく地球の守護神が人類がてんでばらばらに造られ、個々人に分解しながら、海のようにあてもなくただ波を起こしているのを見、この海に岸辺と速い海流を与えようと思ったとき、彼は最初の偉大な侯爵を造って、ばらばらの諸力を一つの目標へと結集させまとめようとしたのです。この守護神は、諸民族が輝かしいヴィーナスの帯、地球の帯として地球の周りに巻きついているのを見るという幸運を得たかもしれないのです。仮に彼が、いつも何人かの天才を精神の侯爵として同時に出現させる他の守護神ならばもっと上手に計らってきたことを忘れなかったならば、つまり、立派な侯爵達の空間的系譜と時間的系譜が、地球上の聖なる家族の輪と時代を貫く支配者の美と幸運と名誉の列が引かれ、記されるように配慮していたならばです。三十名の教皇達が連綿とローマのかの大きな二重教会(8)〔聖ペテロ教会〕の建築を継続させていったように、同時代と後世の侯爵連盟が人類という偉大な神殿建築を、神殿の上に神殿を築きながら続けていたならば、人類はどんなにか栄えていたことでしょう。時代と国々の合唱指揮者であるという自由な権力を持った侯爵達の数を概算し、彼らが、太陽の前の多くの平鏡同様に一度に一つの天上的な炎となるように組み合わされていると思えば、運命が人類に唯一人の者を通して急激な上昇（並びに沈下）の道を示したことを運命に対して非難できましょうか。彼らが同盟して国家の守り神となるよりも戦の神、災いの神となりやすかったのは神の罪ではなく人間の罪です。

それで貴方を真似て、小生の王子にその品位を描くことにしましょう。その品位によって飾られていると思う者のみが品位を飾るからです。山脈では山が小さくなるように、侯爵達は自分達を小さく考えがちです。小生はそれどころか、貴方の協力者として、小生の皇子には毎年（例えば誕生日に）戴冠の聖別式、予備式典を挙行させることでしょう。そうして自分の将来の神聖さ、自分の魂の不可侵性が、一人の者の為に定められた処女の体の如きものとして、偉大な先祖や往時の旗や紋章のもとに勇んできた民衆の凱旋門の様を見て、炎のように間近に、少年の徳を求める眼に迫ってくるようにしたいものです。このような日には滅んでしまった民族の淵を覗いてみることもいいでしょう。プルタークの英雄伝を覚えるのは、近世のよりも有益です。そしてマルクス・アウレーリウスの自省録から毎日祈って欲しいものです。鷲勲章(9)の国父という称号、これは高貴なカミルスが最初に勲章の創始者として得、次に反カティリナのキケロが会員として受け、その死後はカエサルとかアウグストゥス等に移ったけれども、これが彼の目には花火のように七つの自由の〔ローマの〕山の上に輝いて欲しい。彼は自分を大元帥とか外務省の大臣、法廷、裁判所の長官、学問上の学長と理解するのではなく、高次の意味での〔ローマの属国の〕総督と理解して欲しく、国家のあらゆる支部に対して目を光らせること、審美家の美に対する趣味の如くでありたい。彼はその衛星や宮廷の輪を自分及び共通の太陽の回りに同時に引き連れている木星《ジュピター》のようでなくてはなりません。

「学者達がよく要求していることによれば、」と貴方は書かれます、「自ら支配しようと思っている侯爵は、すべての臣下の学問を呑み込んでいて、それについて決定を下すことが出来なくてはならないでしょう。しかし覚えきれない事柄の知識よりも、それを提案し、執行する人間の知識が必要でそれは可能です。従って侯爵は性格を持てばよく、この性格が確固と純粋に教師の前で育ちさえすれば、洞察も断固とした処置も出来るようになるでしょう」。貴方の言葉は小生の魂から写しとったもののようです。人間に我々がいとも容易にそして強く眩惑されがちであったとすれば、その主な原因は何百回も我々の心の弱さにあって、目の弱さにはなかったのです。とりわけ確固たる性格は侯爵の場合、物を見、行動する為に必要です（王座では視神経は筋肉の運動神経へ変わりやすいからです）。性格のない善良さはすべての民衆の敵どもから支配され利用されますが（あるいはされかねませんが）、逆に善良さのない性格はせいぜい一人の民衆の敵、自分自身によってそうされるだけです。今の時代はすべて性格を弑します。とりわけその根に大地が施す健康さを弑します。その上有毒な祭餅《ホスチア》が身体、精神に授与され、神のミサ聖祭の為に一人の人間が犠牲にされます。それ故に多くの真髄のない、しかし王笏を持った腕の骨が見られるのであり、それ故に多くの侯爵の生は受動的な五百人会(10)なのです。善行でさえ家臣の許可を得て為され、印刷されます。

アーデルハルト様、それだけに、貴方の生徒ががっしりとした体になるよう厳しく配慮なさるのは結構なことです。王位継承者の通常の毒、例えば大旅行の際の首都、中年の二、三の婦人、成年といったものが通り過ぎるまでよく見守ることです。

貴方の手紙から推測して申し上げるのは容易ですが、貴方はフリーダノートにお気に入りの芸術の実践、例えば絵画、音楽、建築を慫慂し薦めてはいないことと存じます。統治を、貴方の言葉では、第二芸術としない為にです。ネロは実際芸術の天才でした（フリードリヒ二世が統治の天才であったように）。その生涯からは、芸術の約束事への服従に始まって、*3 幾つかの残虐な振舞いを通してさえ、最後の死の息に至るまで、人間に対して失われた分の芸術に対する思いが窺われます。侯爵たる者が例えば、少し前の例、ましてや当世の例は引けませんが、マケドニアの王アエロプスと共に燭台作りに、（比喩的な意味で妥当するだろう）、あるいはパルティアの王達と共に槍を研ぐことに、（同様に別な意味で妥当するだろう）、あるいはアタルス・フィロメトールと共に有毒植物の栽培に*4（これだけは良い比喩の意味を持っていないけれども）熱中するがいい、すると宮廷全体が、例えばアタルスの宮廷が庭に変じて、誰もが立派な王宮庭師の弱い面、植物学の面を攻撃してくることでしょう。廷臣達はみな、支配者が統治や国よりも何か他のことを好むようになるのを望むものです。確かにサルタンは誰もが法に従って職人の仕事をしなければなりません。これはしかしイスラム教徒は誰でも一つは職を持たなければならないからで、ユダヤ教徒ではラビがそうです。モンテスキューや他の者が推測しているように、暇つぶしに多くの者を絞め殺すことのないようにという為ではありません。そのうちの十四名の者[*5]を彼は熱狂者として毎日でも虐殺することを宗教によって許されているからです。自分の手仕事の自衛権、自分のサーベルの為にはこれ以上は望めないと思います。侯爵は副次的芸で飾り立てられる必要はない、古代の彫像に色彩がないようなものと述べれば、貴方が先に述べられた意見と同じになりましょう。歴史や語学、芸術に於いていかに多くのいたずらな完璧さが求められていることでしょう。

ただ一般的に学問に対する愛好だけは、フリードリヒ大王の場合同様、二つの高みの間の往還として気分をさわやかにし豊かにすることでしょう。パルナッソスからは王座からよりもはるかに見渡せます。そこでも大学同様に、講義や教授することを統治と呼んでほしいと思います。侯爵がすべての学問の大アカデミーの会長であるとしても、その寵臣や廷臣が会員となって理解を示すことと比べたら何を案ずることがありましょう。侯爵がルイ十四世のように六万六千三百リーブルの年金を学者に支払う方が、このルイ王のように三千二百万をヴェルサイユ宮殿と給水施設の単なる鉛の為に浪費[*6]するよりもましではないでしょうか。どんな国でも、検閲のない国であれ検閲を強いられた国であれ、侯爵自身程に多くの本が禁じられている者はいないと自由に貴方のフリーダノートに告げるのがいいのです。検閲は侯爵には一枚の新聞もめったに許しません。

にもかかわらず侯爵は、司法大臣ほどに法知識を、大蔵大臣ほどに国家財政のことを知らなくてもいいけれども、しかし最良の将軍にまさるとも劣らない程の戦法を心得ていなくてはなりません。この王笏の軍刀へのはんだ付けは見紛いようもありません。すでに皇子が式典で得るのは兵役の名誉職に他なりません。その生には兜をかぶった序言（弁明の序言）が先行します。兵器庫で朝は過ごします。他のより勢力のある侯爵の傭兵の中の兵卒であることを厭う侯爵はいず、その侯爵の為にはその最下層の兵同様に命を惜しまず戦い、血を流します。そのくせその大臣や宰相、それどころか教区総監督になることすら恥ずかしいことと考えるのです。この点や他の点に於ける侯爵の名誉と戦功の一致、侯爵が国家第一の僕というのは単に国家第一の戦士としてであるというような状況はどこから、何故生じているのでしょうか。

ヴォルテール(12)の言葉、最初の王は幸運な兵士であった、とその結論、幸運な王は最初の兵士である、は諸国家以前の王の状態から諸国家内に於ける状態を十分には説明していません。現在では戦争も例外に過ぎず、平和が規範です。国家の建物を兵器庫に改修し、王座を要塞にしようとも、平和への備えは少なくとも戦争への備え同様に長く熱心に継続されています。しかし王座での、あらゆる平和への策に対する兵法の優先権は二つの全く別の根拠、感情によって正当化され、説明されます。第一に個々人の正当防衛が国家を造ったということです。まだ諸民族に対する諸民族の正当防衛は続いているので、侯爵はその国家に対する義務を外部に対する海岸警備人として最も良く発揮するように見え、内部の建築主、雇主、地主、貨幣発行人としてではない。外的武器のこぶしの方が、内的血管の心よりも評価されるのです。ただその際、全く個々人から成り立っている民族が、国家の戦争癖によって再び、個々人が国家によって足を洗おうと思っていた状況に陥るという災いが生じます。人間はまだ人間を大事に思っていません。昆虫が葉に止まるように、生まれた土地に張り付いて、本の海賊版を許すように民族間の殺人を倫理的に許して、どのような地上の戦争も内戦であることにまだ気付いていません。黒々とした海が、物理的にも精神的にも、その疑念で地球をとりまく山脈の帯に好ましいばらばらに分かれた島々の外観を与えています。

しかし侯爵には兵法を愛するもっと重要な根拠があります。すべての品位は倫理的なもので、男性的品位の前面にあるのは勇気とか名誉にすぎないという感情です。勇敢な侯爵は自らと内部の人間に外部のとは違った王冠をかぶせます。勇敢さとか名誉は誰にも要求されますが、才能はそうではありません。侯爵は、さながら高貴な貴族の最高の貴族、軸の貴族であって、勇敢さの名誉を明るい焦点として賭けて敵に対峙します。勇敢さにはまぎらわしい外観はありません、それには判断の矛盾や違いはありません。長いこと保ってきて、国家によって聖なるものとされた肉体を卑俗な肉体同様に下賤な弾丸に晒す侯爵は、弾丸に対してはその王冠は異国ではかぶとと同様にはならず、標的となるのであって、数子人の見守る前で、自らの両手で月桂樹の枝を折り取ることになります。これに対して平和の才の名誉はこれほど歴然とは手に出来ません。多くの侯爵はしばしば太陽で*7、光を放つにはまず大臣がその雲で覆わなければならなかったからです。

勿論戦争は他になお副次的魅力を持っています。それを嫌わせるように当人の前で分析してみるのもいいことです。支配者は支配を好み、とりわけ楽にそして強く支配したがって、それで戦陣で携帯用の王冠を見いだすことになります。兵法は凝縮した、更に明確な、更にあざとい統治術で、元帥杖の動きは王笏の動きよりも強く目に焼き付くからです。

戦争の火薬製粉所は運命の車の輪を回します。岬同様ここでは嵐の峰は喜望峰と呼ばれます。戦争という富くじより他に支配者が好んで賭ける富くじがありましょうか。殊に外国の富くじは禁じて、国内のは自分で儲けていて、それで得るところはないのですから。更には、成年になって王座に上らなければならないとき、そのときから生涯視野の限りすでに展望が開け、完結しているのを見渡すことほど青年を悩ますものはありません。侯爵の子息もまずは人生で何かを為したいのです。次には死後十分に不滅でありたいのです。ではしかし第一の願望にとって戦争ほど手近で空想的なものがありましょうか。戦争は外国でのキャリアをもたらします。第二の願望にとってそれほど簡単なものがありましょうか、戦場では不滅の貴重なオプンチア〔さぼてん〕は一日で咲くのに対し、王座では生涯を要するのです。フランスの高貴なアンリ四世は法を制定するより甲冑をとると言いました。それで同じような理由から詩や演劇では若者はおどろおどろしいものから好んで始めますが、それで名声が容易に手早く得られるからです。

貴方はある手紙の中で、下々の人間の賞讃や抗争に侯爵が慣れてしまうと、侯爵達や敵、ヨーロッパの観客を相手にした戦いへの戦闘的な憧れに陥りやすいと述べておられるように存じます。その通りです。七世紀にイタリアで多くの人間が死んだあくび症の熱を悪しき宮廷の空気は容易にうつします。火薬でその空気をまた入れ替えようとします。

しかしどのようにして若い侯爵が、戦争、この、生きた地球の回りに巻きついて、死んだ内部の地球を増やす地獄の河の輝かしい姿の暗黒の面を見るように出来るでしょうか。これはまことに必要なことです。特にドイツにとっては、ここはヨーロッパが殴り合うときには指定してくるハイド公園、ブーローニュの森(13)へとますますなって行くからです。戦争、この蛮行の最後の幽霊、荒らくれた軍勢に対するあらゆる賢人、詩人の一致した呪いをお聞かせになるでしょうか。小生同様戦争に対する平和の訴えを侯爵に、ちょうど戦火への火急の手紙を投げ込もうとしている侯爵に、あらまし次のように述べられたらと存じます。「お考え頂きたい、国境を一歩越えたら二つの国が変わるのです。自分の背後では自国が、自分の前では他国が目茶目茶になります。地震が両国の下で続くことになります。すべての古来の正義の建物、すべての裁判官席が崩れ、高いもの低いものが交互に入れ替わります。復活した罪人、落ちる星で一杯の最後の審判の日、悪魔の公審判となり、肉体が精神を、腕力が心を裁きます。お考え下さい。どの兵士もこの無法の国では首切り刀を持った、しかも公正ではない、他国での戴冠した兄弟分となって、若殿よりも放恣に命じます。どんな足軽の敵も若殿の君主、裁判官となり、手に若殿を捕える鎖やおのを持っているのです。ただ腕力と偶然の気まぐれだけが良心と明かりの二重王座に就きます。二つの民族は半ば奴隷商人、半ば奴隷に変じて、ごちゃごちゃに混ざり合います。より高い者達には人間界は法も良心もない、聾で盲の動物界、機械の世界に変わり、奪い、むさぼり食い、殴り、血を流し、死んで行くことになります。若殿が正しかったとしても、最初の布告文で地震のように捕縛されていた不正を牢から放ってしまうのです。そうなると恣意も大きく、小さな虐待は耳に届かず、ただ大きなものだけが反復されると届きます。殺害して財産を受け継ぐという許可はそれよりも小さなことの許可をすべて含んでいるからです。武器を持たない市民すらも騒音、喊声に乗じて、すべての人生設計を束の間の享楽と不法な自由と取り替えて、友軍の兵士からは半分の敵、敵兵からは全き敵として遇せられ、煽動されます。このことを、若殿がすべての明察を戦争の雲霞に覆い隠し、これまで誠実に管理されてきた国に敵国の兵士をお上、首切り役人として投入する、あるいは自分の兵士を同様に敵国に投入する前に、お考え頂きたい」。

少なくともまだ多くのことが為されましょう。歴史や新聞に於いて短く簡単に消えうせる音声、「戦場、包囲の苦境、数百台の負傷者」、これはその永遠の歴史的な反復によって、生体から絵画と響きになってしまっているけれども、これを一度本当にその恐ろしい構成要素に分解すればいいのです。一合の馬車が運び、深くひき裂く苦痛に、衰弱した者の一日の苦しみに。その中ではすべての時代や国々が血を流している歴史ばかりでなく、普通の新聞や物言いですら、それに戦時の外傷の手引書の学問的な記述も傷を言葉に、耐え難い苦痛を文字に変えます。それ故、戦闘的な血と灰の雨のリストを静かに仕分けて、陽気に二国間での大虐殺の指示を出す当の大臣が、舞台の傷や涙を見て感動するのです。これは文学作品が言葉を再び生き生きとした現在へ逆転させるからにすぎません。憂わしい素質の王子は、全く別の素質の子供を朽ちかかった病院へ案内するように、同じ警鐘の意義を考えて、血なまぐさい戦場へ連れていったらいいでしょう。しかし人類はいつもこのような学校、病院は願い下げにしたいものです。

本来はただ民族だけが、このことは少なくとも王子に教育しながら伝えられると存じますが、他民族との戦争について、つまり最初の自然状態への帰還について、とりわけ自分達にはその硬い果実が降りかかるだけであって、甘い果実ではないのであるから、自ら死者として戦争の嵐の犠牲になるかどうかを決めるべきでしょう。侯爵が別の侯爵の寸鉄で二つの民族を戦斧のもとに追いやっていいというのは天の認めぬひどいことです。近世史に於ける戦争の機雷の点火棒の小ささには驚かされます。女性の留め針のように、公使の指がしばしば諸国にまたがる雷雨の導体となります。少なくとも近世の戦争は兵士のみを相手とし、丸腰の身分の者は除くべきです。後者がより活動的に関与して、例えば家から射撃して兵士を傷つけると、兵士は区別の権利を引き合いに出して、処罰しかつ戦闘を行ないます。しかし何故武器をとらない階級の者が利点もないのに武装階級の苦しみをすべて、掠奪や捕虜等を分かたなければならないのでしょう。三つの時代のうちいつか一つかあるいはそれぞれが、この悪しき第四の時代の後にやってきて、未来が過去の償いをしてくれなくてはなりません。一つは海賊行為のない海戦が行なわれ、地上戦は多くの声、多くの手のまじり合った決闘として砂漠で行なわれるようになる時代であり、もう一つは沈みこんだ、あるいは舞い上がった共和国のようにどの市民も兵士で、従ってどの兵士もまた市民である時代、最後に天から永遠の平和の旗が舞い下りて来て、地球上の大空《エーテル》にたなびく時代です。

貴方かあるいは貴方の友人のお一人がかつて歴史、この長い人間の戦争記録、報告を、若い侯爵達の戦争感染源と説明なさったように思います。しかし歴史に小生は戦争熱を冷ますものを期待したいのです。スウェーデンのカール十二世はただクルティウスのアレクサンダーの生涯を読んだだけで、名声や国々を欲しがるようになったのではありません、アレクサンダー自身が自分の伝記作者を読まなくてもそうだったのですから、クルティウスについてはその主人公の他には知らなかったカエサルも同様です。歴史ではまさに海戦、地上戦の錨、刀身が試されます。歴史のみが名声欲の強い王子に、単なる勇気だけでは名声は如何に遠いか示しています。地上では臆病な民族は大胆な一人の男よりもまれだからです。古代、近代でどの民族が勇気がなかったでしょうか。現在では例えばほとんどヨーロッパ中がロシア人、デンマーク人、スウェーデン人、オーストリア人、ザクセン人、イギリス人、ヘッセン人、フランス人、バイエルン人、プロイセン人がそうです。ローマの自由の精神が深く沈みこむほど、一層荒々しく強力に勇敢な精神が昇ってきました。カティリナ、カエサル、アウグストゥスは勇ましい下僕を持っていました。古代の奴隷のたびたびの武装蜂起は（近世の乞食のそれのように）、卑俗な拳や傷の勇敢さの価値の反証となっています。アテネのイフィクラテス[14]は、強欲、貪欲な兵士が最良と言いました。フィッシャー将軍は無宿者がと付け加えています。侯爵が後世征服者の虎斑だけで輝こうと思っていいものでしょうか、ティムールやアッティラ、デサリン[15]とか他の神の鞭〔アッティラ〕、悪魔の鞭にはかなわないというのに。歴史での無数の戦場、地球を死の苗床で囲む戦場を人々はなんと冷たく横切って行くことでしょう。何という呪いを浴びせて、人々は、噴水のただ絶え間なく吹き上げられる水流の上にだけある板金の所謂頂飾りのように、同じくただ吹き上がる血潮の上でのみ高さを保っている王冠の前を急いで通り過ぎて行くことでしょう。その何人かの英雄にしかし永遠の後光が射している所、マラトンの平原とかテルモピレーの険路では、別の精神が戦い、犠牲となったのです。天上的なもの、自由の勇気が。歴史で偉大に屹立しその席を占めている個人は、それを戦争での死者の頭のピラミッドの上に立って為しているのではなく、偉大な魂は、この世ならぬ世界の形姿同様に夜の世界に聖化されて漂い、星と地球に触れているのです。

　より高い勇敢さというのがあるのです。それはかつて、長くは見られなかったけれども、スパルタ、アテネ、ローマにあったもので、平和と自由の勇気、家での勇気です。多くの他の民族が、祖国では臆病で従順な下僕であるのに、その外では向こう見ずな英雄で、鷹に似ているとすれば、（ただ鷹のように眠らされないことによって飼いならされるのではなく、眠り込むことによってでありますが）、そして鷹匠の腕に目隠しされて運ばれながら、瞬時の大空の求愛者として昔の野性に放たれて、大胆に賢く新たな鳥に襲いかかり、その鳥と共に隷属の大地に墜ちてくるとすれば、正しい勇気の民族は内でその自由戦争を、つまり最も長く最も大胆な戦いを、飛行と視線を遮るあらゆる手に対して行なうのです。これは停戦すべきでない唯一の戦争です。同じように、高次の意味の勇気を個個の侯爵は持てる筈です。静かさの中に偉大さを表現するという芸術の理想は、王座の理想であるべきです。戦火を批判することは、それを点火することよりも侯爵にふさわしいことであり、難しいことです。しかしこの平和への勇気が存在すれば、これによってのみ歴史の前でなお際立つことが出来るのですが、戦争への第二の勇気は、必要なときにはより容易に得られ、傷はすべて幸運となり遊びとなります。それ故古代史の偉人は行為よりも性格で、戦争の特徴よりも平和の特徴で述べられており、戦場を耕す英雄は偉大な愛を語られます。これは、フォキオンのように、民の海に聳える岩礁の上で個々人の為に薬味の花の種を多く蒔き、小カトーのように兄弟を女性のように愛し、女性のように涙し、処刑台にあってもエパミノンダスのように客をもてなし、ブルートゥスのように妻想いの夫、アレクサンダーのように友を信頼する男、グスタフのようにキリスト教徒とします。

この歴史の面、開口部から若い侯爵は、自分がその建設、充実に力を貸すことになる未来を覗くべきであると存じます。このようにしてより良い勇気に低い勇気を従属させるべきでしょう。勿論戦争を度胸がなくて逃げるような侯爵は、殊にドイツの時代には、それを思い上って求める侯爵より危険でありましょう。より以上に救いがないからです。王笏は、収穫の時の象徴でもあれば、死の時の象徴でもあるサトゥルヌスの大鎌であるべきです。

貴方の教育のように大事な教育に関して憂えていることがあるとすれば、アーデルハルト様、それは貴方が貴族の爵位を受けなければ、王子が内に留まる場合を除いて、大して役に立たないか全く役に立たないということです。小生の嘆きはつまり、王子が王笏より先に旅の杖を取って、大旅行の三つの自然界、三つの審判、イタリア、イギリス、フランスに行って、出かけたときよりも違ったふうになって帰ってくることになっているということです。旅行には賛成を惜しみませんが、ただ早期の旅行には賛成出来ません。若者ではなく大人として、王冠を巡礼帽として旅するべきです。戴冠しないうちに出かけ、急行便としてパリの見本市に発送されると、その貴族の同伴者の例からすでに分かることですが、肉体は考慮に入れなくても何を大抵持ってくるかは知れていて、自分の小さな国を大いに蔑む気持、仰山のミニチュアの模倣計画、仰山の搬入物で、これらの持ち込みをまさにプロシア的リュクルゴスとスパルタ的フリードリヒ二世は、前者は貴族に、後者は民衆に、旅行を禁止することによって断ち切ったのです。外国は平和条約、ヴェストファーレン条約やリュネヴィル条約[16]でドイツの憲法を変え、規定して、十分に働いているというのに、その上その所有者、国家元首まで外国に改造して貰いたいというのでは、返礼の機会はほとんどないというのに、重すぎる感謝の荷物を背負い込むことになりましょう。外国旅行が内的教養に不可欠というのであれば、何故フランスの王子やイギリス、アストゥリアス〔スペイン北部〕ポルトガルの王子が宿泊許可証や宿屋には見当たらないのでしょう。外国人による国際的ワニスの塗装が欠かせないのであれば、その宮廷には幸い多くの外国人がたびたび訪れ、長く好んで滞在し、それで内に留まることが容易になる筈です。それで職人の間ではベルリンやケーニヒスベルク等の親方の息子は他の職人のように遍歴する必要はないのです。

しかし一つの国は王子が本当に旅してかまいません、自分の国です。深く下層の身分へ行く程、実り豊かになります。アエネイスやダンテのようにこの下界から上の王座の世界へ教えられて戻ってくることでしょう。侯爵は空腹を神や胃からのまれなる賜物としか思い描けず、労働を上品な鷹狩りのようなもの、この二つを十二分に持っている民衆を、太った宮中の召使いの輩と思うものです。朝鮮では民衆は王が近付くと戸や窓を閉めるのだとすれば、王はきっと同じく自分の戸や窓を民衆に対して閉じることになりましょう。そうなると一つの不明は他の不明を生みます。

彼がしかし戴冠し、結婚していて、ヨーゼフ二世[17]か、ピョートル大帝、あるいは旅する教皇、あるいはその総督職が同様に旅であった古代ローマ人と同じ年かそれ以上である場合には、あたかも自分が自分の公使のようなもので、一段と旅は有益でありましょう。すべてを自らより正確に、より早く、郵送料無料で知るのですから。（ボリングブルックによれば）四十のときに青春の書を再読して見いだすように、同じ程の年に青春の国に新たな、以前見過ごしていた世界を見いだすことになります。若い侯爵が外国の土地から家に持ち帰るのはことによるとまれな歓喜の花の枯れた記念の花束かもしれませんが、中年の侯爵はしかしその花の種を持ち帰ります。慈悲深く、骨太くまことにドイツ人的なマイニンゲンの公爵がその死の一年前あるドイツの南部の首都〔ウィーン〕に旅したとき、公爵は宮廷や舞踏会、王子達や女達は見ずに、機械や工場、スープの施設、立坑、芸術家達とその作品、経済改革者達と彼らの図表を視察しました。公爵はなぜその後すぐに僻遠の国にごく長期の旅をしなければならなかったのでしょう。この旅も自由を愛している侯爵ならば、出かけることが遅すぎるということはないのです。しかし貴方のフリーダノートが王座に就くよりも先に旅に出るのであれば、貴方が貴族となって同伴されることを希望いたします。王子の教育係は誰もが侯爵達との交わりを通じて、鉄が磁石から磁性を帯びるように、貴族の称号を得るべきで、代わりに貴族の食卓仲間が必要になったとき、同じ人物を引き続き食事、遊びの席で使えるようにしたいものです。その最良の女教師オルビリア(18)が最初から立派な貴族で、交替する必要がない王女はどんなに幸せでしょう。医師ノ群ガ皇帝ヲ滅ボシタ、このハドリアヌスの墓碑銘は魂の医師の群にも言えます。

貴方の侯爵教団の規則の多くはもとより容易に予告されます、どの子供の教育の場合でもそれは言えることですから。ただ、誰もが小銭のように人生で必要とする特性を侯爵には造幣料や宮殿の飾りとしての金のように要求することです。まず約束を守ることを挙げます。侯爵が約束を破るのはすべての国々、自国と他国に対しての他にはまずありません。一人の人間に対しては、自分はまあ除いて、いつもすべてを守ります。シャンフォール(19)はアンリ四世からロメニ枢機卿の内閣に至るまで五十六の公的な違約が数えられると述べています。これは空間の希薄力から容易に説明出来ます。これは時間よりもはるかに多くその場で、最も強力な力、例えば電気、引力、人間愛、自由、約束した言葉を壊すものです。それで広い空間は、例えばイギリスの自由をすでにアイルランドでは信じがたいほどに解体して、かつての北アメリカのようにしていますが、しかし海洋とか植民地ではそれは離れている為にはなはだ薄まってしまい、ただ船長とかインドの大成金の鋭い眼力だけがわずかに全くの隷属状態との区別をつけられるほどです。このようにして約束は空間によって無力化され、それで数世紀前には海軍が互いにヨーロッパで取り決めた平和条約でさえ、インドでの戦争を防ぎ得なかったのです。理由は、述べましたように、物理学です。それだけに王子にとっては真実の言葉の為にその語学教師と語学部屋が一層必要かもしれません。いやこの言葉はウエンド語やイタリア語同様に重要なものです。これらの語は金印勅書*8によれば、将来の選帝侯であるボヘミアの王とライン・プファルツの伯爵がすでに七歳のときに学ばなければならないものです。あるいは勅書が全く要求していないフランス語同様に重要といえます。

二つの国、自国と外国に対する侯爵の正直さは、すでに他の者が言っているように、最高の政治であるばかりでなく、また（まさにその故に）最も困難な政治でもあります。まっすぐな魂は、まっすぐな並木道同様、目には人為的に曲りくねっているものと比較すれば半分の長さにしか見えないものです。しかし更に近寄って見ると全体の大きさが分かります。高貴な、よく考えた願望を抱く侯爵のみが、それを漏らしてよろしい。ただ磨かれて輝くダイヤモンドだけが光線でとらえられるようなものです。

すべての戦闘条約、平和条約には暴力よりも一段と高い接合剤が更に、さもなければそれが結ばれる必要はないでしょう、土台となっています。つまり取り交わされた言葉に対する信頼、海軍や陸軍ではなく、性格の力に対する信頼です。しかし歴史では、これはいつもは月々新たな後世の勝利者の為に新たな凱旋門の建築費を捻出しなければなりませんが、現在について正直に語り、未来について正しく予言する侯爵の為の凱旋門が発注されることほどまれなものはありません。侯爵の正直さは性格のあらゆる力、孤独な勇気、正しい意志を前提とします。しかしついに王座の周りにこの樫の杜が生い育つとすれば、そこには古代ドイツの神聖さが宿り、そこの王座は奇跡を為し、人々は梢を見上げて神々に庇護を請うことでしょう。小生と貴方はこのような杜の葉擦れの音を仕事部屋の間近で耳にして、葉を数えることが出来る程です。

バイロイト　一八〇六年一月

戦火が去ったので再び荷を解きました。お互いの再会はそんなわけで、小生の予言の確認と批准同様、楽しい季節に持ち越すことにしましょう。最後にお笑い種に若干の記念帳の格言を記しておきます。これは、小生の執筆室を覗かれたりする様々な王子傅育官、帝国直属騎士教育係の為に折々に前もって書き上げ、記念帳を差し出されたときいつでも有益な即興のアイデアを書けるよう用意していたものです。次のような考えを認めるつもりです。

豪胆な者を育てるには大胆に育てること。大胆な画家だけが、大胆な顔を描けるとラーヴァーターは言っている。

ごく珍しい花々がその名前を侯爵達から借りているのはいわれがないわけではない。権力はどんなに穏和であってもかまわない。侯爵の眼差しはすでに一つの行為である。侯爵は従って、一日中殺そうか称賛しようかの選択をすることになる。――王笏は儀仗杖であってはならない、磁針のように百合の姿をしているべきである。――悲劇的なクレビヨン[20]のように恐ろしい男の異名をとる方がウェルギリウスのように乙女のような男の異名をとるよりやさしい。――フリードリヒ二世の天幕では元帥杖の横にいつもクヴァンツのフルートがあった。侯爵たる者はこれを寓喩と考えること。[*9]

人類を信じない者は個々の人間を信ずる者同様によく欺かれる。専制的な悪しき寵臣は侯爵に、自ら本当に支配するよう、支配をまかせてはならない、自ら見たり聞いたりするよう（少なくとも寵臣のことを）すすめる。外的な槌が時を告げる時鐘時計になってはならず、自らの舌（鐘の舌）で語るよう、つまり寵臣が、嵐の時であれ結婚式の時であれ、鳴らす教会の鐘となるようすすめる。

教育係殿、貴方の生徒の勉学で心に懸けるべきは勤勉さそのものである。ただこのことを勉学を通じて学ぶように。さもないと後には、皇帝カリヌスのように（ウォピスクスによる）署名用の従僕を持つようになろう。あるいは従僕達の従僕、スペインのフェリペ五世のように自ら署名することになろう。

王座ではすべてを、時間でさえ、バーゼルでのように、一時間早く持とうとする。従ってよく熟考よりずっと前に考えが現われる。侯爵の思いつきは行動の風媒種子として常に危険である。それらはしばしば長い領邦議会、帝国議会を必要とし、延滞利子の代わりに性急利子を払うことになる。何と多くの臣下が一つの機智の為に死んでいることか。何と多くの犯罪者が厳しい判決の代わりに意見を受け取っていることか。何と多くの不埒な輩の予備請願が早まって聞き入れられることか。これ以上のことを聞きたい者は、歴史の司法長官、最高裁長官に尋ねてみるがいい。しかし教師が出来ることで、教え子に、決して重要な然りか否かは、反論や持論は、質問や請願、罪業に対する猶予の時を経ないでは述べないよう指導することほどに素晴らしいものはありますまい。このような猶予証（モラトリアム）があって、間違いのない小勅書を書けるようになります。何故侯爵についてでしょう。誰でもこれは言えます。ただ侯爵の高い身分は話すたびにすさまじい雪崩の崩落を引き起こします。しかしちょうど上部とその周辺では逆に行為の言葉（指令や決定）よりも言葉の行為（機智や即興）の用意が為され、真面目なことよりも冗談に時間を割いています。この逆転を教師はまた逆にするべきです。……ここでは小生自身が、アーデルハルト様、即興で書いていました。やむをえなかったのです。最後の記念帳の項を手紙の代わりにしました。記念帳用にはもっと緊密にまとめられなければなりません。このようにその場の勢いは強いものです。手紙や記念帳、普通の本がごっちゃになります。アーデルハルト様、この点小生よりうまく行かれますよう、御機嫌よう。

小生は上で更に警句を添えようと思っていました。「王子にはとりわけ読み方を、凱旋門や花火の文字ののではなく、本や書類の読み方を教えるようにしたい」。しかし小生の思い違いでなければ、これはすでに貴方の記念帳に書かれています。内閣の秘密は、恒星の光のように、発光してから何年も経って我々のもとに達します。しかし研究書斎の秘密は、惑星の光のように、恒星に届きません。

貴方のＪ・Ｐ・Ｆ・Ｒ

追伸。便がなくて、教育係殿、この書き終えた手紙はレヴァーナの第一版の間ずっと寝かされていて、印刷はされましたが、発送されませんでした。が、幸い第二版ではある若い、幾つかの宮廷を首になった王子教育係が小生を訪ねてきて、手紙を渡してくれることになりました。ちなみに彼は毎日一時間半この件を呪い、断言します。王子教育係よりもまだ王子になりたいものだ。王子は自分でだめになるけれども、教育係は他人を巻き添えにするから、と。貴方宛の小生の長い手紙を反古とあからさまに笑って言います。ただちょっと、しかし肝腎なことを忘れている、王子と王子教育係双方の所謂教育長官のことを、と。どんなに腕のいい教育係でも、教育長官がそう望みさえすれば、哀れなものになりさがるというのに、何の役に立ちましょうか、教えて欲しいと言います。長官が教育係という下院の本来の上院として、この二次学校の校長として一人で管理しているというのに、と。小生の教えを聞かずに、立腹して続けます。「自分を決して王子の副教育長官としてすらも遇しなかった教育長官達は、貴族としても体の方も古くて、王侯の食卓に列することも教会禄をはむことも出来ましたが、自分はただ能力があるだけで、ませた王子は自分を下位の者としてただの小うるさい学校狐とみなし、その親方はライネケ長官というわけでした。王子と共に宮廷の食卓に列する男の言葉は、王子にとっても宮廷にとっても、ただ黒板のもとで一緒に座っている者の説教よりも効きめがあるのでした」。

「この点に関しては」と小生は言いました。「世慣れた紳士の肩を持ちたいね。学校教師の宮廷人に対する関係は、例えばアプト・フォーグラー氏[21]の鳥《フォーゲル》に対する関係に等しい。つまり、カント[22]の精妙な見解によれば、規則正しい人間の歌の反復にはやがて聞きあきてしまうのに、永遠の鳥の歌声ではそうならないのは、鳥の歌声には規則がなく、ただ定かならぬ交替があるからというわけで、そのように学校教師はまとまった単調な思考連鎖といつも何かに至ろうとする決められた目的を持った話しぶりの為やがて眠りをさそうのに対し、世慣れた男は、いつでも本筋を離れたことを言って、皆を元気付かせます。何も定かなことを言わないし、何でもないことを様々聞かされるのは、何事か単一のことを聞かされるよりも楽しいからです」。

「ただ侯爵と宮廷、貴族だけに注意を払い」と彼は続けます、「こうしたことの為に教育するよう命ずるかような教育長官は、その勲章の鎖で教育係が銀を載せた船を教え子の為に侵入させようとする港をことごとく塞いでしまいます。彼は教育係に本来の『教育の監査』を(ただ印刷されたものほど立派なものではありませんが)、起案し、採用された教育係は別様に考えると、恐くなるか腹を立てるかのどちらかを選ばざるを得なくなります」。

「悪くありませんな」と小生は言いました。「こういうことは教育係が自ら研くよりも一層柔和に趣味よく教育係を研きます。同じように料理人は鶏の肉をやわらかく味の良いものにしようと、つぶす前に鶏を池に投げたり、七面鳥を塔から投げたりします。これは恐がらす為です。あるいは、笛を鳴らしたり赤い服でかっかとさせます。怒らす為です」。

「お分かり頂けるでしょう」と教育係は結びました、「教育長官がその笏を学校の鞭として市民階級の前任教師にふるうことが許されれば、どのようなことになるかは。つまり、教師がどうなるかではありません、（小生同様去って行くでしょうから）、罪のない侯爵の息子がどうなるかです。彼は頭をなでる上級家臣と平伏した下級家臣の間の年若い支配者として男らしい真髄を得られなくなるでしょう」。

「それでもしかしそれが悪いことだとは考えられない」と小生は申しました、「小生も身分ある人でその内部には何の骨もない人を何人か存じ上げています。しかしこの人達は雷に打たれた者に似ていて、稲光は大抵ただ骨だけをばらして、外部の素敵な姿には何の傷もつけていないのです。そのようなものですよ」。

両者は完全には意見が一致せず、まともに相手にする気になれなかったので、貴方宛のこの追伸を彼に託して、貴方から話しを聞いて改宗するか正しいと知るか、お任せすることにしたのは御理解頂けると思います。教育長官は皆同じかどうか、王子の軌道はやはり時に焦点が二つある楕円をきれいに描いていないかどうか知る必要があります。天がそのことを、更にもろもろのことを許しますように。

＊1　ボリングブルクのヨーロッパについての政治書簡〔一七五八年〕。
＊2　エリザベート・ド・バヴィエール夫人等の書簡抜萃。第一巻、二五三頁〔一七八八年〕。
＊3　彼は、腰掛けない、ハンカチや痰壷を使わないという舞台音楽の規律に従った。タキトゥス『年代記』十四の十五[11]。
＊4　アレクサンダー・アブ・アレクサンドロ　第三巻、二十一章。
＊5　オスマン帝国の侯爵カンテミールの歴史、シュトルーベの『余暇時間』、第五巻。
＊6　興味深い秘話、ＭＤＬＰによる。第一巻、一七八五年。
＊7　ヘルシェルによると太陽雲だけが光を放ち、太陽の大地は黒点に過ぎない。
＊8　金印勅書、第三十条、第二項。
＊9　これらの四つの考えは、同じ五番目のを言っているだけなので、これらは四つの異なった記念帳に記される。

第三小巻

第六断編

少年の倫理的涵養

第一章

第百三節

名誉心、実直さ、確乎たる意志、正直さ、迫りくる危害の克服、被った危害の辛抱、率直さ、自尊心、自負心、俗論の軽侮、正義心と持久力、こうしたことの一切とこれに類する言葉はしかし単に倫理的性質の片面、倫理的強さや崇高さを特徴付けているにすぎない。第二の片面が、他人の生活と係わる一切のこと、愛や、穏やかさ、慈善の領域をカヴァーしている。これを倫理的美と呼ぶことができよう。

前者は内部、自分の自我に係わり、後者は外部、他人の自我に係わるように見え、前者が反発する極とすれば、後者は引き付ける極で、また前者が理念の方を、後者が生活の方を神聖なものとして崇めているけれども、両者には共通して自我を超える崇高さが見られる。この自我には欲望と、心のこのふたご座の二星に対する罪とが関係しているにすぎない。というのは名誉心は愛と同じく利己心を犠牲にするからである。愛もまた他人の自我に自分の自我に避けるものを求めて、見詰めているのではなく、他人の自我のうちに神々しいものの表現を見てそれを摑んでいるのである。我々は神を二度見いだす。一度は我々のうちにもう一度は我々の外部に。我々の内部では眼として、我々の外部では光として。しかし積極的に飛び出すのであれ、消極的に飛び込むのであれ、それは同じエーテルの炎である。一方は他方を前提としており、従って両者を産み出し結び付ける第三のものである。それを聖なるものと名付けるがいい。精神界には本来外部もなければ内部もない。かなり太い枝にいつも甘い実がなるように真の倫理的強さにはいずれにせよ愛が結ばれている。ただ弱さだけがヴェスヴィオ火山のように鳴動して荒廃をもたらす。同じように真正の愛はすべてが出来るばかりでなく、すべてなのである。

第百四節

しかしここでは単に現象の違いに立ち入り、その根拠には触れないことにしよう。現象的には男性が倫理的強さとか名誉の方、女性が倫理的美とか愛の方にもっと生まれつき、準備されているように見える。すでに前に述べた文(1)、女性は男性のようには自分を分割し、内省しないという文から二つの倫理的極の分配をそれぞれの両性に優勢なものとして、つまり愛はむしろ自分の外を見ながら行なうので女性に、強さはむしろ自分の内を見ながら行なうので男性に優勢と結論付けることが出来よう。しかし事実を何故結論付ける必要があろう。この精神的性別の差は、小さいけれども、個々人のうちに繰り返されており、これについては後に触れる。(2)今は少年を倫理的強さの発展を通じてその使命に目覚めさせる教育法を覗くことにしよう。

第百五節

ある時代は出現する為に男性を必要とする。別の時代は存続する為に必要とする。我々の時代はその両方の為に必要としている。にもかかわらず教育は何よりも少年の男性化を怖れていて、出来る限り男でないようにしている。教室と子供部屋はローマ人が恐怖と不安の神の為に建てたかの寺院の聖具室にすぎないものになっている。あたかも世間には目下勇気が有り余っているかのように、教師は処罰や行為で臆病を接種し、勇気は言葉で推奨されるに過ぎない。実行ではなく放棄だけがのさばっている。ネストールの戦列[*1]では臆病者は中間の位置を占めていた。我々の国家でもそうである。最上位と最下層の身分では学者や教師の通例よりももっと外的勇気が見られる。それで教師は少年達にうさぎを神聖なものと崇めているイロコイ〔インディアン〕になるよう要求し少年達をこのような神々の地位に就けようとしている。古代の民は鍛錬の為に人間愛を忘れた。我々はその反対である。勿論意気阻喪させるこの教師達は弁解しようが、それは間違いである。つまり、子供の勇気には思慮という釣合いが欠けている為、高慢になりやすく、教師と幸福のためにならないというものである。しかし年がいっても思慮が伸びるだけで力は伸びないこと、生の巡礼者には案内人を傭う方が、道に迷って飛んで行かないように切り取った脚や翼を彫像のように再び付けることよりもやさしいということを考えなければならない。兵士のように卑俗な度胸から出発して、名誉心にまで話しを進めることにしよう。

＊1　ホーム、II、IV、二九七頁。

第百六節

肉体は魂の甲冑、胸甲である。そこでこれがまず鋼鉄に鍛えられ、熱せられ、冷まされるべきである。父親は誰でも出来るだけ自分の家の周りに小さな体育のシュネプヘンタール学園[(1)]を建てるがいい。少年が猛り、駆け、突進し、よじ登り、刃向かう路地だけでもちょっとしたものである。路地の傷は学校の傷よりも治りやすく、健康なもので、よりよく癒すすべを教えてくれる。野蛮なイギリスの少年から思慮深い議員が生まれる、ちょうど最初は盗賊であったローマ人から有徳な、全体に奉仕する元老院が生まれたように。過度に豪気な者にローマ人は瀉血を施した。教育のむちも刺胳となり、冷たくする方法、閉じ込め等々は血の気をなくしてしまう。ある力は決して弱めてはならない。これは何度繰り返しても充分ではないが、その対抗筋力を強めるようにするべきである。リスはしばしば上の歯列が痛くなる程伸びることがあるがこれは下の歯列が欠けたときに限られる。十二歳の向うみずな少年をおとなしくさせることは容易であろう。一緒に解剖学の本とか更には外科の本を読みさえすればいい。しかしこの薬は砒素同様にごくまれな場合にほんの少量用いるべきである。肉体的無力化は精神的無力化を生じさせる。しかしすべて精神的なものはより強固な、永遠といっていい痕跡を残す。子供の折れた腕は折れた心よりも治りやすい。ちなみに子供の病室では子供をだめにする二種類が考えられる。厳しくして健康な子供をだめにするか、柔和、柔弱な扱いで病気の子供をだめにするかである。病人にはしかしどんな柔和な扱いよりも、体のそれでさえ、絵、枕もとでの遊び、童話といった単なる精神的刺激の方がよく利くのである。健康が勇気への第一段階なら、痛みに対する肉体的訓練はその第二段階である。これは近頃では為されないばかりでなく反対さえされている。少年がむち打たれるのは、それに耐えるのを学ぶためなんかではなくて、それに耐えられず白状し始めるようにする為である。不快なことである。どうして処罰する警察の拷問術を教育学と取り違えて、肉体的に勝る者の力に対する精神的に勝る者の力を尊重せず、独立不羈を犯行をかたくなに認めぬ態度と見做してしまうことになるのであろうか。これは子供達にカルタ遊びを積極的に薦めて飽きさせようとするロックの助言[2]同様に間違っている。命令と反復とで飽きて変わりやすくなっているのは病いが治ったというよりももっとひどい病気と言うべきであろう。ここで、子供達を子供達の前で折檻し、いわゆる見せしめにする、厭わしい、しかし習慣によって諒とされている教育の罪が冷酷なものとして思われないだろうか。というのは子供はすでに冷たい傍観者として頭にきた懲罰者と思いを同じくしていて、彼と同類の子の責め苦の悲鳴に何の同情も抱かず、力の強い者が弱い者に対して振るう厭わしい力の光景に何の嫌悪も示さないが、こうなるとこの子供の心には何の救いも見いだせないが、あるいは子供は、子供部屋に移された処刑場の発散する苦痛をすべて追感し、それで大人が処刑をみて感ずるように、罪よりも罰の方をひどいと感じてしまう、そうなると苦しむ光景を見せた意義はなくなる。あるいはようやく罰に対する同情とともに理解を持っても、ただ苦痛を嫌悪する気持が残る。そのときには服従も増すが恐怖も増すことになる。要するに大きな処罰は子供達の目の前で行なってはならず、人前で行なわないと告げるとそのことが欠点ではなく利点をもたらすということで満足すべきである。

むしろ苦痛に耐える訓練、ストア的意味の十字架学校を創案すべきであろう。少年自身がすでにこれに類する遊びを見いだしている。メキシコではかつて一人の少年が別の少年の腕に自分の腕を結びつけてその間に燃える石炭を置いた。二人はどちらが長くその燃える熱に耐えられるか競ったのである。モンテーニュの少年時代には貴族はフェンシングの学校を恥ずべきものと考えていた、勝利がただの勇気によるものか分からなくなる為である。古代のデンマーク人は顔に傷を受けても瞬きしなかった。[*1] 以前すべての民族が出来たこと、従って生来の才ではなく教育によるもの、これは個々人が簡単に繰り返すことが出来なくてはならない。

決して痛みに同情を示さないこと、軽く冗談を言って受け流すがよい。小さな子供が傷を受けたと駆け寄ってきたときは、まずはそのことに耳を貸し、この編み目を仕上げてからと、目を向けるのをしばらく控えて、落ち着いて言うことである。まずは書き上げてしまうからとか、あるいは何かある事をするようにとか取ってくるように言うがいい。痛みの棘を抜きとるに行為に如くものはない。兵士が傷を刀を振り回すあまり感じないようなものである。「鼻から血が出るの」と幼女が哀れな声を出して言う。「いや、可愛い、赤い血だね、きれいに流れているね、一体どこから来たのかな。前には鼻の穴にはなかったんだよね」と言って痛みを調べることに、内部を外部に紛らわすことである。更には子供の耳をその眼よりも見守ること。耳は恐怖の感覚であり、それ故耳の聡い動物はより臆病である。うっとりしたときの音楽がそうであるように、びっくりしたときの物音や叫び声は直接我々の心を捉える。正体不明の音は恐怖を生み出す真正な夜である。どんな不気味な形象も立ち止まってしまえばついには分類される。しかし物音の底は続くと更に明らかになることはなく、一層恐ろしくなるばかりである。煙突掃除人の色にただ興味を持っていたある少女は、その掃除の絶え間ない物音を聞いて人生で初めて恐怖を抱くことになった。それでどんな聞き慣れぬ物音、例えば風の音にもすぐに昔からの楽しい名前をつけるがいい。我々の時代は、人間全体を意気阻喪させ金縛りにする恐怖に対する規制を最初の義務としている。どの子にも涯しない天国を望むロマンチックな希望とともに涯しない冥府に対するロマンチックな戦慄がある。しかしこのぞっとする冥府を解き放つことになる、何らかの対象をそうと名付けてロマンチックな恐怖に全能の対象を与えてしまえば。この間違いを著者は犯してしまった。自分の子供達に兵士やその他の人間に対する憎しみや怖れをそらす為にただ悪漢だけが恐ろしいと言ったのである。このことで子供達にとってそれまで様々な目に見える対象に散らばっていた怖れが唯一つの目に見えない対象にしっかりと焦点を結んでしまい、子供達はこの恐怖の対象をいたるところに持ち運びそれを見つめることになった。ちなみに空想がその創造力、支配力をふるうのは心理の中で、恐怖をおいてない。愛と比べてもそうである。子供は、いつもは敬虔に両親のいうことをすべて信じて、確かに幽霊に対する啓発的な武装の言葉を熱心に欲するけれども、しかし心にその言葉を抱きながら空想に身を委ねてしまう。更に、子供は、恐怖の対象、例えば杖に乗せた帽子と外套を長いこと吟味し、自らそれを組み立てても、しかしぞっとする気持を抱いてそれから走り去るものである。子供はすでに自分が傷を受けたものよりも、両親の表情や言葉によって恐ろしいものと名付けられたもの、例えばねずみをこわがる。それで専ら言葉を突然発することを避け、用心するようにし給え。例えば夜に御覧とか、耳をすましてと言うようなことは更にびっくりさせる。突然の現象もよくない。というのはこの場合感覚は燃え上がった空想をたきつけるだけで、押さえ込むことが出来ず、現実は刹那の照明の前で乱雑にゆがんでしまうからである。それで嵐を恐れる気持は大抵は突然の稲妻から来ているのであって、稲妻は突然に視線を釘づけにして暗い空を照らす。のんびりした稲妻であれば、恐れる気持は少なくなるであろう。

残忍な紙面、この幾つかは酷いテレジアナ刑法(3)からバーゼドウの基本書(4)に紛れ込んでいるが、これを子供から遠ざけるばかりでなく、未知の肉体的恐れを言葉で描くことのないようにしなければならない。空想豊かな子供にあっては肉体を怖がる気持から容易に幽霊を怖がる気持が生ずるからで、それも、このことに思いが到らないが、夢を通じてそうなる。この混沌とした巨大な心と霊の画家は一日のささいな恐れからかの不気味な鬼女《フリア》の仮面を作り出すのであって、これがどの人にも眠っている幽霊を怖がる気持を目覚めさせ、育てることになる。そもそも子供の夢にはもっと注目すべきであろう、大人の夢に対するよりももっと、殊に我々の夢にあってはいつも子供時代が繰り返されるという違いがそもそもあるのだから、しかし子供の夢にあっては何が反復されるのか。すみやかな予感、説明しがたい思いがけない至福か不幸の風に、深い峡谷からの突風のようにしばしば襲われ、吹き寄せられるのは誰か。新たな風景、出来事、人間に接して時折自分の奥底に鏡を見いだし、その中に昔からぼんやりと立って眺めていたことを感ずるのは誰か。後の夢や高熱にうなされている最中に同じ蛇の群れや奇形児達が蘇ってくるのは誰か。今までのすべてを思い返して見てもその原像には思いいたらないというのに。これらの産物は昔の子供の夢の地下の遺物であって、それが夜海の怪獣のように深みから昇ってくるのではないか。

とりわけ泣き事を言わないように。それが他人の苦しみ事であれ自分の事であれ。恐怖と勇気ほど伝染しやすいものはない。両親の臆病は子供では倍にもなってしまうことに思いを致すべし。というのは巨人が震えてしまうところでは小人は倒れざるを得ないからである。

そもそも父親は絶食した顔、懺悔の顔で、あるいは苦悩にみちた様子で、人生には失うことが多いといったふうに、実際そうであっても、子供の前に姿を現わすのはよくない。せいぜい将来の見通しがよくないことは語ってもいいが、しかしそれに対する不安を見せてはならない。少なくとも自分の嘆き節、悲しみの書の再版は妻や友人の分に限るべきである。にもかかわらずこの逆のことが頻繁に見られる。まさに家にいるとき（あたかも囲みや市壁はことごとく臆病にするかのように）外部に対して武装していたロブスターは甲殻を脱ぎ棄て、巣の中で豪胆な鷲はひな鳥を前にして換羽する。それでひな鳥は家の中での臆病ばかりを目撃することになって、世間での豪胆を知らない。誰もがむしろ牧師のザイダー[5]のようになって欲しい。彼は知性新報紙上でたびたび、他人の記した彼の苦難は真実ではないとこぼした。

＊1　世界文庫、十五巻、三八五頁。

第百七節

受けた傷に耐えることと受けるかもしれぬ傷を無視することは互いに強め合うので、[*1]両者を混同しているという非難を受けずに話しを進められたらと思う。勇気は危険を盲目に見過ごすことではない、それを注目しながら克服することである。従って少年を勇気づけるには、「痛くはないよ」とか言うのではなく、というのはこの場合羊もライオン同様に勇敢に進むことになるから、もっとましなふうに、「どうした、ただ痛いだけではないか」と言うがよい。どんな人間の胸にも、傷の及ばない何物か、振れ動く地軸の中にあって不動である天の軸があってそれを頼むことができるからである。人間には実際動物と違って痛みよりももっと避けなければならないものがある。

将来と空想に対する勇気というものがある。しかし、また現在と空想とを合わせたものに対する勇気もある。前者には心配〔恐怖〕が、後者には驚愕が対置される。両者のうち一つが必要となれば、子供には、大人にはそうではないが、驚愕よりも心配が望ましい。心配が（レッツ枢機卿によれば）心の動きの中で分別を最も弱らせ、萎させるとすれば、驚愕はそれどころか分別を奪ってしまい、代わりに狂気を置く。心配は小刻みにゆっくりと計量して与えて、それが決意と思考の毒というよりもいつも刺激となるようにすることができる。これに対して驚愕は、声に対するのであれ、形姿に対するのであれ、その人間の全体を灰と化す稲妻であり、武装解除と同時に殺害である。キアルジー[*2]はジャゾーネから引用して、乱暴に教師から怖い光景を見せられて育った子供は狂気に陥りやすいと言っている。

驚愕は長く続く心配を生み出すかもしれないが、しかし心配は驚愕を生まない。というのは将来についてのその空想は、将来の下での現在をことごとく見いだすからである。

驚愕に対しては、健康の他には、対象をよく知る以外に手段はない。ただ新しいものだけがそれをもたらす。どんなに勇敢な者もローマ人が象に驚いたように、驚くことがある。どんなに勇壮なヨーロッパ人であれ、見知らぬ動物の雑多な形姿、例えばジュピターのそれに接して、その毒もどう攻撃されるかも分からないときには、震えてしまうようなものである。

それで子供を偶然の雷光に対して、自ら電気的稲光を作り出して、武装させるべきである。残念ながら教授団、学術院に於けるヨーロッパ会議の今日の座席結社は座ったままの生活様式、あるいは死亡様式を採っており、それで格別に勇壮になることはない。重要な官職にはすべて座がついて、参審座、説教座、祈禱座、講座と呼ばれ。その報酬がアブラハムの膝とか十二使徒の椅子と呼ばれているのは意味深い。座る椅子は、医師の表現によれば心配の結果であるように、容易にその原因ともなる。敵が攻めてくるとき、座っている者はひるむが、これは進撃を待っている連隊を見れば明らかである。かかとを活用すれば、ここにだけホメロスのアキレウスの急所はあったが、傷を受けるのを最も上手に避けることができる。近代でも駆けるのは勇壮の意であろう、敵の追撃が付いてこないのでありさえすれば。逃げる敵の為に造る黄金の橋に対しては、ナポレオンならば勿論いくら黄金を遣っても充分ではないであろう。

どの件であれ本来はただ一度だけびっくりして、二度もびっくりすることはないのであれば、前もっての戯れの芝居で子供達が本当にそうなるのを防ぐことができよう。例えば小生は九歳の小生のパウルを連れてうっそうとした森に散歩にでかける。突然、顔を黒く塗って武装した輩が現われて我々に襲いかかる、数日前にわずかばかりの報奨金で襲撃の八百長を仕組んでいたのである。我々二人は杖を持っているばかりだが、盗賊団は剣と空砲のピストルを備えている。ここでは精神の敏捷さ、決断力の他は役に立たない。一人で三人を相手にする（パウルは勘定に入らない、向かって行くように声をかけるけれども）。しかし追いはぎの一人からは発砲されたピストルを、それが当たらないように、わきに払って、もう一人の男の手からは杖で剣を払い落として、それを自ら拾い上げて三番目の男に迫ってゆく。これで悪党の一味は唯一人の正義の男とその同盟の息子によって打ち負かされ敗走に追い込まれる手筈と願いたい。我々は散り散りに逃げる一団をしばらく追いかけるが、野火のように勢いよく逃げるので、じきに後戻る。小生は敵の行列、整理の行き届いた図書室のように背ばかりを見せているのだが、これを終始罵倒して、小生の同盟者自身が、いかに勇気さえあれば多数に対して、とりわけ経験上度胸のすわっていないのが多い悪党に対して対処できるか分かるようにしてやる。勿論（ここに第二版では付け加えるが）このような芝居はすでにいかさまであることからしていかがわしい。それに繰り返すことによってのみ、後になっても消しようのない恐怖がいつももたらす欠点を消し去ることができよう。栄えある勇気の例を多く語って聞かせることがもっとましな強壮剤かもしれない。

その他の剣劇、外套劇は、スペイン人は（バウタヴェーク[1]によると）そう策謀劇を呼んでいるそうだが、夜に上演して、幽霊を信ずる空想を白けた日常に転化したら効果があるだろうが、しかし白状すると、常に根源的恐れがしっかりと根づいていて、それは神か第二の世界しか引き抜くことはできないと思う。雷雨への恐れでさえ完全には（理由を挙げてはとてもではない）根絶やしには出来ない。まだ大人が落ち着いているのがましで、もっともいいのは陽気に振る舞うことである。異常なものは恐ろしいものにいとも容易になりやすいので、都会での教育がもつ数少ない利点の一つに、都会では村でよりも子供の目と耳がさまざまな対象で鍛えられるということが挙げられるかもしれない。度胸ほど成長の早いものはない、恐怖も及ばない。その他夜の行進、更には何人かの少年同盟――集団は勇気を恐怖同様育てるので――、最後にスウェーデンのカール十二世といった超英雄の話しは胸甲をますます強固に鍛えてくれるのであろう。

＊1　同じ程度に前提とすることは出来ない。空想豊かな少年であれば、将来の傷をはなはだ恐れるかもしれないが、現在の傷は軽くこらえるだろう。
＊2　キアルジー『狂気について』第一巻、二八二節〔一七九五年〕。

第百八節

精神的強壮剤に触れる前に、男らしさの鍛錬薬の要素について若干更に述べることをお許し頂きたい。次の段落は頂の前の分枝のようなものである。

何故托鉢僧からキリスト教、愛と子育ての殉教の女性に到るまで、更には自由の受難者に到るまで肉体、世論、願望、拷問を克服できたのであろうか。心に銘記される観念があったからである。それで少年には何か生き生きとした観念を、名誉の観念といったものを与えるがいい、少年は一廉の男になれるだろう。それを思い描くことによってどのような恐怖も克服される。

どの子供も何らかの身分、職人階級等を人生の労働の家、忌中の家と考えて、別の身分（大抵は父親の身分）を希望の展望閣、見晴らし台と考えるものである。この間違った天国と地獄の地図は引き裂くがよい。これらは勾留状同様に子供を恐怖と願望の虜、腰抜けにしてしまうものである。子供には、百聞ではなく一見によって、さまざまな階級の喜びを味わわせて、人生をキャンプ場の地と見做し、そこでは従者でさえテントを張っていることが分かるようにし給え。しかし肝心なのは子供が光輝く身分に憧れてそれを望み求めるようにはならないということよりも暗黒の身分に茫然としてそれを避けるということにならないようにすることである。というのは希望は恐怖よりも分別と幸福をより多く残すからである。同情の涙搾り器で乞食に対する数文の感情を搾り取ろうとして、諸君はむしろ乞食の野営地にあってさえ必要なある力を毀してしまう。ただ乞食になるまい、乞食に何か与えようとかして、その愕然とした子は将来数百人の乞食となる結果になる。いつも少年には首尾一貫性がないといけない。例えば彼が何かをしよう、何かを持とうと思ったとする、それを引き受け、そうするように強いなければならない。同じく彼に何事も二度提案してはならない。

少年にとってはいつでも概念が情感よりも高い王座を占めているべきである。何か禁じられている対象を望んだとする。その時にはこれを遠ざけないで、むしろ近づけて、情感を思念によって克服するようにもって行くがいい。諸君の命令は従って単刀直入になされるべきで、副次的言葉や飾りがあって、それを軽いものに見せるようなことがあってはならない。このように規則を緩和して隠しては、偶然だけが支配者となって、何ももたらさない。何かが為されることではなく、どう為されるかが問題だからである。同じように（母親がするように）禁止を粉飾してはならない。絶えず粉飾することは不可能である。何故あっさりと否といって少年に簡単に諦める訓練をさせないのか。恣意の下で黙って服従することは弱めるが、必然性の下で黙って服従することは強める。必然性であり給え。子供の服従それ自体は、子供自身にとって何の価値もない、子供が世界のすべてに隷属したらどうなるか、ただその動機だけが、敬いそして愛する信頼としての、必然性の認識としての動機だけがそれを価値づける。勿論ただ恐怖の服従者のみが、その家畜番の背後での車裂きに処された模型人間、偽善者、追従者、はずれ者となる。

諸君は幼い心に対して（政治的不平等について認識する年頃になる前に）単なる人間性と年齢以外の誰彼に礼を尽くすように要求すると、その心を曲げる（あるいは折る）ことになる。勲章の大綬にとらわれず、星勲章や黄金は無視して、子供は父親の従者と上司の双方を同じように敬って遇し、見つめるようにしたい。生来子供はどんなアレキサンダーに対してもディオゲネスであり、ディオゲネスに対しては優しいアレキサンダーである。いつもそうであって欲しい。かの身分に対する意気消沈させるおずおずとした様は消えて欲しい。

ただ偉人だけが少年の心を健康に張りつめる。学問を除いて、少年の心を広げるのは、祖国、祖国に対する愛をおいて他に、ことに現在のダイヤモンドをつぶす時代において、あるだろうか。従って学校ではこの神聖なる炎をたきつけるべきであろう。しかし実際これはティレウスの開陳による、つまり古代の沈没、沈下した国に対する熱狂によるものではなく、クロプシュトックのヘルマンの戦い、炎の頌詩への案内によってなすべきである。もっとも老人文主義者達にはほとんど期待していない。彼らにとって偉大な芸術作品で最もおいしいのは、象で最も味のあるところ、（詩）脚である。

至福と快楽の説ほど説教者の多い説はない。これはすでにどんな猫や、禿鷲、その他の動物の心にあってもその教義の座、王座を占めているのを知らないかのようである。家畜が知っていることを説くつもりか。人間の精神はケンタウロスのように体に拍車をかけられて精神界に参じたらいいのか。どんな理由があって（悪い理由の他に）子供達には反抗的な行き過ぎよりも利己的な行き過ぎが、反抗心よりも食欲が大目に見られるのか、あたかも犬歯《キバ》は臼歯ほど重要ではないというようなものではないか。純粋な品位、正義、宗教に対して諸君がこれらの天使的姿そのもの以外の何か別物を通じて熱を入れることになったら、それがたとえパンの為の学問、胃の為の学問という利点を単に副次的付録と見させることであっても、せいぜい物欲の財宝は犠牲としてかの女神達に捧げるべきで、諸君は純粋な精神をけがし、偽善的なもの卑小なものにしたことになる。諸君は、冷たい北国のように、南国のライオンを猫に縮め、ワニをトカゲに縮めたのである。

人生が戦いなら、教師は詩人となって、少年に必要な歌を添えて鼓舞すべきであろう。それで少年が自分の将来を（罪のないものであっても）ある享楽から別の享楽への移行と考えたり、まして春から秋、花から果実への収穫と考えたりするのではなく、何らかの長期の計画を遂行する期間と考えるのに馴染むようにさせたい。要するにある長期の活動を目的とすべきで、享楽を目的とすべきではない。享楽はじきに底をつき我々を消耗させるけれども努力は決してそんなことはない。人生を例えばある島の開墾とか消えた島の発見、海の長さの発見に費やす男は幸せである。ロンドンでは金持ちに生まれた者が自殺して、金持ちに成り上がる者は自殺しない、逆にまた貧乏人ではなく、貧乏になった者が自殺する。吝嗇家は年とっても人生に倦むというよりは人生を楽しむようになり、その営営と収集したものの享楽的な相続人がうんざりして亡くなる。それで小生は十五年間アロエを大事に育てて、その花盛りの様をやっと眺める庭師の方が、花開いた様を見る為に急いで呼ばれる侯爵よりもましだと思う。事典製作者は毎日太陽のようにきれいにのぼっては、その黄道十二宮の新たな星の前に進む。新たな字句が彼にとっては新年祭で（古い字句の終わりは収穫祭）、第一字母の次にはアルファベットの第二字母が、その次には第三字母が繰り返されるので、この男は紙上でしばしば一日のうちに日曜日、聖母マリアの祝日、仕事休みの月曜日を祝うことになるであろう。

名誉心を喚起するのを恐れることはない。名誉心は慢心の荒い莢よりなんらひどいものではなく、大地やその花々から舞い上がるやさしい羽のぴんと伸びた声高な鞘翅である。しかし個々人の誉れを同性の誉れ、そしてこれを各人の尊厳にまで高め、気高いものにするには、賞讃を、ことに少年達に対しては、一人の賞讃候補者にではなく、少なくとも数人の候補者に同時に分かち与えるがいい。栄誉の勲章はマスターした段階に対する顕彰としてではなく、更に高い段階を暗示し接近していることを示すものとして与えられるべきである。最後に、賞讃は顕彰を喜ぶ気持よりも諸君の喜びを喜びとする気持を多く与えるべきである。

第百九節

男性が鉄に強さの点で似ているとすれば、また硫黄との親和性という点て、硫黄に触れると熱い鉄の棒は滴り落ちることになるが、つまり情熱的な発火性という点で鉄に似ている。単なる情熱は強さを与えるだろうか。パリの革命が自由を、彗星が明るい夜をもたらすのと同じ程確実である。ただしかしそれらはまた去ってしまう。古代の最も強壮な人々、その時代の支配者や裁判官達、その他の人の模範となる者達はいつもストア派の出であった。情熱は彼らにとって嵐の為の梁となるにすぎず、吟味や支持の梁とはならなかった。

強さ同様に、情熱がエルヴェシウス[1]の説によるとその対象に投げかけるとされる明るさもそうである。つまり、（シャトーブリアン[2]によると）嵐の時に岩礁が波の泡によって輝き、そうして船に危険を知らせるが、それと同じことである。はなはだ貴重なはなはだ動揺しやすい光りの塔である。

そこで少年には出来るだけストア派のことを傾聴させるがいい。訓戒するのではなく、あらゆる時代の真のストア派の人の例を挙げて。しかしストア派の人をオランダ人とかましてや鈍感な未開人と見做すことのないように、胸の中の真の煥火はまさにかの男達、生涯を通じての意志を持つ者の中で燃えているのであって、情熱的な男がそうであるように、個別的な欲望や興奮を抱いている者の中ではないということを分からせなければならない。例えばソクラテスとかカトー二世の名を挙げるがいい。彼らは永遠のそれ故に物静かな熱情を持っていた。

第百十節

この長い意志は、内的騒擾をことごとく制御するが、単なる目標ではなく、最終目標、あらゆる公転の中心的太陽の如きもの、理念を前提としている。従ってただ強固なあるいは偉大な人生だけがあるのであって、個々の偉大な、あるいは強固な行為があるのではない、いかにならず者がそうした行為が出来てもである。どこにも孤立した山脈は（地球という山岳はそうなっているけれども）なく、雲上の一つの尾根としてただ連山があるようなものである。

放たれた意志は最も普遍的なものだけを欲するがいい。神聖なものを、自由であれ、学問であれ、宗教であれ、芸術であれ、欲するがいい。意志が特殊なものを欲するとそれだけ頻繁に外界によって折られてしまう。狭い個々のものにだけぶつかる動物と違って人間は、感受した世界を種類に、思考の世界をカテゴリーに拡大し解消するが、そのように理念は欲望を一般的な包括的な努力へと拡大し解消する。

こうした理想は教育によって教えることはできない。というのは最も内なる自我自身であるからである。しかし誰にあっても前提とされるので、従って活気づかせることは出来る。生命は唯生命に接して燃え上がる。従って子供の中の最高のものはただ模範によって、現在かあるいは歴史上の模範、あるいは（その両者を合わせた）詩作品によって燃え上がる。

現在の、つまり生きている例では偉人は子供の為のハレの錫人形ほどには簡単に手にし買い求めることは出来ない。全体としては勿論いることはいる、独立戦争の際の命を省みない勇ましさを考えて見さえすればいい、プルタークならば古代の勇ましさ同様に永遠化してくれたことだろう。しかし我々にはまさにプルタークが欠けている。偉大なものは見紛われていないとしても、忘れられている。我々は従って、どんなに現在に恵まれていても、常に偉大な過去を必要とする、漂鳥が温かい国へ飛ぶ為に月光を必要とするようなものである。未青年の前へ残念ながら両親や家庭教師、何人かの土地の声望家が理想の聖人として登場させられる。有害無益である。子供の前で毎日ナイトガウンと正装とを取り換える命令者兼人間はかの至純の感情（シャトーブリアン[(1)]は賛嘆をそのようなものと見做しているが）を呼び起こすことはできない。その至純の感情の高みにまさに子供の理想の星座はすべて昇り輝くのである。子供はすばらしい模範の光の後をついて行かねばならないのであれば、何故輝かしいものよりも暗い模範を選ぼうとするのか。

しかしクリオ、過去の詩神《ミューズ》が加勢してくれる、この詩神にはまたその父、アポロ[(2)]の助勢がある。少年の心を神聖な英雄世界で満たしてやりさえすれば、様々な偉人を心こめて描きさえすれば、その生来の、まず教えて得られるのではない理想は（というのは誰のうちにも一つは眠っているので）元気に勢いづくであろう。

同じく詩的理想はすべて自由に少年の顔に輝くべきである。その目は二つの大きな理想、つまり自分の良心がそうあれと命ずる理想と神の理念を前にして盲いることはない。

カンペは正当にも子供のために現在の人間性の光を浴びた半球を見せることを薦めている。しかし無論凡庸なことに慣れさせる為ではなく、慣れないのがましであろう、見知らぬ輝きが、それが宝石よりも白露のしずくから生じているのであれば、一朝続くようにする為である。小生が危険だと思っているのは、いや、悪魔的人間を語ることよりも危険なのは、というのはどんな子もその地獄の首魁を毎日耳にしても[*1]特に害はないので、それは選ばれた模範として混合した性格を見せることである。これは子供に子供自身の同様に混合した性質を真似るように薦めるのと同じことである。この多神教の国家連合のモラルから少年が学べるのは、勝利と敗北の快適な調停《バランス》を自分にも適用することの他にあろうか。人間的弱さに慣れるという福音の教えのテキストは手近に見ることになろう、自分自身の弱さを使えばいい。

この青春の理想化に対しては教育学的象の狩人から、彼らが偉大なものを狩るのは、それを馴して、運搬用に牙を抜いて小屋に留め置く為だが、はなはだ表面的なくだくだしい反論がなされよう。「これらはすべて結構なことだ、しかし小説の世界でのみ言えることだ。このように若い人達を過度に緊張させては現実世界をぼんやりと見つめつかむことになろう。現実にはいつかは住まなければならないのであり、それはひげの生えないひよっ子の夢想通りには行かないものだ。小説家の語り方をすれば、フェニックスもバシリスクも存在しない、普通の陸の鳥、海の鳥がいるだけだ。要するに若者は、年寄りもそうしているのだから、時代と世間に順応して、その空しい巨人像を棄てるべきだ。ここでも中庸が正しい。つまり若者には、人間はしかじかの者かもしれないと言われるが、しかしそうではないのだから、言葉通りに受け取る必要はない、自分の生きている国家の為に生きるべきである。かの理想的なものは、利用し、利用された現実の為に役立つ限りに於いてのみ価値があり有益である。それ故、まさに寓意的にチューリヒでは学者は誰でも、神学者であれ、法学者であれ、学校教師であれ、常に同職組合《ツンフト》、靴組合とか織工組合その他に登録されなければならないのだ。ただこうしてのみ祖国に対して、その両親や教育者にふさわしい市民をいつも育てることになろう」。

最後は受け入れよう。しかし、では時代と世間がいずれにせよ骨抜きにしてしまうものを、諸君ははじめから骨抜きにして出撃させるつもりか。通常諸君は、後年には、人生の黄昏には、没落ではなく漸次の昂揚が期待され、先手を打って急ぐ必要はないかのように振る舞っているのではないか。少なくとも精神的眼に関しては肉体的眼同様に扱うべきではないか。つまり眼鏡は最初のうちは縮小度の最も小さい凹レンズを使う、いずれにせよ使用しているうちにますます窪んだ縮小度の大きいレンズが必要になるのだから。諸君の避けようとしている最悪のことはただ、若者がある現実的なことを自分の理想に掲げてしまうことであるが、しかし諸君の目指そうとしている更に結構とは言えぬ事は、若者が理想を現実的なものに黒ずませ肉化することではないか。諸君の介入がなくともこれは頻繁に起きていることである。ひまわりは実るともはやそのぎっしりつまった種の円盤を太陽に向けなくなる。ライン川はじきに平らな流れになって、輝かしい瀑布は見られず、その荷をオランダに曳行することになる。若者が若干の過ちや誤った見方を避けたところで、それから得られる利点は、若者が青春の神聖な炎なしに、翼なしに、偉大な計画なしに、つまり裸で冷たく狭小な人生に、大抵の者がこの人生から這いずり出るように、這いずり込むという恐ろしい損失に比べれば何ほどのものであろう。理想の青春の輝きなくしてどうして生は成熟しよう。八月のないワインではないか。人間の為した最もすばらしい事は、それが以前より冷たい季節に落下することになっても、ただ後になって発芽する種子であり、それは子供時代の楽園の生命の木が結んだもの、さながら実現した青春の夢である。あるいは一人の人間が幼い時の唯一の神々の像によって生涯を支配され導かれているのを見たことがないか。この指導的な大熊座の星を賢しらな利己心の生計の馬車で置き換えるつもりか。最後に一体人間に必要なのは何か。実際それは最善のものに対する犠牲の力といったものではない。というのは一度現実に神的なものが、あるいは平らなフランスに於けるように女神（自由）が現われさえすれば、人間は好んでその神的なものが必要としていない人間的なものをすべて手放すことになるからで、そうではなく、強さよりも何か別なものを必要としている。それはより良い人間的な犠牲に値する神的なものを信じ、眺めることである。先を行く神の後について行けば人間はみな神々となろう。胸から理想を消してしまえば、同時に神殿、犠牲の祭壇そしてすべてが消えてしまう。

＊1　しかしこれはまれであって欲しい。ひどい悪徳は考えるだけでも危険だからである。こうである。子供はどんなにひどいものでも自分に周知の段階の憎しみ殺害等は知っても害にならないか、しかし今まで知らなかった方法の殺害は害がある。それは、見知らぬものとしてぞっとさせればさせる程一層子供をささいな情の発作に慣れたものとする。

第二章　正直さ

第百十一節

正直さは、つまり意図的な一身を省みない正直さであるが、これは倫理的な男性の強さの枝というよりも花である。弱虫は、それをどんなに憎もうが、嘘をつかざるをえない。おどしの視線にあうと弱虫は罪のわなにはまってしまう。それで我々の時代と中世の違いは悪事や、非情、悦楽の存在にあるのではなく、というのは、これらは、殊に悦楽はアメリカ発見以前の中世に確かに多く見られるからであるが、むしろ正直さの欠如にある。従ってこのことの為にもはや、男子は一言とは言わない。男子は（ただの）一単語となっていると言わざるを得ないからである。地上での最初の罪は、幸いそれは悪魔が認識の樹の上で犯したけれども、嘘であった。最後の罪も嘘であろう。真理が増えたことの代償に世界では正直さが減っている。

第百十二節

嘘、この内的人間の貪婪な唇の癌は、民衆の感情では哲学者たちよりも更に厳しく裁かれ診断されている。ギリシア人は、彼らは神々には多くを大目に見て、現在はその似姿の地上の神たちが同様にのさばっているけれども、神々の偽証、この根源的な強力な嘘に対しては、一年間冥府に生気なくかびと共にじっと寝ていて、九年間辛酸をなめるという処罰を下した。古代ペルシア人は子供に道徳教育の中ではただ正直さだけを教えた。それでその言語のドイツ語との文法上の類似はまた道徳上の類似として続いていてすばらしい。嘘をつくという語の昔の幹語はアントン[*1]によれば横たわっているである。恐らく、精神も体も起こしてはいけない卑屈な下男と関係があるのだろう。嘘と盗み、盗みは殺害と違って行為の嘘として不名誉である、それに平手打ち、これを受けることは古代ドイツ人は傷を受けることより嫌ったが、これらは古代ドイツ人の諺では互いに近い関係にあった。そして彼らの縁者、イギリス人は嘘つきという語にまさる悪態の語を知らない。ドイツの武芸試合は嘘つきには殺人者同様門戸が閉ざされていた。勿論最大の武芸試合、戦争ということになると、真の条約、和平を締結できない侯爵のこの上ない嘘言に会えば、騎士的な戦争演習への柵は開いてしまうことになる。

偽りの息吹に対するこの憎しみは単に互いの権利と信頼の侵害とか破棄された条約の損害ということに基づくのであろうか。しかしこれでは、我々は嘘の行為に対しては嘘の言葉に対するよりもはるかに容易に許し、それを選ぶことさえするという別の現象の説明がつかない。行為、表情、沈黙は舌よりも偽ることが多い。舌先に対しては人間は出来る限り、醜い嘘を加えることを、内的人間の病気の徴候として、遠ざけようと試みる。その通り。我々はそれと気付かずに、すでに多くの両者の（法と文芸の）違反、政治的な秘密条項、陪臣封土、間男、儀典長、喜劇と喜劇の下稽古、不正な血筋、義歯、模造腓等々に慣れて我慢しているけれども、だからと言って一人の人間が真赤な嘘を話したとき、驚きが少ないということはない。どんなにいんちきがまかり通っていることか、昔は嘘を毛嫌いしたロンドンに始まって、そこでは四分の三が偽の金貨[*3]が流通している、周知の木のハムが、豚の皮に包まれて[*4]売りに出されている北京に至るまで。高貴の武官、宮内官が策謀や破産は嘘ほどには恥とせず、嘘の非難にはいつもピストルや剣の決闘で応ずることを見れば、そして世慣れた者は、いや道徳家でさえ、歴然たる嘘よりもむしろ行動による多義的な偽りを良しとすること、最後に、嘘の罪ほど羞恥心で赤くなる罪はないことを見れば、言葉は行為よりも何か気高いもの、舌は手にまさるものに相違ないと言えようか。言葉の明確性に対する行為の単なる表情上の多義性ということではこの問題は完全には解決しない。しばしば行為には多義性が欠け、行為の明快さにもかかわらず発言の明快さに思い悩むことがよくあるからである。人は他人に敵意や陰謀を抱くのを恥じないけれども、しかし面と向かって嘘をつくのは恥じることだろう。

＊1　その『ドイツ国民の歴史』第一巻、六六頁〔一七九三年〕。
＊2　シュミットの『ドイツ人の歴史』四巻〔一七八五年〕。
＊3　カフーン〔一八〇〇年〕。
＊4　グロシエ〔一七九九年〕。

第百十三節

何故嘘はけがらわしいのか。それはこうである。二人の自我が互いに島々のように離れ、骨の格子と皮膚のカーテンの背後に閉じ込められている。単なる動作は生命の印に過ぎず、その内奥は示さない。思いの籠った眼といってもしばしば精神を宿さないただのラファエロの聖母像でも語りかけることがある。蠟人形の陳列室はうつろで猿の自我は聾唖である。さてどのような聖なる体で人間の自我は本来目に見えるものとなるだろうか。ただ言葉、この人間化した理性、この聞こえうる自由によってである。これは一般的な生まれながらの言葉のことであるが、これなくしてはその方言としてのすべての特殊な言葉は理解されるものとならないし、可能ともならない。その言葉の中でのみ、本能と機械は生命のその他のしるしをすべて模倣できるけれども、ある創造的思考者の自由が自由の思考世界を通じて他の思考者に伝えられる。この自由の伝令、使節（天啓の声）が、諸々の自我を諸侯のように互いに予告して、倫理を基礎づける。舌小帯は魂の絆であり、言葉を遣う他に用はない。口とともに精霊の遺言が開けられ、同時に最後の意志が確認される。流動的な語りを落ち着いた記述、描写へと今しているように移し換えること、魂の息吹きをこのように十字架に固定することによってのみ、語りのもつ激しい力、嘘のまがまがしさは一見失われる。というのはすべては記号に過ぎないので、どの記号も無限にまた記号化されるからである。

さてしかし共－自我が現われて真赤な嘘を告げるがいい。何と破滅的なことか。その自我は消えうせてしまう。ただ肉の立像のみが残る。その立像の語ることは、自我を告げないので、どんなに吠えても痛みを知らせない風同様に意味がない。一言でしばしば一行為を抹消したり、解明したりできるが、その逆はほとんどできない。ただ一連の行為を通じてのみ一言のもつ棘を取り除いたり、棘を舌に返したりできる。一人の人間の思考の魔法の宮殿全体がたった一声の嘘で、一つの嘘はすべての嘘を生むので、見えなくなってしまう。自らがケンペル(1)の語る機械である者、あるいはそれを持ち歩く者と何を語ることがあろう。その者はまさに機械で音を鳴らしている時にケンペルとして別のことを考えているのである。その上彼は（半分傷つけるのではなく全部を傷つけることであるが）小生の自我に対しては機械を、小生の真理に対しては誤りを与え、精神の橋を取り壊し、あるいはその橋を他人に対する騙し橋、跳ね橋としているのである。

第百十四節

子供達のもとに戻ろう。最初の五年間は子供達は本当の事も話さないし嘘も話さない。ただしゃべるだけである。彼らのおしゃべりは音声となった思考である。しかし考えの半分はしばしば肯定であり、他の半分は否定であり、両者が（我々とは違って）発せられるので、ただ独語を話しているというのに、嘘をついているように見える。更に、彼らは最初は好んで自分達には目新しい話術を玩ぶ。それでただ自分達の言語学に耳を傾けようとして、しばしばナンセンスなことを話す。彼らはしばしば諸君の質問の中の一語を理解せず、（例えば今日、明日、昨日を取り違える、同様に数字や比較の程度も）嘘の返事というよりも間違った返事をする。そもそも舌を真面目な事の為よりは遊びの為に消費し、例えば人形の英雄に、大臣や歴史編纂家がその英雄に対して行なうように、長い演説の手本を朗誦したり、耳打ちしたりするが、そのようにまたこうした遊びの語りを生きた人間に向けやすい。子供達はいつでも希望の朝日の側に飛んでゆく。彼らは鳥や犬が逃げ去ったとき、さしたる根拠もなしに、きっと戻ってくるよと言う。彼らはしかし希望を、つまり想像を、模写や真実と分離することは皆目できないので、彼らの自己欺瞞はまた嘘の姿をとる。それで小生に例えば、質問には正直に答える一人の娘がしばしば幼子イエスの出現を描き出し、イエスの語ったこと、為したこと等々を話してくれたものである。この際、子供達が創作し嘘をついているとき、彼らはしばしば、体験した出来事とごっちゃになっているに違いない夢の思い出を話しているのではないかと問う必要があろう。こうした例は他に八歳から十歳の少年の力の過剰からくるふざけた語り口がある。[*1]

こうしたすべての場合に、真の黒い鏡に子供の嘘の姿が写っているとは非難できないのであって、それ故単に、冗談はよして真面目になれと言うがいい。

最後になお付け加えると通常将来の事実についての虚偽が過去の事実についての虚偽と混同されている。大人の場合、将来の事を約束する宣誓を破っても、過去の事を証言するかのよりあくどい偽証とは同列に論じないのであれば、更に一層子供達の場合、彼らの小さな眼差しでは時間は、空間同様に更に大きく広がり、一日がすでに我々の一年同様に不透明なのであって、虚偽の約束は虚偽の証言とははっきりと区別するべきであろう。勿論、将来の事をまずだまし取ろうとする作り話の嘘はこれとは別であり、もっとひどいものである。

正直さは、言葉としての言葉の為には血のミサ聖祭さえ行なうのであって、大地の根の上に咲いた神々の花である。それ故時の最初に見られるのではなく、最後に見られる徳である。実際単純な未開人は口先でも行為でもごまかしで一杯である。農夫はほんのささいな危険を前にしても嘘の証言をしてしまう。[*2]ただ嘘の約束ははなはだ不名誉と考えており約束を守ろうとする。にもかかわらず諸君は、まずは教育を施そうと思っている子供に、早速教育の最後の最高の果実を期待しているのではないか。諸君がどんなに間違っているかは、時折嘘をついていた子供達が正直な人間になっている（その他すべてが同じであったとして）ことから明らかである。どの人にも心あたりのあるルソーの腕輪の話しを引き合いに出したい。

とにかく二つの時間により、二つの明白な嘘がある。将来に向けて嘘をつくか、過去に戻って嘘をつくかである。つまり第一の嘘は子供が偽りの行為、言葉で何らかの獲物を目指すとき生じ、第二の嘘は、自分自身の行動を臆して否認するとき生ずる。この両者の後では何を為すべきであろう。

＊1　というのは真の嘘つきは冗談を余り言わないからである。真のふざけ屋は嘘をつかない、鋭く率直なスウィフトからエラスムスにまで遡る。エラスムスは嘘つきには魚同様肉体的な嫌悪感すら抱いていた。パラウィキヌス『有名な男達の逸話』第二章三八頁〔一七一三〕。
＊2　嘘の証言は過去を、嘘の約束は将来を表わしていると言えよう。

第百十五節

しかしこの両者の生ずる前に何を為すべきか、これが問題である。子供は自分の自我の狭く熱い輝きにくらまされ、牢に入っているようなもので、正しい倫理の認識は他の自我に接してのみ始まるのであって、自分で述べた嘘のみにくさは分からず、ただ耳にした嘘のみにくさだけをそれと知る。他人の誠の王座を他人の偽りの淵の側に示すがいい。子供に命ずることは自分でも守ること、そしてどんなにつまらぬことでも予告していたからせざるを得ないと繰り返し言うことである。一種自由な宇宙の君主にも見える自分の父親のぼやきを時に聞くのは、強烈な印象をその小さな胸に残すものである（勿論真実の場合である。子供の真実は両親の真実を犠牲にして開拓されるべきではないからである）。例えば子供とは今一緒に出掛けたくはない、しかし約束したのだから、しぶしぶ応じなければならないといった具合に。子供が何かを約束したら、その途上で時々そう言ったじゃないかとだけ言ってその言葉を思い出させ、結局そうするように仕向けるがいい。子供がしかし何かをしでかしたら、そのことを尋ねるのは、つらく聞こえるものになりやすいので、大いに配慮するべきである。子供が幼ければ幼いほど、一層尋問は少なくし、すべてはお見通しのふりをするか、あるいは知らずにやりすごすかである。フスやその他の殉教者達の耐えた火の審判に子供をさらすことになると思わないか、諸君がこのように狭小な者達に、彼らにとっては威嚇する父親は辛辣な裁判官、君主、運命であり、その怒りの咎はジュピターの雷石、苦痛の次の一分間は永遠の地獄の責め苦となるのであるが、怒りを押しころして白状の後のせっかんを思わせて、本能に従うか、それとも理念に従うかの選択を強いることになったら。真実には、少なくとも自由が必要である。尋問の時犯罪者は戒めを解かれる。プロテウスの逆として人間は束縛のないときにのみ話す。教育は自由である程、子供は正直に育つ。それですべての真実を愛する民族や時代は、ドイツからイギリスに至るまで、自由のそれであった。嘘つきのシナは牢獄で、ローマ人が奴隷であったときは、ローマ人の振舞いをするというのは嘘をつくことであった。にもかかわらず処罰を免除[1]するといって真実を誘い出してはならない、少なくとも何度もそれを繰り返してはならない。責任免除の法は子供を正しく善いものにしないというのは拷問に耐えたからといって処罰を免れた盗っ人がそういうものにならないのと同様である。尋問しなければならなくなったら、思いやりのある言葉で尋ねて、嘘にはいつでも子供の避けようと思っている痛みのまさに倍を与えると告げることである。

しかし子供の嘘が明らかになったら、「有罪」の判決、つまり「嘘つき」の判決をびっくりした声と眼差しで、本性と聖なる精神に反するこの罪を全く忌み嫌って、おごそかに下し、罰を決めるがいい。ただ嘘に対してだけは不名誉刑もやむを得ないが、これは課したときと同様におごそかに、突然、きっぱりと除かれなければならない、徐々に縮小していって慣れさせてはならない。イロコイ族は偽ってある英雄を賛美する者の顔を黒く塗っている。シャム人は嘘つきの女性の唇を、開いていたら傷だと言わんばかりに縫ってしまっている。小生は黒く塗ることに異存はない。むしろ小生自身ときどき過酷かもしれないがインクの染みを額につけて嘘を罰したが、これは許しを得たのちにだけ洗い落としてよく、意識の奥深くまで腐食するものであった。しかし小生がもっと賛成なのはシャム人の唇の封鎖、つまり良からぬことを話したときのおしゃべりの禁止の方である。最初のドイツ人達がローマ人の弁護士達の舌を引き抜いたように、同じ理由で、胃によりも精神に悪しく仕えている悪用された部位はトラピスト修道院に送り込むがいい。マルタ島でのパウロ[2]のように蛇の舌を石化させるこの処罰は、ルソーやカント[3]が嘘つきの子供に課する別の罰、つまり一定期間その子の言うことを信じない、即ち信じないふりをするという罰よりも正しく、容易で、はっきりしているように思われる。二人の場合は嘘を罰しながら裁く者みずからが嘘をつくことになる。小さな懲役囚はこのふりに本当のことを言っている意識の為に気付くのではないか。いつどのようにしてやっと、いつかは必要な不信から信頼への逆の跳躍をなすつもりか、動機づけるつもりか。しかしながら大人の成長した娘には時にはカントの処罰は有効で効果があるだろう。

子供には最初の六年間は何かを黙っているように命じてはいけない。それが愛する誰かの為に密かに準備している喜び事であってもである。子供の率直さという開放された天は何物も閉ざしてはならない。恥じらいの曙光さえあってはならない。さもないと諸君の秘密で子供達はじきに自分の秘密を隠すすべを学ぶであろう。秘密を守るという英雄の徳はその鍛錬には成熟しつつある理性の力を必要とする。ただ理性だけが黙ることを教える。心は話すように教える。

それ故、そして他の理由から小生は少なくとも最初の五年間は、要求するのを禁ずるのは間違いと思う。殊に母親が後で与えるからという甘い約束を添えるのは。一体願望が罪であろうか、あるいは願望の告白が罪であろうか。黙っていて与えられるのを待ち受けている間、享受欲、報酬欲、そして偽装が長いこと維持され育てられはしないか。全面的な却下は、短い請願の後の方が、長い待機の後よりもはるかに述べやすいのではないか。しかし間違った命令は、否定をすばやく、簡単に絶対的に言えないという母親の不手際からまさに生じている。

どんなささいな便法もおろそかにしてはならない。例えば子供に急いで答えを迫ってはいけない。急ぐあまり嘘が飛び出しやすく、それを新たな嘘で取り繕うことになる。述べるのに若干の考える時間を与えることである。更に、どうでもいいようなことを請け合ったり主張したりするとき、それもまさに諸君にとってはどうでもいいことであるが故に、子供はそもそも諸君よりもいい記憶を持っていること、とりわけ諸君に賛成したり反対するときそうであることを心して、諸君が無邪気にあるいは軽率に嘘をついているように見えるという危険が子供達の前で生じないようにしなければならない。

筆者は時折、子供達の真実感覚は格言劇(4)や子供喜劇で損なわれるのではないかと自問することがある。子供の格言劇に対しては、即時の創造という制約の魅力のほかに、子供喜劇に対してよりも賛成できる点としてなお次のことが言える。本来格言劇は、子供達が以前人形や仲間と一緒に正直さを損なうことなく即席で演じて、あたかもも う現実の厳しい生活から模倣された人生の背後へ逃げ込もうとしているかのような感を与えていたマリオネット劇や人形劇の後を受けたより高次の後奏曲にすぎないということである。格言劇では子供は同様に作者と役者とになって、確かに見知らぬ性格を演じはするが、同時にしかし盗用ではない、その場で一瞬に思い浮かんだ科白を話すことになる。子供劇では性格と科白の見せかけ（仮装）を両者を実地に見せかけるときの為に冷たく暗記することになる。正直さも格言劇では更に次の点で得られる。つまり、子供は少なくとも変わってゆく現在に対して自分の胸一つで答えなければならない点である。一方学んだ喜劇の場合、答えはすべて数週間前に出来上がって用意されている。ちなみになお内的な、一般に人間的な収穫は、芸術家的な収穫はいくらでもあっても、偉大な役者の場合でさえ重要でないのであるから、利点は損失よりもさらに疑わしいこうした訓練は子供には免除すべきであろう。我々の祖先は、子供達にいつも神が見ていることを指摘して、どんな嘘も偽りの宣誓と格上げした。神的なものの昂揚した意識で罪を犯しがたくし、また罪を倍加するこの宣誓の戒めを子供に説かない法があろうか。

最後に、意識と犠牲としての正直さはすべての倫理的植物の花、いや花の香りであるから、ただこの植物とともに、そしてこの上にそれを育てるがいい。ただ雑草は除かなければならない。自由を与え、根強い誘惑を遠ざけ、心をねじ曲げる慣習（例えば打擲に対する感謝、他人に対する子供の世辞）を禁ずることによって。

第三章　愛の涵養

第百十六節

愛は倫理的天の第二の半球であり、それは外側に向いている、品位が内部に向いているように、等々と第百三節で述べた。しかしまだ愛の神聖な本性はほとんど明らかになっていない。小説家達によっても、彼らは利己的な女達のように愛を惚れ込んだ対象と混同しているし、ただ理の勝った哲学者達によっても明らかになっていない。哲学者達にとっては愛の深みは一部は定言的命令（道徳律）の外部や下部にある衝動となっており、一部は単なる正義、つまり理性への愛となっている。彼らにとって愛と詩は一組の余計な、有用な腕の背後に不恰好にはめ込まれた翼にすぎない。ただプラトンとヘムスターヘイス、ヤコービ、ヘルダーそれに数人の彼らに匹敵する者達だけが、英知への愛（哲学）に愛の英知をもたらした。愛を本来の積極的な道徳と呼ぶ者は、少なくとも一人の偉大な人間の呪いを受けることがあるまい。つまりイエス・キリストの、民族に敵対するユダヤ教界と非人間的な時代に於ける最初の愛の宗教の創造者の。しかし愛、このすべてを束ねる神性、万物の本来の神的な統一、その中では自我が思いもよらぬ力を発揮することになるが、この愛の本性については稿を改めて論じたい。

第百十七節

愛は生来の、しかし様々に分配された心の力、血の暖かさである。動物と同じように冷血と温血の心がある。幾人かはモンテーニュのように隣人愛の生まれながらの騎士[*1]であり、幾人かは人間性に対する武装した中立者である。この力に対しては、神聖な燃え上がる茂みとしてあるのであれ、単なる点火の火花としてあるのであれ、教育は二つの方法、防ぐ方法と伸ばしてゆく方法とで見守ってゆかなければならない。

防ぐ方法というのは次のことである。子供の最初にあるのは利己心である。これは動物のと同様ほとんど我々の気分を害しない。まだ欲求で一杯の暗黒の自我は第二の自我までは感得できず、自我の諸世界を一つの自分の世界として摂取しているからである。それ故子供は自分の外部に自分自身と同様生命のないものはほとんど見いだし得ない。子供は自分の魂を世界の魂として万物に移す。二歳の少女が、これはどの子もそうするが、すでに第一巻で紹介したものの他に、例えば次のように擬人化して言っている。「(開いた)ドアは外に出たがっている。春に接吻を贈ろう。月はいい人なの、月は泣いていないの」。このように生命のないものすべてに生命を吹き込むのは子供に特有なことであるが、このことはまた何故子供が生命のないものを乱暴に扱わないよう禁じなければならないかの新たな理由となっている。

*1　ここで仄めかされている教団はスペインのカルロス三世の后によって設立された。

第百十八節

さながら愛は子供にあっては動物同様もう本能として息づいており、この中心の炎は同情の形をとってしばしばその地殻を破ってくるが、しかしいつもそうとは限らない。子供は動物の痛み、更には他に自分とは縁のない者の痛みに対してばかりではなく、(苦しんでいるものが苦痛の声を上げてその心に迫ってくる場合を除いて)自分と縁のある者の痛みに対してさえよく冷淡である。好んで行儀の良い子供たちが他の子が折檻を受けることになっている処刑場に集まってくる。次に経験することは、少年は威勢のいい成人男子に近づくと、まさに愛を示すことが少なくなって、大抵はふざけて、他人の失敗を喜び、エゴイズムや冷淡さを見せるようになるということである。日の昇る直前夜の冷たさが募るようなものである。

しかし日が昇り世界を暖める。力の過剰は愛へ移り、確固とした幹が髄をかこみ、ふざけた未青年は愛する青年となる。上に述べた子供の薄情という第二の経験は、折檻される子の痛みを眺めてその痛みが更に大きく感じとれさえすれば、すぐにその逆の情のあるものに変わる。即ち、新たな傷に涙の目が欠けることはない。

従って愛の花の蕾を接ぐというよりは、太陽を遮ってしまう自我の苔や藪を取り除くように心掛けなければならない。誰もがその機会があり許されさえすれば、愛したいと思っている。血管の脈うつところ、背後には心臓がある。何らかの愛の衝動があるところ、その背後にはすべての愛がある。

利己的な雑草を諸君はしかし引き抜く代わりに植え付けることになる、子供達の前で隣人や、それどころか自分達の町について軽蔑した（たとえ正しくても）判決を下してしまっては。日常の身近な人を基にせずして他にどうして世界を愛することを子供は学べよう。自分の軽蔑するものを愛せようか。それとも軽蔑された対象に対する愛を説教によって煽るつもりか。自分達の子供を隣人よりも持ち上げることはすべて、それが身分や振舞いの点であれ、それどころかご立派な教養の点であれ、子供に他人を踏み台にした自分の自我を思い出させるが、このように表彰はいとも容易に憎しみに変わりやすい。子供達に向かって他の子供は育ちが悪いと言ってはならない。小生はしばしば家族中のものがこのような間違いを犯して憎しみの偵察隊、攻撃隊と変わって、一家が不機嫌な者の巣となったのを目にしてきた。そこでは利己的にただ自分の要求のみが錘となり、他人の要求は秤の品となって、そして誰からも愛されたいと願われていた。子供の心にとって大都会は、余りにも多くの未知の人、つまり無関心な人々が通り過ぎてゆくので、上品な中性の人間性を心にまとわざるを得ないという欠点があるとすれば、小都市では、知っているほどの人間を、つまりどの人をも軽蔑し、憎むということで、子供の心にもっと害があると言わざるを得ない。

月並みな命令、罪人を許せは子供達には、罪人をそう見做すなというに等しい。もっといいのは、ことに自ら不幸を蒙ったとき、罪のある共‐自我とその汚点とを区別し、犯罪を裁き犯罪者は裁かないと教えること、特に事件や法の比較によって人物の比較を妨げたり、高めたりすることである。同様に行為だけ誉めて、子供は誉めないこと。両親は余りにもしばしば子供の名前を呼ぶ。「お利口なルイーゼ」と言わずに、「これはよろしい」と言って欲しい。せいぜい「フリーデリケと同じくらいお利口だ」である。

第百十九節

しかし自己、この冷却施設をただ押さえさえすれば、他人に対する暖熱施設として早速期待できるということは、正当なことだが、愛に対してはただそれが妨げられないようにすればいいと思われている証左である。これは愛の第二の維持手段、刺激剤へと導く。つまり自分の子の面前に生き生きとした他の生命と自我を紹介しさえすれば、その子は愛するようになるだろう。人間は善良で、いわば悪魔は神的似姿の周りの黒い縁を彫り出し、張っているにすぎないからである。自我の幹は同じ樹液を自分の果実の枝にも、接ぎ木された枝にも伝えて育てている。

刺激剤は他の生命に身を置くこと、生命をそもそも尊重することである。

他の生命に身を置くことについては、そのことによってのみ我々の本性の善良さはどのような愛をも育てることができるが、既に印刷に付された言葉[*1]の後ではここでは述べることは少ない。個人、いや民族がしばしば自分の立場の他には何も考えずに死んでゆく。したがって子供が自分の立場から他人の立場へ移ることがどんなに難しいことか。人間が通常自分の自我を広げて他人の本性を受け入れるようになるのは、二人の他人の自我が争っている際に一方の自我から他方の自我へ移らざるを得ないときに限られ、自分が争って自分の自我から敵の自我へ移らざるを得ないときではない。この隣人の代表のシステムはまた直観であり、従っていつも自分の自由になるとは限らない。ひょっとしたら大き目の子供は、他の子の名前や性格を模倣するというある種の芝居や、似たような状況を思い出させる具体的な絵によって、早くからこのような見方の訓練が出来ないかと思うが判然とはしない。しかしその代わりにもっと希望のもてるやり方がある。

＊1　『ジーベンケースの生涯』第一巻、愛についての論文〔第一果実の絵〕。

すなわち子供はすべての動物の生を神聖なものとして崇めることを学ばなければならない。子供にデカルト主義の哲学者[1]の心ではなく、ヒンズー教徒の心を授けるべきである。

ここで問題となっているのは、動物への同情、それもあるけれどもそれ以上のものである。動物に対する子供の残忍さは人間に対する残忍さを予告している、ちょうど旧約聖書の動物の犠牲が新約聖書の人間の犠牲を意味していたようなものと何故夙に気付かれていたのか[2]。小さな者がそれ自体追感できる痛みは、生来の自分の痛みの調子で迫ってくるものに限られる。従って虐待された動物の奇怪な叫び声は奇妙な滑稽な生命のない風のうなり声にしか聞こえない。しかし子供は生命、自ら動く物を見、この両者を生命のない物に想定しさえするので、生命を歯車装置のように分解しては、生命に対して罪を犯すことになる。生命はそれ自体神聖なものであるべきだ、どのようなものであれ、理性のないものの生命でさえも。子供はそもそもそれ以外の生命を知っていようか。剛毛や羽毛、鞘翅の下で鼓動している心臓はだからといって心臓でなくなることがあろうか。

動物への愛や生命尊重について若干述べることを許されたい。

かつて、泉が次々に湧き出る豊穣な世界に人間がもっと新鮮に暮らしていたとき、人間はまだ神的な普遍の生命を感得していた。さながら無限の生命の樹といったもので、その根には大地や海の中に下賤な虫どもが張り出し、幹には強大な恐ろしい動物が構え、空には梢として羽ばたく葉が聳え、最後に人間がやわらかな花として天に咲きほこっていた。当時は、神から動物界すべて、生き物の住む海と砂漠のすべてを、多様な生命の喜びもろともに単なる利子や現物支給の動物として、胃袋の為の聖マルティノ祭の鵞鳥、燻製の鶏として支給して貰うかの愚かな人間のエゴイズムはまだ生まれていなかった。地球、ケプラーの動物は、まだ小さな人間の常備家畜、バラムの驢馬[3]ではなかった。そうではなくて、古代の沈没した世界は、その幾つかの峰は今なお東インドに聳えているけれども、現在我々が空飛ぶ動物に対して感ずるよりももっと、根の生えた花に対して生命と神聖さとを感じて、まさに動物的なアラベスク模様の中に、生き生きと徘徊する人間形姿の判じ絵、判じ体の中に、人間を完成させた無限なるラファエロを感じ、崇めていた。我々の反発をおぼえる動物の奇怪な姿と彼らにとっては珍しいイシスのベール、あるいは神聖さを隠すモーゼの覆いであった。それ故低級な、しかし不思議な動物が、[*1]はるか以前には人間よりも崇拝されたのである。エジプト人が人間の体に動物の頭を被せたようなものである。民族が若々しく、単純に、敬虔になればなる程、動物を一層愛するようになる。スラトでは動物の為の病院がある。ニネベはある理由、動物が多いという理由で、その所為で占拠されたのかもしれないが、破壊を免れた。動物に対するユダヤ人の同情には長寿の報いがあった。[*2]動物が人間の共犯となって罪を犯したときの動物に対する処罰でさえ、更には動物の破門とか刑罰の際の動物の意図の斟酌[*3]というものは、こうした八分の一人間、副人間に対する以前の敬意を物語っている。花の命さえインドでは崇めるが、これはギリシアに木の精ハマドリュアデスやその他の神々による蘇生として伝来し、北方には木をけがす者に対する処分として伝わっている。

あたかもゆがんだ人間の身体のように、見知らぬ、別な産み方をする天体から我々の地球に落ちてきたような動物に対する日常の見方を剥奪する仕掛けを小生はしばしば考案したものである。例えば誰もいない島を考えてみる。そこにただパンの樹で養われた人間がいて、波と雲、水に映る自分の姿の他にはどんな生き物にも出会わない。そこから突然動物の沢山住む島に追いやられるとする。

何という妖精や霊の化身で一杯の魔法の島となるだろうか。邪悪な霊か不具の人間かのように、ただ自分の鏡像しか知らない島民に対して毛の生えた猿が歯をむき出しにして樹上からにたりと笑いかける。不恰好な生命、一体に融合した家族、[4]しかし単に両目しかなく、象が近寄ってくる、動く肉の島である。ライオンは怒りのようなもの、馬は征服者のように意気揚々と飛んでくる。小さな珍しい霊、赤や緑、黄色の霊が六本脚で島を羽ばたいている。雲間からはみごとな被造物が落下してくる、その立派な二本の腕は金緑色の毛や羽毛で覆われており、その唇は角ばっている。水の中には灰色の不恰好な胴体、肢体部分が泳いでいる。黄色の鬼女仮面《フリア》が沼から這い出てくる。唯一つのなめらかな長い肢節がくねくねと進みとぐろを巻き、そして枝の上の邪悪な霊を刺す、するとそれは落下する。さてこうした奇妙な夢の中の形象が話しはじめると、めいめいが見知らぬ世界の言葉を話し、太陽の中央市場にその惑星の民が集まったような按配で、こちらではブンブンとあちらではガアガアと、遠ぼえがあり、笑いがあるかと思うと梢からは天からのような切ない声が、下の根からは地獄からのような怒った声が聞こえてくる。その後ではこれらの者たちの闘争、格闘があり、次々に亡くなるけれどもしかしまた存続して行く。最後にはこの互いに織り合い、飛び交い、襲い、殺し、愛撫し、再び生み出す生命は一つの無限な生命の大気圏となって、その中では自分の生は呼気として四散してしまう。人間の自我は自分にのぼせて、過去、現在、未来の仲間の人間達の自我を忘れ、自分を他の符牒にさきがける最初の符牒と見做している。更にどれ程動物達の副自我、天使の目の前の飛蚊となると忘れ去られることか。

　動物の所謂本能は、予言者よりも先に天使に気付く驢馬であるが、創造の最大の奇跡として、また他のすべての奇跡の鍵、索引として見做されなければならない、世界の謎は、謎を自ら記述し意味するある種の謎に似ているからである。動物はあらゆる方法で子供に馴染ませるべきである。例えば人間の字母遊び《アナグラム》として描くことによって。犬のことを年とって毛深い男、口を黒く汚し、長くのばして、耳は上に引っぱり、毛むくじゃらの前足には長くとがった爪の見られる等々と言えばよい。小さな動物は拡大鏡によって目と心に親しいものになされるべきである。そのことによって葉の住民〔虫〕とも友になれる。新兵の基準で生命を測る偏見は、――その場合何故象や鯨は我我よりも高く位置付けられないのであろう、どの生命にあっても同じである無限性によって姿を消すことになる。この無限性は無限の計算のときと同じく有限なものの付加、例えば多足類の二百万の関節とか毛虫の数千の筋といった数を挙げたところで何の足しにもならないものである。「鷲ほども大きい蝶を育てられるかね、馬ほども大きいキリギリスを育てられるかね、お前も小さくはないかね」こう言うがよい。

　ライプニッツは長いこと見つめていた虫を殺さずにその葉に戻した。これが子供に対する掟となるべきである。ストア派の教えではおんどりを無用に殺す者は同じように父を殺すことになるそうである。エジプトの司祭は犠牲にするのでないかぎり、動物を殺すのを不敬なことと見做していた。ここに生命尊重のすべての掟がある。動物の殺害はすべて、犠牲と同じくただ必然的になされなければならない、不意に、急いで、思わず知らず、防衛的に。これに対して子供が例えば蛙をその呼吸や跳躍、その生き方や死の不安をかなり長く眺めて以前どうでもよかった動物が純然たる生命に変わっている場合、この生命とともに子供は生に対する敬意を殺してしまうことになる。それ故長いこと飼った家畜、羊や牛は決して子供の目の前で屠殺してはならない。動物に対する敬意を育てたというのにそれをやむを得ず畜殺する際に子供に更にやさしさではなく残忍さを（猿を焼くことが多くの民族に食人をなじませるように）植え付けたくないのであれば、少なくとも厳しい必然性、生前のより良い飼育と容易な動物の死、等々が殺す手に対する夜のベールとして投げかけられねばならない。犬ですら猟師は子供達の聞いている前で猟ではもっともな残酷さで懲らしめてはならない。ことに犬は甲高く痛みを訴えて鳴くものである。料理女達は動物を殺す際に同情してはならない、さもないともっと苦しんで死ぬと言っているがこれはまことに女性的にその禁ずる同情を隠しまた明らかにしている。

子供の前ではどのような生命も人間界に引き入れるがいい。より大きな生命が小さな方の生命を知らせるであろう。すべてに生命と霊を吹き込むことである。百合でさえ、子供が徒に有機的生から引き抜いたら、花壇に立ってその小さな白い子に養分と露を与えているほっそりした母親の娘として描くとよい。

空ろな軽い同情の練習、他者の痛みの接ぎ木園芸を目指しているのではなく、生命を神聖視すること、樹上や人間の頭脳にいてすべてをみそなわす神という宗教の練習を目指しているからである。動物への愛は母性愛と同じく見返りという利点を求めない、利己心の利点を求めることは更に少ないという長所をなお持っており、第二にその愛はいつでも対象や練習の時を見いだせるという長所を持っている。

いや、動物にやさしいブラーマンが北方にも暖かく暮らすという時代がきっとやってくるだろうし、くるに違いない。極めて惨い罪業をしなくなって、心からかすかな有毒の罪業をも吐き出す時代が。人間が、今は人類の多様な過去を敬うようになっているが、現在、下り坂、上り坂の生きた動物界を大事にし（後には）養うようにもなって、いつかは根源の精霊が暗闇に隠れてはいるが広範囲にわたっているおぞましい動物の痛みを目にしなくなるような時代が。なぜこのような時代が来るに違いないのか。かなりひどい時代は過ぎ去ったからである。人類の国民的罪（大抵は殺人罪）は時が運び去り、漂着物の浜辺権は今では浜辺不正権であり、黒人売買は次第に禁じられた商品となっている。ただ前時代の最も苦く、頑固な野蛮、戦争だけが、我々の生来の反バーバリズムにとって最後の克服するべきものとしてなお残っている。

＊1 マイナースによる。
＊2 ミヒャエリスの『モーゼの法』Ⅴ、Ⅲ〔一七七〇年〕。
＊3 ユダヤ人の間では（ゲマーラによると）ユダヤ人を殺すと雄牛は殺されたが、三人の異教徒を殺してもそのまま放免された。また異教徒を襲おうとしてユダヤ人を殺めた雄牛は処罰はされなかった〔タルムード、ラーベの翻訳より、第四巻、一五頁、一七六二年〕。

第百二十一節

第三の媚薬は、いわばそれ以上はないという第三の最後の比較級、最高級であるが、愛には愛である。愛が最高のものであるならば、自ら最高のものを望む他に何を望めよう。心はただ心によって、この最も美しい宝石の最も美しい台によって捉えられる。ただ自我の藪や巣に迷い込むと小暗くなって自分の自我を愛する程には他人の自我に対して気高く純な愛を抱けなくなる。

ただ感動によって、この愛の間欠泉によって子供に愛を教えようとしてはならない。感動は冷めさせやすく冷めやすい。しばしば子供が、殊に幼い子供が、愛の感動から突然ささいなことをごく平静に述べることに転じて、あたかも古代の若々しい民族の叙事詩人の叙述の如き様であるのを見たことがある。大人ではこれは枯れた心を示すものであろうが、子供では単に固いつぼみを示しているにすぎない。

子供に愛の姿を知らせるには犠牲の行為によるよりも、子供はまだ分別がなく利己的でこれをそうとは見做さない、愛の母国語、愛撫する言葉と表情による方がいい。愛は、それが、混じり気なく現われるには、やさしい、自然自らによって授けられた身振りに具現される他ない。眼差しや調子が直接愛を物語る、贈り物はただ間接に翻訳されて伝わる。結婚生活に於いて愛は贈り物、喜びのプレゼント、犠牲によるのではなく、それらの痕跡はしばらくの盛りの後は消え失せてしまうが、愛の言葉、愛の表情によって育まれる。ちなみに子供達には贈り物をする両親ではなく贈り物をする他人がより多く愛を語りかけ、逆に愛撫する他人ではなく愛撫する両親がより多く愛を語りかける。

子供は更に時折り愛の火柱が他人の前を通って行くのを目にするべきである。他人の互いの愛を見ることは観客を浄化する、自我の要求を加えるわけにいかないからである。ただ障害が生ずることがある。つまりこれらの未発達の魂は他人の愛の犠牲の炎を無関心に眺めるか、あるいはよく、両親がその炎を燃やすと、嫉妬したように眺めるのである。しかしこれが教えているのは単に、そもそも教育では、芸術に於いてそうであるように、激しい表現はすべて、最良のそれでさえ避けなければならないということ、それは過剰、奇形は鉄のように残ってしまうのに、美しい揮発性の内容は飛んでしまうからであり、そして平静と穏やかさが愛する心を最も美しく映すということである。ちなみに花嫁に請け合うが、もっとはっきりと新郎には請け合うが、ただ愛する両親からのみ愛する子供は手に入るのであって、特に憎む父親、愛する父親は子供の憎しみ、愛を伝播するのである。

生まれながらの愛がなければ、憎むことすらできないであろう。確かに我々の場合、動物と同じく憎しみが愛よりも最初は強く、そして早く現われる。しかし引き付け合う類似の場合は他人の価値の一部は我々のと混じって目に見えぬものとなるが、類似せず反発する場合は我々の価値は他人の無価値とは混じることなく端的に区別される。自我は、理想の輝きに満ちて、他人の不道徳という冷たい影を、自己の光りと溶け合う他人の輝きよりも一層強く感じる。さて愛が根源的なもので、心が、デカルトによれば地球がそうであるように、外皮でおおわれた太陽ならば、外皮を取り除きさえすれば良い、温かい光輝が現われるだろう。別の言葉で言えば、子供には自分の行為を通じて愛を知らしめるがいい（逆に愛を通して諸君の行為を知らしめること）。つまり、子供が何かを諸君の為にして、何かを愛するように仕向けることである。子供にあっては行為が衝動を生み出すからである、大人の場合衝動が行為を生み出すように。

格別時を選ばなくても、子供に行為を命じたり、それに報いたり、それを投げ出したから罰するということをしないで、行為を要求すれば、オウィディウスの愛の技よりも高度な愛の技を教えることになる。ただ先に（それが他人に対する場合）、あるいは後から（それが諸君に対する場合）、諸君の言葉の小さな実践者が別の心を喜ばすであろう喜びを描き上げさえすればいい。子供のやさしさは例えば他人の苦しみを描くことよりも他人の喜びを描くことによってあおられる。幼き心といえどもとても豊かな愛の心を持っていて、その為に殉ずる用意よりもむしろ喜ばせるという見込み、確信が欠けているからである。それ故子供は与えはじめたらいっかな贈与をやめようとはしない。この保険をかけられた喜びの報酬は両親が楽しげに誉めて認めてやると与えられる。これは教育のてこであり、それが描く強力な弧は十分には測れない程のものである。子供はただ両親の供与、命令、禁止に慣れているので、余分なことをしていいという自由、それをしたという賞讃によって、この上なく温かい気持になるのである。この喜びの愛の告白は子供達を虚栄心の強いものや虚ろなものにしない、満ち足りたものにする。得意気なものではなく暖かいものにする。

「それは人間にとって、犬《プフィー》にとって、等々、たまらない、あるいは心地よい」。これは正しく言われると説教に値するものである。ちょうどとんでもないが少女の場合エーレンベルク[1]の女性についての講義の半分の巻を優に代弁するようなものである。

著者はまた子供達の前でしばしば乞食に恵んだことを警察に隠しておこうとは思わない。第一に警察の理由は子供には分からず酷いという外観をどうしても避けることが出来ないからであり、第二に痛みを共に感じた子供の心を冷やすべきではないからである。

更に断片の中に小断片を幾つか。子供が口喧嘩したからといって愛の大いなる危機と案ずることはない。子供の狭い自我、他の自我への移転の無能力、自分達が世界に属するよりも世界がすべて自分達に属しているというアダム宗派の無邪気な信仰、こうしたことすべてが騒がしい水泡を沸き立たせるが、それはじきに静まるものである。互いにぶつかり騒ぐがいい、ただ続けるのはよくない。――子供達から憎まれるには、愛されるときよりももっと行為が必要である。憎まれる両親は長いこと憎む両親であったに相違ない。――抑圧された愛、発芽しない愛に対しては年月をかけても無駄なことが多い。自分の利己心は他人の利己心を倍加する、他人のがまた自分のを倍加しかくて氷は氷で凍える――愛の表面的な印を（例えば手の接吻）命ずるならば、それは愛を偽造することになる。印は行為同様愛の原因ではなく、結果に過ぎない。そもそも愛を命じてはならない。大人の場合命令され、上層部から指示された愛の告白は一体どういう結末を迎えるだろうか。――何度繰り返しても非難は受けないと思うが、処罰あるいは禁止と従前の愛とをごく速やかに転換させることは正しい、しかし女性には難しい愛の教育の技である。厳しさの後の愛ほど甘い愛はない。苦いオリーブから穏やかな柔らかい油が搾られる。

最後に両親方、愛することを教え給え。そうすると十の戒律はいらない。愛することを教え給え。そうすると子供は豊かな実り多い生を送る。というのは人間は（この喩えが許されるならば）オーストリア同様その国を結婚によって得、戦争によって失うからである。時代の氷の月であるこの世紀、心によって心を征服することなどしないこの世紀に於いて愛することを教え給え。諸君自身がいつか、目が年老いて視力が半ば消えうせたとき、諸君の病人用椅子、死の床の周りに貪欲な氷の眼差し、遺産目当ての眼差しの代わりに不安げな泣きぬれた眼を見いだすように、愛することを教え給え。その眼こそ冷たい生を暖め、最期の時の暗がりを自分達の最初の時に対する感謝の念で照らしてくれるものである。愛することを教え給えと言ったがこれはつまり愛し給えということである。

第四章　倫理的涵養の補足

第百二十二節

愛と品位を結ぶ第三のものは何か。愛に於いて自我が柔らかく砕け散ることのないようにするもの、品位に於いて他の自我が消滅し、自我が硬直することのないようにするものは何か。宗教である。

分割するものはすべてまた分割されたものになるので、むしろ品位に目を向ける性格の性と愛に向ける性格の性の区別はまた同じ性の中でも見られることになる。女性の教育にとってこのことはとても大事である。一人の娘は視線や行為が厳しい、正直で性急である、いつも自分の個人的な品位、公の品位を気にかけており、ただ自分の厳しさのみを許し他人の厳しさは許さない、けれどもこれにも増して自分の名誉をけがす襲撃や申し込みは許さない、自分の品位を計るというよりもむしろ品位を重んじて、愛よりも正義を上に置く等々。別の少女は愛に満ちて、しばしば品位を犠牲にし、気位が高いというよりも愛想が良くて、作法よりも好みに従って、内面の為に形式は犠牲にし、親切で、正直であるというよりも従順である等々。愛と品位の両者が融合してやっと完成した魂の形ができる。厳しい女性は品のない男性よりも直しやすい。品のない女性は厳しい男性同様直しにくい。全く名誉心のない少年と全く愛想のない少女は十年後互いに結婚する他は何の役にも立たない。女性というのはしかし海とか河川に似ていて、そこでは固い陸で見られるよりも大きな動物と小さな動物とが同時に住んでいる。教育論は倫理的な養育学（食餌療法）ではあっても、医術ではないので、怒りや強情等に対する処方箋は、すでに先に述べてはいるけれども小生の説にはない。そもそもなんという大著が必要であろうか、様々な性格、年齢、活動、外的関係の結び合わせから生ずる数百万の微妙な病気に対する医療術、治療法をまとめる為には。整頓とか清潔、礼儀作法といった倫理的技術については大部な著書の中ですでにそれらの教師が述べている。時には仮綴じのままでほんの三小巻からなる教育論が書かれることも結構なことであろう。長広舌に耳を貸す人は少ない。立ち去るからである。教育文庫なるものは（ポケット文庫本の発明がなければ）大群を読破するよりも行きあたりばったりに聞きかじる風潮を育てやすい。

第百二十三節

しかし若干の文、段落を添えても本の薄さ、気楽な読書欲の妨げには大してなるまい。

道徳の時間をお持ちか。むしろ道徳の年がいいと思う。そしてそれをやめないことである。生きた事実に基づくものほど役立つ教えはない。どの教えも偶然の説話からの教えにすぎない。流れて行く人生は恒久の説教師であり、家庭は専属の司祭である。朝と夕の礼拝の代わりに生涯の礼拝が欲しい。学問は教えることが出来よう、時間割に従って。天才はただ目覚めさせることができるだけである、きっかけによって。白骨化した心は血を送れようか。――心は徳の天才である。道徳はその審美学である。――何かを忘れたかったら、部屋の戸の内側にそれを書きつけるがいい。聖なるものをけがしたかったら、目の前に戒律の表をぶらさげるがいい。ラーヴァーターは言った。どの人間にも悪魔の瞬間があると。従って子供が天使の数分同様に悪魔の刹那を持っても、うろたえないことである。いや子供よりも大人に対して物怖じするのがもっともである。というのは子供はどのような感情や願望もすっかり打ち明け、そしてすべての和音を無秩序に響かせて、諸君を混乱させるので、その基本和音が聞きとれなくなってしまう。それに対して大人の場合は漏れてくる三不協和音はすでに全体的な調子の狂った楽器を前提とするからである。更に、大人が大人にとって不可解な存在であるならば、大人にとって自分とは似つかない子供は如何ばかり不可解な存在であろう。子供は果実を葉陰に隠しているのではなく、葉自身を蕾に、花をまた蕾に隠している。それ故新たな必然的な発展のみられるとき、悪しきことへ伸びてゆくときですら、形成途上の無邪気な早期の過ちには目くじらを立てないことである。それで例えば長いこと沈黙していた性衝動は、諸君がどのようにそれから目をそらし別なところに誘導しようとしても、最後には出来上がったミネルヴァとして、そのようなものは見当たらなかったジュピターの頭から、武装して諸君の前に現われる。

思うに我々両親は、あるいはそもそも近代人は、余りに心配性で子供を他の子供から隔離してしまう。ちょうど庭師が純粋な花粉を守る為に、花を別種の花から離すようなものである。触れるとすぐに枯れてしまうような善とか美を尊敬できようか。これに対して子供を六歳までに無事立派に教育し、確固たるものにしてしまえば、二、三の悪い例を見ても、煽られこそすれ、もはや善なるものがかき消されることはない。お茶の湯が一度火で沸騰されれば、エーテルの小さな炎でお茶の時間中それを保つことができる。手本のひどさではなく、持続が子供を害する。そしてまた他所の子供やどうでもいい人達の例ではなく、最も尊敬している者達、両親や教師の例が害する。これらの者達は子供の外部の良心として子供の内部の良心を悪魔の利となるように引き裂くかあるいは暗くするからである。

いや更に述べると小生は持続的な良い手本は持続的な悪い手本を上回ること、悪魔に対する天使ミカエルの勝利を確定的なことと信じているので、仲の悪い、まことに結婚とは言えない結婚に於いてさえ、ただ父親か母親かが悪の盟友として戦っているそうした場合、別の配偶者、天使の盟友が一層難しく犠牲を払うことになるが、しかしそれだけになお確実に白い旗の下にかわいそうな子供を募ることになるだろうと期待している。

子供が幼ければ幼いほど、子供の前では真面目と冗談の間を急いで飛んで往来してよろしい、子供自身飛び交っているからである。そのようにまた子供達の他の移行もいつも跳躍である。どんなに早く許し忘れることか。子供達に歩調を合わせて、特に処罰や事後処理の場合にはそうして、迅速に下すことである。子供達の目に根拠のない不当な処罰に思えてはならない。子供の記憶が喜びに対してよりも苦しみに対して弱いのは幸いなことである。さもないと何というアザミの鎖が我々の処罰の連続で固く小さな者にまつわりつくことであろう。そのように子供はどんな最悪の日でも二十度も有頂天になれるのである。子供をその甘い神々のまどろみから家庭内戦争、ヨーロッパ戦争によって目覚めさせるのは、花をその眠りから騒音や動きによって目覚めさせること同様難しい。愛する子供は花同様に太陽によって、日に向かって目覚めて欲しいものである。

子供には全くある言葉を真似て言うことが出来ない、ある命令を実行出来ない不器用な混乱した時がある。しかし時間を置けば出来るであろう。これを頑固ととらえてはならない。癖となったある表情、書体、挿入語を根絶しようとして、格別の成果を収めていない男達を小生は知っている。このことを、通常二、三千の習慣を一度にやめるように命ぜられる子供達に適用して、早速守らないからといってわめき立てることをやめることである。守ることが多すぎてただ出来ないだけなのである。

最初の三年間の（大学の三年間よりも高度な三年間）正しい教育の果実は播種の間には採り入れることは出来ない。そしてかくも多くの仕事の後なおしなければならない事が多いのは何故か、しばしば分からなくなることがあるだろう。しかし、数年後には芽吹いてくるものの豊かさに一驚し、ねぎらいを感ずるだろう。花の芽を覆っても潰すことはなかった幾重もの地殻はその芽によって打ち破られるからである。

第百二十四節

物理的自然は多くの小さな進歩の後、飛躍を行なう。それからまた初めからやりなおす。恒常性の規則は永遠に離脱、飛躍の規則によって生気を吹き込まれる。この後の規則は性力への跳躍に最も強く表現されている。しかしこの跳躍は、さながら生長する茎の芽、結節[1]に似て数多く見られる。胎児には最も凝縮されている。衰弱した老齢では間延びして現われる。グラーフの卵胞の子宮への跳躍、誕生前の倒立姿勢、大気への突入、最初の乳、乳歯の萌出、成長熱等々は自説を裏付けるものである。高齢時、幼年時代の邪悪な再版時に於いてすら、時にまた力強い跳躍が、歯や髪の毛がはえてきて、始動したりする。

しかし肉体に精神の同伴が欠けてはならない。精神はアンティストロペであり肉体はストロペである。時にはまたこれが逆になる。かの過密な肉体の雲はにわか雨となって解消しなければならない。肉体的な成長、前進は精神的成長をもたらし、取り戻し、そして追い越さなければならない。この逆も言える。すると教師はしかし本性の新たな敵意ある（本来は親しみのある）区分を前に凝然として、ただ新たな世界が出現しただけなのに前の世界が失われたと思ってしまう。古いものになじんで、子供の成長を単に加齢と見ようとして、いつも同じ本性を欲する、せいぜい銅版画に彩色して絵とする程度である。子供は一層鋭く射してくる世界の光線に当たっても古い心葉を落としてはならず、それでいて常に新たな葉を萌出さなければならないというわけである。このようなことは出来ないし、続けられない、またフルートの身体的な吹奏法はどれも新たな精神的音色を生み出すので、教師は意を強くして言うがよい。「後の肢体はただ前の肢体の上に存続し成長する。前ののではなく後の肢体が形成する。何も取り消すべきことをしていないとき、何を怖れることがあろう」。

第百二十五節

両親は子供達に説教し同時に話しを聞かせ喜びを与える簡単で純粋な手段を持っているが、それはつまり自身の両親の許での子供時代を物語ることである。すでに子供、小さな者にとっては小さなものがそれ自体最も好きなものので筆者に時折小さな海とか小さな可愛い神様をおねだりしたものである。[*1] さて父親とか母親とかがその高い成長段階から子供達の許まで降りて来たら、両親がかつて子供であったことが信じられない程であり、もの珍しげに縮小鏡の中で現在の巨人の両親がほんの子供として動くのを見守るものである。祖父母が今や小さな両親に命じ、子供が従わなければならない当の人が従っている。ここで子供は物語の中で以前の正義が現に継続しているのを見る。恣意を見ない。ここで子供は父親がかつて子供のとき従ったことを今命じているにすぎないことを知る。そして父親がその両親にまことに多くの愛を抱き、その愛を得ていたことを知り、再び孫が祖父母の胸に一層暖かく自由に、世代を経た愛を抱いて跳び込むことになる。子供にとって両親の子供時代の話しが、喜ばしい、まだ予期されていなかった興味を抱かせるに違いないのであれば、この興味によって、どの言葉どの教えにも、そして話しに添えたいと思っているすべてのことに、重みと魅力を加えることが出来よう。自ら生を語る両親が子供よりも別の環境、住居等で育っているならば、その教えの収穫畑、播種畑は更に広がる。要するに自分の少年時代の状況には何であれ、両親はただ語ること、正直に告げることによって、大人より暖かい子供の本性を夢中にさせ結実させるすべてを詰め込める。両親のささいな間違い、つまり祖父母による処罰でさえ話しの中で両親の威信を傷つけることはない。余りにだらしなくぐらついた威信は別であるが。

ここで子供向きの物語の内容選択についての疑問が湧いてくるので、答えておきたい。東洋風なロマンチックな物語が最も適しているように見える。千一夜からの多くの童話、ヘルダーの棕櫚草紙(1)からの話し、クルマッハーの寓話(2)である。子供は小さな東洋人である。遠くの東洋、露のきらめき、花の彩りで子供の目をくらますがいい。少なくとも物語ではずみをつけて、北方の岩礁や北方の岬を超えて暖かい庭園に拉致し給え。諸君の最初の奇跡は、キリストの最初の奇跡がそうであったように、水をワインに変えること、現実の詩への転化であって欲しい。それ故登場させる人物を説教壇に閉じ込め、子供に向かって説教を垂れさせないことである。これは草臥れる道徳癖であり、大抵の印刷された子供の物語はこの弊があってこれを移すもので、この為にまさに至高のものを求めながらこれを得られないでいる。これは例えばスウェーデンのカール十二世がいつも王で指す為に大抵チェスで負けていたようなものである。立派な物語は立派な詩がそうであるように、おのずと教えは備わっている。しかし主要なことはロマンチックな朝焼けをこの大地に近い天に描くことである。それはいつか晩年になったら深い夕焼けとなって映えることであろう。恐ろしいけれども打ち負かされる野獣について、(しかし子供を最もよく舞台に上げるといい)、天上の庭に続いている長い洞窟について、幸せになること、幸せにすることについて、大きな危険とそれよりもなお素晴らしい救済について、更には滑稽な変わった子供についてさえ話して聞かせるがいい(子供は話しでは笑わせるよりも泣かせるのがやさしいけれども)。筆者は例えば幼子イエスをよく話題にし、(ループレヒトのような者については語ったことはない)、それを月の住人にし、そこに無数のお利口さんの子供達を送り込み、十二月の夕焼けについてはクリスマス・プレゼント等を一杯積んだ馬車が重なって輝いているのだと説明した。後年子供達が月の輝き、夕方の輝きを目にする折には、えも言われぬ不思議な思いがやさしく胸のうちに湧き起こり、いずこのエーテルが吹き寄せ高揚させているのか分からない程であろう。諸君の少年時代の朝の風が舞っているのである。

この作り話は、現実に分解されても、両親が嘘を言ったと訴えられることはない。自分の例[*2]や、我々のいつもは正直さでは断固たるものがある先祖の例が教える通りである。

こうしたことすべてに従えば、ロマンチックなものの神の町に住む子供達にふさわしい市民法で、劇場の門戸を開くことは出来ないだろうか、勿論子供達をただ麻痺させ、興奮させ、不純にする喜劇や悲劇の劇場のことではなく、子供達自身が演ずる小劇場のことでもなく、オペラ劇場のことである。オペラは子供達の目にロマンチックな妖精の世界を与え、その耳は歌の意味が分からないことによって、また有益な半夜のとばりが散文と陰謀を隠して、道徳的堕落から守られるのではないだろうか。極端にどぎつい卑俗なものが高貴なものの横にいるときでさえ（例えば魔笛）、さながら猿と修道女の組み合わせでも、崇高な方へ作用し、堕ちた感じはしないのではないだろうか。思うにオペラは、行為する生きた童話であり、そこでは音楽が韻律的に高め、視覚の輝かしい世界がロマンチックに高めるが、現在の重々しくぎしぎしした車夫の運送をより軽やかな飛行に変えるものであり、それは、散文は学べても詩は学べず、足が翼を見いだすよりは翼が足を見いだすのは容易であるが故に、殊にそしてなお更のこと必要なこととなっている。にもかかわらずここでは主張されるというよりも疑問の形をとる。とりわけ子供の無邪気さを賭けたり補ったりすることほど難しいものはないからである。

＊1　ひょっとしたらこのことが穏やかな縮小語を話したいという愛好の他に、子守女等が子供達にすべての名称を過度なまでに縮小する一つの理由ともなっていよう。普通の言い方にすら逆らって、例えば、素敵の代わりに素敵でちゅ、そうの代わりにそうでしゅという。

＊2　著者にとって今なおバラのイメージとなって咲き残っているのであるが、父が書斎から十二月の黄昏に降りてきて、何気なく著者の心に描いたのである、どんよりした夕方の雲の中を幼子イエスが赤く黄金のすじを引きながら移って行くのを見たと。今誰がこのバラと喜びの炎、このこの世ならぬ雲の中に燦然と残る宝の代わりを描けよう。

第百二十六節

長期の子供の旅行について一言述べたい。数週間の短期の旅行は正当にもこのやわらかな若木の精神と肉体を熟させる移し替えと見做されている。古くからの陰気な狭隘さを人間と風習の変わった風通しのいい風景と換えることは朗らかにし、実を結ぶに相違ないからである。しかし町々を行商し、国々を駆け巡る者達との子供の旅行はいささか異なる。小さな子供がヨーロッパの半ばを通る（自分の町を通ることさえ子供にとっては旅行であるのに）大旅行をしては、毎日移し換えられる若木は度をすごして疲れてしまう。大人でさえ国々を漫遊すると頭は一杯になっても心はからっぽになってしまう、というのはむちを持った人、そうでなくとも親愛の情のない人の隊列路地を毎日通らされては遂には心は冷えて、宮中生活のような具合になるからであり、そこでは英国風ダンスの場合よろしく踊り手は一隊列の間あちらこちらに跳んでその手を冷たく誰の手にも差し出すことになるからであるとすれば、いかばかり長期の旅行となると、大人にとっては秋の霜にすぎなくとも、春の霜となって子供を荒廃させてしまうことであろう。結び付きのある人々と一緒に長く暮らすと子供に暖かい愛が育つ。同じ人間、家、遊び場は、いや道具も、子供に愛情を抱かせて、磁性を帯びた物体のように、磁力を強める。それでこの初期に将来の愛の豊かな磁鉄採鉱場が見られる。子供は日々見るもののほとんどすべてを愛するからである。村ではたやすいことであるが、両親の木こりや、使い走りの女、毎週土曜日に日曜日の為に物乞いをする老ペーターを、いや遠くの数時間離れた地の知り合いの名士達をすら愛するものである。愛情に恵まれた子供時代があれば、後半生の冷たい世間をしのいで行ける。さてしかしこのようなことの代わりに子供が旅に出るとなれば、例えばヨーロッパの半ばを行くとなれば、住民もろとも居住地、市場町を馬車の後ろに積み上げたり、大都市のホテルに詰め込むことは出来ないのであり、毎日新たな人間、部屋、ボーイ、客人に出会うことになり、これらの許で若い心は時間が足りずに共感が熟成するに至らない。そうなると小さな子供はどうなるだろうか。宮廷のない宮内童官、宮内少女官、冷たく、聡明で、洗練され、けだるく、あきあきした、甘く、きれいな者になるだろう。

第百二十七節

付録に於いては序言同様本の中ですでに述べたことを言えるのでまた繰り返す。何であれ子供には規則が必要である、無数の半径の中心点として。規則は統一であり統一は神的なものである。ただ悪魔だけが変わりやすい。余りにも感受性の強い少女、元気よく暴れる少年、両者を抑え宥めるのは統一された規則である。我々が冬には厳寒の災難、単調な荒涼たる大地に黙って堪えるのに、春の二、三の雪雲には激昂し暗い気持になるのとまさに同じ理由である。冬には雪の輝き、春には花の輝きが規則となっているからにすぎない。新しい命令ほど難しいものはない。そして新しい必然性ほど難しいものはない。最も不幸な、ずれた、変わりやすい子供を考えたかったら、規則なく変転の中でのみ育てられ、あちこち理由もなくしかられ、なだめられて、将来の見通しなく、瞬間瞬間の嵐に駆られて、刹那の欲望の他は何も望まず、愛と憎しみの間の球技で、抱く痛みは更に強くする、抱く喜びは更に愛らしくするということのない子供を思い浮かべるがいい。幸いに小生の傍らにそのような子供を見たことはない。不当な規則ですら規則をもたらすものでないだろうか。ある国[1]では乗馬に於いていつの間にか帽子をなくすことや、落馬すら処分の対象となっていたが、するとこれらはめったに生じなくなった。いびきする者は誰でも起こす修道院、尼僧院ではいびきがなくなる。食器を思わず割ることに対して子供達に処分が待ち受けているところでは、余り割られることはない。ただその警報は罪や処分よりも一年先んじていなければならない、さもないと規則は役立たない。

第百二十八節

殊に幼い時期には、諸君の主張よりも要求に対してむしろ根拠を与えるようにし給え。第一に行為は理解よりも根拠づけやすい。第二に子供の信心は、単に疑念を招くことになる根拠によって弱めてはならない。第三に行為は外的迅速さを命ずるが、信仰は猶予を許す、第四に行為は信仰よりも昔からの願望に反しやすい（子供が正統信仰家であることはまれだからである）。従ってフランスの国王のように諸君の通達にはおだやかな口実を添えてそれを和らげるといい。しかしその理由が通じないときには国王のようにその遂行を要求することである。しかしこれらの規則について第二版では命令に対する根拠を述べるときですら限定する必要があると追加しておきたい。母親達は一部はやさしさから一部は健康な舌の運動を常時愛する気持から命令に長ったらしい根拠を与えて、子供の反対理由を凌ごうとする。とうとう論駁できないとなると威圧的に命じて終わる。しかしこれで初めから始めておけば良かったのである。せいぜいこの命令が守られた後の方が根拠は偏見なく開かれた耳に受け入れられやすいであろう。むろんこれは最も幼い時期に最も妥当する。長ずるにつれて根拠がもっと必要になる。子供の堅忍さと自由を二つながら育てることは教育の難しい課題の一つである。両親の息遣いはただ枝だけを果実の受粉の為に動かすべきで、幹を曲げたりたわめたりしてはならない。

第百二十九節

教育論では倫理性涵養の章には通常肉欲の罪の予防についての節が要求される。何故古代や中世ではこれについての悩みや療法が見当たらないのか。当時の大人達と現在の大人達との違いは単に現在の者はその叱責のわらの王冠を被っているうちにしらがになる〔年を取る〕よりも早くはげて〔荒廃〕してしまうのに対し当時の者はその逆であるという点にあるにすぎない。異教の僧職、カトリックの僧職は不貞の委員会であった。ローマ人の許では純潔なウエスタの処女達は豊穣の神プリアポスにウエスタ同様多くの犠牲を捧げなければならなかった。さながら宗教改革前の自らを犠牲にする尼僧達の先駆けであった。だからといって、当時の未青年がはるかにましであったろうか。はるかにとは考えがたい。フォーゲル(1)は密かな罪への刺激となるものとして肉料理、堅い料理、薬味、暖かい部屋、ベッド、衣装、それにおむつを挙げている。しかしこれらの刺激剤は中世に於いてもっと多く投与されていなかっただろうか、例えば薬味、何倍も強いビール、分厚いベッド等々。頑丈そのもので荒っぽい仕事をしてさえ、(学校の教師は知らなくても世間通の者なら知っているように)村の子がこの若者の癌にかからないとはいえない。従って現在、以前よりもこのことにつき苦情が言われ教示がなされているとすれば、その理由は、現在ではどのような行為についても複式の簿記がなされそれが本屋に運ばれるということを除けば、ただ次の点にある。つまり昔のより健康な時代には、こうした粗野な者達の要塞は簡単には潰されないので、現在でも有為の民族や放埒な動物がそうであるように、不摂生の多くは大目に見られていたということである。むろんここでは文化につきまとう虚弱さと空想が原因でもあれば結果でもある。これに比較的大きな町やかなり温暖化された国々における性的成熟の促進が加わる。

ルターは言っている。「無視ハ悪魔ヲ倒ス。注目ハ増長サセル」。つまり悪と戦うことは悪を見詰めるようにさせる。戦争自体一つの敗北である。余りにも早く教えられた羞恥心は、自然に備わるよりも早く、危険な注目を集めてしまう。早まっていちじくの葉を下げるとエデンではただ隠されていた堕落を招き寄せる。すべての民族が、例えば未開人やスパルタ人が官能の豊かさにもかかわらず、細かな衣服のとりすましや肉体的羞恥心を余り知らなくても困ることはなくて得るところが多いのであれば、刺激を受けない未成熟の子供の場合はいかばかり利点があろうか。羞恥心は恥じらうオジギソウに喩えることが出来よう。その葉には毒があって、その根にだけ解毒剤があるのである。後年の命じられたのではない、ことに女性の羞恥心はいちじくの樹自体に似ている。これはそのいちじくの葉で単に許された甘い花と熟する前の果実だけを隠し、禁じられた毒を隠してはいない。

何人かの者は子供は自分自身を見るのを恥ずかしく思うようになるべきであるとまで助言している。自分自身をであろうか。何という有毒な副概念を抱いて子供は自らを眺めることになるだろうか、自分自身を前にして、これは他人を前にするのといささか異なるが、変えようのないもの、不随意なものに対して、つまりその創造者に対して赤面せんが為には。――後年になっても少年は少年の間にいるとき、少女は少女の間にいるとき、ほとんど恥しらずである。互いに両性が対面するとき恥じらいが生ずる、同性の場合でも大人と対面するときがそうである。両性しかしこのことから十二歳から十五歳の革命と進化に満ちた精神的推移の時期にとっての規則が考えられる。両性を揚棄するには両性を混ぜよ。というのは二人の少年は十二人の少女を、二人の少女は十二人の少年を、まことによくあらゆる目くばせ、おしゃべり、不作法から、まさに芽生えつつある衝動の先駆けの曙光、恥じらいの赤面によって守り、防御するからである。これに対して少女だけの女学校とか、また男子校とかは、何も賛成できない。しかし少女が少女を害するよりももっと少年は少年を害する。というのは少年は少女よりも大胆で、信じ合い、粗野で学問的、事柄を知りたがり、少女は人物を知りたがる等々だからである。

教育学上の誘惑の恥じらいの説となるものに子供の精神の眼の前に置かれる屏風、ガラスのベッド用ついたてがある。要するに覆いの上の無用な覆い、つまり羊に着せる羊の皮のことである。自分は秘密を持っていると言う者はすでにその半ばを打ち明けている。後の半分を長く持ちこたえることはできまい。妊娠について、新たな子供はどこから来るのかについての子供達の問いは単に罪のない知識欲、質問癖から来ているので、本能や衝動によるのではない。というのは本能が与えるのは答えで、質問ではないからである。子供にとって母親の出産についての問いは性衝動とは離れていて、西に沈んだ筈なのに太陽はなぜ朝になると再び東から昇るのかといった問いに等しいのである。しかし教育上の秘密の小売りによって子供に比例算での値が得られることになってしまえば、遠くまで嗅ぎつける本能が、偶然手にした幾つかの解説と手を結んで先回りし、怪しげなものをその領土に合併するであろう。こうした小売りに例えば、「これは大人の話しとか大きくなったらね」という言葉があり、また産婦の家での女性の全く間違った内閣的なもったいぶった振舞いがある。秘密条項はいつも戦争を引き起こす。罪との秘密の婚約はこの種の秘密めかす指示と遠く隔たっていない。

しかし問いかける子供には何と答えたものだろうか。望む限りの真実を交えるがいい。「胡桃の中で甲虫の小虫が育つように、人間の子虫も母親の体の中でその血と肉を吸って育つのだ。それで母親は病気になるのだ等々」。子供達は我々の思っているほどの十分の一も理解していないし、大人同様、究極の前の理由を知れば、究極の理由は何人かの者が両者に期待しているその千分の一も求めないので、それで子供は数年たってからやっとまた尋ねてみるかもしれない。どこから小さな子はくるのか。答えるがいい。「神様のお蔭だよ。人間が互いに結婚して側で寝るとね」。それ以上は我々大人の哲学者でもこの件すべてについては承知していない。子供に対して次のように語って当然である。人間は立像や刺繍した花等を作ることは出来るかもしれない、しかし成長する生き物は出来ないと。それにまた眠るという純粋な言葉[*1]で子供達には最大のこの謎が今までの生殖の教義が教えているほどには不純に説明されはしない。この教義にしかし鋭く、深く、含蓄のあるオーケン[*2]は素敵な聖具室を接合している。子供をあしらい、子供の用を足し、満足させることがどんなにたやすいか、それをすでに数百年前からある証明の柱で説明しよう。これはまた宗教教育の昔からの堅固なさらし柱でもある。つまり十六世紀以来、十七世紀、十八世紀に、子供のときから日曜日ごとに洗礼は割礼というユダヤ人の秘跡を追放したと聞きながら、一体割礼とは何か考えたこともなく尋ねたことさえない数百万のキリスト教徒、それ以上の女性キリスト教徒が確かに亡くなっているのである。このように子供達は学び尋ねる。著者はこのキリスト教徒の条項については十八歳を過ぎてやっとユダヤ人の作品から教えを得た。[(2)] 神学者、学校教師、家庭教師、説教師の諸君、割礼のことを考えて、そして自ら唇と心の包皮に聖パウロ的割礼を施し給え。

他面では出産とか婚礼の夜といった言葉は、その表示態度がそうであるように、いつでも表示内容も何でもなく純粋でいや聖なるものであり、そう見えるようにしたいものである。勿論年かさの子供が尋ねたら小生は静かに整然とした解剖の講義を、例えば心臓について始め、（フランス女性なら別の意味で行なうだろうが）更に進む。その子に真面目さと落ち着き退屈を教えてから答えを与える。

両親を安堵させる見解をもう一つ述べたい。未成熟の生意気盛りの子供はまさに性的な謎について汚れを知らず、無知で、構わないが故に、これは教化され改心するようになると隠れてしまうのだが、ある種の無作法を行ない言葉に発するという特異な傾向があるということである。しかもこの傾向はしばしばあっけにとられるもので、全く純粋な善良な子供達が、父親にその醜い言葉を（乱暴な語調と同時に性に関する言葉であったが）叱責され禁止されたとき、父親にこれらの言葉を繰り返してほしい、これらを聞くのは楽しいからと言って頼むのを耳にしたことがある程である。勿論ここではすでに暗い深みから本能が働いてそのモグラの盛り土を作っている。しかしそれはまだ大地の深くに居て、誰も心配することはない。この関連では健康な子供には最も期待を抱いてよい。体の病んだ子は道徳的に病んだ子になりやすい。

ただある一点についてでは何でも自由に説明することを控え、心配性の教育論者達の意見をほぼ受け入れざるを得ないと思う。つまり人間の動物との外的な行為の類似性についてである。幸いこれは似ていない。決して恥ずかしげな半人前の青年にその尊敬する者達の野の動物達との何らかの類似性を思い描かせてはならない。純粋な子供らしい、それでも予知能力のある本性はこの類似性に震えるものである。それが証明され、畏怖の念が打ち負かされてしまえば、子供は一挙に何歳も年をとってしまう。ここでは思考が行為の道をつける、いつもはその邪魔をするのだが、真理とその見解を繰り返すことの他に更に衝動がけばけばしい色彩を和らげてくれる。そして春の嵐が吹き迫ってくる。

実際、第一の人間にとって第二の教育する人間が必要な時期があるとすれば、この半青年、三分の一青年が（あるいは少女が）性という新たなアメリカ世界を発見し、子供が枯れて人間が花咲くこの時期である。幸いなことに自然みずからが精神的春の嵐のこの時期にあるバランス、この上なく美しい夢想、諸理想、あらゆる偉大なことへの至高の情熱の時を与えている。ただバランスを教育にあたる監視人は心に対して配すれば良い。つまり頭である。即ちこれに向けて何か新しい学問、ある没頭するような行為の目標、何か新しい人生行路をとっておくことである。たしかにこれで火山が水没することはないだろうが、しかしその溶岩はこの海でただの岬に冷却して災いは案じていたよりも小さなものとなろう。この時期のぽっかり開いた、予感されていた深淵から現在の健康な大多数の声が浮上してきており、彼らは黙り込んだり嘆いたりすることはない。もっともただほんのわずかな数だけが黙り込んでおり、喉頭蓋がなく、肺翼がなく、いかなる種類の翼もなく、精神もなく肉体もなく、あちこちさまよう幽霊の魂の埋葬されない死体となっている。いずこなりと墓場を見つけるがいい。

＊1　例えばチューリヒの市長ハイデガーは女性の側で眠るという罪を耳にして、少年の頃乳母の横に寝ながら一晩中目を開けていた。バウル『歴史的絵画陳列室』第二巻〔一八〇四〜〇六〕。

＊2　『オーケン博士の生殖』〔一八〇五年〕。聖具室と言っているのは、彼が『繊毛虫の原動物』の中で生命を捉えがたいものとして仮定し前提としているからである。そこでは、無論彼は生殖とか生命よりも成長とか生命の存続を説明している。更には天才的に大胆に、繊毛虫の混沌に於いては（宇宙の唯一の混沌）幾つかの生命が一つのものとなり、この幾多のものの統一体がまたより高度の生命の階層では更に明瞭な多重統一体へと濃縮すると仮定しているからでもある。ちなみに繊毛虫の創造について書かれたものを読むとすべて昔からの戦慄に襲われる。全地球上の大きな繊毛虫から育った生命の様々な段階を読む場合も同様である。メカニズムと生命の間には段階の橋は架けられないので、広範な生気、活気の謎は化学よりも別の仕方で解決されると小生は堅く信じている。

第七断編

精神的形成衝動の発展

第一章

第百三十節

他の教育論者は精神的形成衝動を認識力と呼んでいる、これは描くのを見ることと呼ぶようなものである。あるいは知的力と呼ぶ、が教えながら感覚や記憶のことを考えている。あるいは自発的活動のことを言う。意志もそうだというのにそうではないかのようである。大抵は（ペスタロッチ以前は）あらゆる種類の多くの知識を注ぎ込めば良いと提案していた。すると有能な人間が出来る、精神は（クロプシュトック[1]によれば）注入によって生ずるというわけである。麻痺した博学者、精神の敏捷な現在性もなく、その未来性もなく、(別の意味で有限なる者がそうであるように)永遠に創造されるだけで、自ら創造することはなく、あらゆる理念の相続人であっても、遺贈者ではないというのがかの教育の模範とはならない試作品である。

まっすぐな道を、中心に向かう道を進むことにしたい、ぐるぐると回るかわりに。

意志はただ自らをただ自ら内部に再生産する、自らの外にそうすることはない。外的行為が特別な意欲による新たなものでないというのは言葉の音が特別な思考による新たなものでないのに等しいからである。形成衝動はこれに対して自らの世界を新たな被造物で拡げ、かくて対象に従属する、純粋な意志は対象とは別個のものであるが。意志はその理想を達成できようが、しかし自分に反する驚くべき対立物(カントの根本的な悪)を見いだす。一方思惟にとってはそれに対立する力(徳に対する悪徳といったもの)は問題とならず、ただ段階的な違い、序列の混乱が問題になるだけである。何も知らないことは何もしないことほど悪いものではない。思い違いは真理の対立物というよりは側面物である。計算違いというのは思っているよりも違ったふうに、しかしまっとうに計算することだからである。これに対して不道徳は道徳に純然と敵対している。

精神的形成衝動は、肉体的なそれよりも高度に意志に従い、意志によって造る、つまり古い考えから新たな考えを造るが、これは人間の目印である。意欲が動物に一連の表象を引き起こすことはない。目覚めているときは我々は自ら考えるが、夢の中では考えられてしまう。目覚めては自分を自覚しており、夢では自覚するようになる。天才ではこの考えの創造は創造的に、中等の人間には単に思慮深く必要な程度に現われる。もっともこの違いはしばしば巨人や小人を生む出生の違い同様にささいなものである。形成力の発展は㈠言語と㈡注意力であり、この二つは限定と標示によってある考えが明瞭なものとなるようにし、更に㈢想像力あるいは明示力であり、これは一連の考えをとめておくことが出来、そこから未知の、しかし求められそれ故予感されていた値が、部分、結果、根拠、象徴、比喩として飛び出るようにするもので、㈣機智、㈤反省、㈥想起である。

このほとんど発生学的な序階から二つの教科への分離が容易に生ずる。そのうちの一つは形成衝動に有機的物質を供給するもので、例えば数学であり、別の一つは単に死んだ物質を与えるもので、例えば博物学である。というのは自然史的、地理学的、歴史的、骨董学的知識はいくら降り注いでも形成衝動には物質を与えるだけで、刺激や力を与えないからである。言葉の知識と事物の知識という昔からの分割は正しいけれども、しかし前者に属するものと後者に属するものとの在庫品目録となるとブラウン以前の病気の似たような目録同様に間違っている。これは彼同様に強壮な病気と虚弱な病気とに分割しているけれども、ただ赤痢とペストは強壮なクラスにそして激しい咳やカタル等は虚弱なクラスに入れていたのである。例えば言語は言葉の知識に入れて、逆に博物学や民族史は事柄の知識に入れている。この逆がよかろう。

博物学の乱用、多用につき一言だけ述べたい。博物学は多くの教師にとって、帽子の乗るべき所を大して所有していないときの恰好の帽子、知識の乏しい者達の糧食係であるように見える。著者はうれしいことにゲーテ『親和力』[2]の中に、自らすでに子供についての日記の中で一八〇八年の一月に書きとめておいた考えと一致するものを見いだした。即ち、外国の動物の博物学を学んだところで子供にどんな力がつくだろうか、出まかせの畸形の話しを聞く以上のものがあろうかというものである。外国の博物学はせいぜい滋養あるパンの蜂蜜として、あるいはまさに見世物になっている動物の宣伝用貼紙として活用したい。それにフンク[3]を家で読むくらいである。これに対して国産の動物の場合はごく正確な家族の話し、等身大の動物画が供給されるべきであろう。いや植物学や鉱物学は、観察力が増しながら、現在が豊かになって、外国の動物の話しという小さな利点をはるかに凌駕するであろう。同じように、貴重な現今の描かれた世界（世界図絵）は職人が次々に、聴講に来る子供達に自分の生業を生き生きと見せてくれる作業場によって優に代用が出来よう。

第二章　言語と文字

第百三十一節

言語を学ぶことは様々な言語を学ぶことよりも何か高度なことである。教養手段として古代諸語に寄せられている賞讃はすべて倍にして母国語に、もっと正確には言語の母と呼ばれてよいものに浴びせてよい。新しい言語はただこの最初の言語との関係、調整によって理解されるのであり、根源の記号が再び記号化されるだけである。それで、新たな後続の言語はその前の言語に従って段々に形成されるのではなく、すべてが最初の言語に従って出来るのである。

　子供にはどんな対象であれ、どんな感情であれ、どんな行為であれ命名するがいい、やかを得ないときには外国の言葉を借りてでもそうすること（子供にとってはまだ外国語はないのだから）。そもそも諸君の行為を眺めている子供には、出来る限り個々の行為の部分に名を添えて注意を引き、呑み込めるようにすることである。子供は大体聞きたがるもので、しばしば自分のよく知っている事について、諸君の声を聞きたいが為にただ尋ねたり、諸君にある話しをして、更にそれを再び話して貰おうとする。名付けることによって外界は島のように占領され、命名によって動物が飼いならされるように、前もってそうされる。指示する言葉、精神的な人さし指、余白の書き込みがなければ、広い自然は子供にとって気圧計の目盛りのない水銀柱となろう(動物にとっては水銀球すらないが)、そして動きに気付かないだろう。言語は無限を測る最も繊細な定規であり、混沌の分金液である。こうした分裂の重要性を未開人は示しており、彼らにあってはしばしば一つの単語が一つの文全体を意味している。村の子供は町の子供にただ言葉に乏しい孤独の点で遅れをとっている。物言わぬ動物にとって世界は一つの印象であり、二を知らず一まで数えることがない。

　すべて肉体的なものは、精神的にも肉体的にも、子供の前で最初の十年間は分割され分析されるべきである。しかし精神的なものは決してそうされるべきではない。これは子供自身のうちにほんの一回限り存するもので、分離のメスを当てられては復活することなく容易に死んでしまう。肉体はしかし毎日復活し再生して蘇る。

　母国語は子供にとって最も無邪気な哲学であり、思慮の訓練である。まことにふんだんにそして明確に話すことである。そして日常生活でも明確に振る舞うようにさせたいものである。何故諸君は言語教育をまず外国語に譲ろうとするのか。幾多の教師の短い子供向きの文や多くのフランス人作家の切り刻まれた文よりも長めの文を試み給え。子供達がただおうむ返しに繰り返して明らかになる不明瞭な点は頭を緊張させ鍛える。小さな子供でも時に矛盾した謎の言い方をして、頭を強いることがある。例えば、これはこの目で聞いた、これはまことに素敵に醜い。

　理解されないことを、それが文全部であれ、恐れることはない。諸君の表情、アクセント、理解しようという予感めいた意欲がその半分を明らかにし、そしてこれを基に時間が経てば後の半分も明らかになる。アクセントは子供にとって中国人や社交家にとってそうであるように言葉の半分である。子供達は言葉を、我々がギリシア語や他の外国語を相手にするとき同様に、話すようになるよりも早く理解するようになることを考え給え。時と文脈の解読局を信頼することである。五歳の子供でも「だが、なるほど、さて、これに対して、勿論」といった言葉を理解する。一度これらの説明を子供にではなく父親に求めてみ給え。ただの「なるほど」には小さな哲学者が潜んでいる。八歳の子供がそのましな言葉で三歳の子供から理解されているのであれば、何故諸君の言葉を幼児語に狭めようとするのか、いつも数年先取りして話すといい（天才は本の中で数世紀を先取りして我々に話しかけているのだから）。一歳児には二歳児であるかのように、二歳児には六歳児であるかのように話しかけること。成長の差は年齢とは逆比例して減少するからである。そもそも学習のすべてを教授のせいにしがちな教育者は考えて欲しいものである、子供はその世界の半分を、つまり精神世界を（例えば倫理的形而上学的観照対象を）すでに自らのうちに出来上がったもの、教わったものとして持っていること、それ故に単に物体的似姿で装備された言葉は精神的なものを与えることは出来ず、単に照らし出すことが出来るだけであることを。

　子供と話す際の喜びや明確さは子供自身の喜びや明確さからきっと得られるであろうと思う。子供達に言葉を通じて教えることが出来るのと同様に子供達から言葉を学ぶことが出来る。大胆な、しかし正しい造語、例えば、三、四歳の子供から聞いた次のようなものがある。ビール樽屋、弦屋、瓶屋（樽、弦、瓶を製造する者）、こうもりの代わりにそれよりもましな飛ぶねずみ、音楽をヴァイオリンする、（ろうそくの芯切り鋏のことで）明かりを鋏切る、からざお使う、脱穀る、（望遠鏡を覗きながら）僕は覗き屋だ、クッキー食人、あるいはクッキー食家として採用されたらなあ、結局僕はより賢こすぎる者になるだろう、彼は僕を椅子から落とす落語をした、（時計で）御覧なんと一時だもう、等。

　言語教育の一つに更に、少なくとも後年には色褪せた日常の比喩を生気のあるものに戻すということがある。ある若者は長いこと、すべてを一つの靴型にはめる（なにもかもいっしょくたに扱う）とか濁水に釣りをする（混乱に乗じて利を占める）と言っていて、やっと現実を、靴屋の靴型とか、雨の日の岸辺での濁水の釣りを知って、一義的な比喩に確固たる現実が裏箔として控えていることにはなはだびっくりすることになる。

　ペスタロッチ[1]は世界の塊を塊に分解すること、肢節の小肢節への分解を体で始めている。体が子供にとって最も身近であり、重要であり、豊かであり、いつでも同じような部分が繰り返されるからで、これが器具や樹だとこうは行かない。重要な利点としては更に、いつも勉強部屋にはその二例が見られ、子供は自分と他者、他人〔教師〕の目に見える大き目の手足と、自分のただ感ずるだけの小さ目の手足の間を行き来して比較できるということが考えられる。ペスタロッチはしかしこの明瞭な名目の点を用いて星でそうするように荒涼たる天体を分割し、照らし出そうとしているばかりでなく、逆に子供に小部分を一部分の下に、小さ目の全体を大き目の一全体の下に集めさせて、序列を明快にする能力、あるいは、後に扱うが、明示力を養っている。

　フィヒテは『ドイツ国民に告ぐ』の中で外的観照や対象の命名とイロハに価値を置くことが余りに少なく、ただ内的観照（情感）の為にそれを要求している。子供にとって外的なものの命名はただ会話に役立つに過ぎず、より良い把握には役立たないからだというわけである。しかし私見では、人間は（言葉のない動物が外界を暗い茫洋とした大海の波上にあるかの如く泳いでいるように）同じく外界の満天の星空を眺めているうちに茫然自失としてしまうだろう、混沌とした光芒を言葉によって星座に分割し、この星座によって意識の為に全体を部分に分かつことがなければ。ただ言葉だけが広大で単調な世界地図を照らし出すのである。

　我々の先祖は、衒学的なそして経済的な理由からであったけれども、しかし精神的体操、刺激には役立つように、とても異なった外国語（ラテン語）を教育手段の一つとしてもり立てた。勿論外国の単語の辞書は大して教化しない。自国の単語がそれで一層明確に浮かび上がる場合を除けば。しかし文法は、舌の論理として、反省の最初の哲学として、決定的である。文法は事物の記号自身を再び事物にして、精神に、自らを振り返り、観照という自らの仕事を観照することを、つまり反省することを強いるからである。少なくとも（言語の）記号を以前よりもしっかりと受け止めるようにし、感嘆表現の場合のように情感自体に融合させることはしない。未青年にはこうした振り返る認識は外国語の文法による方が自国語のより深く情感と融合した文法によるよりもやさしい。それ故論理性の進んだ民族はまず外国語で自国語の構成を学んだのであり、キケロはラテン語の学校よりも先にギリシア語の学校へ行った。それ故、ただラテン語とギリシア語だけがほぼ知識の素材と見做された世紀に於いては、頭脳はむしろ形式的に形成され、内容のない論理学が（すべてのスコラ哲学が証しているように）人の心を捉えたのである。にもかかわらずウアルテ(2)が立派な頭脳は文法を学ぶのが最も苦手であると主張しているのは、文法を辞書と混同しているのでなければ、その頭というのを思考というよりはただ仕事《ビジネス》か芸術に向いている頭のことに解しているのであろう。立派な文法家は誰でも、例えばヘブライ文法のタキッス、ダンツ(3)は、部分的な哲学者である。ただ哲学者だけが最良の文法を書くであろう。それで昔の学校の文法的分析といえどもペスタロッチの序列の展示とは単に題材が異なるにすぎない。従って外国語は、特にラテン語は初期の思考力の訓練の中で最も健康なものである。

第百三十二節

記述は事物の記号を再び記号化しそのことによって自ら事物へと昇格するので、記述は語りよりも更に密な考えの絶縁体であり、集光器である。音声の打鐘装置は断続的に短く教える。記述という文字盤は絶え間なくもっと明瞭に分割を示す。記述は明らかにする、作文教師の教える作文から作家の域の文に至るまで。よく気付かれているように、セヴィニェ夫人の手紙の中では口述筆記のものより手書きのものが立派であるとか、自ら書くことは出来なかったモンテスキューは何か思いつくまでしばしば三時間を要したこと、そこから多くの者が彼の簡略な文体を説明しようとしていることには余り重きを置く必要はないであろう。しかし我々の表象は内的聴覚というよりは内的視覚であり、それについての我々の比喩ですら音声のピアノよりも色彩のピアノを奏でるというのは確かなことなので、我々の目前に居続ける記述は音声の飛行よりも更に広く更に長く考えの創造に役立つに違いない。学者の場合ははなはだしく、内省するときは印刷されたページを読み下す調子で、話すときは、他人に、立派に急いで書かれた小品からちょっとした朗読を行なっている按配である。

従って少年には早くから諸君の考えの後を追って書くのではなく自分の考えを書きとめるようにさせ、音声の重たい、ちゃらちゃら鳴る硬貨を快適な紙幣に変えるようにしむけることである。ただ学校教師の与えたがるような作文例には用心するがいい。例えば、勤勉の、作文の、教師の、どこかの昔の領主の賞讃といったもの。要するにこれらは教師自身がその下僕の生徒達よりもましなものは何も書けない題材である。何の表現であれ毒となるのは生き生きとした対象や欲求のない表現である。多くの天才的な男達にとって、例えばレッシングやルソーその他の者にとって、いつも何らかの生気ある出来事が、高次の意味で創造された彼らの機会詩の内容を課し、押し付けているとすれば、諸君は何故少年に当てもなく行き当たりばったりにペンを浸して蒼穹を描かせ、目に見えぬインクが最後に陶器のベルリンの青として浮かんでくるようになることを望むのか、学校教師のすることは理解できない。人間はすでに子供時代に聖書の一節（日曜日の題目）について説教するべきで、それを自然という聖書から採ってきてはならないのだろうか。同じようなことが、しばしば女学校で行なわれる書簡文の練習の為の開封された手紙の自己配達について言える（封をされてないのはそれだけで半ば真実とは言えない手紙である）。空虚に対しては空虚しか書けない。心の欲求からではなく、すべて教師から課された手紙は思考の死亡証明書、題材の無心状である。このように冷淡に虚しいおしゃべりを書くように指示されて子供が不純なものにならなかったら、まだしも幸いである。手紙を書くとなったら、ある特定の人にある特定の現実を書くようにするべきであろう。しかしどうして口角泡を飛ばす必要があろう、あらゆることの中で、政治的新聞や学術新聞も例外ではなく、現実の欲求や充実が実を結べば、手紙程学びやすい書き物はないからである。

一葉の紙に書くことは一冊の本を読むことよりも形成衝動を生き生きと刺激する。選び抜かれた学校図書館の幾人もの読者が、立派な快い死亡通知や弔意の謝絶を週刊誌に書くことが出来ないでいる。勿論同様に雄弁家ではない多くの書き手がいる。彼らは商品の倉庫の代わりにただ事務室だけ持っているアムステルダムの大商人に似ている。しかし時を与えさえすれば、彼らは商品を指示する。コルネイユは話すのが下手で無器用だったが、それだけに主人公には雄弁に語らせた。それ故受験生は誰でも押し黙ってどもりがちなコルネイユと見做して、部屋と時間とペンを与えることである。すると彼はこれによってきっと語り、いわば自ら優秀な成績で試験を切り抜けるであろう。小生はこの章を、インド人がその書を書き始める言葉で終える。文字を発明した者に祝福あれ。

第三章　注意力と明示力

第百三十三節

ボネ(1)は注意力を天才の母と呼んでいる。しかしそれは天才の娘である。注意力は対象とそれに対して装備された衝動との間のあらかじめ天で結ばれた結婚から生ずる他ないからである。それ故本来の注意力は衝動同様に説教したり殴ったりして教え込むことは出来ない。音楽アカデミーのスウィフト、哲学の講義室のモーツァルト、弁士クラブのラファエロ、愛の宮廷のフリードリヒ大王、諸君はこうした男達すべてが、天才であり、年もとって分別もあるというのに、芸術、学問、国家、愛といった重要な事柄に注意深い耳を傾けるように仕向けることが出来ようか。にもかかわらず諸君は子供、平凡な者、未熟な者にはるかにこまごまとした対象に対する注意力を期待しているのではないか。しかしもともとは大抵、諸君の個人的な注意力が、天才的なものと同様に勝手に対象を選んでいるというのに、子供のそれとなって、狭い諸君の注意力が共有されたものになることを望んでいるのである。

子供に対して注意力の対象を報酬や処罰で覆ったら、精神的対象に重きを置くとか形成衝動に刺激を与える代わりに別の対象、私欲の対象を置いたことになる。せいぜい記憶の為に働いただけである。感覚的な享楽や処罰を逃れようとする目的では精神界に道を拓くことは出来ない。それ故パンの為の学問は石に似ていて、潜水夫はそれを体に縛ってすばやく潜り主人の為に真珠を捜すけれども、気球乗りは全く別でそれを投げ棄ててもっと高く天に達しようとする。

何を為すべきか。そういつも教師は尋ねる。先に、何を避けるべきかと尋ねる代わりに。イエズス会員はその教団の規則で二時間以上勉強することを禁じられている。諸君の学校の規則はしかし子供に大人が講義する間勉強するように、つまり注意深くあるように命じている。これは殊に、若い、世間に開かれた感覚、市場の陽気な生のざわめき、学校の窓際の揺れる花の枝、しめっぽい校舎の床にかかる鋭い陽の光り、午後には学校は終わりだという土曜日の確信というものを考えれば、あんまりであるといえる。

何度も経験があるのだが、例えばレヴァーナの著者は何か十五分程の物語に全神経を傾けて、それをまた繰り返して述べようと固く決めたことがある。内的には出来る限りのことをした。注意力を集中させた。そうしながら別の想念に襲われて、再び話しの筋を辿る為に耳を澄まさなければならなかった。しかしある種の不安、決意、意図をもってしても、伝えることが出来たのは、それもそのうちの幾つかは、合っていると思う個所で嘯みたいに聞こえたのだが、単なる物語の章の概要だけであった。子供には、子供の為に書いている者よりも、注意力が与えられ、退屈を感ずることが少ないと言えるであろうか。

子供というのは諸君の教えに最も興味を示すことがあろう。しかし今日に限ってはだめであったり、あの窓際この窓際のときであったり、あるいはまさに何か新しいものを見たか食べたからであり、あるいは父親が遠足を告げたか禁足を告げたからであり、あるいは前に聞かずにいて処罰されたからで、子供は処罰を、それを避けることよりも一層生々しく考えるからである。つまりそもそも人間には絶え間ない注意力というのはありえない（永遠の愛より永遠の憧れが誓いやすい）。いつも子供の注意が両親のそれと合致するとは限らない。

新奇なことが周知のように内的耳の最も鋭い刺激、すべての植物にとっての温室、中心の太陽、目であるならば、何故教師達は繰り返せば繰り返すほど、一層最初の聴力を要求するのか、ましてや若い、新奇な世界だけに囲まれた魂に対して。彼らの枕は、円盤が回って電気を起こすあの金張りの枕であろうか。

もとより、自分達に似た人間の立場に身を置くことが難しいのであれば、自分達とは似つかない人間、年上であれ年下であれ、その人の立場に身を移すことは如何に難しいことか。子供から大人になるのは大人から子供になるよりもやさしい。如何に何年も教師が学校の暖炉で暖をとりながら、立ち去るときに、陶工が暖炉上にいい所を見せようと思っている浮出しの形姿についてベッカーのアウグステウム(2)風な描写をしようなどはつゆ思わず、その形姿の肢体で両手を暖めているというのに、それらについて少しも気付かず気に留めないことがなんとよくあることか。この行を読んだら各人の部屋を見渡して見るがいい、今まで暮らしていて気付かなかった対象が新たに二十も見つかるのではないか。更に細かい区別をするならば、例えば子供の様々の書体を注意力に対する様々の影響の下に考察することが出来よう。子供はいつも唯一の語の水平な手本の場合、行を重ねて終わりに近づく程ますます下手に、各行毎に新たな言葉の続く垂直な手本の場合よりも下手に書き写すものである。一行毎に喜ぶものと見える。しかもここでも新たなものはその注意力に対する権利を今一度新たにすると見えて、常に最初の言葉が最も上手に書かれる、水平な手本の場合最初の行がそうであるようなものである。反復は、いつも授業の主な追い風であるが、注意力の妨げのばねであって、渦巻きばねではない。なぜなら繰り返して現われる対象に注意するには、それがすでに以前に最初のもっと大きな注意力にふさわしいものであったと気付かれていなければならないからである。

ある重要な違いを知らなければならない。一般に人間的な注意力と天才的な注意力の違いである。

天才的な注意力は、創造することは出来ず、ただそれと気付き、大事に育てて行くことが出来るだけである。子供の注意力には注意を払わなければならない、そして諸君を煌く力で一驚させる天才に、その将来を混乱させて、反対の注意力を、ハイドンに画家の目を、アリストテレスに詩を、要求することのないように、また形成衝動、超越衝動にそのプシュケの代わりに雌猿を与えて生ませることのないようにしなければならない。

この本能的な、その対象を待っている注意力というのは、深遠なトマス・アキナスが青年時代家畜《うすのろ》と呼ばれていたこと、数学者のシュミットが勉学や商売が出来ず三十八年間職人であったこと等の現象を説明する。良い樹は最初は果実の代わりにただの木の枝を伸ばすものである。純銀は割れるとただ黒く見える。後には一層それだけ容易にすばやく仕事がはかどる。知識や才能《タレント》はその天分をただ金の如く深い坑道からやっとのことで運び上げるのに対し、天才はその天分を宝石の如く容易にゆるやかな砂の中から取り出して見せる。

これに対し第二の、普通の人間的な注意力は目覚めさせるというよりも、分割して濃縮するべきである。ぼんやりした子供にも注意力はあるのであって、ただそれは四方八方に広がっているのである。新しい世界にいる子供はそもそもローマのドイツ人、パレスチナの巡礼者である。何にでも向けられた注意力というのはない、球はすべてが見えるものではない。世界が痕跡もなく過ぎ去ってしまうかの受身の注意力に対しては、対象を浮かび上がらせて、つまり対象を謎にして魅力あるものにすれば、注意を喚起できる。子供には永遠に何故かと尋ねることである。教師の問いはその答えよりも耳を惹き付ける。第二には対象をペスタロッチのように分解という拡大鏡を用いて際立たせることである。第三にはまた彼同様にすればいい。スコラ哲学者によれば、神はすべてを創造しているので、すべてを認識するそうであるが、そのように子供を精神的創造に導くことである。しっかりと認識する注意力はそうなるとおのずと生じよう。そしてこれは明示力についての次の節に続く。

第百三十四節

数学が哲学的明察、洞察を養い育て、数学と哲学とは姉妹であるという古くからの偏見は潰えたと思う。何にでも傑出していたライプニッツを除き、偉大な数学者、オイラー、ダランベールは、ニュートンでさえも、哲学者としては弱かった。フランス人は哲学的花冠よりも多くの優れた数学的花冠を輩出している。偉大な算術家、偉大な機械工はしばしば民衆の間に見いだせるけれども、同じような哲学者はそうは行かない。逆にしばしば立派な深い哲学者がいくら努力しても無器用な計算家でしかないということがある。子供達の中でも哲学の授業にはるかに向いているのもいればただ数学の授業しか受けつけないものもいる。これらは経験から知っていることであるが更にカントがその批判で解明し確定している。数学者は量を観照するが、一方哲学者は量につき反省しそれを抽象化する。前者の確信しているのは、外界の確信同様、思弁的結論の仲介されない現在である。彼は何も証明できない、ただ示すことが出来るだけである。量がその観照力を越えると、(最も卑近な計算からして大抵そうであるが、)方法によって単に機械的に証明する。[*1] 哲学にはこのような方法の信頼性に基づく確信というものはなく、いつも理念の洞察によるしかない。マルブランシュは正当にも言った。幾何学者は真理を愛しているのではなく、真理の認識を愛していると(第一巻、第二章)。あるいはこれはもっと明確に言うと、存在ではなく、関係を愛しているのである。哲学はこれに対して存在を究めようとして、それ故自らや数学者自身を、数学者の答えられないもの、内部世界、外部世界、超越世界を眼前に置く。それ故宗教と詩は哲学とは生き生きと広く接しているけれども、死せる幾何学はそうではない。それ故偉大なカントは算術や幾何学は現世の時間と観照の代表であって死後の真理は保証され得ないとしたけれども、理性や道徳性の理念にはこのような可能性はないとしたのである。

*1　2×2＝4は分かるが、しかし319×5011＝1598509はただ方法を忠実に信頼して受け入れるだけである。

第百三十五節

先の節では数学と哲学を区別したけれどもこれはペスタロッチの教育法に対する賞讃を導く手順に他ならない。この法はまさに数と線の平行線の間で子供の魂をまっすぐに伸ばすものである。[*1] 他にどうして精神的形成衝動を刺激出来ようか。感覚を突いたり、殴ったりしては、興奮させたり、鈍磨させたりするけれども、生み出すようにはしない。教えをふり注ぐことは、つまり計算書の合計だけを教えていては、シベリアでゆりかごの幼児に聖餐を与えるようなものである。反省と抽象を教えることは体に毒を与えて腐敗させること、心と信仰を解体して子供らしい心葉、花をむしり取ることである。更に、哲学はただ至高のもの、つまり最も難しいものから始める。数学は最も身近なもの、易しいものから始める。何か残るか。目の形而上学、経験と抽象の境界学問、かの落ち着いた冷静な尺度の計算が残る。これはまだかの知識の三つの巨人、支配者、つまり神、世界、自我を尋ねることはしない。これは種を蒔くたびに目に見える収穫をもたらし、欲望や願望を刺激したり鎮めたりはせず、それでいてどこであろうと、計算問題集同様に、その例題や演習に不足しない。そしてこれは哲学や文学と違って、それぞれの精神や気性が異なるからといって結論まで異なることを案じなくてもいい。これを学ぶのに子供が幼すぎることはない、子供同様最小のものから大きくなって行くのだから。

算数や幾何の諸関係をゆっくりと光を当てて積み重ね、伸ばしてゆくペスタロッチのやり方は、ミロンの子牛[*2]のように、成長してゆく荷で担ぐすべを教えるようなもので、この子牛は感謝の印にアルキメデス(1)に捧げられる犠牲の牛へと育つ。教皇シクストゥス五世が乱暴に言った言葉、算術はロバにも教えられるのではないか、それに何人かの知恵遅れがチェスを上手に学んだというフランスの百科事典の周知の観察、――チェスは数学的なコンビネーションであり、チェス盤は数学的力の試金るつぼ、配膳台となりうるわけである、――こうしたことすべては、ペスタロッチが人生について、プラトンがその講義室について書いたように、ただ算術を修めたものが入るべしと書いていることの正しさを証し、讃えている。

従ってスイス人ペスタロッチの学校が、予言者や詩人、哲学者の学校ではないという非難は、ただ彼に対する賞讃となる。この非難を論駁できたら、かえって悪いだろう。まさに我々の霧に閉ざされた、支えも内実もない、詩作するというよりも夢見がちな、空想的なというよりも空想に耽っている時代に於いては数学の鋭い目測力、堅固なものへの確かな手がかりが必要である。

しかしこれで精神的形成衝動にとって何が為されるのか。子供時代の何か偉大なこと、明示力が開発される。単純な精神活動の光線はすでに幾つかの諸精神力の色彩に屈折されているので、それらにさらに一つを付け加えるのは許されよう。つまりそれは、ただ部分的に捉える想像力とも、産み出してゆく空想力とも異なり、哲学者に対してはその連鎖推理を、数学者に対してはその連鎖計算を、発明家に対してはその計画を手助けし、彼らが日々増大してゆく多くの考え、数字、線、イメージの長い列を並置して思い浮かべ、眺めることが出来るようにする。長い数字方程式をしてもペスタロッチの弟子は創造力の練習をしているのではなく、(これを応用するのは数学では方法の案出者だけである)、明示力、一望する力の練習をしているのである。これはしかし際限なく伸ばすことが出来る。ニュートンならば、この数学の北極星は、ブーフゼー(2)で育ったらどんなになっただろうか。晩年の彼自身が自分に対してそうであったように、時代に理解されずにいたであろう。何人かの者が考えの走行、飛行を秒針で計っているが、ボネは明確な考えの為には二分の一秒、クラーデンは古くからの考えの為にはわずか三刹那《テルツ》〔六十分の三秒〕を要求している、(ハラーの生理学による)、このとき彼らはただ前もって印刷された思考の内的な読み取りだけを計算しているように見える。しかし一体思考に印を付けることが出来ようか。吹き寄せる天のエーテルを波に細分出来ようか。最も豊かな観念、神とか宇宙は、最も貧しい観念、無同様に、時間を越えた稲光ではないのか。

明示力の強化を新たにすることは後年になっても幾多の学問に有益であろう。例えば、はと時計から七分半毎に時鐘を打つ時計、この名人芸の時のエコーに至るまで分解と理解を推し進め、完成するならば、時計から何と長い観念の測鎖という利点を引き出すことが出来よう。それで二つの全く異なった学問から明示力を対立する方向へ緊張させ備えさせることが出来る。天文学、宇宙学によって最大空間の把握へ解剖学によって最小空間の把握へ導ける。究極のものは思いもよらぬ緊張を強いるからで、肉体的にも最小のものは最大のもの同様に、指にも目にも捉えがたいのである。

更に明示力を強めるには、長い哲学的な続きや歴史的な続きをますます短くしていってエピグラムにまで縮め、段々の続きを一閃光、一瞬に変えるようにしたらよい。例えば、「大衆作家は想を練るのではなくて、考えが生ずる毎に書きつけてゆく、それは大抵の国で国王が選ばれるのではなく誕生に従って支配するようなものである」という文をもっと緊密にして、「大衆作家は考えを理性の選挙君主制に従ってではなく、発生の自然王位継承に従って支配させる」としたら、この格言を次のように結べよう。「大衆的頭脳は考えの選挙君主制というよりも世襲君主制である」と。これは教育されるべき多くの少年達の為に言ったことで、教養ある読者にはこのような凝縮は煩わしかろう。

＊1　ペスタロッチについては彼自身の書いたものしか読んでいない。書評家の裁判官達が彼の裁判官達から抜き書きしたわずかなものを除いて。しかしすでに彼の『リーンハルトとゲルトルート』がこの時代の解毒剤調合者を告げている。彼には長くこうであって欲しく、この親方の下に充分職人が集まって欲しい。『見えないロッジ』の第一巻、一八一頁、一八二頁でペスタロッチ以前にすでに哲学に勝る数学の教育上の利点が認識されている〔創土社版、一八七頁〕。

＊2　周知のように運動選手のミロンは成長してゆく子牛を毎日担いで次第に成牛を担げるように鍛えていった。

第四章　機智の涵養

第百三十六節

「人間の体が発達しないうちに、魂を人為的に発達させることはすべて害がある。悟性の哲学的鍛錬、空想の詩人的鍛錬は若い力そのものやその他の力を壊してしまう。ただ機智の発展だけは、人々は子供にはこれをほとんど期待しないけれども、最も害のないものである。軽く、ほんのしばらく努力すれば済むからであり、それに最も有益なものである。新しい観念の歯車装置が次第にすばやく回転するようにし、発案することによって観念に対する愛と支配を授けるからであり、他人の機智、自分の機智が幼い頃には最も輝いて我々を喜ばせるからである。何故我々には発明家は少なくて、その代わりに学者が多いのだろう。学者の頭には不動産ばかりがあって、そこではそれぞれの学問の諸概念はカルトゥジア会修道院のようにクラブ別に封鎖されており、ある学問について書くときその学者は他の学問の領域で知っていることには何も思いをめぐらさない。何故か。子供達に諸観念の操作よりも諸観念を教え込んでいるからであり、子供達は学校ではその尻同様思考を固定させていなくてはならないからであるにすぎない。

シュレーツァー[1]の歴史学に於ける筆法を他の学問でも学ぶべきであろう。小生はグスタフ〔『見えないロッジ』の主人公〕には懸け離れた学問間の類似点に耳を傾け、理解し、そうして自ら発明するようにしむけた。例えば、すべて偉大なもの重要なものはゆっくり動く、それで少しも動かないのはオリエントの君主、ダライ・ラマ、太陽、ウミガニ。賢いギリシア人は（ヴィンケルマンによれば）ゆっくり歩いた、更にゆっくり動くのは時針の歯車、大洋、良い天気のときの雲。あるいは、冬には人間と地球と振り子時計は早く進むようになる。あるいは、秘密にされたのはエホヴァの、オリエントの君主の、ローマの守護神の、名前、巫師《シビュラ》の書、最初の古代キリスト教の聖書、カトリックの聖書、ヴェーダ等々。このことによって何という観念の自在さが子供の頭に生ずるかは、言い難いほどである。勿論混和しようと思っている知識は前もって揃っていなければならない。しかしもう充分である。衒学者は小生を理解し、認めることはないだろう。それよりましな読者はもう沢山と言うだろう」。

これは『見えないロッジ』（第一巻、二〇〇頁等）の若干の諸証明の後に続いて述べられている。

第百三十七節

数学の厳しい不変期間、授業の後では機智のサンキュロットの祝日[1]、遊び時間で解放するのが一番いい。数学が水成論者のようにただ冷たく、ゆっくりと形成するとすれば、機智は火成論者のようにすばやく、熱く形成する。しかし機智の視線も、明示力の長い、一層薄暗くはある諸列の間をさまよって、創造しようとする。形成衝動の最初の子は機智である。算術から機智の電気的芸術品への移行は、リヒテンベルク、ケストナー[2]、ダランベール、それにそもそもフランス人が示しているように、跳躍というよりもついでのステップである。スパルタ人や、カトー、セネカ、タキツス、ベイコン、ヤング、レッシング、リヒテンベルクはいかにして知識の力の充実した、一杯の、湿った雷雲が機智の稲光に炸裂するかの見本である。どの発明も最初はひらめきである。この小躍りする要点から歩いてゆく人生の姿が出来上がる。形成衝動は二重、三重に分化する。機智的観念は生まれたばかりのダイアナのように母親がその双子の兄アポロを生むのを手伝う。

第百三十八節

機智が子供部屋や教室では最初、控えの間や控えのホールでのように反省や空想よりも優先権があることは、どうしてそれを作ったらいいかという手段よりも分かりやすいことであろう。かなりの数の教師が、自分達自身の機智が欠けており、フランス人の語学教師のように、ドイツ語は自分では出来ないのにドイツ人のドイツ語を正す真似は出来ないと口をはさむ。ニーマイヤー[1]はこの為にジェスチャーによる言葉当て遊び、アナグラムを薦めているが、これらはしかし言葉についての反省に役立つだけであろう。更に謎々を、これはましではあるが、しかしどちらかというと感性的な定義に当たる、そして社交遊びを薦めるが、これは人間の物への見立て遊びを除いて、大抵は機智よりも、分別ある仕事の精神を養うことになろう。しかし格言詩や、頓智話し、語呂合わせを薦める人はいないのだろうか。子供達にまず物体的なものに精神的なものとの類似点を見付け出させることから始めて、更に翼が生えて、精神的なものから物体的類似点に至るようになるまでにするのは、やさしいことではないだろうか（『美学入門』第二部、二九六頁以下参照〔第五十節〕）。

著者はかつて友人の十人の子供達に三年間私塾で教えたことがある。異なる年齢、性別の生徒達の中で、最良の生徒もコルネリウス・ネポスしか知らなかった。そこでラテン語の他に、ドイツ語、フランス語、英語が、すべての所謂実学と共に始められた。しかしこの風変わりなバロックの学校の年報は、この学校の休み時間に『見えないロッジ』と『ヘスペルス』が書かれたのだが、一切の間違った教えについての告解も含めてこれから刊行されるべき著者の生涯の年報に入る。これはしかし単に次のことである。毎日五時間の授業の半年後、授業を繰り返すうち、偶然、類似点を捜す機智が求められ、その間子供達は互いに揶揄するというスパルタ人的なことが許され、こうして子供達は学校の他でも、傷つきやすいというドイツ的不作法を克服することになったが、著者はこれを激励し保存する為に記入書を作った。題して『我が生徒の名句選』、この中に著者は生徒の目の前で、ローカルなものでない着想をすべて書き込んだ。若干の例を挙げてその証拠をお見せしよう。十二歳の少年Gは、最も気がきいて、数学的、風刺的資質に恵まれていたが、次のように言った。人間は四つのものから模造される、エコーと影と猿と鏡である。気管と不寛容なスパルタ人と蟻は異物に耐えられず、それを吐き出す。鯨が水中で呼吸するときの気肺は、ラクダが水の無いときに飲む水胃に当たる。ギリシア人がトロイの馬に忍び込んだのは生きた輪廻であった。カエサルは我が国で言うローマの王(2)であって、アウグストゥスが最初のローマの皇帝であった。愚か者に対してはロバと言うべきではない、分別だけが人間並みでないのだからラバ（口先動物）と呼ぶべきであろう。計算が長ったらしくなったら対数の対数を作ったらいい。古代人は、すべての彼らの神々をただ覚える為だけの神を必要とした。女性は男性世襲封土である。水銀《メルクール》は毒である。神話のメルクールも魂を天国と地獄に導いた。等々。その十歳半の幾らか劣る弟Sは言った。神は唯一の永久運動である。ハンガリー人は地中でワインと蜂の巣箱を同時に保管する。フリーメーソンは上部ラインの州同様あらゆる国に散らばっている、僕自身同じように自分の機智で名句集に散りたいものだ。コンスタンチノープルは遠くからはきれいに見えるが近寄って見ると醜く、七つの丘の上にある、金星が遠くからは輝いて見えるが近くではごつごつして険しい山に覆われているようなものだ。等々。その七歳の妹Wは言った。毎晩私たちは卒中に襲われるが、朝には元気になる。窓の露は本当は人間の汗である。世界は神の体である。動悸が早くなると病気になる、動悸がゆっくりとなると、元気になる、そのように早く移る雲は悪天候を意味し、ゆっくり移ると良い天候を意味する。スパルタ人は血を見ないように戦争では赤い服を着た、イタリア人のある者はのみを見ないように黒い服を着る。私の学校は、誰もが話してよいクエーカー派の教会であって欲しい。最も愚かな者が最も着飾る、それで最も愚かな動物、昆虫は最も色鮮やかである。等々。時に何人かの父親や母親で同時に同じ機智を述べる者があった。火花は目にも止まらぬうちに次々に点火する。名句選に載る名誉の財産共同制が主張されたのは正当である。

奴隷制は機智の塩泉をすべて濁し、埋めてしまう。それ故力の無い君主のように検閲や報道規制だけで王座や教職を保っている教師は、子供を解放し気転のきいたものにする為に、散歩を採り入れたらいいと思う。名句選の編者は門下生に（好んでではなかったが）編者自身への揶揄すら許したのである。

機智のこの武器訓練についてある男は、[*1]自身それについて不平を言ういわれはないのに、真理に対する感覚の危険性を心配している。しかしそれならばまだもっと立派なもの、感情に対する、この我々の薄暗く曇ってゆく世界に於ける真理の代理人に対する、あらゆる弁論術による偽造、感情の表現や喚起の術を教え分析する弁論術の危険性をこそ案ずるべきであろう。何の理由があって機智的比喩に真理との乖離なるものを押しつけるのか、真理を単に別なやり方で表現しているだけだというのに、真理をやはり表現していないかのようではないか。ここで機智のオリンピック競技が推奨されているのは他ならぬドイツの子供達であって、この子供達にはすでに北方の性質が神経過敏に対する充分なバランスとなっており、それで一つのドイツの大学ですら優に二人の男性、ケストナーとリヒテンベルクといった強力で痛烈な機智に対するバランスとなる程であり、彼らに学術書評の中で学術的鋒先を向けているのである。

＊1　ゲッティンゲンの学術書評のレヴァーナの論者。

第五章　反省、抽象、自己意識の涵養と行為感覚、世俗感覚についての付録の節

第百三十九節

この最も重要なことについては最も手短かに済ませられる。時間と図書館はこれについては十分にあるからである。人間に外的地上の世界を内部世界への沈下、入坑によって隠し、否定する反省三昧の自己観照は今どの書店で

もその坑内梯子が見つかる。現在の、享楽に千々に乱れた生活も、内部を外部に連結する、燃え上がる偉大な行為目標がなくて、いずれ結末が見えており、誰もが自ら真田虫となって自らのうちに住みたいと思っている。そして万象は気化してはいなくても、ガラス化しており、やっと触糸が当たるたびに痛く我が身を思い出している。今の人間が詩人気質であれば、その人生は容易にある砂漠と化してしまう、そこでは別の砂漠同様湧き立つ大気の中にあらゆる物が揺らめいて同時に巨大に見えるのである。今の人間が全く哲学者気質であれば、観念論的な梯子を、自らを支えに立っているというので、果樹と見做し、無機物の段を生きた枝と、登ることを摘むことと見做している。それ故哲学的世界殺害には現在容易に自殺が続いている。それ故現在以前よりも風癲が多くて詩人が少ない。哲学者と風癲は絶えず左の人さし指で右手のそれを指して叫んでいる。客－主観と。

従っていつも哲学的天分、詩的天分のある者達には自らへ内向する反省は情熱の燃え上がる時期まで延ばすようにして、子供が新鮮な、確固たる濃密な人生を手に入れ保つことが出来るようにしなければならない。ただ卑俗な、活発なだけの素質の子供達は、彼らにとって世間の出城は容易に潰れるものではないので、五年早く言語や論理学、生理学、超越論によってその自我の高い要塞に押しやりそこから自分達の人生を眺めることが出来るようにしてやるといい。内部世界は実業家の治療薬、あるいは解毒剤である。外部世界が哲学者のそれであるように。詩作品は両世界の融合として両者にとってより高次の治療薬である。詩作品によってかの一層健康な反省と抽象が得られ、人間はそれらを基に時代と苦しみを越えて人生のより高次の見解に達する。

第百四十節

ここでついでに実業感覚、世俗感覚の発達について述べさせて頂きたい。これは反省に対して、外部と内部の仲介者である。もっとも融合するというよりは単に混合するだけであるが。この諸感覚に対する感覚(感覚の感覚)、外的現在に対する精神の敏捷な現在性は、英雄に於いて輝かしく完成するものであるが、外的観照と内的観照とか感情と理念といった不釣合いなもろもろを迅速に融合させることによって、同時に把握し、予見し、介入することによって、創造したり、破壊したりする。寓話の双頭の鷲のように一方の頭では見渡しながら、他方の頭では食物を啄ばんで、そのように世智にたけた者は同時に内を見、外を覗かなければならない。内部に晦まされることなく、外部に動ずることなく、一つの立場に立って、この立場の範囲は、彼があちこち動いても、決して変動はしない。

ただこの力の発展にとっては、すでに少年のうちから闘技練習場を設備することは難しい。少年は自分の目前にある唯一の世界、教育を授けている世界と闘うことになるだろう。だから、まだ敵がいてはならないのだから、戦いの教えではなくて、障害に対する操作術を習わせるといい。人間とではなく、事物と戦うこと。教師がこの為に必要な機会を工夫することが望まれる。

第六章　記憶ではなく、想起の育成について

第百四十一節

想起の記憶との違いは教師よりも道学者によって検討されている。記憶は、ただ受け入れるだけで、創造する能力ではなく、あらゆる精神的現象の中で最も肉体的条件に左右されて、体力の衰弱があると何であれ、（直接の衰弱であれ、間接の衰弱であれ、出血であれ、酩酊であれ）記憶は消え、夢を見ると跡切れて、不随意なもの、動物[*1]にも見られるものとして、ただ医者だけが伸ばすことのできるものである。苦い胃薬の方が辞書を暗記することよりも記憶を強める。というのは受け入れることによって記憶力が増すのであれば、年とともに、つまり蓄積された名前が豊かになるにつれて、記憶力は成長する筈であるが、しかし記憶が最も強大な荷を最も上手に確実に担うのはまさに空っぽの何の訓練もしていない年頃であって、それで記憶は先に仕入れたものを少年時代の冬緑（イチヤクソウ）として、白髪の下にもなお運ぶのである。

＊1　換羽期には（動物の虚弱性）うそはその歌を、鷹はその芸を忘れる。それ以前に眠れずに弱ると、その本性を忘れるように。

第百四十二節

これに対して想起は、与えられた記憶の観念から次の観念を機智や空想の場合と同様に自由に目覚めさせ、発明し、発見する創造的力で、動物には見られない恣意であり、むしろ精神の方に従い、それ故その形成とともに成長するのであって、これは教師の領分に属する。従って記憶は鉄であるかもしれないが、想起は水銀でしかない。そしてただ記憶にのみ揺籃は銅版腐蝕鑑として刻み込む。言葉の記憶と事物の記憶という区別は従って間違っている。全紙一枚分のホッテントットの単語を覚えている人には、きっと例えば一巻のカントを頭に収めるのはもっと容易であろう。というのはカントを理解しているならば、それぞれの観念が近い観念を呼び起こすのは一つの単語が全く別の単語を呼び起こすよりも容易だからであり、あるいはカントを理解していないならば、まさにただ哲学的語彙だけを覚えることになって、その語彙で、批判哲学の重要の弟子がこれまで証明してきたのと変わらない程うまくどんな議論、どんな組み合わせにも間に合わせるからである。これに対して事物の記憶は名前の記憶を前提としない。これはしかし、事物の記憶の代わりに想起と言うべきであるからにすぎない。

想起は、すべての精神的力がそうであるように、ただ関連に従って関連の中から創造するが、この関連は音声ではなく、事柄、つまり思考が造るものである。少年に歴史の大型本を読んで聞かせて、それから取り出せる大部の抜粋と、読み上げられたフンボルトのメキシコの単語の紙面からの少ない残り物とを比べるとよい。プラトナー[1]はその人間学で述べている、並列している事物は順次並んでいる事物よりも覚えにくい。思うに動物ならばまさにこの逆の経験をするであろう理由からであろう。記憶は並列、想起は順次に適している、並列ではなく、順次の方が因果的な、あるいは別の関連から創造行為へ刺激するからである。ピタゴラスは彼の弟子達に毎晩一日の出来事をふりかえらせた。単に自己反省の為ばかりではなく、想起力を強める為でもあった。カロフは聖書を暗記していた。バルティウスは九歳でテレンティウスを、スカリジェールのような人は二十一日でホメロスを、サルスティウスはデモステネスを暗記した。等々。しかしこれらは関連のある語から成る本であって辞書ではない。一般ドイツ文庫はそのすべての巻であっても、関連性で想起は活性化して、そのより小さな索引よりも覚えやすい。ダランベールが詩の覚えやすさはその卓抜さの証明であると言うとき、勿論この命題は記憶補助詩や、昔の立法者によって詩の法律の形で与えられた諸法令を考えると新奇さを失い、しかし真理を得ているけれども、想起は、まさに上等の詩句にふさわしい緊密さの増した関連性に基づいているわけである。それ故デリル師[2]は彼の詩を正当にも例えば彼の翻訳された原物よりもましなものと見做していた。詩を書き留めるよりも先に覚えていたからばかりではなく、この為彼は書籍商に後の韻だけの稿本を売って、後に詩の残りを合わせることすらしたが、ミルトンやウェルギリウスは何度読んでも多くを覚えることが出来なかったからである。

　想起の結合力を鍛える為には従って諸君の子供に早い時期から物語、例えば一日の話しとか、他人の話し、メルヘンを繰り返し言わせるといい。それで初期にはからみあいの点でえんえんと長い物語が最良である。更に、すみやかに外国語と同時に想起力を育てたかったら、単語を覚えるのではなく、数回目を通した外国語の章を覚えさせることである。ここでは想起は記憶の手助けをする。言葉は語の組み合わせによって覚えられる。最良の辞書は愛読書である。

　唯一つの事柄は多くの関連し合っている事柄を一度に思い出すよりも思い出し難い。いつも一定期間もっぱら一つの学問の分野に没頭したレッシングの例は、ロックの言がその正しさを証している。学術の技はただ一つのことだけを長くやることだと。その理由は想起の体系的な精神にある。想起の土壌ではもちろん一つの学問がその根を一層かたくからみ付かせるからである。それ故一つの学的枝から他の枝へ飛び移ることほど想起力を萎えさせるものはない。幾つもの見知らぬ官職に就くことによって男達が忘れっぽくなるようなものである。唯一つの学問を一カ月間子供に間断なく与えたら、何と一年後には十二もの学問の成長が見られるのではないか。ただ一つのことを学ぶ厭わしさはじきに進歩の享受に吸収されるであろう。ますます根本的にそして浩瀚になってゆく学問は自分自身の土壌に多彩な花を咲かせるであろう。少なくとも本の基礎は（ほとんど冗語法であるが）どの学問に於いても他の学問の始まりとは混じり合わせずに[*1]しばらく教授され確立されて、しかるのちに新たな学問が基礎付けられ、先の学問はただ代わりに繰り返され、継続されて、やっと足場を除いても建物として立つようにして、それらが連なって一路地を形成するという具合にもってゆくべきである。ただ個別のものだけを理解する幼少の時期ではなく、比較できる後年の時期に、同時にいろいろの学問を行なうことはふさわしく役立つからである。

間違って土地ノ記憶と呼ばれている、土地との関連による想起は、所謂記憶術の活動の場であって、森で見つかった子供や未開人が関連のない状況に飛び移されると想起力を失うことから分かるように、関連性の必要を証している。旅行はそれ故まさに土地の想起を弱める。牢獄は土地ノ記憶であるとあるフランス人は言った。そして何人かが、例えばバッソンピエール[3]が、その中で回想録をただの脳髄の壁に書き留めたのである。

＊1　機械的な筆記ですら一カ月間はゆっくり書く練習が、早く書くことに中断されることなく続けられることが望ましい。一層確かなものに訓練された筆跡が後の速記のゆがみに抗するようにする為である。

第百四十三節

しかし記憶にもある精神的な護符が、つまり対象の魅力というものがある。ある夫人はその学者の夫が流行服の名前を覚えられないように、本の題名を覚えられない。ある年取った、すでに物忘れしやすい言語学者はそれでも自分の語彙の追加となる耳新しい語は聞き逃さない。従って何でも記憶できる人間はいない、何にでも興味を抱くことはできないからである。記憶を強める魅力の影響に対しても、子供の場合これを考慮しなければならないが、肉体の限界というものがある。ヘブライ語の百万の手形証書を、暗記するという条件で振り出すようプレゼントされたら誰でも覚えようとするだろうが、ユダヤ人でないと、その為の額と腕に置く祈禱覚書[1]が欠けることになる。

大人がシュヴァーバッハ文字やドイツ文字で記憶の為の配慮をなすならば、子供もそのようなことを要求していいと思う。教師はしかし絶えず覚えるように要求して、本のすべてを（あるいは授業時間を）シュヴァーバッハ文字やドイツ文字で印刷しながら、疑問を呈している。「こんなことがあろうか。別な活字、大きな活字で記された事を見逃すことがあろうか」と。沢山覚えるように命じたら、何かを忘れるのを許さなければならない。

類似点は、想起の櫂であるが、記憶の岩礁である。類似の諸対象の中では一つの対象だけが新奇さ、第一子の魅力を主張できる。それで例えば似た単語の正書法、予感する（ahnen）と罰する（ahnden）、描く（malen）とうすにかける（mahlen）、これ（das）と何々ということ（daß）、教壇（katheder）と導尿管（katheter）は、（最後の二つは時に対になっているけれども）、違った単語よりも覚えにくい。それで大人で、家に居てかつそのわずか二週間の反芻される日常生活を覚えていて語ることのできる者は少ない。日々のエコーの繰り返しで、寿命が延びた分、話す事は縮む。四十代、五十代は四歳の時、五歳の時の話しの章の一つの注に収縮する。永遠も結局は一瞬間よりも短くなるかもしれない。

子供達に文字の読み書きをより簡単に教えようと思って、文字を親戚の系図上に識別困難命題に従って（これは本来識別可能命題と呼ぶべきものであるが）紹介しているのは、それだけに一層理解しがたいことである。それで例えばドイツ語ではi、r、y、ö、e等を、ラテン語ではi、y、x、c、eを、あるいは筆記体では*i*、*r*、*x*等を並べている。逆gの横にiを、zの横にv、rの横にoを配するべきである。コントラストは光と投影のように互いを浮かび上がらせる。そして照り返しと半影が再び互いを新たに区別する。明白な差異は結局はその周りの類似をも確定する。それ故単語をアルファベットに従って覚えさせようとする何人かの昔の教師の教え方は、類似の音を区別しがたいので同意できない。逆に周知のように幾つかの古いギリシア語、ヘブライ語の辞書に見られる一つの基幹語から派生している親族表は、語根語は変化せず、ただ枝分かれするだけなので、覚えるのに役立つ。授業、つまり記憶術がレヴァーナに必要ならば、次のような遊戯的技を提案しよう。例えば語彙の富くじを毎日引かせること、誰もが自分の引いた言葉ばかりでなく他人の引いたものも覚えるだろう。毎日外国の言葉を生徒に合言葉として、教師への朝の挨拶として支給することが出来よう。簡易印刷や、あるいは単に描かれた字体によっても、生徒に短い文をラテン語や翻訳ドイツ文で植字させることが出来よう。同じ言葉をあるときは極小の真珠文字[2]で、またあるときはドイツ文字で書くよう命ずることが出来よう。殊に年号のとき、そもそもこうした技はすべて他の語彙よりも年号に一層必要なのであるが、母音を省いて子音だけで書かれたものを渡したらよかろう、必要な母音を思い出すと全部の行が浮かんでくるからである。古い地図を町や河の部分に寸断して、それらを家に持ち帰らせて、再び積み木の要領できちんと並べてくるように要求することが出来よう。以下等々。というのは教師たる者このような技は数百思いつかなければ、失格だろうからである。小生はしかし、小生によって提案された注意力のどのような狩猟術、助勢術であれ、一つも選ばず、さっそくぶっきらぼうな一撃、精励を選ぶであろう。

這っている子供を歩かせるには、腋の下に二本の松葉杖をもたせて、最初はそれに運んでもらい、長じては自らがそれを運ぶようになるよりも一つの笞の方がまことましであろう。「そうそう」と「だめだめ」、あるいは励ましと憤激、これが子供に対する諸君の対のスローガンであるべきである。

第百四十四節

文法家のアルテミドールスは驚いたのですべてを忘れた。恐怖は、驚きですら、肉体的には虚弱症として、精神的には優先刺激として記憶を萎えさせる。冷たい恐怖の氷は、流れ込もうとするすべての躍動するものに対して身を閉ざす。犯罪者でさえ尋問されたり陳述したりするときには縄が解かれるのである。にもかかわらず多くの教師は新たな縄を巻いて聴講させ、教える前に脅して、この狼狽した心が、不安と棍棒の傷よりも何かましなことに気付き、覚えると思っている。精神的視線の自由な視察は心が混乱して隷属しているとき可能であろうか。処刑台の上では哀れな罪人は周りの風景に見惚れて、それで隠されていた刀に気付かないであろうか。

第八断編

美的感覚の養成

第一章

第百四十五節

小生は趣味〔味覚〕の代わりに感覚という。例えば崇高なものに対する趣味は崇高なものに対する嗅覚同様響きが良くない。比較的ましな趣味の教義の一つを当世のフランス人達が『美食家の年鑑』(1)というタイトルで出している。更に言えば、美に対する感覚は美の形成衝動ではない。形成衝動の発達と強化は芸術的才能のある者に対する芸術学校の領分である。諸君の少年が、美を追感し、鑑賞する代わりに、このような才をすでに学童時代に産み出すように教えられたら、恋人よりも先に父親となって、娘たちを愛人に贈る役を演ずるようなもので、少年はだめになってしまう。芸術と心にとって感情を余りに早く表現することほど危険なものはない。多くの天才的詩人がヒッポクレーネー(2)から早期に甘い水を飲んだ為に熱い生の最中に致命的に凍えてしまっている。まさしく詩人にとってはどんな感情も、心葉に対してと同様、冷たく覆いがかけられるべきで、極めてそっけない冷徹な学問が、今にも咲かんとする蕾の勢いをうまく暖かい本当の季節にまで引き留めるのである。ポープは少年時代多感な詩を作った、が大人としては格言詩を創ったにすぎない。立派な頭脳はいずれも青年時代一度は詩を作った筈であると言われる。例えばライプニッツ、カント等。これが年取ってから詩を作らない者に対して言える。哲学者、数学者、政治家は、詩人が終えるところのもので始めるがいい。そしてその逆が言える。詩人が人間の内なる秘密、最も聖なるもの、繊細なものを語る唯一のものであるならば、詩人はそれを大事に、聖処女マリアのように、聖霊が彼女に息子を告知するまで、どんな大工からも守り、見張らなければならない。詩人はまず、写す前にそのモデルにまで成長するべきである。美しい百合鳥蝶のように最初は学校の葉を食べて生き成長してから花の蜜を吸って欲しい。

第百四十六節

子供は、女性同様衒学者には愛想が良くて、例えば少年に美しい少女に対する目利きのセンスを養おうとして、見るに耐えない鼻や唇、首等の線描を見せる一方、極上のそれの別の線描もそれに色彩を施して見せ、このスケッチ学校を卒業したら、全然これを学ばなかった抜け作同様に的確に美しい少女に恋することが出来るよう試みるとしても、それを全く滑稽なこととは見做さないであろう。

これと似たようなことを崇高なものに対する感覚を教育しようとする教育者達は行なっている。提示された崇高さというものはこの感覚を強めはせず、鈍化させる。世界を回る帆船員は海を、海辺で眺めているその妻ほどには崇高なものとは思わない。天文学者はつまるところ星を肉眼で我々よりも小さく見ている。

人間は従って（自分は除いて）おのずと備わるものをすべて教えたがるものである。これが最も好まれるのは、成功が間違いなく得られるからで、例えば歩行、見方、味わい方等である。ただ芸術的美の感覚に対しては、これにはまさに学校が必要であるが、めったに建てられない。

外的感覚による美、絵画、音楽、建築といった芸術の領域には子供を、内的感覚による美の領域、詩文の世界よりも早く連れて行くべきである。とりわけ、ドイツ人の耳に対して遅れをとっているドイツ人の目を教育しなければいけない。醜い表情や、スケッチ、それに付け加えるならば、路地を見せないようにして、我々の家や衣装、趣味の悪い飾りといったグロテスクな支配を出来れば打ち破り、それ自体美しい年頃を再び美的な花で囲みたいものである。審美眼の優れたイタリア人の例は審美眼にとっては芸術家の腕は全く必要ではないと証明している。自然の輝かしい美に対してはまず子供の目を感情より先に開くべきである。感情はきっと時機を得て開き、教えたよりも多くの美に対して更に開くようになる。残念ながらここでは一人では余り為すことはない。ただ国家だけが、国家はしかしその木材を芸術の豪華揺籃よりは豪華棺台に使いたがるものであるが、路地や聖堂や庭園が施すことになる目の正しい教育を最もよく受け持つことができる。『遍歴画家』の雄渾な著者(1)の芸術学校という自由で高貴な計画がじきに、王室財宝で芸術のより気高い帝位王笏を購っても高すぎはしないと思うような侯爵の手に渡って欲しいものである。王冠と芸術はそもそも太陽と金星のように、弾丸が十七年してやっと達するという距離に離れているのだろうか。*1

ちなみにすでに先の節で、提案した芸術学校には詩人はすべて除くことを述べた。大きな詩人達の鳥籠とかただ詩作の為に集められた生徒達のアポロの広間は、せいぜい詩と詩人についての詩を作ることが出来るだけで、ただの偽善的な模倣詩人を生むだけであろう。これは技術的なものを得ても、この技術的なものの修得は造形芸術にとってのみ学校をより切実に必要とするのであるが、償えないほどの損失である。詩人はまさしくセルバンテスやシェークスピアのように散文的諸関係の生活をくぐりぬけ格闘していなければならない。しかる後に絵の具をとって、それで色彩を模写するのではなく、自分の内部を外部へ描かなくてはならない。ただ詩と関わることが詩人から遠ざかるよりも詩人に近づくことになるとしたら、昔から役者が最良の劇を書き上げたに違いない。

耳の為の芸術学校は教師や模範、熱意の欠如よりもその過剰がむしろ心配である。ことに模範が互いに、自分は調子外れになってさえ、凌駕しようと思っているからである。幸い単純な趣味が聴覚界から奪われ、ひどいことになることは、視覚界、読書界と比べて少ない。過敏な耳の下にはいつも心が控えていてごく単純なメロディーに心を開く。ただ技倆家《ヴィルトゥオーゾ》だけが自家中毒家である。

＊1　時代は残念ながらこの質問の肯定を強いている。芸術学校はまだ美の彼岸的領域にある。その建築士も、寛大な人間、敬虔な人

間、豊かな詩人もそれに続いている。

第百四十七節

(正当にも)文学は全人間の総合、御しがたい力を魅力的にまとめるヴィーナスの帯と説明され、形式から素材、素材から形式への最も快活な相互転換、ろうそくに似て、その炎は形をとるけれどもこの形を通じてその素材、芯を見せるものと言われてきたのであれば、このような多様性の中の統一性の研究が、まだ多様なものが余り見られず、それをまとめる力が弱いか間違っている幼い時期に置かれているのは、不思議なことである。子供も民族の場合と異なろうか。欲求が無風状態になってはじめて美の太陽は昇ったのである。詩文は、魂の花嫁の飾りとして、成人した魂と花嫁を要求していないだろうか。十三歳、十四歳以前には、つまり男性としての蕾がふくらんでくる以前には、この時期になってようやく太陽や月、春や性、文学がロマンチックな輝きを帯びて昇るけれども、子供にとって詩文の花は干涸びた薬草で、早まって教える間違いが生ずるのは、文学の精神を全体に置かず、響きや、比喩、着想、情感といった個々のきらきらした刺激に置いて、こうしたものに対して生来すでに開かれている子供の耳を仮定するという美学上の錯乱があるからにすぎない。勿論大人になる前にすでに子供に馴染ませて良いものもある。韻律や詩である。韻律はどんなに野蛮な耳であれ、幼い耳であれ喜ばせる。更に散文の調べにも気を配ったら良かろう。それには『ウゾング』に於けるハラー[1]の強弱弱格、次にはシラーのそれ、それからシュパルディング[2]のそれを手本にするといい。ゲレルト、ハーゲドルン等の歌謡も幼い心の琴線に触れるだろう。教訓詩は円い光環、月の暈としていいものである。干し草作りの歌、馬鈴薯取りの歌、民謡、フリーメーソンの歌は合っている。童話、特に東洋の童話、千夜一夜物語(これは男達や子供にとってロマンチックな最も短い夏至祭の夜である)、これらは文学的にまどろんでいる心をほのかに刺激して、後年逞しくなって、抒情的な頌詩の高み、広大な叙事詩の拡がり、悲劇的な緊密さを理解する程までにしてくれるであろう。

そこで時が来て成熟した男性、女性の火、このはかない生の喜びの炎が燃え上がり、すべての力が統合と未来を求めたとき、そのとき詩人が登場して、死体を甦らせ、野獣を手懐けるオルペウスとなるがいい。しかしどの詩人を教育者は教えたらいいか。

第百四十八節

我々の詩人をである。ギリシア人でもなくローマ人でもなく、ヘブライ人でもインド人でも、フランス人でもない、ドイツ人である。イギリス人は他の誰でもなく、イギリス人を選ぶべきで、そのようにどの民族もそうすべきである。暗黒の時代の貧しさからのみ、その影の国、仮死体はギリシア人やローマ人の神通力で息を吹き返したのであるが、自国の親しい若々しい美に基づいて他国の古い美に対する感覚を溯って養い、熟させてゆく代わりに、それを逆にして、母国でよりも他国で早く教育を受けさせ、上から下へ仕えさせるという今なお見られる不合理が理解される。ある文芸作品のあらゆる陰影をすみやかに把握し一望すること、その素材に対するみずみずしい感受性、涯しない予感、奔放な諧謔、こうしたことは自分の同国人の作品を眺め読む者に限られるのであって、何処かの珍しい外国人のを読む者には出来ない。祖国の現実が詩人の彩色の一助となるのであれば、それは読者が読むときの一助にもなる。祖国の現実は、恋人としてラファエロを、そして彼に描かれた聖母マリアとしてローマ人を同時に喜ばせるローマの女性のようなものである。北方ではすべての美を、そして希望を、花瓶や壷のように墓から取ってこなくてはいけないのだろうか。

しかし話しが花瓶等ということであれば、つまり目の（耳はそれ程までには言えないが）芸術家的教育となれば、そうするのはもっともである。目には最も美しいものがまず与えられるべきで、従って中国人でさえギリシアのヴィーナスが望ましい。妊婦同様将来を孕んだ子供の魂には畸形や不協和音は遠ざけられるべきである。しかし内的感覚の教育となると、まず手近なものが与えられなければならない。外的感覚は（モード誌がすべて証しているように）奇怪なものに容易にそして深く堕ちてゆきやすい。これは時を経るに従ってそうなりやすく、一方内的感覚は子供っぽい美から内的美へと次第に発達してゆく。ラファエロとグルックで始め給え、しかしソフォクレスで始めてはいけない。

しかしそうなると自宅と教室ではまず自国の詩人に家の神、祖国の神として祭壇が築かれるべきである。比較的小さな神々から年端のゆかない子供はより大きな神々へ登ってゆくとよい。近しい者の口吻に子供のときから親しんでいると何という祖国愛が燃え上がることであろう。ドイツ人は緯度、時代、言語の点で遠く隔たっていないものはすべて早く読み飛ばすので、例えばクロプシュトックの頌詩がホラティウスのそれのように繊細に幅広く分析されることになったら、何と素敵なゆっくりとした読者の習慣が身につくことになるだろう。教師がいつもはピンダロスやアリストファネスの詩を論ずる時代に、早速クロプシュトックやフォスの奏楽堂《オディオン》、ゲーテの古代神殿、シラーの言語円蓋へ案内したら、何と雄渾な自国の言語が形成されることだろう。まさに自国語の場合、感銘を与えるには、お手本の文でなければならないからである。それ故昔の（いやその後も）人文主義者は最良のラテン語を書き、昔の、いや今の社交家は最良のフランス語を書いてきたが、しかし両団体とも見るにしのびないドイツ語しか書かなかった。ライプニッツと校長達はかしこで、フリードリヒ二世はこちらで小生の為に話している。

第二章　古典の涵養

第百四十九節

簡潔さの為にこの章を始めるに当たって、この章の前に『見えないロッジ』第一巻、一九〇頁等の号外、「何故グスタフに機智と堕落した作家を薦め、古典作家を、つまりギリシアとローマの作家を禁ずるのか」を読んで頂くようお願いして、清書や復刻ばかりでなく、同じ考えや精神を第二の体に送り込むという邪悪な試みをもしないで済むよう御配慮頂きたい。かの論文に対してはまだ何の論駁も見られない。従って論駁に全く値しないのか、あるいは単に論駁できないのかの疑念が残っている。小生自身二十年という期間の間（それ程前に出たままである）自分を論駁できなかったので尚更そうである。

第二版か三版には更に次のようなことを追加挿入したらいいだろう。

疑問を呈するが、モペルテュイ(1)が築くよう提案したラテン語の町、それはしかしグロノウィウス河岸、マヌティウス河岸、スキオピウス河岸等を備えて夙に存在していたのであるが、その町から、ホラティウスの説教を説明したヴィーラント、ホメロスを翻訳したフォス、プラトンの対話を序言を付けて翻訳したシュライエルマッハーといったような男達が輩出しただろうか。ただセンス、力、教養のある男達だけが語学の勉強よりも更に高く、多く研鑽を積むことによって、ただゲーテ、ヘルダーといった日曜日の子供だけが、古代の精神を捉えたのである。月曜日の子供はその代わりに語彙や詞華集に目を留めてきた。十四歳や十六歳の未青年が、力のある子供でさえ、この子供自身天分は青年時代の波瀾を経て何年もしてから純粋な古代人の高みへ導くのであるから、プラトンの対話篇に見られるような詩と洞察の調和、ホラティウスの説教のような世慣れた嘲弄を理解できるであろうと考えるなんて馬鹿げていないだろうか。自分自身めったに出来ないことを何故教師は求めるのか。教師やイタリアの人文主義者自身がヘルクラネウム[2]での八百の写本を一つずつひろげる際のあの冷淡さを、また新ギリシア語、例えばワイマルにある古代、ゲーテの悲歌を捉えそこなって後に批判する際のあの愚鈍さ、更には多くの平板な作品、窪んだ著作に若干のドイツ的退屈さとフランス的形式[*1]の点でギリシアとの類似を大いに讃えながら、それよりも純粋な力強い作品、例えばヘルダーのにはそれを拒むというあの無数の誤謬を教師方には思い出して頂きたい。比較的ませた大学生の若者が当地の彗星、ほうき星、流星に対して見せる偏愛は、ギムナジウム時代の古代の星観察が本来いかなるものであったか如実に示していないだろうか。他のすべてが別様であるとしても、文法的な解析が、医学上のヴィーナスのように十三の断片と三十の破片に解体したら、繊細な解析しがたい美の形象を享受できるであろうか。ここで若者が全体と花の女神を享受することと喜んで混同していることを言えば、語学練習の砂漠での次善の花の享受である。普通の教師がまた花の女神をその砂浴と取り違えている。こうした間違いの為、少年の身づくろいの際、成句の宝石箱を贈ってくれるに違いない古代人の研究の成果は、イタリア人にその奇想をイギリス人にその形容詞のパッド、ドイツ人にそのてんでに見いだす趣味をもたらす始末である。それで新しい時代は、カエサル[3]によってポンペイウスの騎士が蒙ったように、美を傷つけられて征服される。

＊1　例えば多くのヴィーラント風なものに対して。そこでは大抵舞台や月の名前の他には何らギリシア的なものはない。

にもかかわらず古代は北方の夕方に懸る宵の明星、明けの明星であるべきである。しかしそれが全き明かりを見せるか四分の一の明かりを見せるかは美の星に対する我々の姿勢次第である。古代の言葉は何か別なものである。その歴史の精神、素材は何か第二のものである。その形式の精神、詩は何か第三のものである。フォスは古代人の助言を薦める最近の文の中で、観点よりも心情のさえを見せてこの三つの単位を交互に混ぜ、交互に個別化して、呈示し、抜け目ない成功を収めている。

古代の言葉、その響きの美しさを修得するのにどんなに急いでもそれを案ずることはない。しかし何故この精神の規範的な文書をたどり読みの教材に貶めるのか。精神は、子供の精神は特に、言葉と素材、それも詩人の素材が要求するような対立し合った方向に同時に身を向けることは出来ないということに思いいたらないのか。エスマルヒの事項事典を満載したスペキウス文法書[1]でさえ個別の虚しい口まねを生むだけであろう。将来必要な新奇さの魅力が失われるという欠点が見られるだけである。さしあたりこの書に対しては更に、長い歴史的地理的に意味のある外国語の単語の羅列は少年に本来の文法的知識の修得を困難にすると付け加えておこう。そもそも事実はある語選定の裏箔に身を沈めるべきではない。ことに個別のもの、ばらばらのものはすべて不消化なものとして思い出されないからである。これに対して事実が優勢であると、単語や名前が沈む。それ故小生がしばしば気付いて述べたことであるが、少年や聞き手の子供は古代ギリシア、ローマの歴史の英雄の名前を、この歴史が一層激しく感動的に彼らの心に映し出されるにつれ、更に容易に忘れ去ってしまうのである。それで長編小説の場合描写と主人公の魅力で若い婦人が読了しながらどの頁にも載っている主人公や女主人公の名前を知らないということが時に起こる。両主人公の生活に心奪われて名前を忘れるわけで、これは（レッシング[2]によれば）ギリシア人が劇をそれに全く登場しない大物の名前で呼んだようなものである。

どのローマ人、ギリシア人の作品が語学教師の役に立つであろうか。最初に習うか、習うことのできる模倣した作品、ゲディケの教科書のようなもの、それを学ばせて聾唖の精神ではなく、耳と舌の整った精神をいつか古代人の神託の前に案内すること、それに古代人の作品そのもので、時代感覚、青年の感覚に合ったもの、例えば小プリニウス（フランス人以前の書簡作家として）大プリニウスでさえも（少なくとも毒と世俗と世才の充満したタキツスよりはいい）それにルカーヌス、セネカ、オウィディウス、マルティアーリス、クインティリアヌス、キケロの青年時代の演説等々である。ギリシア語ではただロマンチックなオデュッセイアなどを、分量はあるけれども、初期に学ばせたらよかろう、それからはプルタークとアエリアヌス、それに哲学者列伝のディオゲネス・ラエルティウスをも挙げておく。鉄の時代、青銅の時代は、その金属に似て、まず平地にあるべきで、後により高貴な金属が天翔けるのである。要するに力がつくように、美人を見ることを競技者に禁じたギリシアの掟が守られなければならない。

神の町の要塞は古代人によって、彼ら自身の歴史によってどの時代にも役立つよう築かれている。今の人間は、青年時代に前もって偉大な古代の時代と人間との静かな神殿を通って、後年の生の年の市への通路を知っておかねば、深い淵に落ちてしまうであろう。ソクラテス、カトー、エパミノンダス等の名前は意志の力のピラミッドである。ローマ、アテネ、スパルタは巨人ゲリュオン(3)の三つの至高の町で、人類の青年時代には、さながら人類の源初の山並みに対するように、後世の者は目を向けなければいけない。古代人を知らないのは、太陽が昇るのを見ず、沈むのだけを見る蜻蛉のような存在だということである。この古代神殿が使い古された慣習やきまり文句の古道具屋として姿を現わすことのないよう、そして聖遺物が崇拝される代わりにただ加工されて、ムルテンの納骨堂(4)の兵士の骨がナイフの柄とかそれに類したものに磨かれるといったことにならないよう願いたい。古代人の歴史はただ成人男子が古代人から直接学べば良い。この成人男子から間接に少年は学ぶといい。ただ一人の古代人は例外である。それはプルタークで、その記述から少年は自ら気高い過去の感激のヤシ酒を受け取ることである。しかし学校教師は純粋なギリシア語を好んで、古代歴史上の心の純化の方を犠牲にする。それで貴重な、文飾の少なくて連結推理の多い、そして〈そして〉の多いデモステネスは美辞麗句の多いキケロの犠牲になっている。

こうしてはじめて教養と年齢が熟して、大学で比較的やさしい古典作家、例えばキケロ、ウェルギリウス、リビウス、ヘロドトス、アナクレオン、ティルテウス、エウリピデスから始めて、最後に難しい、最も難しい作家、ホラティウス、カエサル、ルクレティウス、ソフォクレス、プラトン、アリストファネスに進むことが出来よう。ここでは勿論校長方が理解の困難さを精神の一層の高度さよりも成句に置くその基準となっているあの忌まわしい無秩序の位階は無視されている。それで同じようにフランスの高等学校では例えばゲーテは四、五年生で、シラーは六、七年生で、ハラーは八、九年生で読まれ、小生は誰からも読まれていないのである。小生はウェルギリウスをやさしい作家と呼び、カエサルを難しい作家と呼ぶ。ホラティウスの頌詩はやさしく彼の風刺は難しい。クロプシュトックはゲーテよりもしばしばやさしい。語義上の難しさは勤勉さと教えによって片がつくけれども、内容上の難しさは年を積んで精神が熟する他ない。

所謂専門知識、パンの為の学問の時間はどのように確保したらいいのか、世紀を経るに従って学ぶ題材が増え、軍隊と同じく、後衛ほど最も急いで進軍しなければならないのだからと問われたら安んじて答えよう。物理学、博物学、天文学、幾何学等、そして大多数のパンの為の学問に高等学校での聴講席、教授席を与えるように、そうして少年達に、古代の優美女神《グラティア》のヴェールとなっているミイラの包帯をほどくときよりも十倍も多い喜びを感じさせ、かくて将来分かれる詩神の息子達と労働の息子達に共通の養分を与えるようにと。すると大学は大きな師、古代人の為に取って置かれることになろう。

第九小断編
あるいは
要石

第百五十一節

教育論は、教授法、その広大な領域はすべての学問、芸術の分野を含むが、それを含んでいないし、また間違いや年齢、素質、状況の諸組み合わせの為に小巻の代わりに大部の巻を必要とする治療法も含んでいない。しかし学問が他の学問の刺激なしに動けることは全くない、足が手なしには動けないようなものである。

第百五十二節

ラーヴァーター(1)は順次二十四の顔を描いて蛙の顔からアポロンの顔に達するようにした。同じように誰かが文芸作品でどこか狂った腕白少年がまともな人間性の系列に戻る様を描いて欲しいものである。クセノフォンやルソーのようにただ神の申し子を学校に引き受けることをしないで。いやいくつかの間違った治療の教育例を同じ模型少年で示すことだって出来よう。これは有益なことであろうが、また難しい。人間性に対する間違った骨折治療を受けた腕がなんとしばしば、正しく接合する為に、再び折られることか。

第百五十三節

本当の教育の成果は、このことを唯一人の王子の教育に当たるロマンチックな教育者も考えて頂きたいが、一人の子供で明らかになるのではなく、ただ何人かの根のからみ合った数の子供で明らかになる筈のものである。立法者はただ多数を通じて多数に働きかける。モーゼはただ一人のユダヤ人を教育しない。しかしまさにこのユダヤの民は、海草が世界の海のあらゆる地域でそうであるように、時代の海のあらゆる地域で変わらず栄え、モーゼの色素を、肉体上の色素は黒いアフリカでは消えても、保ってきたのであるが、それだけに一層教育の力の証人となっている。モーゼの民衆の教育こそは世界に散ってもただ私的な教育でこの民をまとめてきているのである。これは現在のすべての父親に、自分の子供達を送らねばならぬ未来に対してそれがどのように敵意あるものであれ勇気を与えてくれるものであろう。

第百五十四節

この勇気は周知の対立現象、つまり子供達はさながら子供部屋と教室の特定風土の植物であるかのように、他人の部屋、旅の馬車、戸外、真夜中等ではほとんど見分けがつかない別者となる現象によって挫かれてはならない。「植木鉢の果実だった」とそう善良な激した父親は言う。「これまでの甲斐も希望もなくなった」と。しかしこの激した男が腰をおろして、自分自身が同じように近隣の特定風土の植物で、しばしば土地や状況が異なると突然別者になったこと、しかしそれでも自分の力がほんの一時休んだだけであったことを考えるならば、子供は父親より感受性が強く、弱々しく、経験がないのだから、当然新たな現在ごとにそれに屈伏して従わざるを得ない筈と同じことを子供には一層強く当てはめることによって得心が行こう。

第百五十五節

ある場合には子供にどんなにくだくだしく話してもかまわない、また別の場合にはどんなに短くてもかまわない。冗漫さが必要なのは物語のとき、熱情を冷ますとき、ときにこれから述べる話しの重大さのシグナルとしてである。最短が必要なのは練習に理性的命題を対置するとき、そして禁止するとき、更にはどうしても処罰しなければならなくなったときで、この処罰の後では波が治まったらまた充分におしゃべりが始まることである。

第百五十六節

正しい方針に率直に従って、少年を、殊に向学心に富んだ少年を、最初の五年間、何も強制的に勉強させず、ただの自己学習にまかせて、精神的に放任し、肉体が将来の精神的宝の担い手となるよう鍛えたならば、その少年がはじめて学校の授業に出席したときの数カ月続くかもしれない苦難は覚悟しておかなければならない。つまりこれまでいつも内面と内的自己学習に目を向けていた少年は外からの教えには馴染まず、他所の光を散乱させる凹レンズのように受け入れるのである。しかしじきにこの光は凸レンズによって集められ凝縮されるようになる。

またしても授業に、これはそもそも長じてからは教育ということと重なる点が多くなっていくけれども、筆が及んでしまうので、それでこの脱線は脱線を続けることによって補うことが最も望ましく、小生の知り合いの立派な思いやりと知識と機智に溢れたある教育者[*1]の原則を紹介することにするが、それは生まれてから五年後に少年を送り込む知育の小学校としては（毎日ほんの数時間であるけれども）三つのクラス、ラテン語、数学、歴史のクラスから成る小学校に如くはないというものである。実際学問のこの三賢人は内面を教養の三和音に合わせるものである。第一に、ラテン語はその短さとドイツ語との鋭い対照形により子供の精神に論理学、つまり哲学入門の訓練をなす。語の短さは思考を広くする。第二に幾何学は感覚的観照と知的観照の媒介者として、感覚的世界に対する別の、哲学とは懸け離れた、しかし充分に検討されてはいない力を刺激し育ててゆく。この力は算術に於いて外的空間や内的時間の分析（化学）によって、感覚世界を思考力の世界にもたらす。第三に歴史は実に一つの宗教としてすべての教義、諸力を結婚させる。つまり古代史、即ち青春の民の歴史、とりわけギリシア、ローマ、初期ユダヤ、初期キリスト教徒の歴史がそうである。叙事詩や長編小説があらゆる知識の遊泳する乗り物となるように、それらの母である歴史は、更に容易にどのような倫理的宗教的見解であれその確固たる説教壇になりやすい。どのような倫理学であれ、道徳神学、道徳哲学であれ、決疑論であれ、皆古代史を繙けばその翼兵ばかりでなくその翼の精神も見つかる。若者の心は気高く若々しい過去を手本に生きる、そしてこの行為する詩作を通じて目の前で数時間の授業で埋もれていた数世紀が再び蘇る。悪魔は、歴史的距離を置いてみると、目前の悪魔ほど憤激させないし、誘惑することは更に少ない。天使の方は逆にこの距離でくすんだところが無くなり、一層強く輝きかつ燃え上がるようになる。天使は過去にふさわしい何事を将来為すべきか教えてくれる。歴史は、それを悪魔の伝記に為したくないのであれば、第三の聖書である。自然という本が第二の聖書であるからで、ただ古い歴史のみが新しい歴史を回心させる。

『レヴァーナ』の父は、この名前は女神の場合女神の崇拝者の名前と代えるのが一層謙虚であるけれども、冗談は余り述べないという序言の約束を、（今ならふり返っていいだろう）三小巻にわたって守ってきた。実を言うと二つの風刺文の為のきっかけというよりもスペースが無くて、これは別の本で述べる予定である。それは二つともただ受難、子供の受難と教師の受難に矛先を向けたもので、ここではただその真面目な抜粋を述べるにとどめたい。

まず子供の受難（折檻権、子供のテレジアナ刑法、カロリナ刑法）に関しては、自然はこの点我々に先んじていて、笑わせるよりも先に泣かせている。蜜の上に置かれるのは人間ではなく、ただ蜂の卵だけである。新たな状況へのあらゆる進入の中で人生への進入ほど大事なものはない。それでその見習いは少しからかわれる、あるいは人生の秘儀を告知された者として、ギリシアのエレウシス祭に連なる者同様やむなく鞭打たれる、あるいは牢獄で（プラトンは地上をこのようなものと見做しているが）歓迎と呼ばれているものを受け取ることになる。これは古代ドイツ風の一杯に満たされた盃（これは母親の胸が与えることになる）のことではなく、多くの者がぶんなぐることと考えていることである。カトリックの教会によれば子供は（ヘロデ王の下のベツレヘムで）最初の殉教者、受難者であった。これはしかし今なお当てはまる喩えである。同じ教会に従えば、洗礼を受けてない子供は地獄か煉獄の火で焼かれた。しかし子供は地上では第一の秘跡から第二の秘跡へ移るときにいつもこの二つの火に遭っている。洗礼が浄福に不可欠なら、愛餐や聖餐もそうである。従って愛餐の前はむしろ憎しみに似ているものが支配的なのも幾分もっともである。それ故、ギャリックは単にいろはを唱えるだけで涙腺を刺激していたが、子供はそれを唱える際自ら容易に涙を流すことになる。すべての教師の方々に、筆者や筆者の読者を殴ってきて、教育学的な灯籠杖や街灯柱として棒を用いて頭を点そうとし、あるいはこぶしをフレンチホルンの奏者のように何度も振ってきて、この奏者はこぶしをフレンチホルンの杯、広い開口部に置いて繊細な半音を出そうとするのだが、このようにしてきたすべての教師の方々に是非にと言いたい、ヨハン・ヤーコプ・ホイベルレのような者が現われないようにと。誰がホイベルレのように五十一年と七カ月の教師生活で九十一万千五百二十七回の棒打ち、十二万四千回の笞打ちをし、*2 それから二万九百八十九回の定規での指たたき、一万二百三十五回の平手打ちばかりでなく、その際更に七千九百五回の追加の平手打ち、頭へは全部で百万と十一万五千八百回のげんこつを与えたと自慢する者があろうか。誰か二万二千七百六十三回の注意書を聖書のとき、教理問答のとき、賛美歌のとき、文法のときにさながら四つの三段論法の証明の格のように、四手の為のソナタのように、与えたものがヤーコプ・ホイベルレの他にあろうか。彼はまた千七百七人の子供に笞を、それを受けなくても、持ち上げさせたりまた七百七十七人を丸い豌豆の上に、六百三十一人を鋭い角材の上に跪かせたり、更には五千一人の驢馬荷苦役(1)の小姓団を作り出さなかっただろうか。というのはもし他にいたら、ホイベルレ同様にこうした負傷のメモを殴打日記、あるいは殉教記録、あるいは学校殴打帝国新報に載せていただろうが、ホイベルレによって知る他はないからである。小生はしかし、大抵の教師はただツェザリウス*3という厭わしい名前を貰っているのではないかと恐れる。彼は尼僧に三十六回以上の笞打ちを与えなかったので温厚と呼ばれていたのである。

人生のこうした孩所の有益さが見かけ以上のものであるならば、立派な地獄の時限爆弾が、これは天国の機械よりもいつもうまく行くけれども、仕掛けられて、苦しめる人々がいなくてはならない。しかし自ら苦しめられる者にもまして苦しめ方の上手な者はいない、例えば僧侶達である。泣かせたかったら、最初に泣けとホラティウス(2)は言っている。これが出来るのは教師である。磔刑を好んで描いたアルブレヒト・デューラーのモデルにふさわしいのは教師階級、つまりドイツの教師達を措いてないだろう。キリストが四年間の教職のあと磔刑にあったとすれば、この両者は我々のもとではすぐに続く。校長補佐に六千ターラーの年収を与えているイギリスはおそらく、十字架を背負う者によって十字架にかけるというこの目的を、どの学校でも鞭を教育学上の王笏、振り子へと昇格させようとも、達成することは他の国々、例えばプロイセンと比べて容易ではあるまい。プロイセンでは教職者の最大年収がわずか二百五十ターラーで、その際（総額では相変わらずかなりの額になるので）考慮に入れなければならないのは、ほんの五ターラーから十ターラーにしかならない百八十四の教職者があるということである。[*4] 五ターラー、勿論もっと下げられよう、バイロイトではもっと乏しいことになっている。ある村の教師は各生徒から十一月、十二月、一月、二月、三月、四月の総計としてわずか二十四クロイツェル、従って月額四クロイツェル得ている。ただ思いがけぬことに教師は夏休みにまた肥えてくる、家畜と一緒に（ただ冬だけ魂の牧人である）自ら草をはむからである。その悪い結果もすぐに現われて、教師は家畜よりも若者を棒でたたいて悪い道から遠ざけるのが多くなる。にもかかわらず四クロイツェルの給料と慰謝料である。イソクラテスが百名の聴講生から三千ミナの教授料をはじめて貰ったとき恥ずかしさの余り泣いたのであれば、ここでは更に一層容易に泣き、恥ずかしく思う筈である。ただ他ならぬこのような方法でのみ有為の若者の徴兵区では短かめの棒が長めの棒の下働きをしているのである。学校を教師よりも生徒の生業学校として建てている国家にとって幸いなことに、そもそもただ神学者だけが教師として、ただ神学部の学生のみが高貴な子弟の家庭教師として（ダライラマに神官のみが仕えるように）待機している。まさしく神学者は積極的な神受難論者であり、貨幣ノ聖書[(3)]以外ならどんな聖書も手に入りやすい。これまで変わらぬプロテスタントの原則はカトリックの聖職者と全く変わってしまうことのないように、ルター派の聖職者に三つの誓約の中で少なくとも貧しさの誓約だけは守らせることだったからである。要するに彼らは持つものが少ない。彼らに教職を与えればそれだけ一層多く奪うことが出来る。

　高等学校へ目を転ずれば、高等学校の品位へと編入された小姓達は苦行（禁欲）を以前程必要とせず、勿論教師達もそれ程必要としなくなる。それ故校長は五級教師よりも数グロッシェン高い。第二の理由として、五級教師は仕事がもっと多く、それ故その厳しい動きに対してもっと多くの拍車、関節滑液、歯車油を、つまりもっと多くの未消化の刺激的な胃液を必要とするということが更に加わる。昔の国の法律によればある地位の日々の仕事と労苦はその給料とは反比例の関係にあるからである。それで何の労苦もない地位では職人の慣習が取り入れられる。その慣習では遍歴の職人は仕事のない所ではどこでも贈り物を貰えるのである。

　しかし最上級の教職でも、肥沃な北インドで毎年三つの収穫と一つの飢饉が繰り返されるように四季大斎の収穫があってもいつも若干の飢餓が残るように指令がなされている。飲酒に関してはランゲンの聖職者の権利から、カルプツォーがすべての教職者の特権として飲料税の免除を立案したことが分かる。この点に関しては国家は（そう見える程）この身分の願いや喉の渇きに配慮したわけではなく、ただの昔からの慣習に従ったのであり、それはもっと重要な教師の特権を定めている。例えばトカイ酒の税免除、きじ肉の間接税免除であり、すべての彼らの宝石、真珠に〔無税の〕学生財産の権利を認めるというものである。

＊1　バイロイトのL・H・ヴァーグナー教授で、その論理学、生理学の豊かな業績ですでに知的読書界に好評をもって知られている。
＊2　この数字と以下の数字は『教師の為の教育学協議』の第三巻最終季号に載っている。
＊3　マイヤーの劇フスト・フォン・シュトロームベルクについてのはなはだ学的な注参照。
＊4　「一般文芸新聞」二六七号、一八〇五年。

第百五十七節

もう充分であろう。先に我々の子供にとって敵対的な将来について話した。どの父親もこの見解を伝えるもので、これはまたその父親のを受け継いだものである。両の眼を最後に閉じるとき二つの素晴らしい世界、自分の隠された世界と子供達に残された世界とを同時に頼りにする程の幸せな父親がいるだろうか。いつも人類の全体は塩からい海、個々人の淡水河川や雨雲では淡水化できない海に見えるものである。しかし地上では純粋な水は塩の海同様涸れることはない。この海から真水はまた昇ることさえする。従って父親の貴方が正当にしろ不当にしろ時代を超えている、つまり意志に反して自分の子供達をみな委ねなければならない時代の娘〔未来〕を超えていると思う度合が強ければ強い程、一層多くの感謝の供物を、貴方を一層高貴に造り上げた先の世に対して捧げなければならない。これを貴方の両親に捧げるには貴方の子供達の手に頼るより他に仕様があろうか。

一体子供とは何か。ただ子供への慣れと我々の手をしばしば煩わせる彼らの欲求がこの魂の形姿の魅力を隠しているだけであって、彼らにはどんなに素敵な命名をしていいか分からないほどである、花、露のしずく、小さな星、蝶と。しかし諸君が彼らに接吻をし彼らを愛するならば、どのような名前をも与え感じていることになる。この世の最初の子供は不思議な他国の天使に見えることだろう。我々の余所の言葉、表情、空気にまだ慣れず、我々を無言で鋭く、しかし天上的に純粋に眺めて、ラファエロ描く幼児のイエスと言えるであろう。それ故新たに生まれる子供は永遠に子供の代わり（養子）となりうるが、別の友人は誰も友人の代わりとならない。それで日々無言の未知の世界からこれらの純粋な者達が荒野の地球に送られてくる。彼らはあるときは奴隷海岸、戦場、処刑の牢獄で生まれ、あるときは花咲く谷、清いアルプスの山々で生まれ、あるときは毒にまみれた世紀、あるときは至純の世紀に生まれる。そして唯一人の父親を失った後ここ下界で養父を求める。

かつて最後の審判と最後の二人の子供の話しを考えたことがある。その結末をここに引いて再び終わりとしよう。

「それでは下界に行って」と精霊が二人の小さな裸の魂に向かって言った、「姉と弟として生まれなさい」。「下界はとてもすてきな所だろう」と二人は言って、手に手を取って地球に飛んで行った。地球はすでに最後の審判の炎に包まれていて、死者達が出てゆくところだった。「ご覧よ」と弟が言った、「これらはとても背の高い大きな子供達だ。花もこれに比べたら全く小さい。あちこち僕らを運んで、なんでも話してくれるだろう。お姉さんとても大きな天使だね」。「ご覧なさい」と姉が答えた、「あの大きな天使が衣服をしっかりまとって、誰もが、……大地では一面に朝焼けが見られるわ」。「ご覧よ」と弟、「太陽が地上に落ちたのだ、それで燃え上がっている。あそこでは恐ろしく大きな露が炎の波を起こして、その中へ長身の天使達が潜り込んでいる」。「あの人達は両手を差し上げている」と姉、「投げキスを送っているのだわ」。「ご覧よ」と弟、「雷が歌い、星が大きな子供達の足許ではねている」。「どこに一体」と姉、「私どもの二人の両親となる筈の大きな子供はいるのかしら」。「見えないかい」と弟、「これらの天使が地下で眠りそれから抜け出してくるのが。急いで飛んで行こう」。「御両親様 やさしく見詰めて下さい」と二人は燃え上がる地球に近づいたとき言った、「私共を悲しませず、私共と長く遊んで下さい。そして沢山の話しをして接吻をして下さい」。

彼らはちょうど罪深い世界が没落したとき生まれ、二人っきりだった。戯れる両手を炎の方へ差し伸べたりした。最後に彼らも、アダムとイブのようにそこから追放された。そして子供の楽園とともに世界は終わった。

注

タイトル、古代ローマ人の間では、新生児を父親の足許に置いて、持ち上げて（levare）自分の子供と認知させるようにする習慣があった。その際女神レヴァーナ〔レウァナ〕の助力が願われた。

献辞、第一版では献辞はなかった。初版ではCarolinieという誤植がみられた。

（1）母親、バイエルンの女王カロリーネは四人の娘の母親であった。

第二版の序言

（1）二誌、『愛と友情の手帳』一八〇九年、『朝刊紙《モルゲンブラット》』一八一一年。

（2）ニコライ文庫、フリードリッヒ・ニコライ（一七三三～一八一一）によって一七六五年から九一年に発行された、啓蒙的な雑誌、『一般ドイツ文庫』はしばらく再刊の試みが（一八〇一年以降）なされたが、一八〇五年最終的に廃刊となった。

（3）四冊の重要な教育書、以下に論じられているが、シュヴァルツ『教育論』四巻、一八〇二年～一三年、ニートハンマー『我々の時代の教育理論に於ける汎愛主義と人文主義の論争』一八〇八年、グラーザー『神性あるいは唯一の正しい人間教育の原理』一八一一年、それにヘルバルト『教育の目的から導かれる一般教育学』一八〇六年。

（4）ベルツーフの絵本、作家ユスティン・ベルツーフ（一七四七～一八二二）は一七七四年子供の為の絵本を出版して、子供を自然と親しませようとした。

（5）レッシング、『人類の教育』第十八節参照。

第一版の序言

（1）ジョルジュ・ノヴェール（一七二七～一八一〇）、パリオペラの著名なバレエマスター、バレエについての著書もある。

（2）バーゼドウ（一七二三～九〇）、十八世紀の重要な教育家、デッサウの汎愛校の創立者。

（3）ブラウン主義者、イギリスの医師ブラウン（一七三五～八八）の信奉者。ブラウンは人間の健康は空気、睡眠等による刺激に依存するとした。そこですべての病気を、この刺激を高めたり、押さえたりする薬で治そうとした。病気はここでは強壮なものと虚弱なものとに分けられる。

（4）大監査集、一七八五～九一年、教育学者のカンペ（一七四六～一八一八）は十六巻の『総ての学校制度、教育制度の一般監査』を出版した。

第二節

(1) フェヌロン（一六五一～一七一五）、哲学者、神学者、ルイ十四世の孫達の教育者、一六九五年からカンブレの大司教『テレマックの冒険』一六九九年。

(2) コルネリア、グラックス兄弟の母、自分で子供の教育を行なった。

(3) デュボア（一六五六～一七二三）、オルレアン公の悪評高い教育者、策士。

第三節

(1) サリカ法典、この法典は女性に王位継承を認めていない。

第五節

(1) キュロス教育、このタイトルでクセノフォンは小キュロスの教育についての教育学的小説を書いた。

第七節

(1) 持続行為、ローマ法によれば、口頭の遺言作成に於いては行為の単一性が守られなければならない、つまり遺言は一回の議事でなされなければならなかった。

第八節

(1) メントール、オデュッセウスの息子テレマコスの教師。

(2) 松果体、デカルトは魂の住処とみなした。

(3) テレマック、フェヌロンの小説『テレマックの冒険』（一六九九）のこと、そこではアテネが師傅の姿をしているが、主人公に青春の冒険をやめさせることはできない。

(4) ジュピターの頭、ミネルヴァ（アテネ）はジュピターの頭から生まれた。

第十節

(1) 第十節、第九節は誤って飛ばされている。

(2) 青色文庫、『すべての国民の青色文庫』、童話、不思議噺集で一七九〇～一八〇〇年の間に全十二巻で出版された。

(3) デュヴァル（一六九五～一七七五）、ウィーンの宮廷の司書、自伝にこの話しはあるそうである。

(4) 四つのホッテントット族のもの、ジャン・パウルの誤解か。ツィンマーマンの『人間の地理学的歴史』第三巻、一七八三年では、ホッテントットと西アフリカ人の四つの慣習がアメリカでも見られたそうである。

第十三節

(1) 周知の個所、一、テモテ（三、十六）、「実に大なるかな敬虔の奥義、キリストは肉にて顕され」とあるが、これはOCを直訳すれば、「かの者は肉にて顕され」となる。先行の「奥義」は中性名詞なので、OCという男性の関係代名詞は、「奥義」がキリストを指していると解される。これがΘC（θeós）であれば明瞭に「神は肉にて顕され」となる。

（2）カロリナ刑法、ドイツ最初の刑法、一五三二年カール五世によって帝国の法とされ、十八世紀の半ばまで、プロイセンでは一八〇六年まで有効であった。一五九条では家宅侵入の窃盗について、「乃至は武器を持って」とあるが、これは法学者からは「そして武器を持って」の意と解され、武器を持った泥棒に絞首刑が適用された。

（3）シュールプフォルタ、一五四三年ザクセンの選帝侯によって設立された学校。

第十七節

（1）リュクルゴス、彼は外国人に必要以上にスパルタに滞在すること、またスパルタ人が戦時以外に国を離れることを禁じた。

（2）ツァッハ（一七五四～一八三二）、当時の天文学者。

第二十三節

（1）メングス、画家のラファエル・メングス（一七二八～七九）は古典主義の先駆者であるが、子供時代父親によって半ば強制的に画業に就かされた。

第二十五節

（1）第二十五節、第二十四節は飛んでいる。

（2）ルソー、『エミール』第二編、ルソーはしかし「初期の教育はだから純粋に消極的でなければならない」（岩波文庫　今野一雄訳（上）一三二頁）と初期に限っている。

第二十六節

（1）理想的栄光の人間、これに類する考えとしてベーレントが挙げているのはヘルダー『人類の歴史哲学への諸理念』XV、3、シラー、『人間の美的教育について』第四書簡、その他フィヒテ、リュケルトである。

第二十八節

（1）ティティウス、ローマの雄弁家、次のセンプロンはローマの立法家であり、二人の名前は法律事件を考えるとき法学者がよく対で用いたものらしい。

第二十九節

（1）テンペの谷、テッサリア地方の谷。多くの牧歌的物語の舞台となった。

第三十節

（1）フォキオン、アテネの将軍（～紀元前三二〇年）。

第三十一節

（1）オイラー（一七〇七～八三）、数学者、天文学者。

（2） ジークヴァルト、涙もろい女々しい性格の男、ジークヴァルトはマルティン・ミラー（一七五〇～一八一四）の同名の小説（一七七六年）の主人公。
（3） スウァメルダム（一六三七～八五）、オランダの自然研究者、昆虫の研究が著名。

第三十六節

（1） シャト・ブリアン（一七六八～一八四八）、フランスの詩人、政治家。ジャン・パウルはここで『キリスト教の精神』（一八〇二年）を考えている。

第三十八節

（2） サン・マルタン（一七四三～一八〇三）、フランスの哲学者、神秘家。ロマン派に影響を与えた。

第三十九節

（1） 聖ペトロの賽銭、昔イギリスでは八月一日の聖ペトロの鎖の記念日に各世帯主がローマ教皇庁へ一ペニー献金した。

第四十節

（1） 宗教講話、すべてジャン・パウルの言葉である。

第四十節

（1） ヘルダー、『諸理念』IX、5参照。
（2） ルソー、『エミール』第四編、岩波文庫（中）一〇三頁以降参照。

第四十四節

（1） プラトンのアリストファネス、『饗宴』の中でアリストファネスは、ゼウスがもともとは一体のものを対の男女に分けて、両者は元の一体を憧れるようになったという説を述べている。
（2） シュヴァルツ、『教育論』第三巻、一八〇八年、第二部、九七頁。
（3） 嗅覚、『エミール』（上）岩波文庫、二六九頁、三八四頁参照。

第四十七節

（1） 子供のつまみ食い、『エミール』第二編、岩波文庫（上）、二六〇頁参照。

第五十一節

（1） アロンの杖、アロンはモーゼの兄、『出エジプト記』第七章参照。
（2） マルカルド、『一七八六年二月のナポリ湾外イスキア島への旅行』。

第五十六節

（1） 世界図絵、コメニウス（一五九二～一六七〇）の絵入りの教科書。
（2） 幼稚園、フレーベルによってドイツに最初の幼稚園が設立されたのは一八三九年。

第六十二節
（1）モンテーニュ、『エセー』Ｉ、24参照。
第六十三節
（1）ルソー、『エミール』岩波文庫（上）一四六、一四九頁参照。
第六十四節
（1）おのずと、ルソー『エミール』岩波文庫（上）九九頁参照。
（2）ある偉い男、ゲーテのこと。
（3）ゲレス、『アジアの神話の歴史』一八一〇年。
（4）プフィファー、地形測量技師のルートヴィヒ・プフィファー（一七一六～一八〇二）の作った原スイスのレリーフはコルクで作ったものではなく、蝋、ピッチ、厚紙を混ぜて出来たものである。
（5）ザクセン式三分の猶予、ザクセンでは三回裁判の召喚があった。
（6）ベッカリア（一七三八～九四）、法学者、最初に理論的に死刑廃止を論じた。
第六十六節
（1）モンテスキュー、『法の精神』Ｖ、十八。
第六十七節
（1）ルソーの腕輪についての嘘、『告白』第一巻参照。
（2）ゲティケ（一七五四～一八〇三）、バーゼドウ派の教育者。
（3）パトモス、使徒ヨハネが滞在した。
第六十八節
（1）聖者ヤヌアリウスの血、ナポリの守護聖人ヤヌアリウスの死骸はその記念日に傷口から血を流すそうである。
第七十節
（1）鉄王冠の勲章、一八〇五年ナポレオンによって定められた。
第七十一節
（1）ルソーの助言、『エミール』第一編、岩波文庫（上）八五頁。
第七十三節
（1）遺言状ほどの証人、遺言状には七人の証人が必要であった。
（2）アレクサンダー、この逸話はルソーも論じている。『エミール』（上）一六九頁。

身体の教育について

（1）フーフェラント（一七六二〜一八三六）、医師。
（2）クリンカーの旅行、引用は一七七二年のボーデの翻訳からのもの。
（3）まともなワイン畑、一八〇三年のドイツ帝国代表者会議決議によるライン左岸の喪失をほのめかしている。
（4）リュクルゴス、リュクルゴスの法によるとスパルタの監視人は十日毎に子供が肥り過ぎていないか調べなければならなかった。
（5）週年、ダニエル書（第九章、二十四）に予言されている七十週は（70×7）の週年と解された。
（6）アナラスカ、アリューシャン列島中の島。
（7）シュヴァルツ、『教育論』、第二巻（一八〇四）、二四三頁。
（8）百七十歳の男性、ヨークシャーのH. Jenkins（一六七〇年死亡）。フーフェラントの『長寿法』（一七九六年）からの引用。
（9）キーリアーン博士、ロシアのアレクサンドル一世の侍医。

第一小巻の喜劇的付録兼エピローグ

（1）ゲレルト（一七一五〜一七六九）、詩人、美学者。よく家庭教師の斡旋を頼まれた。
（2）捨て石の子、やりを持った突撃兵を「失われた子」と呼んだ。
（3）二重の梅毒、アメリカからヨーロッパへは梅毒が、ヨーロッパからアメリカへは小さな梅毒、天然痘が渡ったと言われた。
（4）神の国、引用個所は第九章には見られない。一部の女神は第四巻、第十一章参照。

第八十節

（1）ヘルダー、『諸理念』VI、3参照。
（2）二人の兄弟、クレオビスとビトン、彼らは彼らの母、ヘラの巫女の牛車を牛がいなかったとき自ら引いてデルフォイの神殿へ入った。ヘラは最高の褒美として即座の、痛みのない死を与えた。
（3）エルネスティーネ、ジャン・パウルの義理の妹、エルネスティーネ・マールマン、旧姓マイヤーのこと。一八〇五年二月十八日二十六歳で亡くなった。

第八十一節

（1）カンペ、『イギリスとフランス紀行』、一八〇三年、第二巻、二七一頁。

第八十四節

（1）女性を軽視、『エミール』第五編、岩波文庫（下）七七頁。

第八十六節

（2）悪魔の弁護士、教会法では列聖審理での悪魔の弁護士をそう呼ぶ。

（1）ヘルダー、『諸理念』Ⅷ、4参照。

第八十八節

（1）エロイーズ、アタラ、ヴァレリ、エロイーズはルソーの小説、『新エロイーズ』（一七五九年）の女主人公、アタラはシャトーブリアンの同名の小説（一八〇一年）の女主人公、ヴァレリはジャン・パウルの女友達ユリアーネ・フォン・クリューデナーの小説（一八〇四年）。

第八十九節

（2）ヒッペル（一七四一～一七九六）、『結婚について』第四章。

第九十節

（1）ヘルメス（一七三八～一八二一）、教訓的な小説家。

第九十一節

（1）ゼンメリング（一七五五～一八三〇）、フランクフルトの解剖学者。

（1）奴隷、スパルタの少年達は酔った奴隷の姿を見て飲酒を恐れた。

（2）マクダレーナ尼僧院、ロンドンには前非を悔いる為の元娼婦達の尼僧院があったそうである。

（3）リチャードソン、『クラリッサ・ハーロウの物語』（一七四八年）。

（4）アバドーナ、クロプシュトックの『メシアス』の中の堕天使、最後は救われる。

（5）レスボス島、アンナ・アマリア・フォン・イムホーフ（一七七六～一八三一）の叙事詩『レスボスの姉妹』を暗に指している。

第九十三節

（1）三番目の規則、一番目は倫理的純潔（第九十一節）、二番目は穏やかさ（第九十二節）。

第九十四節

（1）ヴィーナス、ダムの『ギリシア人とローマ人の神話』より、「ローマ人はヴィーナスを死体の女神として崇め、その神殿の周りで死体のものをすべて売っていた」という個所をジャン・パウルは一八〇一年抜粋している。

（2）ギュイヨン（一六四八～一七一七）、フランスの神秘家、『ギュイヨン夫人の生涯』（一七二〇年）はよく読まれた。

第九十五節

（1）プラトン、『プルターク英雄伝』河野与一訳　岩波文庫（四）マルケルルス　一五九頁参照。

第九十六節

（1）フォントネル（一六五七～一七五七）、フランスの詩人、当時その天文学の入門書がよく読まれた。

（2）シャトレ夫人（一七〇六～四九）、ヴォルテールと親交があった。ニュートンの『プリンキピア』を訳した。

（3）アーデルング（一七三二～一八〇六）、啓蒙主義の文法家、辞書編集者。

第九十八節

（1）ダビデ王、サムエル後言、第二十四章参照。

（2）ハミルトン夫人（一七六一～一八一五）、ネルソンの愛人。パントマイムやショール踊りの芸で知られた。

（3）トラピスト修道院、十七世紀に新たに設立されたこの教団は厳しい戒律を敷いた。棺桶の中で眠り、黙行をしなければならなかった。

（4）ヘス、『ドイツ、オランダ、フランス旅行』七巻（一七九三年より）第三巻、四二頁。

第九十九節

（1）蜜郭公、アフリカにいる小さな郭公で蜜蜂の巣箱を見つけると鳴き声で知らせる。

（2）喜劇、サテュロス劇は悲劇の前に上演されたというのではなく、発生が先であったということ。

（3）アレクサンダー・アブ・アレクサンドロ、ローマの人文学者アレッサンドロ・アレッサンドリ（一四六一～一五二三）の筆名。『Genialium dierum libri VI』より。

（4）ハウク（一七六一～一八二九）、ドイツのエピグラムの作者。

（5）マルティアル（四二～一〇〇）、スペイン生まれのローマの抒情詩人（マルティアーリス）。

第百一節

（1）テオドージア、ジャン・パウルは東ローマ帝国の皇帝ユスティニアヌスとその妻テオドーラをほのめかしている。

（2）氷の暖炉、一七五六年の冬ロシアのエカテリナ皇后の為にペテルスブルク近郊の湖に氷の宮殿が造られた。そこの氷の暖炉ではナフサが燃やされた。

（3）王子金属、黄銅で、五分の四が銅、五分の一が亜鉛。これを作ったプファルツの王子ロベルトにちなんで名付けられた。

（4）ロザンの公爵、アントワン・ノンパー・ド・コモン（一六三二～一七二三）、ルイ十四世の寵臣。

（5）インド旅行記、『東洋への旅』（一六九六年）もっとも逆のことが書かれているそうである。極楽鳥の王だけが足をもたない。

（6）ネッケル夫人、（一七三九～一七九四）、回想録ではなく、『雑録』一八〇一年。

（7）アントワン・トマ、『様々な世紀に於ける女性の性格、品性、精神について』（一七七二年）。

（8）グスタフ、ベルンハルト、エルンスト、スウェーデンのグスタフ・アドルフ、ワイマルのベルンハルト、ゴータのエルンストと思われる。

（9）マ・ニ・ゲ公の未亡人、マイニンゲンのルイーゼ・エレオノーレ公爵夫人と思われる。ジャン・パウルと親しかった夫のゲオルク公の早世後三歳の息子ベルンハルトの為に摂政した。

第百二節

（1）フラクセンフィンゲン、ジャン・パウルの『ヘスペルス』の都。

（2）ディオニュシオス、前四世紀シシリアのディオニュシオス二世。ルソー『エミール』第三編、岩波文庫（上）三四七頁参照。
（3）エルヴェシウス（一七一五〜一七七一）、フランスの啓蒙期哲学者。
（4）モーゼの覆い、モーゼがシナイから帰ってきたとき、彼の顔は光り輝いていたので、覆う必要があった。出エジプト記、三十四章、二十九〜三十五。
（5）アニエルロ（一六二三〜一六四七）、ナポリの百姓の息子アニエルロは一六四七年スペインに反乱を起こし、数日町を治めたが、錯乱し殺された。
（6）ミシェル・バロン（一六五三〜一七二九）、フランスの俳優。
（7）ナウムブルク近郊にある、シュールプフォルタのこと。選帝侯設立の寄宿制の学校。
（8）二重教会、丸屋根建築が二重建築に見える為か。
（9）鷲勲章、一七〇一年、プロイセンのフリードリヒ一世によって創設された。
（10）五〇〇人会、一七九五年六月二十三日、ボワシー・タングラの憲法に従ってフランスで新しい法を制定する為に置かれた。
（11）十四の十五、十六の四の誤り。
（12）ヴォルテール、『メロペ』一の三参照。
（13）ハイド公園、ブーローニュの森、ロンドンとパリではこの両公園で決闘する習慣があった。
（14）イフィクラテス（〜紀元前三五三年）、アテネの将軍。
（15）デサリン（一七五八〜一八〇六）、ハイチでのフランス人に対する黒人の反乱の首謀者。
（16）リュネヴィル条約、一八〇一年、フランス（ナポレオン）とオーストリアとの平和条約。
（17）ヨーゼフ二世、ヨーゼフ二世は三十六歳のとき、ピョートル大帝は二十五歳のとき外国に旅した。
（18）オルビリア、その男性形のオルビリウス・プピルスはホラティウスの師。
（19）シャンフォール（一七四〇〜一七九四）、進歩的なフランスの作家。
（20）クレビヨン（一七〇七〜一七七七）、フランスの通俗小説家。
（21）アプト・フォーグラー（一七四九〜一八一四）、オルガンの名手。
（22）カント『判断力批判』第二十二節。

第百四節

（1）前に述べた文、第八十一節参照。
（2）後に触れる、第百二十二節参照。

第百六節

（1）シュネプヘンタール学園、一七八四年ザルツマン（一七四四～一八一一）によってバーゼドウにならって設立されたテューリンゲンの学園。
（2）ロックの助言、『教育に関する考察』百二十八節、二百六節、岩波文庫、二〇一頁、三二〇頁参照。
（3）テレジアナ刑法、一七六八年オーストリアでそれまでのカロリナ刑法に代わって発令された。処刑場面の図が描かれている。
（4）バーゼドウの基本書、『人間の知識の基本書』（四巻、一七七四年）、銅版画の挿絵が多い。
（5）牧師のザイダー（一七六六～一八三四）、パーベル皇帝によって無実の罪でシベリアに送られた。

第百七節

（1）バウタヴェーク、『詩と雄弁の歴史』三巻、一八〇四年、三七六頁。

第百九節

（1）エルヴェシウス、『精神について』Ⅰ、2、それにⅢ、6参照。
（2）シャトーブリアン、『キリスト教の精神』第一巻（一八〇二年）Ⅴ、8参照。

第百十節

（1）シャトーブリアン、前出Ⅵ、8参照。
（2）その父アポロ、アポロはミューズの父ではない。

第百十三節

（1）ケンペル（一七三四～一八〇四）、チェスの自動機械の他に語る機械を作った。

第百十五節

（1）処罰を免除する、ロック『教育に関する考察』百三十二節参照。
（2）マルタ島でのパウロ、使徒行伝、第二十八章三～五。
（3）ルソーやカント、ルソー『エミール』第二編、岩波文庫（上）一四九頁、カント『教育学』（一八〇三年）九九頁。
（4）格言劇、格言をパントマイムで表現した。

第百二十節

（1）デカルト主義の哲学者、この派の人達は動物を単なる機械と見た。
（2）気付かれていたのか、ロック『教育に関する考察』百十六節、岩波文庫、一八四頁参照。
（3）バラムの驢馬、民数紀略（四、モーゼ）第二十二章。バラムより先にエホバの使者を見た。
（4）一体に融合した家族、ゴルコンダの九人の踊り子からなる象をジャン・パウルは思い浮かべている。

第百二十一節

（1）エーレンベルク（一七七六～一八五二）、『女性の教養人についての講演』（一八〇四年）。

第百二十四節

（1）グラーフの卵胞、オランダの医師グラーフ（一六四一～七三）によって発見された卵巣内の卵胞。

第百二十五節

（1）ヘルダーの棕櫚草紙、ヘルダーとリーベスキントによって編まれた青少年の為の東洋の物語（四分冊、一七八七～一八〇〇年）。

（2）クルマッハーの寓話、クルマッハー（一七六七～一八四五）の『寓話』は二巻本で一八〇五～七年の間に出版された。

第百二十七節

（1）ある国、プロイセン。

第百二十九節

（1）フォーゲル、サムエル・ゴットリープ・フォーゲル『如何にしたら自瀆の弊を直せるかについての両親、教師、子供監督者の為の教示』（一七八六年）。

（2）聖パウロ的割礼、「霊による心の割礼は割礼なり」。ローマ人への書第二章二十九参照。

第百三十節

（1）クロプシュトック、『文法的対話』一七九四年、二〇三頁参照。

（2）ゲーテの『親和力』、オッティリエの手紙Ⅱ、7参照。

（3）フンク、カール・フィリップ・フンケ（一七五二～一八〇七）の『子供の為の博物学』と思われる。

第百三十一節

（1）ペスタロッチ、『母親の書』参照。

（2）ウアルテ、スペインの医者、一五三〇年頃の生まれ。

（3）ダンツ（一六五四～一七二七）、神学者、東洋学者。ヘブライ文法についてまとめた。

第百三十三節

（1）ボネ（一七二〇～九三）、ジュネーブの自然科学者、哲学者。

（2）ベッカーのアウグステウム、『アウグステウム』というタイトルでドレスデンの古代文化陳列室の監督官のベッカー（一七五三～一八一三）は収集品についての説明を記した（一八〇四年より）。

第百三十五節

（1）アルキメデス、ピタゴラスの間違いと思われる。弟子達が彼の定理に感謝して百頭の牛の犠牲をした。

（2）ブーフゼー、スイスの地、ペスタロッチが一八〇四年、しばらく彼の学校を移した。

第百三十六節
（1）シュレーツァー（一七三五～一八〇九）、単なる事実の羅列ではなく、経済史的、精神史的歴史の記述を行なった。
第百三十七節
（1）サンキュロットの祝日、フランス革命暦では一カ月を三〇日とし、平年の場合残りの五日（九月十七～二十一日まで）を祝日（sansculottide）とした。
（2）ケストナー（一七一九～一八〇〇）、数学者、詩人。
第百三十八節
（1）ニーマイヤー『教育と授業の原理』（五版一八〇五年）五十九節。
（2）ローマの王、ドイツ皇帝の後継者は選出まではローマの王と呼ばれた。
第百四十二節
（1）プラトナー『人間学』（一七七二年）三六八節。
（2）デリル師（一七三八～一八一三）フランスの教訓的な詩人。紙に書くまえに、詩を頭で練った。
（3）バッソンピエール（一五七九～一六四六）、ルイ十三世の寵臣、一六三一～四三年リシュリューの命によりバスティーユに投獄された。『我が生涯の日誌』は死後一六六五年、二巻本で出版された。
第百四十三節
（1）祈禱覚書、祈禱の際ユダヤ人はモーゼの第二の書、第五の書の個所を書いた覚書を額と腕に置く。
（2）真珠文字、パール、五ポイントの活字の古称。
第百四十五節
（1）美食家の年鑑、天文学の年鑑、一八〇三～一八一二年。
（2）ヒッポクレーネー、ヘリコン山のミューズの霊泉。
第百四十六節
（1）雄渾な著者、エルンスト・ヴァーグナー（一七六九～一八一二）のこと。ジャン・パウルと親交のあった小説家。
第百四十七節
（1）ハラー（一七〇八～一七七七）、医師、政治家、詩人。
（2）シュパルディング（一七一四～一八〇四）、説教家、教化的な作家。
第百四十九節
（1）モペルテュイ（一六九八～一七五九）、フランスの物理学者、『哲学的手紙』の中でラテン語の学者の町の建設を提案した。

（2）ヘルクラネウム、一七五三年ヘルクラネウム（ナポリ近郊）で数千の炭化した写本が見つかった。ピアッジョによって考案された装置でゆっくりとほどかれた。

（3）カエサル、カエサルはポンペイウスの兵士の顔を攻撃するよう兵に命じた。

第百五十節

（1）スペキウス文法書、スペキウス（一五八五～一六三九）のエスマルヒによるラテン語の書、『スペキウスの語尾変化と活用の実際』（改訂版一七七九年）。

（2）レッシング、一七七二年二月十日付の兄弟カール宛の手紙参照。

（3）ゲリュオン、三頭三体の怪物。

（4）ムルテンの納骨堂、一四七六年スイス人との戦いで倒れたシャルル勇猛王のブルゴーニュ人の遺骨の為に建てられた。一七九八年まで存続。

第百五十二節

（1）ラーヴァーター、『骨相学的断編』四巻（一七七八年）、図八〇参照。

第百五十六節

（1）驢馬荷苦役、罰として驢馬と呼ばれる重い木製の用具を担がなければならない刑があった。

（2）ホラティウス、『作詩法について』V、102参照。

（3）貨幣ノ聖書、貨幣に記された聖書の話しを集めたもの。

『レヴァーナ』解題

ジャン・パウル（一七六三―一八二五）はドイツの小説家であるが、現在ではそのかなりの作品が翻訳されている。古見日嘉訳『美学入門』（白水社）、同氏訳『巨人』（国書刊行会）、鈴木武樹訳『見えないロッジ』（第一部と第二部）、『五級教師フィクスラインの生活』、『ジーベンケース（上）』（以上創土社）、岩田行一訳『陽気なヴッツ先生』（岩波文庫）。一般に夢とイロニーの作家として知られ、比喩的文体で少々読みづらいとされている。

『レヴァーナ』初版（一八〇六年、奥付一八〇七年）二五〇〇部、第二版（一八一四年）二〇〇〇部は人気のかげりのみえていたジャン・パウルにとって、『ヘスペルス』（一七九五年）程の評判とはならなかったものの、『美学入門』（一八〇四年）同様好評をもって迎えられた教育論の書である。第一版の売り切れを知らされなかったジャン・パウルはそれを怒って第二版では出版社を代えている。本書はジャン・パウルが「私は後世に私の長編小説よりもレヴァーナによって深く影響を及ぼすであろう」と自負するもので、ゲーテが「思いもよらぬ成熟」が見られると評したことはよく知られている。現代ではヴァルター・ベンヤミンが、「ドイツ人はここでもまた自分の所有するものを知らない」と述べているそうであり、シュタイナー学校のルドルフ・シュタイナーも、「そもそもこの作品には教育についての黄金の洞察が秘められていて、通常よりももっともっと注目されてよいと思う。教育者にとってはこの領域での最も名声ある著述の幾つかよりもはるかに重要な作品である」と述べている。

タイトルのレヴァーナは、古代ローマ人の間で、新生児を父親の足許に置いて、持ち上げて（levare）自分の子供と認知させるようにする習慣があり、その際女神レヴァーナ（レヴァナ）の助力が願われたことに由来するものである。出典としてジャン・パウルはアウグスティヌス『神の国』を挙げているが、出典の巻と章を間違えており（正しくは第四巻第十一章）、ベーレントは孫引きと推定している。

『レヴァーナ』は出版以来教育学の古典と認定され、レクラム文庫にも入り、抜粋本や英訳仏訳等の翻訳も多いのであるが、しかしその研究となると心許ない。文学研究者には教育論は食指が動かず、教育学者は小説家の余技と見做しがちであった為か、一九八二年の段階で『レヴァーナ』の受容史を調べたフェルティヒの結論では、「十九世紀以来のジャン・パウルの教育論に関する量的に重要な著述を一望してみると、それを包括的にかつ偏見なく特徴付けようとする試みはほとんどなされていないと結論付けざるを得ない」そうである。しかし最近『レヴァーナ』に関するものが相次いで刊行され、目覚ましいものがあるので、それらを簡単に紹介し、最後に訳者の見解も少しばかり述べることにしたい。比較の為に一九〇七年の節目の年に発表されたミュンヒの断新とは言えないまでも誠実なモノグラフィーも紹介する。その前に目次でもあらかた分かることだが、『レヴァーナ』の概略を記しておく。

全体は九つの断編から成り立っており、第一断編では教育の重要性の後、講演口調で教育の効果に対する疑念とその反論が語られる。第二断編ではブルジョワ的有用性を越える教育の精神と原理が述べられ、理想的人間の個人性、越えるべき時代精神、単なる道徳性ではない宗教心の涵養について論じられる。第三断編では生殖の有り様、魂の発生、妊娠について後、最初の三年間のこと、特にこの時期には喜びが必要であり、遊びが肝要であること、その他子供の踊り、音楽について、命令、禁止、処罰の仕方、泣く子に対する対応、更には子供の信心、つまり大人に対する子供の無条件の信頼が聖なるものとして述べられる。第三断編の付録として身体の鍛錬について、素足、時々裸にさせること、冷水浴、雨にうたれること等が薦められる。第二の付録として家庭教師の特性について、口うるさいことは言わず、気骨があって、情のある、強い面を押さえるよりも弱い面を手助けする家庭教師が望まれる。第四断編では女性の教育について、気分的な女性の教育の仕方の欠点、女性の使命は子育てであること、世間に出て行く少年と違って少女は家で育てられること、深窓で大事に育てられるべきこと、更には自然な人間らしさを失うべきでない王女の教育について述べられる。第五断編は君主の教育について。君主の自覚を持って、しかし師弟の礼は守って、知育よりは性格の形成に重きを置いて育てられるべきこと。平和を愛するべきであるが、臆病であってはならない。第六断編は少年の道徳教育に関して。勇敢な少年を育てるべきである。心に銘記される観念、名誉の観念といったものを持てば臆病でなくなる。特に過去のストア派の例で刺激するとよい。正直が男性の徳の華である。しかし剛毅さばかりでなく愛に向っても少年は育てられなければならない。第七断編では精神面の形成衝動の発展について。これはまず言葉を通じてであり、母国語の他に主にラテン語が推賞される。更には注意力、明示力、機智、反省、想起の発育が語られる。第八断編は美的感覚の形成について。外的感覚が物を言う美、美術、音楽、建築は内的感覚が物を言う詩作よりも早く教育するべきである。古典語教育は主に大学生の時期に行なうとよい。第九小断編は補遺、結語が語られる。

一　『レヴァーナ』の研究

ミュンヒの『ジャン・パウル』（一九〇七）は『レヴァーナ』論で、内容紹介、同時代の教育論との比較、内容評価を骨子としている。ここではその内容評価を紹介したい。彼が指摘しているのはジャン・パウルの生得観念論、自己発展への支援、理想的人間の特性等である。

「ジャン・パウルにとって子供の心（Seele）には様々な素質が付与されており、それを発展させてゆくのが教育の役割である。従って子供の心は何か書き込まれるべき白紙であるとか、感覚を媒介にして、あるいは観念を教えることによって初めて心に何か形成されるといった考え方は退けられる。もとより外界の知覚は段階的になされなければならないが、しかし精神的倫理的価値をなすものはすべて生まれながらの無意識の諸力に基づいている。一種の神的本能が人間を高みに導く。この芽の中に、自由、神、徳、真理、美、永遠性の観念が宿っている。この楽天的性善説に反する見解もないわけではないが、全体的基調はそうである。彼の理想的人間は、人間的理想と個人性の調和的結合である。他の教育者達は理想のみを前面に掲げて個人性をなおざりにしている。ヘルバルトとかシュライエルマッハーはこの限りではないが。

ジャン・パウルは子供の特性をよく捉えている。肉体的成長とともに精神的成長が生ずること、子供のうちに宗教的根本概念、言語能力が潜在的に存在していること、子供の信頼を教養への重要な梃子とみなしていること、更には子供には過去も未来もなくただ現在だけがあり、養分というよりは、暖かさ喜びを必要としていること、子供は聞きたがること、独自の力で言葉を理解してゆくこと、小きざみの発展のあと大きな飛躍となすこと、その自己愛は罪がないこと、頑是無くなる憂鬱な気分の日があること、どんな面白くない日でも二十度も楽しくなれることとよく観察し独自の言葉で述べている。特に遊びの効用を説いていることは傾聴に値する。ルソーは肉体の運動を説き、博愛主義者は体操時間を設けているが、ジャン・パウルでは心理学的価値付けが見られる。遊びの分類、おもちゃ遊びと人間同士の遊び、空想に対する玩具の関係、子供が子供と一緒に遊ぶことの倫理的意義等適切である。少年少女の関係（共学の薦め）、少女についての観察のこまやかさ、恐怖や度胸の伝染性、嘘についての見解、子供の表面的な愛想のなさ、都会（人情味がない）の子供と小都市（憎み合う）の子供の違い等独自のものが見られる。また子供に対して残酷な両親や教師、肉体の世話をするからといって精神の世話をする資格はないということ、時が経てばなくなる不作法まで取り締る愚かさ、過剰な要求、確固とした指針のなさ等の的確な批判がなされている。

ジャン・パウルの教育論の顕著な特徴は子供の自己発展に対する評価で、この自己発展の助長を使命としている。教育を支援、躾、伝授の三つに分類するとジャン・パウルでは後の二つより最初の支援が重きをなしている。躾に関しては、ルソーの自然罰ばかりではなく、人間による処置も考えられているけれども全体的にはルソー風である。外的知育の伝授は内的徳操の伝授よりも下位に置かれている。発展と伝授とがかみ合うことが望ましく、内的生命の伝授、生命により生命に火がともされること、偉大なもの高貴なものが心に輝くことが肝腎とされる。これは当時の知育偏重の教育に抗し、新人文主義、ロマン派の流れにそうものであろう。彼にとっては自分と同じく精神的に独自の生産的人間が完全な人間であって、このような天才的人間、一芸に秀でた人間の発展を妨げないことが大事とされる。子供は天才と見て育てるように。しかし一芸に秀でても他の力が抑圧されるかもしれない。それ故〈どの力をも弱めないこと、その反対側の筋力を強めること〉が規範となる。これを応用すれば、空想に対しては実用性を説くことが出来よう。

ジャン・パウルの理想的人間には次の三点が言える。第一に理想を普遍的なものとして掲げることの断念、第二に積極的な価値を持つものの出来るだけ完全な実現、第三に弱い面と強い面の調和である。個人性と同時に人間的特性の調和を求めるこの教育論は理想主義的に過ぎる所があろう。しかし現代では単に風変りな個人性が見られるだけであり、理想がもっと燃え上がってもよい。調和の概念は時代の産物でもある。

心身の鍛錬はルソー以来合言葉となっているが、他面彼は心的保護を大事に思っている。少女は軽佻な所ではなく聖なる所で育てられるべきという意見であり、少年もむやみに卑俗な現実に突き出すべきではなかろう。善なるもの高貴なるものを知らしめることが諸悪から護ることでもある。自己発展に信を置いて余り介入しない方針であり、人間を非難せずに行為を非難せよと説く。早期教育の否定もルソー流であり、肉体が発達しない最初の五年間は人為的に魂を発展させることは害があるという。早期の哲学には反対で数学を代わりに薦め、詩文も十三歳、十四歳頃までは遠ざけたいと考えている。機智の称揚は如何なものであろうか。自由な個人的見解、隠されていた関係の発見等機智には評価できる部分もあるが、しかしこれには魂を損ないかねない人為的部分があるのではないか。ビールの薦めは論外であり、オペラ鑑賞も選択の要があろう。その他自然科学の推奨、自国の詩文の推輓、日常の比喩の分析、書きたいことを書かせる作文教育、子供の服の軽装化への提言等聞くべきことが少なくない。全体に、君主教育をも論じているが、自分の出身層の家族の為に書いており、社会教育、学校生活には余り触れていない」。

ミュンヒの論に若干補足すると、生得観念は経験以前には人間の精神は白紙であるとするロックの経験論哲学、そしてその流れをくむ『エミール』のルソーに対立するものであろう。『巨人』でも「自由はすべての神的なもの同様に学習して修得できるものではない、生まれついてくるものである」と述べているから、ジャン・パウルの持論と思われる。しかし「教育の精神はどの子にも隠されている理想的人間を自由になった者の手で自由にする試みに他ならない」とか、「誰もが自らの中に理想的人間を持つ」とかいう内的理想的人間は人口に膾炙して、ベーレントの言ではほとんど諺になっているそうである。生来の信（fides implicita）に関して言えば、神学者の用語であるから、これは格別ジャン・パウルに独自な思想とは言えない。しかし彼はこれを大人に対する子供の無条件の信頼の意味で遣っており、これがルソーにも見られない独自な視点といえよう。

ミュンヒの評価する自己発展に信を置く教育については序言の中で明確に、最初の三年間は、「まだ伸ばしてゆく（entfaltende）という正しい教育が可能である。これがあれば第二の長い治癒（heilende）の教育、反教育は少しで済むであろう」と記されており、出版当時の評者達も気付いている。「教育は定めるよりも限るべきもの、積極的というよりも消極的であるべきもの」（ケッペンの書評、一八一五年）と評している。勿論ジャン・パウルは刺激のない世界はあり得ず、ルソーの消極教育は矛盾し、現実に合わないことを指摘しているが、徐々に段階的に刺激を加えてゆくやり方は評価している（第二十五節）。人間よりも事物で処罰する点は人間は動物ではないのだから言葉による処罰があってしかるべきと反論している（第六十三節）。しかし「全体を損なうことはないけれども多くの不適当な例のみられるルソーの個別の規則ではなく、全体を貫き生気づけているその教育の精神」を評価するとなれば、ジャン・パウルも消極教育の系譜に連なると言えよう。「子供の根源の力を育てる樹液を与えさえすれば、個々の枝に接ぎ木をしたり、葉形を刻んだり、花を着色する必要はなくなる」。

次に現代の論文を見てみると、一九六三年シュペーマンが『反省と自発性』という論文の中でジャン・パウルをフェヌロンと較べて論じている。シュペーマンの論文では愛と反省とが対立するというテーマを承認しなければならないが、この範囲内では納得のゆく論文となっている。しかし全体的にはジャン・パウルは著述という反省の領域にいるのではないかという疑問が残る。フィヒテ批判についても、批判に躍起になっているのは自身半分はフィヒテ主義者であるところからきていることを忘れてはならないだろう。

「愛は反省の対極をなすものである。愛が世界の根底にあることを知るには自分の愛がまた前提となる。この循環を保ち、主体を孤立化させかねない反省から身を護ること、これが教育の目標である。源の自我、そして他者の自我に向かい合う根源的自発性が倫理の本来の根拠である。それ故正直であることは、ジャン・パウルにとって、カント的な単なる倫理的要請ではなく、〈教育の最高の果実〉である。教育は愛の環境の中で、自我の超越、愛を自然に発展させることである。これは子供の嘘に対する彼の態度に明らかである。彼は子供の言うことをしばらく信じないことによって子供を処罰するルソーとカントの考えを退ける。これでは子供をもはや信じないと言うことによってまず裁く者自らが嘘つきになってしまうと反論する。〈いつ、いかにして逆にまた不信から信頼への不可欠の跳躍をなすつもりか、動機づけるつもりか〉。子供の嘘につき合っても信頼関係は回復しない。ジャン・パウルはそもそもルソーの自然罰には与せず、この場合にはしばらく黙るようにと命ずる。信頼関係を壊してはならない。

自我を他者に、フィヒテ的非我ではなく、またある自我である他者に向けて開示するのは意志の働き（カント）ではなく、愛の働きである。愛のこの力は教育で得られるのではなく、教育ができるのはただ子供を愛へ向けて解き放ち、根源の太陽を明るみに出すことだけである。愛は神的、自発的なもので説明を要しない。ジャン・パウルにとって自己愛は二通りある。子供のそれは動物的なもので、無邪気なものである。愛を育くむには愛があればいいが、しかし〈ただ自己のやぶや巣に迷い込むと、自己を愛する程には他者を気高く純粋に愛さなくなる〉。つまり純粋な愛を壊すのは、子供の自己愛ではなく、反省という自己享受への愛の反転である。愛それ自体は純粋なもので動機により不純なものになることはない。相手のことは構わずに自分の状態を愛するようになって、不純なものは生ずる。発生の暗さではなく、反省の明るさが愛の純粋さを損なう。この点でジャン・パウルはフェヌロン、更にはルソーの後継者である。

『巨人』の中でジャン・パウルは田舎娘ラベッテの愛とロケロルの愛の違いを、素朴に相手を愛する愛、女性的愛と、恋人の代わりに恋を恋するようになる感覚の愛、口数の多い男性的愛とに分けている。女性の愛がより純粋であることの理由は『レヴァーナ』では、女性が反省、自省の二重化に向いていないことに求められる。〈男性は二つの自我を持つが、女性は一つの自我だけであり、自分の自我を見る為には他者の自我を必要としている。自己対話と自己二重化のこの女性の欠如から、女性の大抵の欠点、長所の説明がつく〉。〈分割されない観照的な女性の性質〉から更に別の女性の特性、現在性が由来する。『レヴァーナ』ではまた享楽に対して晴朗さが讃えられている。享楽的な反省に対して、対象に向けられた晴れやかで真摯な行為、愛が考えられる。

教育者は無論反省の芽生えを妨げてはならない。通常の実用的性質の子供には早くから自省への訓練を始めて良い。しかし少なくとも哲学的詩的性質の子供には、〈新鮮で確固とした人生を手に入れ維持できるように〉、自省の時期を先に延ばすべきである。ルソーの早期教育に対する警告はここで重要な深化を迎えている。教育は母胎の暗さを持続させて、時期尚早に人生を明るみに出すことから護らなければならない。このような教育はジャン・パウルにとって時代に抗する教育である。反省の時代に対するフェヌロンの言辞はジャン・パウルでは反フィヒテ的言辞となっている。〈内部の世界に沈潜し、侵入することによって、人間に外部の地表の世界を隠し壊してしまう反省的な自己観照は現在どこの書店でもその坑内梯子が見いだされる。……従って現在は以前よりも多くの瘋癲が見られ詩人は少ない。哲学者と瘋癲は絶えず左手の人さし指で右手のを指して、客‐主観と叫んでいる〉。ただ教育者の愛のみが子供を軟弱な時代が陥っているこの〈自我のやぶと巣〉から救い出すことが出来る」。

最近では一九八九年エヴァースが『詩的存在形式としての子供時代』という論文の中でルソー、ヘルダー、ジャン・パウル、ノヴァーリス、ティークの子供観を論じている。ここではジャン・パウルの章を紹介する。

「ジャン・パウルはルソーによる子供の発見、その独自性に全体として従いながら、その範囲内でまたヘルダーの考えを継承している。しかしさらにこのヘルダーの子供の人間学に子供の形而上学が補完されている。三者とも子供と時代精神とは対立するものと見ており、彼らは子供の独自性の擁護者となっている。ジャン・パウルは時代精神を越えること、意志、愛、宗教の三つの力で時代に抗することを説く。有用性の教育論に対してルソー流の〈人間は市民よりも先である〉を掲げる。子供はルソーの言う人間と動物の中間存在ではなく、はじめから人間である。〈人生の全体はどこにもないか、いつでも存在するか〉である。人間は有機的統一体と見られる。教育は〈ただ伸びてくるものを組み立てようとしてはならない〉。〈個々の枝ではなく、根に水を注ぐこと〉が肝要である。肉体と精神は同時にからみ合って生成する。教育の力には制限が設けられる。子供の個人的性格は芽の状態であっても完全に存在している。精神的個人性、素質、性別は〈根源の瞬間〉に既に〈目に見えぬ筆によって決定されている〉。真の教育はそれ故伸ばしてゆく（entfaltende）教育である。もちろん介入も必要である。特に個々の素質が一面的なものに片寄りがちな時に対立物の形成によって修正することが必要である。こうした有機的な考え方はヘルダーを踏襲したもので、これは人間を組み立てて細工とみて、肉体的なものと精神的なものとが別個に発展し、外的に結ばれているとみる見方を排するものである。ルソーは精神的発展を肉体的成長と平行させようとしているけれども、この人間学的二元論にとどまっている。若きヘルダーはこれに対して人間は内的有機的統一をもった一者であるという一元論を唱えている。ジャン・パウルはこの有機的一元論の人間学を採用しているけれども、しかしまた二元論、形而上学的二元論に固執している。彼にとって人間の有機体を束ねる魂はまた現世を越える不滅の精神性、神性の宿る所である。この自我の核、自我の本能は、これ以外の心身の有機体をすべて現世的なもの時代的なものと見做し、有限な世界に満足することを許さない。若きヘルダーでは人間は有機的生の最高形態として神の似姿である。ジャン・パウルでは有機的存在としてではなく、精神的自我の核として神の似姿である。有機的存在としては人間は単に有限な存在であって、これはよく牢獄とか監獄とかの比喩で語られる自我とは疎遠ななじめない存在にすぎない。九〇年代以降ジャン・パウルは形而上学的二元論と有機的一元論を統合しようとしているが、これはパラドキシカルな結果をもたらしている。分裂が激化されるだけである。どんなに融合しようとしても有機体は自我とは無縁なものである。思弁の二重化が見られる。ジャン・パウルはルソー、ヘルダー同様に市民ではなく人間を教育するのだという。しかしまたこの世の外の、そして我々の内部の未来が、両者よりも大事なのだ。人間学的にはすべての個々人の素質の調和的発展が肝要である。しかし形而上学的には人間の永遠の救済が問題となる。二つの教育目標を一つにすることは出来ない。人間の救済は地上での完成にはない。

子供像の歴史で特異なのはジャン・パウルの子供時代の形而上学である。その核心は〈子供の精神の神統記〉の説である。子供の生の最初の瞬間に神的純粋な自我は全面的に付与されているという。この神的光りは顕現の時二重の屈折を受ける。まずは個々の光りに分離し、次に個人的特性を帯びる。ジャン・パウルでは肉体的個別性が精神的個別性を生むのではない。〈両者は有機的瞬間に互いを前提としている〉。自我は有限性と対立する無限性であり（超越性）、次にまた有限な有機体の統一を束ねるもの（内在性）である。魂は二重の働きをなしている。従って発達心理学的に自我は芽生えるのではなく、形而上学的に生ずる。不滅の魂の肉体への侵入が第一の奇跡であり、その神々しさの意識化が第二の奇跡である。無意識の子供時代はこの意識化に向けて〈石の殻〉を剝ぎ取らなければならない。子供時代は神聖なものである。この神聖さは獲得されるべきものではなく、授かっているものである。地上的生は最大値から始まる。理想は現実よりも古いとヘルダーは言っているとジャン・パウルは言う。子供はどんなに無垢なものと思ってさしつかえない。子供は〈時代と都市によって汚されていない〉純なるものである。

理想的人間はすべての個々的素質の調和的最大値である。ここで考えられているのは、脱俗的な素質、無限への精神的本能、宗教的感覚、徳、真、美の感覚である。これらの発展は肉体的個別性に由来する生来の素因といつも調和するとは限らない。神的内面の世界を保つ為には、〈個々の有用性、時代的、個別的手近な目標を蔑ろにしなければならない〉状況に陥る。理想的人間の目指すものは、この世での人生の幸せとは必ずしも一致しない。教育の精神は〈どの子供にも隠されている理想的人間を自由になったものの手で自由にすること〉である。この為に一面では時代から隔離する教育、他面では欲望を押え理想への親しみを覚えさせる教育がなされる。ルソー同様にジャン・パウルは社会、都市から離して育てるべきと考えている。しかし彼はヘルダーと同じく子供は最初から社会的存在であるとも考えている。そこで隔離は全くの孤立（ルソー）ではなく、小さな家族的世界へとなされる。しかしまた子供の宗教心涵養の為に形而上学的隔離の意味をもたせて、子供を家の中に隔離し、接触なしに育てるようにと説く。『見えないロッジ』のグスタフの八年間の地下教育はエミールのパロディであるが、理想的内的人間を育てるための隔離教育の必要を寓意的に描いている。子供の方では肉体に対する禁欲的修練が必要となる。弱虫、臆病であってはならない。偉大な先人達の行跡、プルタークの英雄伝を教えることも大事となる。

ジャン・パウルにとっても思春期は人間学的には少年期と青年期に断絶をもたらすもの（ルソー）であるが、形而上学的には少年期と青年期は共に理想主義に貫かれており、違いは見られない。青年期の特徴をなす理想主義、神聖化、純粋な愛、熱狂、深い信頼、前途への希望、生の喜び、晴朗さはすべて子供時代に育ったものである。青年期に人間は肉体的にも内面的にも絶頂をむかえる。大人のように功利的現実に屈するようになると青春の輝きは消えうせる。〈市民階級の生活に満足するような若者は凡庸というべきであろう〉。青年期の理想主義が大人の時期の活力源となる。〈青年の理想の輝きがなかったらどうして生は成熟しよう。八月のないワインではないか〉。逆に〈愛情に恵まれた子供時代があれば、後半生の冷たい世間をしのいでいける〉。少年時代を回想すると、散文の生に無限の光がさし込み、力付けられ、慰めを得られる。子供はより良い未来の、保証とはいえないが象徴である。これは人類の幻想であれ、恵みの多い幻想である」。

　エヴァースは神的意識を明確にする為に〈石の殻〉をはぎ取る必要があるというが、子供は〈生来の無垢の状態〉にあるのではなかったか。意識化は堕落ではなかったか。もっともこれはジャン・パウル自身の矛盾である。また子供を隔離して育てる傾向を強調しているが、しかし子供は子供同士一緒に遊ばせた方がいいと明言しているのであるから、これに触れないのは片手落ちであろう。「子供の精神の神統記」を引いているが、これは両親が魂の形成に如何に係っているかという問題の中で出てきており、どちらかというと内在的な魂の由来を説いた箇所である。しかしエヴァースの言う思弁の二重化、内在的にして超越的という魂の説明は便利である。人間の救済は地上での完成にはないとする見方はジャン・パウルの全体像からの判断であって、『レヴァーナ』だけではそこまで断言してはいないと思われる。例えば自分の子供に地上では救われないと言うであろうか。教育論の傾向は、息子マックス（一八〇三―二一）に対する教示が参考になろう。マックスが家学ともいうべき神学の専攻を希望したとき、ジャン・パウルは反対した。「真の神学は正統信仰《オルトドクシー》にはない。天文学、自然科学、文学、プラトン、ライプニッツ、マルクス・アウレーリウス、ヘルダー、本来あらゆる学問を一度にやることにあるのだ」。『レヴァーナ』でもギムナジウムではパンの為の学問、自然科学を薦めている。息子の早逝後ジャン・パウルは神学、不死の魂の世界に帰ることになる。

　また一九九〇年、コラーの博士論文が『レヴァーナ』を研究対象としている。タイトルは『子供に対する愛と教師の欲望――ペスタロッチとジャン・パウルの教育学的テキストに於ける教育概念と書体』であり、この論文で一気に『レヴァーナ』は現代に蘇っている。

　方法論はラカン、デリダ、フーコーの説を組み合わせたものである。教師の子供に対する愛の無意識の層に迫る為に、まず無意識は言語の構造をしているとするラカンの説を引く。ラカンによると言語表示は換喩による連鎖（差異）と隠喩による代置を経て言語内容となる。完全を期す愛の要求の下では実現し得ぬものが残るがこれが欲望（差異）である。二極が考えられる。他者との想像上の同定化によって欲望を停止させる、つまり他者の他者性を誤認し単なる隠喩的分節化をなすか、それとも欲望の成就しがたさ、他者の他者性を認識し、絶えず換喩的ずれを追うという欲望の実現を計るかである。テキストについてはデリダを引いて、文字表記に於ける差異性と現在の消失、一方の手が書くとき他方の手は消すという無意識の抑圧、著者像の多層化といった特徴を挙げている。これらの言語観に歴史との関連をもたせる為に、フーコーの説を引いて、一八〇〇年頃に言語を事物の代理とみる見方が崩れ、言語はそれ自体独自の文法をもつとともに主観の表現であるとみる見方に転回し、それが言語観の歴史的アプリオリ、積極的無意識となっているとして、当時のテキストの言語表現、言語観に欲望を探る条件がととのったとみている。分析の結論を記すと、ペスタロッチの教育学的愛は子供を教師との共生的結合に閉じ込めようとする傾向があるのに対し、ジャン・パウルの教育論は換喩的文体で、教育の原理的風通しのよさ、子供の再現し得ぬ他者性を認めているということになる。ジャン・パウルでも隠喩的同定化の極はあって、理想的人間との内的一致、彼岸への信仰、正直さと簡明な男性的物言いの薦め、無垢な幼児への愛等には欲望と欠乏は見られず、抑圧的である。言語観は多分に代理とみる見方が支配的であるが、これに反する見方、文体があって、これに相応する教育観がある。言語の遊戯的美的要素の強調、機智の要請、著者と読者間の同一化を阻む仮面遊戯、換喩的比喩（語呂合せ）といった面には、無垢の幼児への愛ではなく、言葉遊びに興ずる子供への愛、教師の再版化《コピー》傾向に対する誤植への愛、自他の欲望に開かれた、子供の根本的他者性を認める教育綱領が窺われる。

コラーのお蔭で、著者は『レヴァーナ』では実体験を基に語っているばかりでなく、小説同様に虚構、本の世界にも自在に往還していること、また論点のずらしが見られ、例えば第一断編の中で教育論なのに就任演説者は教育効果を否定し、それを肯定するのは退官演説者となっていて、どちらも信ずるわけにゆかない、宙づりになっていること等が明らかになった。これは「一、二度読んでレヴァーナの内容が明らかになるものではない」（ミュンヒ）と述べられている『レヴァーナ』の分かりづらさを明確に説明するものであろう。しかしこれが明らかになるのに二百年近くかかったことは余りにジャン・パウル的なパラドックスである。

二　神の似姿

旧約聖書の創世記によると「神其像《かたち》の如くに人を創造《つくり》たまへり」とある。神のコピーとして人間を創ったそうである。『レヴァーナ』では両親あるいは教師が子弟に自分の似姿を刻印したがると、いわば神の似姿の世俗化した関係がよく言及されている。「実際自分の似姿の他には、それが平鏡に写るのであれ、凹鏡であれ、凸鏡であれ、教師は生徒を鋳造し磨き上げようとすることはできない」。「そもそも人間は誰でも密かに自分自身の複写機であって、それを他人にかけようと思っているのであれば、…（略）…教育者はなお更のこと、無防備で形の定まらない柔らかな子供の精神に自分を刷り上げ再版しようとするであろうし、子供の父親はまた精神の父親たらんとするであろう。このことがうまくゆきませんように。幸いなことに実際うまくゆかない」。こうした教師の性向には子供は自分の生来の性質でもって応ずるがいい。「力学の世界ではもしも摩擦の抵抗がなくなれば、運動はどれも絶え間なく永続し、変化はどれも永遠に続くものとなるが、そのように精神世界でも生徒が教師に対して逆らい負かす勇気がなくなってしまえば、まだ経験したこともないような着古した人生が永遠に反芻されることになろう」。エミールのように一人の教師に長年付いていては、世間の様々の波風に対処できないことになる。子供は子供達と遊ぶことが大事である。「終生の下僕を造りたかったら、少年を十五年間彼の家庭教師の腕と踵にハンダ付けして、この家庭教師に二人からなる芸人一座の監督兼随時の共演者になってもらったらいい。奴隷がみなそうであるように、子供は一人の個人に対しては目と心を武装して対応するかもしれない。しかし単なる一つの気候に慣れ、一つ向きの風に帆をかけていては、子供は将来様々な個人の多面性に直面したとき対応しきれなくなるだろう」。ジャン・パウルは躾の問題ではルソー同様に教師（親）に絶対の裁量権を認めているけれども、精神的問題となると教師に対する子供の側の「摩擦」を認め、大幅に子供の自由、自主性を尊重している。どこに存在するのか聞きたいが所謂「自由人」が「自由」にするのが教育である。自分の家庭教師時代ジャン・パウルは機智の練習で、子弟に彼自身に対するからかいを許したそうである。

これに対して消極教育の『エミール』の教師は「なに一つしないですべてをなしとげる」という驚異の教育術を身につけなければならない。教師は支配しつつその支配を感じさせないという一種透明人間の如きものになっている。「生徒がいつも自分は主人だと思っていながら、いつもあなたが主人であるようにするがいい。見かけはあくまで自由に見える隷属状態ほど完全な隷属状態はない。こうすれば意志そのものさえとりこにすることができる。なんにも知らず、なんにもできず、なんにも見わけられないあわれな子どもは、あなたの意のままになるのではないか。かれにたいしては、その身のまわりにあるものをすべて自由にすることができるのではないか。あなたの好きなようにかれの心を動かすことができるのではないか。仕事も遊びも楽しみも苦しみも、すべてあなたの手に握られていながら、かれはそれに気がつかないでいるのではないか。もちろん、かれは自分が望むことしかしないだろう。しかし、あなたがさせたいと思っていることしか望まないだろう」。スタロビンスキーは、「この完璧な支配は、かりに教師の意図が悪意を秘めている場合を考えるならば、おそるべきものであろう」と述べている。中川久定氏によると、ルソーにはそもそもギュゲスの指輪を得て透明人間になりたいという願望があって、「すべての人間の〈心の底〉を読み取り」、「〈神の摂理の代行者〉、〈神の法の授け手に〉なって、ひとびとの望みをそのままかなえるような奇跡を実現したい」旨『孤独な散歩者の夢想』で述べているそうであり（『甦るルソー』）、またこの『エミール』の教師の「一方的見通しと操縦」には後の『ルソーがジャン・ジャックを判断する　対話』に於ける「陰謀」や「摂理」とパラレルな関係が見られるそうである。正体を隠して教育するルソーの趣味は、裏では了解を取りつけながら無断借用したことにして争いを起こし土地の所有権の観念を教えるそら豆畑の話に始まって、読み書きを学ばせる為に故意に誰も読んでやらない手紙の話、磁石の仕組み及び他人の職業の邪魔をしない道徳を教える為に奇術師と通じた奇術見物の話、とぼけて道に迷ったふりをして方向を実地に知るモンモランシーの森の散歩の話とふんだんに繰り返されている。ジャン・パウルもルソーのこの趣味を真似て勇気を涵養する為に打ち合わせた上で森で襲われるという芝居を考えているが第二版では「このような芝居は偽りであることからしてすでにいかがわしい」と拙劣な模倣を詫びている。もっともジャン・パウルはその小説群で正体を隠した全能の神として主人公に接しているのかもしれない。全知（auktorial）の作者の語り口、買収された偶然という小説技法、登場人物としての『巨人』の策士ガスパルとその腹話術師の弟といったものはルソーの透明人間への欲望を更に拡大徹底したものといえよう。しかし『レヴァーナ』での教師の特徴となると、『エミール』の摂理の神、透明人間に対して、似姿を造る神、コピー人間ということになろう。後の個所ではこのコピー人間には分業化社会を生きる男性としての性格が付加されていることが確認されている。「国家や天分の為に諸力の均衡よりは唯一つの力を優先させることになる男性はいつもこの抜きんでた力を教育に持ち込むものである。兵士は戦闘的に詩人は詩人的に神学者は敬虔に育てようとする。ただ母親だけが人間的に育てる」。タイトルが女神である理由もここらあたりにあろう。

対比的に言えばルソーでは教師が神であり、ジャン・パウルでは子どもが神であると言えようか。「神的なものは人間に対し昔楽園にその似姿を届けてくれたように、今は砂漠に色褪せぬうちに早くその似姿を送って、それで人間は今までその似姿を見失わず見守ってこれた」。ただし大人はもう似姿ではない。「にもかかわらずどの（未開人の）子も両親そっくりとなった。これは最良の親も望めないことである。神でさえ人間の場合には自分の似姿を戯画として見ざるを得ないのだから」。宗教教育そのものにも違いが見られる。「ルソーは神を、従って宗教を成人してからはじめて渡す遺産と見做して」いる。しかし「すべての宗教的形而上学がすでに子供のうちに眠って夢を見ている」ので「最も神聖なものが立派に植え付けられるのは無垢なる最も神聖な時の他にあろうか」。子供にはただその象徴を見せてやればよい。理由を挙げる必要はない。「宗教と道徳は根拠の上に成り立つものではない。支柱が沢山あると教会は暗く狭くなるではないか」。『エミール』でも一個所似姿が言われるがこれは大人の理路整然としたサヴォワの助任司祭の信仰告白の中である。「わたしの魂をおんみの姿に似せてつくったことを、おんみに責めるようなことは、わたしはけっしてしないでしょう」。なおミュンヒによると、早期の宗教教育の薦め、生来眠っている宗教心というものはペスタロッチにも見られるそうである。ただジャン・パウルはペスタロッチでは宗教のことは触れずもっぱら数学による教育を高く評価している。

創世記によると神が似姿を創ったのは人間にすべての生物を治めさせる為である。この人間中心主義の考え方は無意識にヨーロッパ精神を規定していると思われるが、ルソーもその例外ではない。助任司祭の見解であるが、「だから人間はかれが住んでいる地上の王者だというのは正しい。かれはあらゆる動物を征服しているだけではない」。「すべてのものはわたしのためにつくられていると考えるのは、それほどおかしなことではあるまい」。産業革命以前の人間による自然破壊がまだ一目瞭然となっていない段階でのルソーの自然はびくともしない存在である。「人間が行なう悪は人間のうえにはねかえってくるが、世界の組織をなにひとつ変えることにはならないし、いやでもおうでも人類そのものが存続することをさまたげはしない」。

未開人や動物との対比が『エミール』では「文明人」の特性を明らかにする一助となっているが、ジャン・パウルでも動物についての思弁が多く見られる。特異な見解も見られる。「人間を動物と最も純粋に分かつものは思慮でも道徳でもない。こうした星のうち少なくとも流星は一段低い動物界にも見られるからである。そうではなくて宗教である」。もちろん言語による分節能力の差異を言う場合もある。「黙った動物にとっては世界は一つの印象である。二を知らないので一まで数えることがない」。梵我一如といった神秘体験は案外この人間の考える動物の知に近いのかもしれない。第百二十節では動物に対する愛を説いている。この点が西洋的な人間中心主義に対する一つの反省となっている。『ヴァッツ』の注では、「周知のとおり、子豚は鞭で殺したほうが一段と味がよい」と述べているが、そのような見解はみられない。（もっとも七面鳥を塔から投げる料理方法が述べられている）。「つまり子供はすべての動物の生命を神聖なものと崇めることを学ぶべきである。即ち、デカルト主義の哲学者の心ではなく、ヒンズー教徒の心を授けるべきである」。「動物に対する子供の残忍さは人間に対する残忍さを予告している。ちょうど旧約聖書での動物の生贄が新約聖書での一人の人間の生贄を表わしていたようにと何故夙に気付かれていたのか」。子供の前で長いこと飼った家畜を屠殺してはならない。「料理女達は動物を殺すとき同情するな、さもないともっと苦しむことになるからといっているが、この言葉はまことに女性的にその禁ずる同情を隠し明らかにしている」。動物ばかりでなくすべての生物を人間同様に生きているものと考えよと言う。百合の花でさえ、子供が無闇に引っこ抜いたら、「花壇に立って小さな白い子供に養分を吸わせているほっそりとした母親の娘として描くように」。同時代のシュヴァルツは動物の死に対するジャン・パウルの態度は、「余りに女性的すぎる」とし、子供は動物に勝っていることを喜んでいい、「万物は理性的人間の目的に服従している」ことを感じて悪いはずはないと当時の西洋人らしいことを述べている。

三　女性像

十八世紀の女性像の変遷についてはヘルガ・ブランデスがドイツの道徳的週刊誌の記事に関して明快にまとめているのでそれを紹介したい。一七二〇年から一七七五年までを三段階に分けて論じている。まず初期啓蒙主義の週刊誌（一七二〇―四〇）は、啓蒙された、時に学のある、男性と対等な女性像を明確に広めている。男女は生まれつき能力の差があるとは見做されない。理性を備えた人間というイメージが中心にある。次の転換期（一七四〇―五〇）には矛盾した女性像が見られ、自立した理想的女性像は次第に情感的貞淑な受動的女性像に移ってゆく。教育方針はロックの代わりにフェヌロンとなる。後期の週刊誌（一七五〇年以降）では美しい女性、弱い性という像が定着する。礼儀正しさ、上品さ、恥じらい、控え目といったものが「品のある」夫人の本性とされる。性別の差異は中心的概念となる。性別の特性の対極化が盛んとなる。十九世紀以降にまで影響する女性を妻、母、主婦と見る伝統的な役割祖型が出来上がる。以上の変遷の根にあるのは十八世紀に於ける社会的経済的変化である。家庭構造が変化した。職業生活と家庭生活が分離して、市民的核家族とそれに応じた役割分担が形成された。新たな分業制の結果、居住と経済の共同体としての大家族制から私生活と生業の分離した核家族へ移行した。女性を狭い家庭に閉じこめることが必要となる。女性は自我、自律性を喪失する。

この論文では大家族制のもとでの女性像と核家族のもとでの女性像の区別が今一つ明瞭でないが（イリイチはそれを「ジェンダー」と「セックス体制」と区別している）、アリエスが子供の誕生を十八世紀に見たように、分業による核家族化が女性を誕生（あるいは死亡）させたと見る点では論法が同じである。彼女はまた第三期の男女の性格の範例化にとりわけ『エミール』（一七六二年）の第五編が寄与したと指摘している。例に知的女性よりも、「単純な、粗野に育てられた娘のほうが、……よっぽどましだと思う」というルソーの言葉を引いている。この第五編は他にもう現代では思いつきもしないような差別的発言を記してある。列挙してみる。「服従は女性にとって自然の状態なので」、「ずるさは女性に自然にそなわっている才能だ」。「男性は知っていることを言うが、女性は人を喜ばせることを言う」。「知恵と信仰をあわせもつことができる女性は見あたらない」。「女性のほんとうの傾向からいえば、うそを言っているときでも、うそつきではないのだ」。「女性は男性に従うように、男性の不正をさえ耐えしのぶように生まれついている」。次のような見方は現代にも尾を引いているかもしれない。「抽象的、理論的な真理の探求、……観念を一般化するようなことはすべて女性の領分にはない」。「女性は観察し、男性は推論を行なう」。「女は男よりも早くから判断力ができあがっている」。ルソーは「よい習俗をもっていた民族はすべて女性を尊敬していた」と述べているから、以上の見解を彼としては女性に対する尊敬の念がないが故に述べたわけではなさそうである。ルソーの場合女性の妻、母、主婦の役割の中でジャン・パウルの場合のように母親の使命が強調されることはない。すべてをこなすことが要求される。「女性の教育はすべて男性に関連させて考えられなければならない」。「一般的にいって人間には実用的な知識だけを学ばせることが大事だとすれば、それは女性にはなおさら大事なことだ」。もっともルソー自身初期啓蒙主義の見解を述べる場合がある。「わたしは、男女いずれにたいしても、ほんとうに区別されるべき階級は二つしかみとめない。一つは考える人々の階級で、もう一つは考えない人々の階級だが、このちがいが生じるのはもっぱら教育によるものといっていい」。

ジャン・パウルも時代精神には逆らえずに男女の対極化の思弁を弄している。大体思弁の形式は時代的、その内容はジャン・パウル的といえようか。まずは形式、内容とも時代的に「周知の原則に従えば、男性の本性はむしろ叙事的、思索に長けて、女性の本性は抒情的、情感に長けている」としながら、続けて十八世紀に発見された子供と女性を象徴するかのようにこの両者の類縁性を述べている。「同じく寸断されることなくまとまっている本性、同じ現在に対する没頭、掌握、同じ機智のすばやさ、同じ鋭い観察力、癇癪と冷静、刺激に感じやすく活発で、内部から外部あるいはその逆と文句を言わずにすぐに移って、神々からリボン、陽射しの中の塵埃から太陽系へと変ってゆく」。『ヘスペルス』では「現在は人間の胃袋の為にある」とされ、『巨人』では「君たちはただ動物的な現在の中で、盲で聾のまま巣を作る」と「現在」に対する嫌悪感が述べられている。分業化社会、競争社会を生きようとする男性は現在に対して没頭しているわけにはゆかない。しかしまさに子供と女性がこうした男性とは対極の世界にいるわけである。『エミール』に於いてもこの基本感情は変らない。現在を犠牲にしている大人がいるからこそ次の見解が出てくるものと思われる。「現在を犠牲にして将来の幸福をさがしてやるようなことはしまい」。「人生の無常を考え、とくに現在を未来の犠牲にするまちがった思慮をさけることにしよう」。現在に対して距離がないことから更に次のような対極化が生ずる。これをシュペーマンは男性の独我論を破り、外部に道を拓く対比と見ていたが、しかしやはり差別的言辞であろう。「男性は二つの自我をもっているのに対し、女性は一つの自我だけで、自分の自我を覗くには他人の自我を必要としている。女性にはこのように自己対話と自己の二重化が欠けているので、ここから大抵の女性の性質の長所、短所が説明される。……女性は詩人、哲学者というよりもむしろ詩であり、哲学である」。更に対比は続く。「女性にはただ現在だけがあって、この現在がまたただ定まったもの、一人の人間である。……男は事物の方を愛する、例えば真理、財産、国々、女は人物の方を愛する。……更に少女の方が少年よりもよく挨拶する。少女は人物に視線を送るが、少年は馬といった具合である。前者は現象を尋ね、後者は根拠を尋ねる。前者は子供を、後者は動物を気にかける」。

ルソーの女性観との顕著な違いは女性の本性を母親と見做している点であろう。「こうした愛の持参金をつけて自然は女性を世に送り出している。これは男どもがよく信じているように、男性自身が足裏から頭の天辺までくまなく女性に愛されるようにという為では決してなく、女性がその使命に従って母親となり、子供を愛してくれるようにする為であって、子供には犠牲を払うだけで子供に犠牲を払わせてはいけないからである」。「自然は女性を直接母親として定めている。伴侶としては単に間接に過ぎない。男性は逆に父親としてよりも伴侶として定められている」。社会的経済的要請かもしれない点を含めすべてをジャン・パウルは自然の要請と見做している。「愛情と残酷さをもってこの世界での目的を追求する自然は女性にその為精神的肉体的に奪いかつ与えながら準備をさせている。その体の魅力と弱さから精神のそれに至るまで。……そこから女性の冷静さ、清潔好き、羞恥心すらも、更には家庭本位のやすらぎへの志向も生まれている。少女の心は少年の精神よりも早く完成される。……これはただ自然が十五歳になって成熟した体、つまり母親には、精神的成熟も授けたいからに他ならない」。女性の子育ては先に引いたように「犠牲」であり、「幾夜とも知れぬ寝ずの番や犠牲は、……忘れられ、一度として数え上げられない。母親自身それを数えないからである」と子供の母親への感謝を見返りに進んで犠牲につく母親が称讃される。女性には母性愛という「最も強力な愛で、報いを求めない他に類のない愛」があるとされる。役割分担の固定化を推し進めるもので、分業化の時代精神にとって都合のいいものであろう。女性には気の毒ながら我慢してもらうしかない。論点のすりかえも辞さない。「ところでエーテルではなく大気で生きている女性なら、家事は機械的で精神の品位に欠ける、むしろ男性のように精神的充実を見付けたいと言わないで欲しい。手仕事のない精神的仕事が何かあるだろうか」。

女子教育に当ってはー応ジャン・パウルも初期啓蒙主義的要請を口にする。「母親の使命とかましてや夫婦の使命が人間としての使命を越えたり代わりをなすことはできない」。しかし具体的には女子教育となると保守的である。「少年ならば酔っぱらった奴隷の悪しき手本を見せても向上の参考となろう。少女にはただ良い手本しか参考にならない」。「世間は男性の過ちはほしかで、ほとんどあるいは全く傷あとが残らないけれども、女性の過ちは天然痘で、その痕跡が治った者に、少なくとも公けの記憶に刻まれると見ている」。実用性の強調もルソーと変らない。「本来女性は生まれながらの商人である。……子供はいつも見開かれた目を要求している」。また同様に「時代は堕落するにつれて一層女性を軽視するようになる」と述べて、自分は軽視していないことを暗示している。しかし「女性は感じるけれども自分が見えない」といった発言から感じられるのはやはり、「女性に対する保護者然とした軽視」（ウルズラ・ナウマン）である。この軽視は軽視するわけにゆかないすぐれた女性に対するとき、皮肉な見解となって表われている。「この自然の摂理による同じ理由からどのように賢明な女性であれ自分の体がけなされると我慢ならない。同様に体が誉められると精神が誉められたときよりも高く評価する」。

主な参考文献

『エミール』（上、中、下）岩波文庫、今野一雄訳。

Wilhelm Münch : Jean Paul, der Verfasser der Levana. Verlag von Reuther und Reichard. Berlin. 1907.

Hans-Heino Ewers : Kindheit als poetische Daseinsform. Fink, 1989.

Hans-Christoph Koller : Die Liebe zum Kind und das Begehren des Erziehers. Erziehungskonzeption und Schreibweise pädagogischer Texte von Pestalozzi und Jean Paul. Deutscher Studien Verlag. 1990.

その他の論点、出典については拙論『ジャン・パウルのレヴァーナ』（独仏文学研究第四十一号　一九九一）を参照して頂ければ幸いである。

翻訳にあたってはハンザー版ジャン・パウル集　第五巻を底本とし、他にベーレント版ジャン・パウル全集第十二巻、一八七六年の英訳を参照した。ハンザー版には若干誤植があり、改めてベーレント版の優秀さを確認した。注のほとんどはハンザー版、ベーレント版によるものである。

あとがき

『レヴァーナ』の翻訳にとりかかったのは早く、一九八七年、Alexander von Humboldt 財団の奨学金を得て、ボンの Kurt Wölfel 教授の許に留学した年でした。しかし専門外の教育論の為、頓挫し、しばらく中断して『エミール』を読むことから始めて、ようやく完了し、文部省の平成四年度科学研究費補助金「研究成果公開促進費」の交付を受けて、出版の運びとなりました。翻訳は「時を経たせる為」でしたが、時の方が更に早く経ってしまいました。単調な翻訳作業でしたが、それでも胸躍ることが幾つかありました。一つは、『レヴァーナ』の英訳があることに、訳了してから気付いたのですが、九州大学附属図書館教養部分館の江藤弘史氏の検索でそのコピーを入手できたことです。国会図書館にありました。この英訳では訳者名がA・H・とイニシャルしか分からないこと、英訳でも時に誤訳があることを面白く感じました。二つ目は九州大学出版会の編集長、藤木雅幸氏に出版に向けて前むきに検討して頂いたことです。出版が可能となってからは、編集長には編集の他に、訳者独自の正書法、つまり誤字をも直して頂きました。丁寧に原稿を読んで頂いた出版会関係者に厚く御礼申し上げます。三つ目は文部省の助成金の決定です。はなはだ名誉なことに存じました。また翻訳の見直しの際には同僚の外国人教師 Andreas Stefan Kasjan 氏から有益な助言を得ました。原著が二百年前のもの故、すべてが明らかになったわけではありませんが、同氏の御協力に感謝いたします。

『レヴァーナ』では訳しながら侯爵の教育を意外に興味深く感じました。いろいろな読み方があると思います。特に一八〇〇年前後の教育学、文学に関心のある方々の参考文献になれば、幸甚です。

一九九二年九月

恒吉法海

訳者紹介

恒吉法海（つねよし　のりみ）

1947年生まれ。
1973年，東京大学大学院独語独文学修士課程修了
九州大学名誉教授
主要著書　『続ジャン・パウル　ノート』（九州大学出版会）
主要訳書　ジャン・パウル『ヘスペルス あるいは四十五の犬の郵便日』（第35回日本翻訳文化賞受賞），同『生意気盛り』，同『彗星』（いずれも九州大学出版会）

レヴァーナ あるいは教育論《きょういくろん》

1992年12月10日　初版発行
2018年 9 月20日　新装版発行

著　者　ジャン・パウル
訳　者　恒　吉　法　海
発行者　五十川　直　行
発行所　一般財団法人　九州大学出版会
〒814-0001　福岡市早良区百道浜 3-8-34
九州大学産学官連携イノベーションプラザ 305
電話 092-833-9150
URL　https://kup.or.jp/
印刷／青雲印刷　　製本／日宝綜合製本

　ISBN978-4-7985-0251-9

九州大学出版会刊

＊表示価格は本体価格（税別）

恒吉法海
続 ジャン・パウル ノート
四六判 三一二頁 三、四〇〇円

本書は十年余ジャン・パウルを翻訳してきた著者の解題を中心にした論考である。ジャン・パウルの作品を隅々まで理解した上で、カレンダーを利用したり、精神分析を応用したりして論ずる謎解きの味わいのある論考十二篇。

ジャン・パウル／恒吉法海 訳
生意気盛り【新装版】
A5判 五六二頁 九、四〇〇円

双子の兄弟の物語。さる富豪の遺産相続人に指定された詩人肌の兄を諷刺家の弟が見守る。兄弟は抒情と諷刺の二重小説を協力して執筆するが、一人の娘に対する二人の恋から別離に至る。ジャン・パウル後期の傑作の完訳。待望の新装復刊。

ジャン・パウル／恒吉法海・嶋﨑順子 訳
ジーベンケース
A5判 五九四頁 九、四〇〇円

ジーベンケースは友人ライプゲーバーと瓜二つで名前を交換している。しかしそのために遺産を相続できない。不如意な友の生活を救うためにライプゲーバーは仮死という手段を思い付き、ジーベンケースは新たな結婚に至る。形式内容共に近代の成立を告げる書。

ジャン・パウル／恒吉法海 訳
彗 星
A5判 五一四頁 七、六〇〇円

『彗星』はジャン・パウルの最後の長編小説である。その喜劇的構成は『ドン・キホーテ』を淵源とし、『詐欺師フェーリクス・クルル』につながるもので、主人公の聖人かと思えばそうでもない、侯爵かと思えばそうでもない、二重の内面の錯誤の劇が描かれる。

ジャン・パウル／恒吉法海 訳
ヘスペルス あるいは四十五の犬の郵便日
A5判 七一二頁 一二、〇〇〇円

「ヘスペルス」とは宵の明星の意で疲れた魂への慰謝を意味するがまた明けの明星として希望も担っている。慰謝としての物語と啓蒙的批判的語り口とが併存するこの作品には、ジャン・パウルの基本的テーマが出そろっている。一七九五年ジャン・パウルの出世作の待望の完訳。**（第三十五回日本翻訳文化賞受賞）**